GUIA ILUSTRADO ZAHAR

# Mitologia

PHILIP WILKINSON
& NEIL PHILIP

Tradução:
Áurea Akemi

Revisão técnica:
Miriam Sutter
*Professora de Letras Clássicas, Depto. de Letras, PUC-Rio*

ZAHAR

“ENQUANTO PAN GU DORMIA, SEU CORPO SE TRANSFORMOU EM MONTANHAS E SEU SANGUE, EM RIOS.”

Mito chinês: a criação de *Pan Gu* e *Nü Wa*

"ELES REMARAM DE VOLTA AO OCEANO PROFUNDO E NUNCA MAIS FORAM VISTOS."

Mito irlandês: *a viagem de Brân*

Um livro Dorling Kindersley
www.dk.com

EDITORA-EXECUTIVA: Debra Wolter • EDITORA-EXECUTIVA DE ARTE: Karen Self • GERENTE DE PRODUÇÃO: Inderjit Bhullar • COMPOSIÇÃO ELETRÔNICA: John Goldsmid • DIRETOR DE ARTE: Bryn Walls • DIRETOR EDITORIAL: Jonathan Metcalf

Produzido para DK por
**cobaltid**

EDITORES: Marek Walisiewicz, Kati Dye, Louise Abbott, Jamie Dickson, Sarah Tomley • EDITORES DE ARTE: Paul Reid, Lloyd Tilbury, Pia Ingham, Claire Oldman, Annika Skoog

Título original:
*Eyewitness Companions: Mythology*


Jorge Zahar Editor Ltda.
rua México 31 sobreloja
20031-144 Rio de Janeiro, RJ
tel.: (21) 2108-0808 / fax: (21) 2108-0800
e-mail: jze@zahar.com.br
site: www.zahar.com.br



Copidesque: Mariana Arcuri e Clarice Zahar
Composição eletrônica: Susan Johnson

Reprodução em cores: GRB, Itália
Impresso e encadernado na China por
Leo Paper Products

CIP-Brasil. Catalogação-na-fonte
Sindicato Nacional dos Editores de Livros, RJ

---

Wilkinson, Philip, 1955-

W676g Guia ilustrado Zahar: mitologia/Philip Wilkinson & Neil Philip; tradução Áurea Akemi; revisão técnica Miriam Sutter.- Rio de Janeiro: Jorge Zahar Ed., 2008.
il. color.

Tradução de: Eyewitness companions: mythology
ISBN 978-85-378-0135-2

1. Mitologia. I. Philip, Neil. II. Título. III. Título: Mitologia.

09-0827. CDD: 292
CDU: 255

---

# SUMÁRIO

**TODAS AS SOCIEDADES** TÊM A SUA MITOLOGIA, UM CONJUNTO DE HISTÓRIAS SAGRADAS SOBRE OS DEUSES QUE VERSAM SOBRE O SIGNIFICADO CÓSMICO, DESDE A CRIAÇÃO ATÉ O QUE OCORRE APÓS A MORTE. AS PESSOAS REPETEM ESSAS HISTÓRIAS HÁ MILHARES DE ANOS PARA MELHOR COMPREENDER O MUNDO E SUAS PRÓPRIAS VIDAS.

Nas culturas do mundo parece haver incontáveis mitos e inúmeros deuses. Dizem que apenas os mitos hindus da Índia envolvem milhares de divindades. Essa variedade é fascinante, e deu origem a histórias que entretêm diversas gerações e inspiram artistas e escritores há séculos, sendo relevantes até hoje. Muitas pessoas lêem os mitos pela luz que eles lançam sobre a vida, os relacionamentos e a forma como o mundo evolui. Acima de tudo, eles fornecem uma visão singular sobre idéias, religiões, valores e a cultura dos povos que inicialmente os criaram. Compreender sua mitologia é compreender o seu mundo.

**Objetos preciosos,** como o disco de Hefesto da Era do Bronze em Creta, permitem um vislumbre de civilizações antigas.

## ABORDAGEM BINÁRIA

Este é um guia para vários dos mais interessantes e influentes mitos do mundo. O corpo principal do livro explora os mitos geograficamente, com capítulos sobre a mitologia da Europa à Oceania, além de um capítulo dedicado especialmente aos mitos clássicos greco-romanos. Complementando este *Quem é quem na mitologia*, há uma série de breves biografias de deuses e deusas, detalhando suas origens, personalidades e feitos.

## ORIGEM DAS HISTÓRIAS

O relato dos mitos neste livro origina-se de duas fontes distintas. Em alguns casos, os escritores antigos legaram narrativas sobre os mitos de seus povos, e esses textos fornecem informações sobre culturas como a da Grécia clássica e a da Índia. Quando não há textos antigos, confiamos no trabalho de folcloristas e antropólogos que visitaram as localidades e registraram e estudaram as histórias de sua tradição oral. A maioria dos mitos da África, América do Norte e Oceania nos foi passada dessa forma.

**As mitologias emergem** no santuário de tumbas do rei Antíoco I na Turquia, onde enormes figuras de pedra representam divindades gregas e persas.

# INTRODUÇÃO À MITOLOGIA

Os mitos são histórias sagradas. Falam da criação do mundo, do surgimento dos deuses e dos primeiros homens, das aventuras de heróis e da audácia dos trapaceiros, da natureza do céu e do mundo subterrâneo e também do que acontecerá no final dos tempos. Todas as culturas têm seus próprios mitos, que são passados de geração a geração.

A qualidade sagrada do mito é a sua característica mais importante. Geralmente, sua versão completa e seu significado interior só podem ser conhecidos pelos sacerdotes, xamãs ou iniciados de um culto em particular. Às vezes o mito é contado apenas em alguma época especial do ano, numa cerimônia particular ou para um grupo de escolhidos. Dentre os aborígines da Austrália, os mitos podem ser o conhecimento secreto de homens, mulheres, parte da tribo ou de um grupo de pessoas. Um mito pode até ser propriedade privada de uma família ou de um indivíduo em especial.

**As primeiras histórias** registradas por mitos parecem ter sido instigadas pelo mundo natural que cerca os povos primitivos.

## MITO E RELIGIÃO

O mito é o elemento essencial de todas as religiões. Surge na forma de histórias que abrangem crenças sobre a natureza humana, a do divino e a aliança entre as duas. Se numa conversa informal "mito" significa algo fictício, em sua essência a palavra indica uma forma de explorar a realidade fundamental. Mitos são histórias que dizem a verdade sobre nós mesmos.

## VERDADES FLEXÍVEIS

Mitos são ambíguos e sutis, contêm vários significados. Não são fixos, mas flexíveis: adaptam-se a mudanças e a novos conhecimentos. Essa flexibilidade inata do mito – inicialmente observada pelo antropólogo Raymond Firth nos seus estudos sobre Tikopia, uma das ilhas Salomão – mimetiza o método científico, preferindo ajustar teorias que se encaixem aos fatos e ignorar aqueles que não se enquadrem na teoria.

Um exemplo dessa flexibilidade pode ser visto na mitologia dos achumawis da Califórnia, conforme o relato de 1928 de Istet Woiche a C. Hart Merriam. Grande admirador de Istet Woiche, esse velho narrador de mitos, o Transmissor e Mantenedor das Leis do grupo madesiwi, Merriam registrou: "Conforme nossa familiaridade cresceu ... cheguei a encará-lo como um homem de notável saber." Quando Istet Woiche descobriu que a Terra gira em seu eixo ao redor do Sol – o que não fazia parte das tradições dos achumawis –, refletiu cuidadosamente e decidiu que devia ser verdade, argumentando que "se o mundo não andasse, não haveria vento". Ele incorporou este novo conhecimento à sua mitologia, atribuindo a tarefa de fazer girar o planeta a Coração do Mundo, uma das duas divindades preexistentes dentre os madesiwi.

**A narração de histórias** e a manutenção de mitos e rituais eram de responsabilidade dos mais velhos e dos homens e mulheres sábios.

**A arte pré-histórica** geralmente sugere que os artistas registravam histórias e acontecimentos lendários.

Mitos são a fusão de impulsos criativos, espirituais e sociais da humanidade. As histórias têm várias funções: religiosas, estéticas e práticas. Essencialmente, os mitos de cada sociedade agem como um registro-padrão de todos os aspectos de sua cultura.

## MITO E METÁFORA

Os mitos, como os poemas, operam por meio de metáfora. Dobram o mundo até que pontos distantes e distintos se tocam e convergem. Essas equivalências nos mostram quem somos realmente. Por exemplo, a descida de Inana, deusa da Suméria, ao mundo subterrâneo pode ser interpretada por um leitor moderno como uma descrição psicologicamente exata e poeticamente viva da iniciação da mulher no seu poder feminino. Os pimas do sudoeste americano têm um mito no qual o deus Gavião reproduz nosso mundo num cosmo em miniatura. Cada mito é como este cosmo em miniatura, apresentando um mundo de significados. Nas palavras da antropóloga Maya Deren: "Os mitos são os fatos da mente manifestos em uma ficção sobre o assunto."

# MITOS EM CONTEXTO

Os mitos são histórias sagradas sobre as grandes questões da vida e da morte, mas também estão presos à estrutura social e aos valores de uma sociedade, suas idéias sobre a família, o relacionamento entre os sexos, a lei e a ordem, e abordam ainda a culinária, a caça e a agricultura.

## O CAMINHO PARA O SAGRADO

Os mitos fornecem tanto um caminho para o mundo sacro quanto um guia sobre como viver no mundo da realidade cotidiana, pois para uma sociedade que se identifica completamente com a sua mitologia todas as ações neste mundo ecoam no dos deuses. Numa cultura que é totalmente imersa no mito – como a do povo warao na região do delta do Orenoco, Venezuela –, todos os aspectos da vida, por mais mundanos, estão imersos no senso do sagrado.

**Encenações das histórias** sagradas e rituais unem as sociedades, tornando os objetos ritualísticos posses valiosas, imbuídas de mágica.

## ENTRADA NA SOCIEDADE

A verdade da mitologia dos waraos repousa na forma como ela liga ao povo o complexo nicho ecológico no qual vivem. Ao nascer, um warao inicia um vínculo perpétuo de responsabilidade e respeito mútuos com os deuses waraos. O primeiro choro da criança percorre o mundo até a montanha-lar de Ariawara, o deus da origem, e o grito de boas-vindas do próprio deus retorna como eco. Três dias após o nascimento, Hahuba, a serpente do ser, que repousa encolhida nas águas do mundo e respira de acordo com as marés, envia uma brisa perfumada para abraçar a nova vida. A criança já faz parte do equilíbrio entre o natural e o sobrenatural, que é o cotidiano de urdidura e trama dos waraos.

## O MUNDO EM MICROCOSMO

Povos como os waraos estão perfeitamente sintonizados com o meio ambiente. Em um nível seus mitos são histórias emocionantes sobre os seres sagrados na

A rivalidade tribal na sociedade da Índia reflete-se em mitos que falam de heróis de famílias lendárias que superam uns aos outros em atos de coragem.

época da criação e em outro são um guia detalhado para o delicado equilíbrio natural do mundo em que vivem.

Ao pesquisar a mitologia do povo ifugao na ilha de Luzon, Filipinas, Roy Franklin Barton desistiu de tentar contar os deuses ifugaos depois que chegou a 1.500. Essas divindades – os 70 deuses da reprodução, os cinco que aliviam a artrite, e assim por diante – são seres pouco importantes para quaisquer outras pessoas que não os ifugaos. Por sua natureza muito restrita, os mitos ifugaos não são úteis para generalizações sobre o mundo, mas, em seu contexto específico, codificam e explicam todos os aspectos da vida ifugao.

## QUESTÕES HUMANAS

Como os ifugaos, os romanos tinham um deus ou uma deusa para todos os objetivos. Um marido romano precisava da ajuda de oito deuses apenas para consumar o casamento: Jugatino unia o casal; Domiduco conduzia a noiva para o novo lar; Domício aí a instalava; Manturna a mantinha lá; Virginiense lhe desatava a cintura de virgem; Súbigo a submetia ao desejo do marido; Prema a mantinha sob o corpo do marido; e Pertunda permitia a penetração. Santo Agostinho ironicamente argumentou: "Deixe alguma coisa para o marido fazer também."

## PADRÃO PARA O COTIDIANO

Mitos, portanto, não são meras histórias. Oferecem coesão social, atuam como guias para o comportamento mesmo no leito nupcial, mantêm o delicado equilíbrio, os valores, as estruturas de cada sociedade, bem como sua relação com o meio ambiente, e criam um suporte espiritual para os costumes, os rituais e as crenças.

"VIVEMOS PELO MITO E O INCORPORAMOS, E ELE NOS INCORPORA. O QUE É ESTRANHO É COMO O RECONSTRUÍMOS."

Michael Ayrton, *The Midas Consequence*

# NO PRINCÍPIO

Quase todas as sociedades relatam como o mundo, as pessoas e os animais foram criados. Em geral, os mitos sobre a criação falam de um mundo primitivo de espaço vazio ou de água e gelo, que é moldado por um criador, ou ainda de uma batalha cíclica entre a ordem e o caos.

## O "EU SOU" PRIMORDIAL

O tema mais recorrente nos mitos de criação é o desejo de um deus criador que separa a Terra dos céus, molda as paisagens e cria pessoas a partir de barro, galhos, suor ou até mesmo de suas próprias pulgas. No mito dos antigos egípcios, esse deus era Rá, ou Amon-Rá – também chamado Nebertcher, o Senhor sem Limites –, que se fez simplesmente dizendo "Eu sou!", antes de colocar as forças da criação em movimento masturbando-se. A noção de trazer o mundo à existência está presente no mito dos keres, povo americano do sudoeste, cuja Mulher Pensadora teceu o universo por meio de seus próprios pensamentos.

## CRIAÇÃO DA ÁGUA

O surgimento da existência a partir de um abismo de água é uma característica do mito egípcio, no qual um monte de terra emerge do oceano de Nun, enquanto o mito da criação da Babilônia fala sobre o nascimento de todas as coisas a partir da união de águas doces e salgadas. Em muitas culturas, um agente de transformação deve fazer o solo emergir das profundezas primeiras. Os ainos, povo nativo do Japão, contam que o criador Kotan-kor-kamuy fez descer do céu uma alvéola de água para que essa ave trouxesse a terra do fundo do dilúvio primitivo e formasse o solo. Dentre os nativos americanos, esse "escavador da terra" toma a forma de um castor, marta, rato almiscarado, mobelha, tartaruga ou pato. Às vezes, essa figura é o co-criador, que tenta estragar o mundo, como no mito siberiano de Ulgan e Erlik. Quando Erlik emerge de seu mergulho ao fundo do oceano, deixa um pouco de lama na boca, esperando criar seu próprio mundo, pois vira como este mundo fora criado. Ulgan ordena que a lama se expanda e Erlik quase se engasga; a lama que ele cospe se transforma nas partes pantanosas da Terra.

**Rá, o deus-Sol** criador da mitologia egípcia, com freqüência é representado sob forma humana, usando a mitra de faraó e navegando sua barca sagrada pelos céus.

**Amaterásu, a deusa do Sol,** e Susano, o deus da tempestade, são filhos dos deuses criadores japoneses Izanami e Izanagui. Com freqüência a criação é seguida pela procriação de divindades elementares para controlar os vários aspectos do novo cosmo.

## FORÇAS DA NATUREZA

Em muitas mitologias, as forças da natureza se combinam para trazer o mundo à vida. O mito de criação dos singphos, Himalaia, nos diz que no princípio não havia terra, nem céu, apenas nuvens e névoa. Disso nasceu uma mulher-nuvem. Por sua vez, ela deu à luz duas crianças-neve, que tiveram uma menina-lama e um menino-nuvem. Estes também se casaram, e o filho deles foi o vento. Seu sopro era tão poderoso que ele atirou seu pai-nuvem para cima, para bem longe, e secou sua mãe-lama, e eles acabaram se tornando o Céu e a Terra.

Tal mito de criação pode rapidamente ser relacionado aos fenômenos naturais, mas outros são bem mais abstratos e intelectuais. De acordo com os índios juaneños e luiseños da Califórnia, no princípio não havia nada, apenas o espaço vazio, onde se formaram duas nuvens. Uma foi chamada Vago e a outra, Vazio. Vago se estirou e se tornou a Terra, enquanto Vazio se elevou o mais alto que pôde e se tornou o Céu. A partir dos dois, irmã e irmão, surgiu todo o resto do mundo. Um mito polinésio sobre a criação é tão detalhado que até celebra o nascimento da poeira no ar, vindo da união de "Coisa pequena" com "Coisa imperceptível".

## CICLOS DA CRIAÇÃO

Na crença hindu, o deus Brahma é a fonte de todo tempo-espaço e dos trabalhos de criação em um ciclo contínuo. Quando Brahma acorda, o mundo se torna um ser durante o "dia", que dura mais de quatro bilhões de anos; quando Brahma dorme, a ilusão total do mundo se dissolve em nada. Este conceito de uma série de novas criações pode ser encontrado em muitas outras mitologias, como as da América Central. Mesmo o fim de todas as coisas, como a batalha nórdica de Ragnarok, o crepúsculo dos deuses, pode ser simplesmente um novo começo.

"OS MITOS SÃO SONHOS PÚBLICOS; OS SONHOS SÃO MITOS PRIVADOS."

Joseph Campbell, antropólogo

**Devido à proximidade** com o céu, as montanhas, do Himalaia às Rochosas, figuram em vários mitos de criação.

# O COSMO

A criação do Sol, da Lua e das estrelas faz parte de quase todas as mitologias. É observando a dança das estrelas e as rotas dos planetas que medimos o tempo. A face inconstante do céu noturno levou a mitos sobre a idade do mundo e sobre batalhas de poder nos céus.

## O ETERNO RETORNO

Uma das características principais de muitas mitologias é o contraste entre a linearidade do tempo que vivenciamos e o ritmo cíclico do tempo mitológico, que incorpora o que um historiador de religiões, Mircea Eliade, chamou de "o mito do eterno retorno". Os mitos e os rituais são uma forma de entrar no presente eterno desse tempo mitológico e acessar seu poder criativo.

## A ÁRVORE DO MUNDO

Muitas cosmologias imaginam um universo em várias camadas, unidas por um eixo central ou "árvore do mundo". Os vikings colocavam o Niflheim, o mundo dos mortos, na parte inferior do cosmo, o mundo dos mortais, Midgard, no meio, e Asgard, o mundo dos deuses, em cima. Ligando-os aos reinos dos elfos, gigantes e anões, havia a árvore do mundo, Yggdrasil.

## O MOINHO DO CÉU

Um dos conceitos centrais da mitologia antiga é o moinho do céu, que gira o pilar cósmico ou árvore do mundo. O moinho do equador celestial produz as eras do mundo. Um dos nomes dados à grande divindade inca, Viracocha, é traduzido como "o dono do moinho". Os incas, percebendo o fenômeno astronômico da precessão (a oscilação na rotação da Terra, que faz o equinócio se movimentar pelas constelações), temiam que as estrelas e o Sol estivessem em guerra, e tentavam amarrá-los para evitar um desastre, fazendo rituais na pedra Intihuatana – "o ponto mais alto do Sol" –, em Machu Picchu. Lá eles suplicavam a Viracocha: "Que o mundo não vire de cabeça para baixo."

**Uma pose clássica do** deus hindu Vishnu mostra a divindade repousando sobre a serpente cósmica Shesha, que mantém todo o universo dentro de seu capuz.

# "NOSSO POVO FOI FEITO PELAS ESTRELAS."

Jovem Touro, um pawnee pitahawirata

## A CRIAÇÃO DO COSMO

Os pawnees das Grandes Planícies da América do Norte acreditam que foram feitos pelas estrelas e que no fim do mundo se tornarão estrelas. Essa mitologia cósmica se reflete na arquitetura de suas cabanas de barro, que, como as tendas de suor dos lakotas, são uma miniatura do universo. As tendas são construídas com pilares no nordeste, noroeste, sudoeste e sudeste, representando os quatro deuses que seguram os céus. A entrada fica do lado leste para deixar a construção "respirar", e o altar com o crânio de búfalo de Tirawa, o criador, fica no oeste.

**Para os gregos,** em Delfos, a pedra *Omphalós* ("umbigo") marcava o centro do mundo.

## UM LUGAREJO VIVO

O povo dogon, de Mali, oeste da África, tem um dos sistemas mitológicos mais complexos já registrados. Cada aspecto da vida dogon existe por meio do mito. Cada vilarejo dogon, por exemplo, é visto como uma pessoa viva. É construído de norte a sul, com uma forja na cabeça e um templo nos pés, porque Amma, o criador, fez o mundo de barro, no formato de uma mulher deitada nesta posição. A cabana do Hogon, o chefe, é um modelo do cosmo, e os movimentos dele estão ajustados ao ritmo do universo. Sua bolsa é a "bolsa do mundo", seus auxiliares são o "eixo do mundo".

## O SOL É DEUS

As famosas últimas palavras do pintor britânico William Turner, "o Sol é Deus", estão refletidas em todas as mitologias. O disco do céu feito de bronze proveniente de Nebra, um artefato astronômico datado de c. 1600 a.C., descreve o paraíso visto de uma montanha de Mittelberg, Alemanha. Provavelmente usado como um calendário, mostra o Sol, a Lua, as estrelas, os solstícios de inverno e de verão e um barco dourado, no qual o Sol cruzava o céu.

# OS PRIMEIROS SERES

Todas as mitologias narram como os primeiros homens foram feitos. Mas muitas vezes a humanidade parece emergir como um tipo de reflexão posterior, apenas depois que o processo principal da criação está concluído, seja pelos deuses, ou por uma raça de seres ancestrais.

## ANCESTRAIS MÍSTICOS

Na Austrália, África e Américas, muitos mitos não se preocupam com os contemporâneos, mas sim com os seres ancestrais, parcialmente humanos, parcialmente animais, da época da criação. A atividade dele – o Sonho, para os aborígines australianos – estruturou o mundo e estabeleceu as leis. Por exemplo, a mitológica "história do universo" dos achuwamis da Califórnia, registrada a partir do relato oral de Istet Woiche, tem 160 páginas – e apenas na penúltima os seres humanos entram na história. Todo o livro é dedicado aos feitos de uma raça conhecida como o Primeiro Povo, e é só depois de um dilúvio catastrófico em que quase todo esse povo se transforma em animais que surge a raça humana conforme a conhecemos.

**O guerreiro-águia da** América Central honra um membro da raça prévia de seres animais – um tema comum a várias culturas.

## O FLUXO CRIATIVO

Esses seres primitivos, com seus toscos poderes de transformação e criação, são muito importantes para a mitologia e para a visão de mundo de várias culturas. A compreensão trazida por mitologias como a dos achuwamis é a de que o mundo está em estado de fluxo criativo desde o início dos tempos, de que tudo está interligado e de que os homens foram uma adição posterior a esse amálgama

## OS MITOS DA IDADE DO GELO

Essa mesma visão de mundo provavelmente já foi dominante na Europa, como se pode ver pelas pinturas de cavernas da Idade do Gelo, que retratam animais, homens e homens-animais e parecem se relacionar a rituais xamanísticos de caça. Estão espelhados na arte em

"VAMOS FAZER O HOMEM COM IMAGINAÇÃO."

*Gênesis*, 1:26, numa tradução alternativa do rabino Nachman de Bratislava

**Os cristãos Adão e Eva** têm paralelos em várias mitologias: se as primeiras pessoas enfurecem os deuses, são banidas ou transformadas.

rocha dos sans (boxímanes) do sul da África, cujos mitos vivos tratam dos feitos da Raça Primitiva de pessoas-animais. O deus criador dos sans mantém a capacidade de se transformar em várias formas animais diferentes.

## TENTATIVA E ERRO

Às vezes, a criação dos homens pelos deuses é a última de uma série de tentativas para se fazer uma raça preparada para alimentar esses deuses com orações e sacrifícios. Tanto na mitologia clássica grega quanto na maia, três versões humanas são criadas antes que os deuses estejam satisfeitos com o resultado, embora ainda hesitantes. Os protótipos rejeitados podem ser destruídos, exilados pelos seus criadores furiosos ou ainda transformados em animais. Às vezes, os homens surgem quase que por acidente, como no mito esloveno no qual Deus estava tão exausto depois de criar o universo que uma gota de suor caiu de sua testa. Essa gota se tornou o primeiro homem, destinado à labuta e ao suor.

## DE VOLTA AO ESTADO PRIMITIVO

Na mitologia dos nuxalks (Bella Coola) da Colúmbia Britânica, o deus supremo Alquntam criou os primeiros humanos. Cada um deles escolheu um "manto" de pássaro ou animal que ficava na Casa dos Mitos e desceu à Terra sob aquela forma. Para os nuxalks, o corpo é simplesmente uma "manta de carne". O espírito é imortal. Quando uma pessoa morre, seu espírito refaz o caminho dos ancestrais até chegar ao lugar onde o primeiro deles desceu à Terra. Então ele pega o manto do ancestral e ascende para viver na Casa dos Mitos.

**As costas da Terra do Fogo,** onde os ancestrais animais-homens do povo yamana se estabeleceram. As mulheres mandavam nos homens, até que estes se rebelaram.

# HERÓIS E TRAPACEIROS

Na mitologia há dois tipos de heróis. Uns são celebrados pelos grandes feitos, como Heraclés (ou Hércules). Outros deram aos homens os dons da cultura, como a agricultura, a cerâmica ou a tecelagem. Os ambivalentes trapaceiros podem ser heróis da cultura ou mesmo co-criadores.

## PALHAÇOS INCONVENIENTES

A importância dos trapaceiros na mitologia repousa no reconhecimento cultural de que a vida, no fundo, é um paradoxo e uma brincadeira. Isso fica evidente, p.ex., no comportamento dos palhaços heyokas dos lakotas, uma nação do Meio-Oeste americano. Os heyokas são pessoas que, tendo sonhado com um ser mitológico chamado Pássaro-Trovão, passam a fazer tudo ao contrário. Usam as roupas do avesso, caminham para trás e falam usando antônimos. O modelo para todos os heyokas é Iktomi, o trapaceiro lakota que conversa com o Pássaro-Trovão. Iktomi, originalmente Ska, deus da sabedoria, está condenado a caminhar pela Terra, dotado apenas de sua esperteza que sempre o encurrala em suas próprias ciladas. Ele pode conversar com todos os seres vivos, tornar-se invisível e transformar-se num velho ou em qualquer outra coisa para pregar peças nos homens.

**Em oferendas a Legba,** deus trapaceiro do vodu, leite e ovos são derramados sobre ele.

## ARANHA E LEBRE

"Iktomi" significa aranha, e diz-se que o deus tem um corpo redondo e pernas de aranha, mas pés e mãos humanas. Outros trapaceiros dos nativos americanos são a Lebre, Big Rabbit, o Corvo, o Coiote e a Marta. Na África, os trapaceiros geralmente são a Aranha ou a Lebre: os trapaceiros Anansi (o homem-aranha dos ashantis) e a Lebre foram levados pelos escravos da África ao Caribe e aos Estados Unidos, onde ficaram mais conhecidos, nos estados do sul, como Aunt Nancy, figura que aparece em histórias populares dos gullahs, e Brer Rabbit, o esperto mas às vezes pretensioso herói das histórias folclóricas de Uncle Remo.

## TRAPACEIROS GREGOS

Vários deuses gregos, inclusive Hermes e Dioniso, têm características de trapaceiros. Mesmo o grande herói Heraclés às vezes é retratado como um trapaceiro: na versão romana, em que é chamado de Hércules, ele e a amante Ônfale vestem-se um com as

**O Corvo trapaceiro** é comum a mitos de tribos tanto da América do Norte quanto do norte da Sibéria.

roupas do outro para enganar o lascivo Fauno (*p.92*). Na pintura de um vaso, que retrata a tentativa de Heraclés de roubar o altar de Delfos, ele tenta persuadir Apolo a descer do telhado de um templo com uma bandeja de apetitosas frutas, mas na outra mão porta uma clava, pronto para atacar.

> "A DESORDEM PERTENCE À INTEGRALIDADE DA VIDA, E O ESPÍRITO DESSA DESORDEM É O TRAPACEIRO."
>
> Karl Kerényi, "The Trickster in Relation to Greek Mythology", em *The Trickster*, de Paul Radin

## TRUQUES DE LOKI

O deus nórdico Loki é um trapaceiro. Embora seja um dos deuses de Asgard – Odin, o pai de todos, é seu irmão adotivo –, é também um dos gigantes inimigos dos deuses. Seus truques custam muito caro aos deuses, mas também os fazem ganhar seus maiores tesouros, e ele é tolerado até que provoca a morte de Balder o Belo, o amado filho de Odin. Depois que Loki escarnece dos deuses, revelando seus segredos mais vergonhosos (p.ex., que as filhas do gigante Ymir usavam a boca do deus do mar Njord como penico), eles o perseguem e, usando as entranhas de seu filho Narvi, amarram-no a uma rocha, fazendo ainda com que o veneno de uma cobra pingasse sobre seu rosto.

## NATUREZA DÚBIA

A trapaça dos heróis e o heroísmo dos trapaceiros mostram que essas figuras com freqüência compartilham as duas características. O mito dos Gêmeos-Heróis, entre os maias e entre os nativos americanos do sudoeste, mescla coragem e trapaça em suas batalhas contra os monstros que enfestam o mundo. É a esperteza de Odisseu que decide a Guerra de Tróia a favor dos gregos, e é a coragem que leva o astuto Maui-dos-Mil-Truques do mito polinésio a tentar conquistar a morte – e morrer nessa tentativa

**Héracles** possuía a força física de um herói, mas seu caráter era maculado por ambição, lascívia e um temperamento violento.

# O GRANDE DILÚVIO

A história bíblica da arca de Noé é o mais conhecido dos mitos universais em que um deus enraivecido destrói e limpa o mundo com água ou chamas. Os paralelos entre a história de Noé e os antigos mitos da Mesopotâmia registrados no *Épica de Gilgamesh* são surpreendentes.

## UM RECOMEÇO

Em muitas mitologias o mundo era apenas um oceano em seu estado primitivo. Assim, a ação dos deuses, ao inundá-lo, o devolve à primeva condição, permitindo um recomeço. Na mitologia dos chewongs da Malásia, o criador Tohan transforma o mundo de tempos em tempos, quando submerge todas as pessoas, exceto aquelas que prevenira, e cria uma nova Terra no fundo das águas. Os mitos de dilúvio são encontrados no mundo inteiro, mesmo (embora esparsamente) na África subsaariana e na Europa continental. O mito hindu de Manu e o dilúvio é o mais conhecido dentre as diversas variantes asiáticas.

**No mito hindu,** o deus Vishnu toma a forma de um peixe, Matsia, para salvar o mortal Manu do dilúvio.

## INFLUÊNCIAS BÍBLICAS

Alguns mitos de dilúvio indígenas fundiram-se tão completamente com a história da Bíblia que é difícil separar as influências. No oeste da Austrália, por exemplo, a história de Noé foi superposta à paisagem local. Construindo-a sobre suas próprias tradições acerca do dilúvio, os aborígines acreditam que a arca de Noé parou ao sul do rio Fitzroy e que seus restos ainda podem ser vistos ali. No Peru, o criador inca Viracocha, insatisfeito com a primeira tentativa de forjar humanos – uma raça de gigantes –, destruiu-os com um dilúvio que os transformou em pedra. Os incas apontam antigas estátuas, como as de Tiahuanaco (um local sagrado na atual Bolívia), como evidência dessa raça primitiva.

## O DILÚVIO COMO PUNIÇÃO

O conceito de dilúvio como punição ocorre na história clássica de Atlântida (*ver p.27*). No mito da Grécia Antiga,

"ATLÂNTIDA DESAPARECEU NAS PROFUNDEZAS DO MAR."

Platão, *Timeu*

**No mito grego,** Deucalião e Pirra jogaram pedras sobre os ombros para recriar a humanidade. Dizem que as pedras eram os ossos da Mãe-Terra.

Zeus enviou um dilúvio para punir a arrogância dos primeiros homens. O titã Prometeu advertiu Deucalião, seu filho, da catástrofe que sobreviria. Deucalião construiu uma arca e nela se refugiou com a esposa, Pirra. Por nove dias e noites eles ficaram à mercê das águas, até pararem no monte Parnaso. Quando as chuvas cessaram, Deucalião ofereceu um sacrifício a Zeus, que em troca lhe concedeu um desejo. Deucalião então pediu outros homens sobre a Terra. Seguindo as instruções de Zeus, o casal jogou pedras sobre os ombros. As que Deucalião atirou viraram homens e as de Pirra, mulheres.

## ÚNICOS SOBREVIVENTES

O repovoamento da Terra após uma inundação com freqüência requer soluções engenhosas quando, como nos mitos eslavo e mesopotâmico, apenas um indivíduo, um homem, sobrevive. Num caso semelhante, os huichols, grupo indígena do México central, narram um dilúvio no qual apenas um homem e sua fiel cadela escaparam. Espionando-a, ele viu que ela podia se transformar em mulher. O homem atirou a pele de cadela da mulher no fogo e ela chorou até que ele a banhasse em água de *nixtamal* (grãos de milho embebidos em uma solução alcalina), com o que ela se tornou uma mulher de verdade. Eles se casaram e são os ancestrais da humanidade.

### O MITO DE ATLÂNTIDA

Para agradar sua amada, a mortal Clito, Posídon transformou a mítica ilha de Atlântida num lugar de maravilhas. Seus filhos regeram o Mediterrâneo sabiamente, mas com o tempo o sangue divino arrefeceu e o povo atlante sucumbiu às paixões mortais, ambicionando o poder. Posídon, triste e zangado, agitou o mar até que uma onda enorme engolfasse Atlântida e a ilha afundou sob as águas.

# A MORTE E O ALÉM

Por que morremos e o que acontece quando partimos são perguntas feitas em diversos mitos. Personagens heróicos desceram ao Mundo Subterrâneo buscando respostas junto aos deuses da morte – que também podem ser, como o deus vodu Gedé, os senhores da vida.

## SEGREDOS DO ALÉM

Os mitos dos antigos sumérios estavam intimamente ligados a questões de mortalidade e imortalidade. Após a morte do amigo Enkidu, o herói Gilgamesh busca a vida eterna e quase a consegue. A deusa Inana desce ao Mundo Subterrâneo e é obrigada a se livrar de tudo que apreciava antes de subir novamente como a Grande Deusa do Céu e da Terra.

## A BUSCA DA CERTEZA

Tanta é a motivação de descobrir o que está além da morte, que isso pode mudar o curso da história. Em 627, o rei inglês Edwin de Nortúmbria reuniu um conselho para decidir se deveria ou não se converter ao cristianismo. Um de seus seguidores comparou a vida de um homem ao vôo de um pardal em um salão de festas. Quem sabe o que aconteceu na escuridão antes ou depois? O cristianismo oferecia uma resposta. Edwin concordou, assim como Coifi, o sumo sacerdote dos antigos deuses, e ele mesmo comandou a destruição dos velhos templos pagãos.

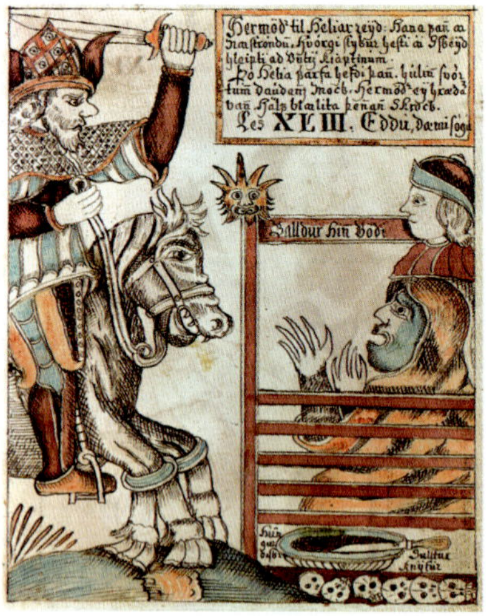

**Muitos mundos subterrâneos** têm um "guardião do portal", como o grego Caronte e o egípcio Aken. A gigante Modgud guarda a ponte para o nórdico Hel (*acima*).

## O JULGAMENTO FINAL

Os egípcios conceberam o além como um vale estreito cortado por um rio, separado deste mundo por uma cadeia de montanhas. O mágico Setne visita os sete salões do Além. À porta do quinto salão estavam os acusados de crimes, suplicando por misericórdia. O sétimo era o Salão das Duas Verdades, onde os pecados do morto eram pesados em relação à pena de Ma'at.

A idéia de uma jornada difícil após a morte até um lugar de julgamento final não é prerrogativa das "grandes" civilizações. Os guarayús, da Bolívia, narram como a alma do morto escolhe entre um caminho largo e fácil e um outro, estreito e perigoso. Ao escolher o estreito, a alma enfrenta vários perigos antes de se reunir a Tamoi, o Avô, em seu paraíso. Um dos testes é caminhar pela árvore mágica, que conhece todos os segredos da vida pregressa da alma, sem ouvir suas vozes.

## A LUA

A Lua é um símbolo poderoso da morte e do renascimento em muitas mitologias. Os digueños da Califórnia dizem que a Rã estava zangada com o criador, Tu-chai-pai, e cuspiu veneno no lago de onde ele bebia. O criador não bebeu o veneno, mas ficou tão amargurado que decidiu morrer. Disse às

**Mundos subterrâneos** como o Hades grego podem ser visitados por heróis para resgatar um campanheiro ou um amante – um tema comum nos mitos.

pessoas: "Morrerei com a Lua." Quando ela se encolheu no crescente, o criador faleceu e transformou-se em seis estrelas. Desde então, todas as criaturas devem morrer.

## A MALDIÇÃO DA IMORTALIDADE

O mito grego da Sibila de Cumas adverte sobre o desejo de imortalidade. Apolo se apaixonou pela jovem sacerdotisa e ofereceu a ela tudo o que desejasse. Sibila pediu viver tantos anos quanto os grãos de areia que ela conseguisse segurar. Apolo atendeu ao pedido, mas, ao ser rejeitado por ela, negou-lhe o dom da eterna juventude. Ela definhou, até ficar presa num jarro como um inseto. Quando lhe perguntavam o que ela queria, ela respondia: "Quero morrer."

**O Campo de Juncos dos egípcios** é comparável aos Campos Elíseos dos romanos – uma morada final para os bons e heróicos que oferece uma imortalidade de êxtase celestial.

# O FIM DO MUNDO

Assim como a maioria das mitologias descreve o princípio do mundo no momento da criação, muitas predizem o fim do mundo em algum tipo de cataclismo definitivo, no qual as escoras que o suportam cederão e o mundo será consumido pelo fogo ou tomado pelo dilúvio.

## PREVENINDO O FIM

Os povos nativos americanos da Califórnia celebram complexos rituais anuais cujo objetivo é "a renovação do mundo". O festival do Ano Novo dos antigos babilônios tinha o mesmo fim, o de manter as forças do caos a distância e permitir ao deus Marduk estabelecer a ordem universal para o ano seguinte. Implícita nesses rituais está a idéia de que sem um esforço concentrado o mundo escorregará para o caos primitivo, que poderá ser "descriado" com a mesma facilidade com que foi criado. Por exemplo, quando Jasper Blowsnake – uma fonte essencial para os etnógrafos que registraram a mitologia da nação winnebago – foi iniciado nos ritos medicinais sagrados da tribo, disseram-lhe: "Mantenha tudo em segredo absoluto. Se o revelar, o mundo chegará ao fim. Todos morreremos." De forma semelhante, quando Edward S. Curtis fotografou os tambores sagrados de tartaruga dos mandans, seu guardião, Packs Wolf, lhe disse: "Não os vire jamais; se isso acontecer, todas as pessoas morrerão."

## CATÁSTROFES FUTURAS

Em todo o mundo, dos hmongs do Laos aos tobas de Gran Chaco, América do Sul, há mitos sobre catástrofes mundiais passadas e aviso de outras futuras. Como o poeta Robert Frost escreveu: "O mundo acabará em fogo, dizem alguns./Para outros, findará em gelo. Pelo que sei do desejo/Me junto àqueles a favor do fogo."

## O SIGNIFICADO DO TEMPO

O *Livro de Chilam Balam*, dos maias, diz que "todas as luas, todos os anos, todos os dias, todos os ventos, chegam à plenitude e fenecem". Os maias acreditavam que o

**Ragnarok,** a última batalha cataclísmica da mitologia nórdica, marcará o fim deste mundo.

tempo mantinha os deuses presos dentro das estrelas. Essa noção se reflete na mitologia do zoroastrismo, na qual o tempo era imaginado como um meio de se prender o espírito do mal Ahriman dentro da criação, e levá-lo à sua queda final.

## UM DEUS EXAUSTO

Uma velha canção de simpósios egípcia fala de "milhões e milhões de anos futuros" na terra dos mortos. No entanto, os egípcios não pensavam que a eternidade duraria para sempre. Chegaria um dia em que o deus-Sol Rá se cansaria e daria um fim ao mundo. Então ele se reuniria com Osíris nas águas primevas de Nun. Tudo isso Rá prometera a Osíris quando o incumbira de cuidar do Mundo Subterrâneo. Rá disse: "Destruirei toda a criação. A terra ficará oculta em águas infinitas, como foi no princípio. Eu permanecerei lá com Osíris, depois de me transformar em uma serpente que os homens não conseguirão distinguir e que os deuses não poderão ver."

## A SERPENTE CÓSMICA

Essa serpente é a forma original e verdadeira de Rá, que contém as forças elementares tanto da criação quanto do caos. Ela repousará no oceano cósmico, a cabeça na cauda, até que acordará mais uma vez do sono para criar um mundo novo. Para o criador, cada ciclo da história humana não passa de um dia, e todas as esperanças e os sonhos de vida eterna dos homens duram apenas até o surgir da noite, quando o universo ruirá sobre si mesmo e retornará à pureza da inexistência primeira.

**O deus zoroastra** Ahura Mazda tem paralelos com o Shiva hindu, pois ambos podem criar e destruir o mundo.

## UMA NOVA CRIAÇÃO

O conceito hindu de que cada ciclo de criação representa apenas um dia e uma noite para Brahma aproxima-se do modelo do Egito Antigo. Mesmo mundos que terminarão em batalha e confronto, como o dos deuses nórdicos, que será extinto na batalha de Ragnarok, discretamente se recriam longe do desastre. Os vikings diziam que somente duas pessoas, Lif e Lifthrasir, sobreviveriam para repovoar esse mundo totalmente novo.

## O QUINTO MUNDO

Na mitologia dos hopis, cujo vilarejo Oraibi é a colonização mais antiga da América do Norte, esse mundo, o quarto de uma série de sete, está entrando agora no seu "termo final". As profecias hopis predizem que, quando aparecer uma estrela azul e o espírito dela, Saquasohuh, descer à Terra para dançar na praça pública, esse quarto mundo chegará ao fim. O quinto mundo que o substituirá já está emergindo: os sinais, dizem, podem ser lidos na própria Terra.

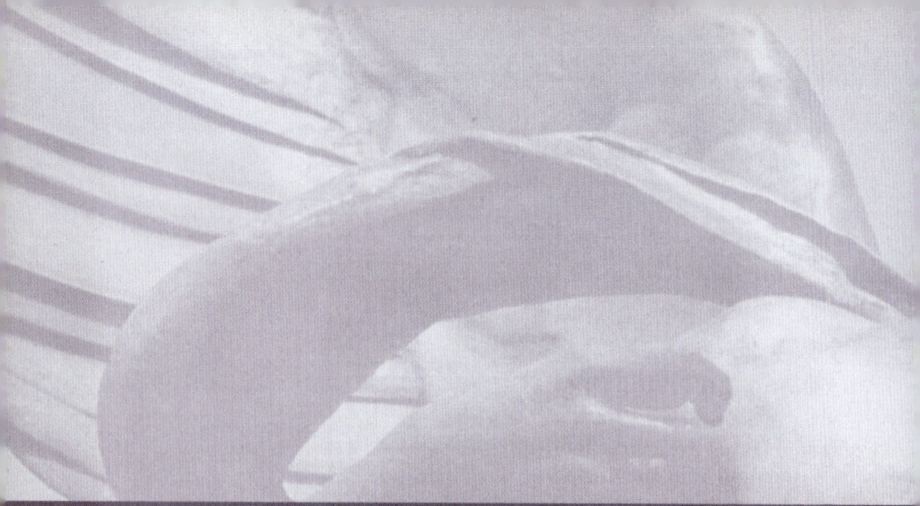

# O MUNDO CLÁSSICO

MUNDO CLÁSSICO é o termo geral que usamos para a sofisticada civilização nascida na Grécia Antiga e absorvida e desenvolvida pelos romanos. Os escritores gregos e romanos registraram vários mitos relatando histórias de seus deuses em relação a todos os aspectos cotidianos, do tempo e da colheita à fundação das principais cidades.

A mitologia dos gregos antigos é uma das mais ricas e compreende inúmeros deuses. As obras que narram essas histórias, afirmadoras da vida, cobrem mais de um milênio: dos primeiros poetas, Homero e Hesíodo, que viveram no séc.VIII ou VII a.C. aprox., aos dramaturgos e poetas que floresceram durante o apogeu de Atenas no séc.V a.C

Quando, poucos séculos depois, os romanos conquistaram a maior parte da Europa, adotaram vários mitos gregos, aos quais acrescentaram os seus próprios deuses e divindades de outros povos conquistados. A maioria dos deuses clássicos tinha forma e apresentava traços humanos: amor, ciúme, raiva – e, assim, também a guerra era um tema recorrente. Mas eram deuses poderosos, e gregos e romanos acreditavam que exerciam enorme influência sobre a vida. A maioria dos deuses e deusas governava aspectos do cosmo ou da existência – Ares regia a guerra, Afrodite era a deusa do amor –, mas muitos desempenhavam mais de um papel, tal como Atená, a deusa da guerra, da sabedoria e das artes.

## OS HOMENS E OS DEUSES

A Grécia Antiga não era um país uno, mas uma série de cidades-Estado independentes, e cada uma delas tinha seus deuses tutelares próprios. (*p.52-3*). Atená, por exemplo, era a deusa de Atenas, enquanto Zeus reinava supremo em Olímpia. Cada cidade construía templos para seus deuses e, em geral, organizava festivais em sua honra, que abrangiam tanto as artes, com concursos para poetas e dramaturgos, quanto os esportes, com competições de lançamento de disco a lutas.

Os gregos não buscavam nos deuses liderança moral ou orientação de vida, pois estes eram demasiado volúveis e até amorais. Mas acreditavam que, por meio de oferendas e sacrifícios a uma divindade em particular, conquistavam a simpatia do deus e gozavam de sua proteção no dia-a-dia.

### POETAS CLÁSSICOS

Poucos poetas podem ser citados como fontes para a mitologia clássica. Os mais antigos são Homero, cujos poemas épicos *Ilíada* e *Odisséia* narram episódios da Guerra de Tróia e as aventuras de Odisseu, respectivamente, e Hesíodo, cuja *Teogonia* cobre as origens do mundo e a genealogia dos deuses. A *Biblioteca de mitologia* (ou apenas *Biblioteca*), de Apolodoro, escritor mais recente, abrange muitos mitos gregos. O escritor romano mais importante é Virgílio. Sua epopéia, *Eneida*, reconta a lenda do herói Enéias e a fundação de Roma.

**Virgílio,** que escreveu no séc.I a.C., baseou sua obra na *Ilíada* e na *Odisséia* de Homero.

Escolhiam a divindade com cuidado – assim, por exemplo, antes de empreender uma viagem pelo mar, um grego da Antigüidade faria uma oferenda ao deus do mar, Posídon.

A seriedade conferida aos poderes dos deuses é evidente na *Ilíada*, de Homero, em que a mudança de sorte dos antagonistas na guerra de Tróia quase sempre é atribuída aos deuses, que tudo observavam de sua morada no monte Olimpo.

**As mitologias,** com freqüência, fundiam-se no mundo clássico, como demonstra este motivo egípcio num pingente da Grécia Antiga.

## INFLUÊNCIA DURADOURA

Tamanha era a importância dos deuses na Grécia e em Roma, que muito do que sobrevive da era clássica está ligado à mitologia: templos, teatros em que se encenavam peças em honra a deuses, tesouros que cumulavam oferendas e objetos decorados com cenas mitológicas.

Após o declínio de Roma, no séc.V d.C., a popularidade dos mitos clássicos diminuiu. Seu interesse foi reavivado na Europa durante a Renascença, a partir do início do séc.XV. Os artistas voltaram a pintar temas mitológicos e os poetas clássicos foram traduzidos em idiomas modernos europeus. A mitologia clássica tem sido popular desde então, tanto nas artes como em outros campos. Sigmund Freud, pioneiro da psicanálise, cunhou a expressão "complexo de Édipo" com base na lendária transgressão sexual de Édipo, rei de Tebas. De forma semelhante, a mitologia clássica chegou até mesmo ao mundo dos negócios: alguns consultores econômicos, se uma empresa tem um líder dominante, descrevem-na como perpassada por uma "cultura de Zeus". Os mitos greco-romanos estão vivos.

**O santuário de Atená,** guardiã da sabedoria e da consciência espiritual, faz parte do complexo de templos em Delfos, Grécia.

# O OVO PRIMORDIAL

- Criação
- Grécia Antiga
- O cosmo
- Plínio, *História natural*; Apolônio de Rodes, *Argonáutica*

A deusa Eurínome, fecundada pela serpente do vento, tomou a forma de uma pomba para botar o Ovo do Universo, origem de todo o mundo material.

No princípio não havia nada além de um vazio em turbilhão denominado Caos. Mas desse nada emergiu uma força criadora, que alguns dizem ser Gaia, a Mãe-Terra, outros, uma deusa chamada Eurínome, que tomou a forma de uma pomba. Gaia ou Eurínome botou um ovo enorme, do qual surgiram Úrano, o céu, Ouréa, as montanhas, Pontos, o mar, e muitas outras partes do cosmo.

Gaia e Úrano fizeram amor e assim nasceram as primeiras criaturas a habitarem a Terra. Primeiro vieram os Ciclopes, criaturas gigantes que se pareciam com os humanos, mas dotados de um só olho no meio da testa. Úrano não gostou dos Ciclopes e achou que eles poderiam usurpar-lhe o poder, e assim baniu-os para o Mundo Subterrâneo.

Mais tarde, Gaia e Úrano geraram seis poderosos e enormes filhos, os Titãs (*v. abaixo*), que cresceram e vieram a governar a Terra. Os descendentes dos Titãs se tornariam os deuses mais importantes e duradouros da cultura clássica: os deuses do monte Olimpo.

# O NASCIMENTO DOS TITÃS

- Os primeiros seres; origem dos deuses
- Grécia Antiga
- O cosmo; a Terra
- Hesíodo, *Teogonia*

Gaia e Úrano deram origem a uma raça chamada Titãs. Dentre eles estava Crono, que se tornou seu líder.

Os Titãs eram gigantes de força incrível, que se uniram com as Titânidas e governaram a Terra.

Logo os Titãs começaram a gerar filhos. Entre seus filhos estavam aqueles destinados a ser os mais poderosos dos deuses. Éos, deusa da aurora, e Hélio, deus do Sol, eram filhos de Hipérion. Com Réia, Crono teve vários filhos, que se tornaram os deuses do monte Olimpo (*p. 40*) e uma raça tão poderosa quanto os próprios Titãs.

**O titã Atlas,** descendente de Úrano (Céu) e de Gaia (Terra), era tão forte que conseguia sustentar o mundo nos ombros.

# OS PRIMEIROS HOMENS

Origem da humanidade
Grécia Antiga
Terra

Hesíodo, *Os trabalhos e os dias*; *Teogonia*; Ésquilo, *Prometeu acorrentado*

Os deuses fizeram duas tentativas frustradas de criar seres para habitar a Terra, antes que a raça humana como a conhecemos fosse criada pelo titã Prometeu, a pedido de Zeus. Prometeu incumbiu-se de proteger e ajudar os humanos sempre que se desentendiam com os deuses. Isso atiçou a ira dos deuses, e o titã sofreu por vários anos uma terrível punição, após ter irritado Zeus.

**PERSONAGENS-CHAVE**

**ZEUS** • *rei dos deuses, filho de Crono e Réia*

**PROMETEU** • *um titã da segunda geração, filho de Jápeto e Clímene*

## ENREDO

As duas primeiras tentativas de criar seres humanos geraram a pacífica Raça de Ouro, que feneceu sem procriar, e a Raça de Prata, que Zeus baniu para o Mundo Subterrâneo por ser má. Então, a partir do barro Prometeu criou a Raça de Bronze, que se multiplicou.

### UMA PEÇA PREGADA EM ZEUS

Certa vez, quando os homens íam sacrificar um touro a Zeus, não chegaram a um acordo sobre quais partes caberiam aos deuses e quais aos homens. Prometeu ajudou-os dividindo a carne em duas porções: uma com a carne saborosa, mas coberta com o couro do animal; a outra com os ossos, mas cobertos de apetitosa gordura. Zeus escolheu a segunda, e ficou tão zangado ao descobrir o truque que recusou o fogo aos homens. Prometeu, então, roubou-o de Zeus e o trouxe à Terra, mostrando a todos como usá-lo. Furioso, Zeus o puniu. Prendeu-o a um rochedo, onde uma enorme águia bicava seu fígado, que Zeus renovava todos os dias, em infinita tortura, até que por fim Prometeu foi libertado pelo herói Héracles.

**MITOS RELACIONADOS** ▸ Os primeiros homens (*p.115*) • A criação de Pan Gu e Nü Wa (*p.172-3*)

**O mito de Prometeu** continua a fascinar os artistas modernos: esta é a estátua de Prometeu de Paul Maship, na Rockefeller Plaza, Nova York.

# A GUERRA DOS DEUSES E DOS TITÃS

Guerra dos deuses
Grécia Antiga
Grécia; Creta; o cosmo

Hesíodo, *Teogonia*; Apolodoro, *Biblioteca de mitologia*

Os primeiros governantes do universo foram os Titãs, os filhos e demais descendentes de Úrano e Gaia. Raça de gigantes imortais, detinham um poder imenso, mas não reinavam em harmonia. A principal desavença começou quando Crono, rei dos titãs, teve filhos com a esposa, Réia. Seus filhos (deuses e deusas) travaram uma longa e amarga guerra contra os Titãs mais velhos antes de finalmente conseguirem a vitória sob a liderança de Zeus.

**PERSONAGENS-CHAVE**

**CRONO** • *rei dos Titãs*
**RÉIA** • *rainha dos Titãs*
**AMALTÉIA** • *uma ninfa-cabra*
**ZEUS** • *rei dos deuses*
**POSÍDON** • *deus do mar*
**HADES** • *deus do Mundo Subterrâneo*
**TIFÃO** • *um monstro*

## ENREDO

### OS FILHOS DE RÉIA

Crono, rei dos Titãs, casou-se com a titânida Réia. Logo o casal gerou filhos, mas havia um problema: Crono ouvira de um oráculo que um de seus filhos o mataria. Para evitar a predição, cada vez que nascia um filho, Crono pegava a criança e a engolia. Isso se repetiu cinco vezes, mas na sexta Réia decidiu enganar o marido. Escondeu o recém-nascido Zeus e envolveu nas mantas da criança uma pedra. Crono pegou a pedra e a engoliu, e Réia secretamente enviou Zeus a Creta, onde ele recebeu os cuidados de uma fiel ninfa-cabra chamada Amaltéia, que o nutriu com mel fornecido pelas abelhas cretenses.

**Cronos,** rei dos Titãs, devorou cinco de seus filhos, mas no fim foi destronado pelo filho, Zeus.

### ZEUS RESGATA OS IRMÃOS

Amaltéia morreu quando Zeus era quase adulto; com a pele dela, ele fez um escudo mágico extremamente forte. Zeus sabia de sua origem e do que o pai fizera aos irmãos, e decidiu então retornar à Grécia para se vingar.

Lá chegando, encontrou Métis, uma titânida esperta, que lhe disse não ser tarde demais para libertar os irmãos. Métis forneceu a Zeus uma droga, sob cujo efeito, Crono, que a bebera, acabou por vomitar seus outros cinco filhos: os deuses Posídon e Hades e as deusas Hétia, Deméter e Hera. Depois Zeus libertou os Ciclopes, uma raça de gigantes de um olho só, que tinham sido enviados ao Mundo Subterrâneo por Úrano e lá mantidos por Crono. Também eles desejavam se vingar dos Titãs.

### A GRANDE BATALHA

Sob a liderança de Zeus, os deuses e deusas, com os Ciclopes, declararam guerra contra Crono e os Titãs. A batalha se estendeu por dez anos, e os poderosos Titãs pareciam invencíveis. Entretanto, os Ciclopes eram hábeis artesãos e produziram algumas potentes armas para os deuses. Forjaram o raio para Zeus, para Posídon, um enorme tridente,

capaz de criar terremotos e tempestades marinhas, e para Hades, um capacete mágico, que o tornava invisível quando sobre sua cabeça. Usando essas armas, os jovens deuses conseguiram, por fim, derrotar os Titãs.

## DIVISÃO DO ESPÓLIO

Quando a luta terminou, os deuses passaram a reger o cosmo e decidiram dividir o poder entre eles. Incapazes de pensar em qualquer meio de determinar quem governaria que parte do universo, escolheram por sorteio. Zeus tornou-se o regente do céu, Posídon foi feito deus do mar, e Hades, rei do Mundo Subterrâneo. Os derrotados Titãs foram presos no Tártaro, uma região profunda do cosmo, mais profunda ainda que o Mundo Subterrâneo, e habitada por monstros terríveis. Um dos Titãs, Atlas, foi punido com a tarefa de suster o céu em seus ombros.

**Deuses e homens** tinham o privilégio de tomar emprestado o capacete mágico de Hades.

**Deuses, deusas e os Titãs** participaram da guerra (também chamada de Titanomaquia) retratada no Grande Altar de Zeus, Pérgamo.

## GIGANTES E MONSTROS

Gaia, a mãe dos Titãs, ficou furiosa quando os filhos foram presos no Tártaro, e iniciou então uma nova guerra. Reuniu outro grupo de filhos seus, os Gigantes, e o fez travar batalhas contra os deuses do Olimpo, que mais uma vez venceram. Zeus foi obrigado a lutar contra o monstro Tifão a última batalha, que terminou quando Zeus o encurralou na Sicília e arremessou o monte Etna sobre sua cabeça. (Dizem que o fogo que é lançado do Etna vem dos raios que Zeus usou nessa última batalha.) A luta de Zeus pelo poder acabara e ele reinou supremo em todo o universo.

**MITOS RELACIONADOS** ▸ A guerra entre os deuses (*p.116*)

## OS DEUSES DO OLIMPO

A mitologia grega tem inúmeras personagens, desde a raça primitiva conhecida como Titãs até os heróis mortais, cujas aventuras são recontadas por escritores como Homero e Apolônio. Porém, o grupo mais importante era o dos deuses que habitavam o monte Olimpo. Os gregos acreditavam que essas divindades supremas influenciavam quase tudo o que acontecia na Terra.

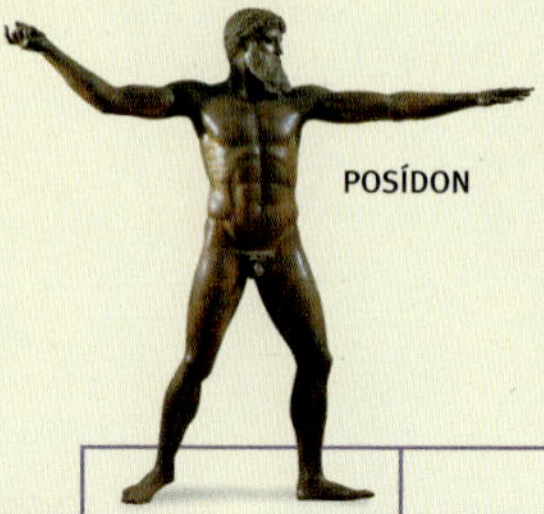

POSÍDON

**CRONO** — **RÉIA**

**HÉSTIA**: Deusa-virgem da lareira, rege a vida doméstica

**HADES**: Deus da morte e das forças do Mundo Subterrâneo

**POSÍDON**: Deus do mar, das fontes e lagos, e também dos cavalos

**ZEUS**: Rei dos deuses; deus dos céus; age como juiz

**HERA**: Rainha dos deuses; esposa de Zeus; governa o casamento

**ATENÁ**

**ARES**: Deus da guerra e da matança; instigador da violência

**HEBE**

**HEFESTO**: Deus do fogo e dos vulcões; coxo; patrono do artesanato

ARES

**Acreditava-se** que os deuses gregos (*abaixo*) habitavam o monte Olimpo, a montanha mais alta da Grécia, com 3.000m de altura. Com neves eternas e o elevado pico escondido entre as nuvens, a montanha deu origem ao mito de que os deuses gozam do conforto dos generosos aposentos do céu.

**ÚRANO (CÉU)** — **GAIA (TERRA)**

GAIA

**AFRODITE**

Deusa do amor e da beleza, e também do mar e da navegação

AFRODITE

**CÓIOS** — **FEBE**

**OCEANOS** — **TÉTIS**

ZEUS

**DEMÉTER**

A deusa-mãe da Terra, da agricultura e da colheita

**ZEUS**

**LETO** — **ZEUS**

**CLÍMENE**

DEMÉTER

**PERSÉFONE**

**PROMETEU** | **ATLAS** | **EPIMETEU**

**MAIA** — **ZEUS**

**ÁRTEMIS**

Deusa da caça, da Lua, da castidade e do nascimento

**APOLO**

Deus do Sol e das artes; preside as leis humanas

**HERMES**

Mensageiro dos deuses; conduz os mortos para o Hades

# OS AMORES DE ZEUS

Amores dos deuses
Grécia Antiga
Monte Olimpo; Grécia

Hesíodo, *Teogonia*; Apolodoro, *Biblioteca de mitologia*

Zeus, filho de Cronos e Réia, tornou-se o rei dos deuses após liderá-los, destronando os Titãs. "Zeus" significa "céu" e, como o deus do céu, ele controlava o tempo e usava os raios como arma. Hera, a deusa do casamento e do nascimento, era ao mesmo tempo sua esposa e irmã. No entanto, Zeus teve muitas outras conquistas amorosas e, por esse motivo, deixava Hera muito enciumada. O deus teve amantes humanas e divinas.

**PERSONAGENS-CHAVE**

**ZEUS** • *rei dos deuses*
**HERA** • *deusa, esposa e irmã de Zeus*
**AMANTES DE ZEUS** • *várias deusas, ninfas e mulheres*

## ENREDO

### ZEUS E MÉTIS

A primeira paixão de Zeus foi pela ninfa do mar Métis ("pensamento") e, embora a esperta ninfa tenha trocado de forma várias vezes tentando escapar dele, Zeus conseguiu fazer amor com ela. Quando Métis engravidou, Gaia, a deusa da Terra, profetizou que ela inicialmente daria à luz uma menina e depois um menino, que se tornaria o regente do céu. Temendo isso, Zeus engoliu Métis ainda grávida, adquirindo portanto a sua sabedoria. A criança, a deusa Atená, nasceu da cabeça de Zeus.

ZEUS

**O templo de Hera** em Pesto, Itália, era destino da peregrinação de casais sem filhos e local de ritos de sacrifício celebrando o casamento.

### CONQUISTAS E CASAMENTO

Além de Métis, Zeus teve muitas amantes deusas que lhe deram filhos. Témis, uma titânida, deu à luz as Horas e as Parcas; Eurínome, uma ninfa do mar, gerou as Graças; e Mnemósina, outra titânida, foi a mãe das nove Musas. Essas uniões passageiras foram eclipsadas pelo longo relacionamento de Zeus e Hera, com quem teve três filhos: Ares, o deus da guerra; Hebe, que servia os copos de néctar aos deuses; e Ilítia, deusa do nascimento. Um quarto filho, Hefesto, o "ferreiro coxo dos deuses", é atribuído a Hera apenas, embora alguns digam que Zeus o concebeu secretamente, tomando a forma de um cuco.

### BRIGAS CONJUGAIS

Como é apropriado a um deus com freqüência denominado "juntador de nuvens", o casamento de Zeus era tempestuoso. Hera chegou a abandoná-lo certa vez, mas Zeus a reconquistou com um truque: encomendou a estátua de uma mulher e a cobriu com o véu nupcial, para que parecesse real, e apresentou-a como sua nova esposa. Hera ficou

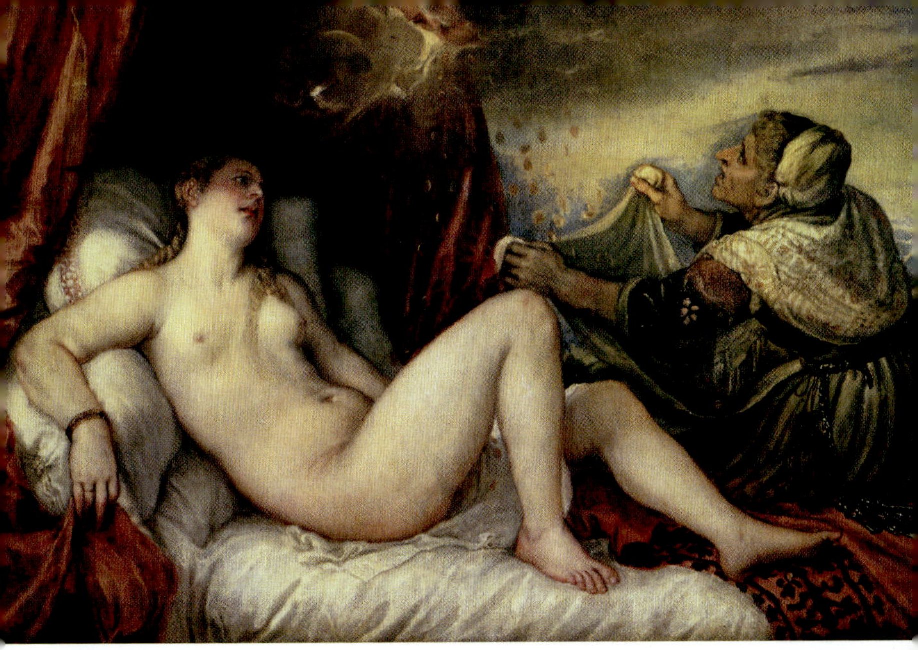

Zeus engravidou a princesa grega Dânae sob a forma de uma chuva de ouro. Dessa união nasceu o herói grego Perseu.

furiosa e correu até o local para atacar a rival, mas, ao descobrir o engodo, sua raiva se transformou em risadas. Em outra ocasião, quando Hera o desafiou, Zeus a amarrou com correntes e a suspendeu com bigornas penduradas nos pés.

## ESPOSA CIUMENTA

O apetite sexual de Zeus provocava ciúme descomunal em Hera, e ela perseguia suas amantes incansavelmente. Quando a deusa Leto engravidou de Apolo e Ártemis, Hera proibiu todas as terras de abrigarem-na, e ela teve de percorrer o mundo inteiro até achar a ilha flutuante de Delos. Hera transformou Calisto e Io, também amantes de Zeus, em urso e vaca, respectivamente.

## UM MESTRE DO DISFARCE

Zeus mudava de forma para seduzir a mulher que desejava. Com Alcmena dormiu sob a forma de seu marido, Anfitrião, gerando o herói Héracles. Com Europa, transformou-se num touro. Quando Dânae foi trancada numa câmara de bronze, Zeus apareceu-lhe como uma chuva de ouro. Mas para seduzir Sêmele ele simplesmente se disfarçou de mortal.

## LEDA E O CISNE

Leda era a bela esposa de Tíndaro, rei de Esparta. Um dia, enquanto ela estava deitada na beira de um rio, Zeus apareceu-lhe sob a forma de um indefeso cisne, que tentava escapar de uma águia (ave-símbolo de Zeus). Leda apiedou-se do cisne, abraçou-o, e Zeus então a tomou de surpresa. Assim, Leda tornou-se a única mulher a pôr um ovo, do qual nasceram a bela Helena (mais tarde acusada de ser responsável pela queda de Tróia) e os irmãos gêmeos Castor e Pólux (*p.89*). No fim, as vidas trágicas de seus filhos levaram Leda ao suicídio.

### OS FILHOS DE ZEUS

Os gregos acreditavam que três tríades, filhas de Zeus, tinham grande impacto na vida dos homens: as Queres controlavam o destino humano, ao fiar e medir a linha da vida de cada um e ao cortá-la na hora da morte; as Graças inspiravam a alegria da vida; e as Musas comandavam a arte e a criatividade humanas.

**As três Graças** personificavam a beleza, a graça e a generosidade.

# OS CASOS DE AFRODITE

Amores dos deuses
Grécia Antiga
Monte Olimpo; Grécia; o Mundo Subterrâneo

Homero, *Odisséia*; Apolodoro, *Biblioteca de mitologia*

Cronos, rei dos Titãs, atacou seu pai, Úrano, cujo sangue pingou no mar, misturou-se à espuma das ondas e deu origem a Afrodite, deusa do amor. Uma cinta mágica a tornava irresistível tanto a deuses quanto a mortais. Zeus a fez desposar Hefesto, mas ele era coxo e feio, e assim ela teve vários amantes. Alguns desses casos têm graça, mas outros levaram a desastres como o da Guerra de Tróia.

**PERSONAGENS-CHAVE**

**AFRODITE** • *deusa do amor*
**HEFESTO** • *deus do fogo*
**ARES** • *deus da guerra*
**ADÔNIS** • *um belo jovem*

## ENREDO

### AFRODITE E ARES

Um dos amantes de Afrodite era Ares, deus da guerra. Quando seu marido Hefesto descobriu o caso, ele decidiu dar uma lição no casal. Como era um hábil ferreiro, preparou uma rede de fios de bronze e a pendurou no teto acima da cama de Afrodite. Quando o casal mais uma vez foi para a cama, Hefesto soltou a rede, pegando-os de surpresa. Depois, convidou todos os outros deuses a virem rir dos amantes, que se debatiam como peixes na rede.

### AFRODITE E ADÔNIS

Adônis era um belo jovem, amado por Afrodite e pela deusa Perséfone, esposa de Hades, rei do Mundo Subterrâneo (*p.54*). Quando Adônis escolheu Afrodite, Perséfone ficou furiosa e contou o caso a Ares, que ainda amava Afrodite. Enciumado, Ares enviou um javali selvagem para atacar e matar Adônis, que conseqüentemente chegou ao Mundo Subterrâneo – para a satisfação de Perséfone. No entanto, Afrodite não queria perder Adônis, e apelou então a Zeus para que o deixasse retornar à Terra. Zeus considerou os dois lados e decidiu o seguinte: todos os anos Adônis permaneceria seis meses no Mundo Subterrâneo com Perséfone, mas teria a permissão de voltar para Afrodite pelo resto do ano.

**A deusa Afrodite** emergiu das ondas numa concha, supostamente em Pafos (Chipre), que se tornou o centro de seu culto.

### OUTROS AMANTES

Afrodite tinha inúmeros outros amantes, inclusive o deus Hermes, com quem teve um filho chamado Hermafrodita, que tinha atributos físicos de ambos os sexos. Também teve um caso com o príncipe troiano Anquises, pai de Enéias (*p.80*). Diz-se que, além disso, teve casos com os deuses Zeus, Pã e Dioniso, a quem se atribui a paternidade de Priapo, deus da fertilidade.

# OS CIÚMES DE ANFITRITE

Amores dos deuses
Grécia Antiga
O mar

Apolônio, *Argonáutica*;
Tzetzes, *Sobre Lícofron*

Como Zeus, Posídon tinha um apetite sexual voraz. Era casado com a ninfa marinha Anfitrite, com quem teve um filho, Tritão, que tinha a aparência de uma sereia, metade humano, metade peixe. Posídon também teve muitos casos, gerando outros filhos que se tornaram monstros marinhos ou deuses menores do mar. Anfitrite, cansada da infidelidade do marido, armou uma vingança terrível contra uma de suas amantes, a bela ninfa Cila.

**PERSONAGENS-CHAVE**

**POSÍDON** • *deus do mar*
**ANFITRITE** • *ninfa marinha, casada com Posídon*
**CILA** • *ninfa marinha transformada em monstro marinho*

## ENREDO

Cila começou a vida como uma bela ninfa marinha que atraiu o olhar de Posídon. No entanto, seu destino foi selado quando Anfitrite descobriu a paixão do marido pela ninfa e quis pôr fim ao caso.

Ela jogou algumas ervas na água onde Cila se banhava, e assim transformou a rival em monstro, de cujo corpo brotaram seis cabeças de cão, latindo e agarrando tudo por perto. Como era de se esperar, a paixão pela amante arrefeceu rapidamente e Posídon retornou para a esposa.

**A ninfa Anfitrite** foi puxada por golfinhos em seu casamento com o deus do mar Posídon.

Cila juntou-se ao terrível monstro marinho Caribdes (outro filho de Posídon, mas com Gaia) no estreito de Messina, e o casal se tornou um dos perigos mais temidos pelos navegantes. A *Odisséia* de Homero relata como seis dos companheiros de Odisseu foram mortos ao passar pelo perigoso estreito.

**O TEMPLO DE POSÍDON EM SUNIÓN**

Sunión fica na ponta de um cabo que se projeta no mar Egeu (sudeste da Ática, Grécia), sendo cercado pelo mar em três lados. Embora dedicado a Posídon, Zeus e Atená também eram venerados no local. Os gregos faziam oferendas a Posídon para se proteger de tempestades. Destruído durante as Guerras Persas no séc.V a.C., o templo foi logo reconstruído, e suas ruínas podem ser vistas ainda hoje.

**O templo de Posídon** em Sunión, perto de Atenas, Grécia, é o primeiro mencionado no poema épico *Odisséia*, de Homero.

**Olimpo, morada dos deuses,** de Giulio Romano, representado num afresco no teto do Salão dos Gigantes, Palazzo del Te, Mântua, Itália. Na parte superior, o deus supremo Zeus brande um raio, enquanto na inferior seu irmão Posídon empunha seu tridente.

# APOLO E OS ORÁCULOS

Vingança
Grécia Antiga
Delfos, Grécia

Apolodoro, *Biblioteca de mitologia*; *Hino homérico a Apolo*

Apolo, o deus do Sol e das artes, era filho de Zeus e da titânida Leto. A esposa de Zeus, Hera, ficou com ciúme quando descobriu o caso do marido com Leto, e assim enviou a serpente-monstro, Píton, atrás da titânida. Quando cresceu, Apolo se vingou de Píton por ela ter perseguido a mãe. Ele perseguiu a criatura até alcançá-la, em Delfos, e a matou. Píton devastara as terras e os vilarejos de Delfos por muitos anos e, então, em agradecimento a Apolo, o povo construiu-lhe um templo, em celebração da vitória contra a serpente.

Por sua vez, Apolo concedeu às sacerdotisas do templo, conhecidas como pitonisas, o dom da profecia. Muitos gregos iam ao templo de Apolo em Delfos para consultar o oráculo e descobrir o que o futuro lhes reservava.

# O DESTINO DE DAFNE

Rivalidade entre os deuses; transformação
Grécia Antiga

Grécia

Apolodoro, *Biblioteca de mitologia*; Ovídio, *Metamorfoses*

Certa vez, Apolo, hábil arqueiro, decidiu fazer troça do deus do amor, Eros, zombando de sua habilidade com o arco. Zangado, Eros planejou a vingança. Sua aljava continha dois tipos de flechas: as com ponta de ouro, que faziam o alvo se apaixonar perdidamente, e as com ponta de chumbo, que faziam a vítima odiar qualquer tipo de romantismo.

## A VINGANÇA DE EROS

Eros lançou a flecha com ponta de ouro em Apolo, fazendo-o se apaixonar pela ninfa Dafne, a quem ferira com a seta de ponta de chumbo, evitando que ela se apaixonasse.

Assim, teve início um desencontro sem salvação. Apolo perseguia a apavorada Dafne pelas montanhas, enquanto ela, em fuga, orava a Zeus por uma transformação que a livrasse de Apolo. Suas preces foram atendidas e ela foi transformada num loureiro.

**Apolo declarou** o loureiro uma árvore sagrada, devido ao seu amor por Dafne, e desde então sempre usou uma coroa de louros nos cabelos.

# A LIRA DE APOLO

- Crime e reconciliação
- Grécia Antiga
- Arcádia, Grécia

Apolodoro, *Biblioteca de mitologia; Hino homérico a Hermes*

**A antiga lira grega** figura em vários mitos, inclusive no de Orfeu no Mundo Subterrâneo (*p.57*).

Apolo possuía um rebanho de gado e zelava bem por ele. Uma vez, porém, se distraiu, pois estava apaixonado pelo jovem Himeneu. Ao perceber que o gado não estava sendo vigiado, o jovem deus Hermes, filho de Zeus e irmão de Apolo, decidiu roubá-lo e levar os animais até Pilos, onde os escondeu dentro de uma caverna. Infelizmente para ele, Apolo tinha o dom da profecia e conseguiu ver onde o gado estava escondido, indo rapidamente atrás do ladrão. Quando encontrou Hermes, o jovem deus mostrou a Apolo um instrumento de cordas que fizera esticando as tripas de animais num casco de tartaruga. Quando Hermes tocou o instrumento, Apolo ficou tão embevecido com a música que concordou em deixar o outro ficar com o gado em troca do instrumento, que depois se tornou conhecido como a lira.

# A COMPETIÇÃO MUSICAL

- Competição e castigo
- Grécia Antiga
- Frígia (na Turquia moderna)

Apolodoro, *Biblioteca de mitologia*; Diodoro da Sicília, *Biblioteca da história*

**Quando Apolo** esfolou Mársias (*sentado*), dizem que tanto sangue foi vertido que se tornou um rio de verdade.

O sátiro (meio-bode, meio-homem) Mársias era um músico famoso. Ele inventara a flauta dupla e encantava a todos que o ouviam tocar. Tinha tanta confiança em sua habilidade que decidiu provar sua excelência de uma vez por todas desafiando Apolo para uma competição musical. Apolo concordou, sob uma condição: o vencedor poderia punir o perdedor da forma que quisesse. Mársias aceitou, e a competição começou. No início, tocaram com igual beleza e nenhum dos espectadores conseguia apontar um vencedor. Apolo, então, lançou mais um desafio: a dupla deveria tocar o instrumento de cabeça para baixo. Foi um desafio injusto, pois a lira era muito mais fácil de ser tocada dessa posição do que a flauta, e Apolo venceu facilmente. Como punição, ele decidiu amarrar Mársias num pinheiro e esfolá-lo vivo.

# POSÍDON E O DILÚVIO

- Rivalidade entre os deuses
- Grécia Antiga
- Monte Olimpo; a Acrópole
- Heródoto, *História*; Pausânias, *Descrição da Grécia*

Posídon, o deus do mar, Zeus e Hades, o deus do Mundo Subterrâneo, eram as três maiores divindades da Grécia Antiga. O poder de Posídon era enorme, e sua habilidade em produzir terremotos e tempestades no mar fazia os mortais tremerem diante de sua força. Se contrariado ou derrotado, ele desencadeava um terrível dilúvio – como aconteceu quando se envolveu em disputas pelo poder sobre Atenas.

**PERSONAGENS-CHAVE**

**POSÍDON** • *deus do mar, da primeira geração dos deuses do Olimpo, filho de Crono e Réia*

**ATENÁ** • *deusa da guerra e da sabedoria, filha de Zeus e Métis, nascida da cabeça de Zeus*

## ENREDO

### RIVAIS POR ATENAS

Os deuses disputavam o poder pela Ática, região formada por Atenas e seus arredores, em especial Atená e Posídon. Ambos queriam ser nomeados patronos da cidade, e para decidir o título declararam aberta a competição: aquele que oferecesse ao povo o melhor presente seria o patrono da cidade.

### PRESENTES DOS DEUSES

Posídon foi à colina da Acrópole, bateu no chão com o tridente e fez fluir uma corrente de água salgada. Atená deu um presente muito mais útil: plantou a primeira oliveira na Acrópole. No entanto, para a decisão final ser justa, Zeus conclamou todos os deuses para ouvir seus testemunhos, e ainda o de Cecrops, rei da Ática, que confirmou ser a árvore de Atená a primeira oliveira vista na Acrópole. Ela venceu o desafio e, desde então, tem sido a deusa de Atenas.

POSÍDON

### O GRANDE DILÚVIO

Posídon ficou furioso com a decisão dos outros deuses e fincou seu tridente no mar Egeu com tanta violência, que uma onda enorme ergueu-se e inundou a planície de Elêusis e, com ela, Atenas. Embora inundada por um longo período, a cidade finalmente se recuperou, e os atenienses puderam mais uma vez saborear os frutos, o azeite e usar a madeira das oliveiras de Atená.

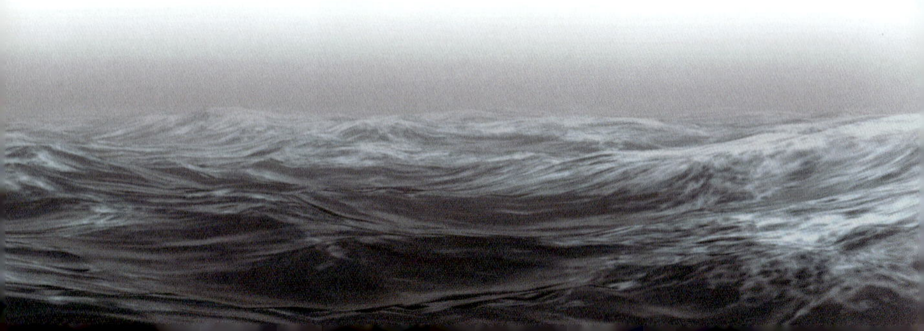

# A IRA DE ATENÁ

Amores mal correspondidos; dons dos deuses
Grécia Antiga
Grécia
Calímaco, *O banho de Palas*

Atená era linda, mas, diferentemente da maioria dos deuses da Grécia Antiga, era virgem e muito recatada. Um dia, um homem chamado Tirésias, encantado com sua beleza, seguiu a deusa até a fonte onde ela se banhava. Ele a observou e viu seu corpo nu quando ela entrou na água. Atená, ao descobri-lo, ficou tão furiosa que, batendo palmas sobre os olhos de Tirésias, o cegou. Uma das ninfas auxiliares de Atená ficou com pena de Tirésias e pediu à deusa algo que o compensasse da cegueira. No fim, Atená, que estava triste pela dor infringida ao admirador, deu a Tirésias o dom da profecia.

### UMA VERSÃO ALTERNATIVA

Em algumas versões do mito, Atená está se banhando com a mãe de Tirésias, Cáriclo, pela qual está apaixonada. Tirésias, que está caçando com cães por perto, observa as mulheres quando vai até o rio para beber água. Atená fica furiosa ao ser descoberta e o cega, mas lhe dá o dom da profecia para contrabalançar a perda, por causa de sua mãe.

# A COMPETIÇÃO DE TEAR

Competição e punição; transformação
Grécia Antiga
Lídia, Grécia
Ovídio, *Metamorfoses*

**Segundo o mito,** Aracne (em grego *arachnes*) é a ancestral da aranha-fiandeira.

Aracne era famosa por ser a mais talentosa tecelã e fiandeira viva. O povo dizia que ela só poderia ter aprendido sua arte com Atená, a deusa das tecelãs e fiandeiras, mas a jovem insistia em ter aprendido a tecer sozinha. Quando Atená soube disso, disfarçou-se de velha e sugeriu a Aracne mais modéstia. A jovem retrucou com insultos, e então Atená se revelou e desafiou Aracne para uma competição de tecelagem. Atená teceu a imagem dos deuses do Olimpo e suas vitórias sobre os mortais; Aracne teceu os amores dos deuses. Atená viu que a obra da moça era tão boa quanto a sua e, furiosa, acertou Aracne com a lançadeira do tear e rasgou-lhe o trabalho. Desesperada depois do tratamento abusivo da deusa, Aracne decidiu se enforcar, mas no último momento a deusa apiedou-se e a transformou numa aranha, que pode fiar e tecer com destreza para sempre.

## OS MITOS E AS CIDADES-ESTADO GREGAS

No período clássico grego havia várias cidades-Estado independentes. Cidades mais destacadas como Atenas e Esparta aumentavam seu poder conquistando cidades vizinhas e fundando colônias em ilhas próximas, na costa da Ásia Menor (Turquia moderna) e no sul da Itália. Em todos os lugares aonde iam, os gregos construíam templos para seus deuses, que definiam suas vidas.

### CENTROS DE CULTO

Alguns lugares tinham significado especial para os deuses e tornaram-se famosos em toda a Grécia. Um exemplo notável foi o santuário de Deméter e de sua filha Perséfone em Elêusis, perto de Atenas. A história conta como Deméter veio a Elêusis à procura da filha desaparecida e ali instituiu uma série de ritos secretos.

Outro exemplo de evento mitológico que leva à criação de um templo foi em Brauron, a leste de Atenas. Agamêmnon estava prestes a sacrificar a filha Ifigênia a Ártemis quando a deusa apiedou-se e a deixou fugir para Brauron, aonde chegou com o irmão Orestes carregando a estátua de Ártemis. O conseqüente resultado foi a fundação de um templo e do culto a Ártemis em Brauron.

**Atená** presidia a irmandade Athenai, em Atenas, mas também era adorada em Esparta.

### DEUSES E DEUSAS LOCAIS

Muitas outras cidades estão associadas a um deus específico: Epidauro era o principal lar de Asclépio, deus da medicina; Atenas identificava-se com a deusa Atená; Olímpia, com Zeus; Argos, com Hera, e Delfos, com Apolo. Posídon, deus do mar, era especialmente venerado em Corinto, mas possuía vários templos no litoral para prevenção de tempestades traiçoeiras e naufrágios

**"As três cidades** que eu mais amo são Argos (*dir.*), Esparta e Micenas, de amplas vias", declara Hera na *Ilíada* de Homero.

## SANTUÁRIOS

Deuses importantes como Apolo e Zeus atraíam devotos de todas as partes, e seus principais templos, como o de Apolo, em Delfos, e o altar de Zeus, no monte Olimpo, transformaram-se em sofisticados centros de culto. Havia teatros e estádios nesses centros sagrados, além dos tesouros, construções em que valiosas oferendas eram deixadas por povos de diferentes cidades-Estado. O grande santuário de Delfos tinha cerca de 12 tesouros, construídos por cidadãos de cidades como Atenas, Mégara e Siracusa.

## JOGOS

Os principais centros de culto, inclusive Delfos e Olímpia, tornaram-se locais de requintados festivais em honra aos deuses. Esses eventos conseguiam atrair pessoas de toda a Grécia e eram marcos no calendário grego. Em geral sob a forma de jogos competitivos; os mais famosos deles, em Olímpia, em honra a Zeus, foram os precursores dos Jogos Olímpicos modernos.

## OS FESTIVAIS DE ATENAS

A cidade de Atenas sediava vários festivais. As Panatenéias, que incluíam corridas de cavalo e competições de arte, aconteciam em honra a Atená. Havia também diversos festivais dedicados a Dioniso, deus do teatro, com competições de peças teatrais. As obras dos maiores escritores gregos (de Ésquilo a Aristófanes) que nos chegaram foram originalmente escritas para o grande festival anual conhecido como As Grandes Dionísias.

**O Partenon em Atenas** deve seu nome a um dos epítetos de Atená: Athena Parthenos, Atená a Virgem. É o seu templo mais famoso.

# DEMÉTER E PERSÉFONE

Fertilidade
Grécia Antiga
Elêusis, Grécia; o Mundo Subterrâneo

*Hino homérico a Deméter;* Pausânias, *Descrição da Grécia*

Deméter era a deusa da Terra, das plantas e da agricultura. Ela teve apenas uma filha, Perséfone, que diziam ter nascido após um caso de Deméter com Zeus. A bela Perséfone não pensava em amor ou casamento, por estar ocupada demais ajudando a mãe a amadurecer a safra de todos os anos. Mas quando Hades, deus do Mundo Subterrâneo, se apaixonou por ela, toda a ordem natural pareceu sair de seu curso.

**PERSONAGENS-CHAVE**

**DEMÉTER** • *deusa da Terra, filha de Cronos e Réia*
**PERSÉFONE** • *filha de Deméter e Zeus*
**HADES** • *deus do Mundo Subterrâneo*

## ENREDO

### O RAPTO

Hades, irmão de Zeus, apaixonou-se por Perséfone e quis levá-la para o Mundo Subterrâneo. O deus sabia que não obteria a permissão de Deméter para tal, porque a deusa da Terra precisava da filha para ajudá-la na fertilidade das plantas.

Hades esperou até um dia em que Perséfone estava sozinha, colhendo flores para surgir da terra diante dela. Saindo do solo, Hades agarrou a surpresa Perséfone e a arrastou ao Mundo Subterrâneo.

**Diz-se que Perséfone** comeu sementes de romã no Mundo Subterrâneo, selando seu destino.

### A TRISTEZA DE DEMÉTER

Quando percebeu que a filha desaparecera, Deméter ficou inconsolável. Buscou-a pelo mundo inteiro, até chegar a Elêusis, onde se sentou exausta sobre uma laje de pedra conhecida a partir daí como a "Pedra da Tristeza".

### A NOVA ORDEM

Com a atenção de Deméter desviada para outros fins, as plantações não vingaram e toda a vegetação da Terra começou a definhar e morrer. Zeus viu que se essa situação continuasse a Terra e seu povo logo desapareceriam, mas Hades não abria mão de Perséfone. Então, Zeus sugeriu um acordo: Perséfone ficaria metade do ano na Terra, ajudando a mãe no crescimento e amadurecimento das plantas, e metade do ano no Mundo Subterrâneo com Hades, forçando a Terra a sofrer o inverno – uma morte temporária.

**O TEMPLO DE ELÊUSIS**

A deusa Deméter fundou um templo para a filha Perséfone em Elêusis, perto de Atenas, que se tornou o centro de um culto religioso dedicado a "unir toda a raça humana". Qualquer pessoa de fala grega, homem ou mulher, livre ou escravo, podia ser iniciado nos mistérios de Elêusis. Esses ritos aconteciam a cada outono e celebravam o nascimento no Mundo Subterrâneo do milagroso filho de Perséfone chamado Brimos o Forte.

**MITOS RELACIONADOS** ▸ O deus desaparecido (*p.152*) • Tempestade *versus* Sol (*p.182*) • Filha do Sol (*p.198*)

# A LOUCURA DE DIONISO

Vingança dos deuses
Grécia Antiga
O Mediterrâneo; Ásia; norte da África; Tebas, na Beócia, Grécia
Apolodoro, *Biblioteca de mitologia*

Dioniso, deus do vinho e do teatro, era filho de Zeus e da princesa mortal Sêmele. Quando adulto, ele correu o mundo, conquistando terras como a Índia e reunindo um grupo exótico de seguidores. Aonde quer que fossem, Dioniso e seus amigos ensinavam os homens a fazer vinho – e a apreciá-lo em orgias e danças nas quais os participantes eram tomados de uma loucura frenética.

**PERSONAGENS-CHAVE**

**ZEUS** • *rei dos deuses*
**HERA** • *rainha dos deuses*
**SÊMELE** • *princesa de Tebas*
**DIONISO** • *deus do vinho e do teatro*
**PENTEU** • *rei de Tebas*
**AGAVE** • *mãe de Penteu*

## ENREDO

### CRIANÇA RESGATADA

Hera, com ciúme do caso de Zeus com Sêmele, ordenou que os Titãs levassem o filho de Sêmele, Dioniso, e o despedaçassem. Foi o que fizeram, mas uma das Titânidas, avó da criança, compadeceu-se dele e o reconstituiu.

### AS VIAGENS DE DIONISO

Quando cresceu, Dioniso viajou com Sileno, um sátiro sábio, porém bêbado. Enquanto viajavam, atraíam todo tipo de seguidores, inclusive um temível grupo de mulheres chamadas Mênades, famosas por seus rituais compostos de danças insanas e agitadas, até mesmo violentas.

**As Dionísias** *(p.53)* eram um festival de três dias de liberalidades e bebedeiras. Apolodoro descreve Dioniso como o "descobridor da videira".

**Um fauno bebe vinho** de um odre durante uma orgia dionisíaca, nesta imagem de um vaso grego de terracota do período clássico.

### A MORTE DE PENTEU

De volta ao Mediterrâneo, Dioniso e seu grupo causaram sérios problemas com seus rituais orgiásticos. Em Tebas, a rainha-mãe, Agave, juntou-se às Mênades nos seus rituais secretos. Seu filho, o rei Penteu, reclamou com Dioniso sobre o comportamento dessas mulheres. Em resposta, o deus o aconselhou a ir espiar as Mênades. Penteu assim o fez, mas elas o descobriram, como Dioniso previra. Num transe louco, lançaram-se sobre o rei e despedaçaram-no.

# O RESGATE DE ALCESTE

- Fidelidade na morte
- Grécia Antiga
- Tessália, Grécia; o Mundo Subterrâneo
- Estrabão, *Geografia*; Sérvio *Sobre as Éclogas* de Virgílio

Apolo concedeu um favor especial a Admeto, rei de Feras, na Tessália: convenceu as Queres de que Admeto não deveria morrer na hora marcada se alguém se voluntariasse para morrer em seu lugar. A única pessoa que amava Admeto o bastante para morrer em seu lugar era a esposa Alceste. Mas quando a fiel Alceste morreu de fato, Admeto ficou inconsolável. Sentia enorme falta da bela e corajosa esposa e ficou com muito remorso por tê-la condenado à morte. A situação foi salva por Héracles, que se ofereceu para viajar ao Mundo Subterrâneo, lutar contra Tânatos, a morte, e trazer Alceste de volta. Quando ela retornou, estava mais jovem e até mais bonita que antes.

**Em *Alceste*,** do dramaturgo grego Eurípides, no leito de morte a protagonista faz Admeto jurar que ele não se casará novamente.

# HADES E AS NINFAS

- Amores dos deuses
- Grécia Antiga
- O Mundo Subterrâneo; a Terra
- Estrabão, *Geografia*; Sérvio *Sobre as Éclogas* de Virgílio

O deus Hades era irmão de Zeus e Posídon e senhor do Mundo Subterrâneo, que os gregos chamavam de reino de Hades, ou simplesmente Hades.

Os gregos acreditavam que o Mundo Subterrâneo ficava no centro da Terra ou além do Oceano – o grande rio que fluía ao redor daTerra. O reino de Hades era famoso por conduzir a duas regiões escuras, Tártaro e Érebo, para onde eram enviadas as almas a serem punidas. Dizia-se que o Tártaro distava da Terra tanto quanto a Terra do Céu, e que era o lugar comumente usado pelos deuses para se desfazerem de seus inimigos.

Quando Hades deixava seu reino subterrâneo para visitar a superfície da Terra, ele, às vezes, era tomado de lascívia por ninfas infelizes. Por sorte, sua esposa Perséfone geralmente conseguia evitar que ele desse vazão a seus desejos. Quando Hades perseguiu a ninfa Minta, Perséfone a transformou num ramo de hortelã; já Leuce, outra ninfa por quem ele se apaixonou, virou um álamo.

# ORFEU NO MUNDO SUBTERRÂNEO

Resgate fracassado
Grécia Antiga
Trácia, Grécia

Higino, *Fábulas*;
Pausânias, *Descrição da Grécia*

O herói Orfeu, príncipe da Trácia, era o maior músico do mundo antigo. Diziam que sua voz canora e a música de sua lira eram tão harmônicas que mesmo os rochedos e as árvores se comoviam. Quando sua esposa Eurídice morreu, Orfeu decidiu usar seu talento para trazê-la de volta à vida, num plano heróico e ousado que acabou em tragédia. Sua história inspirou muitos artistas – especialmente compositores – desde então.

**PERSONAGENS-CHAVE**

**ORFEU** • *filho do rei Éagro, da Trácia*
**EURÍDICE** • *esposa de Orfeu*
**HADES** • *deus do Mundo Subterrâneo, irmão de Zeus e Posídon*

## ENREDO

### O PODER DA MÚSICA

Quando a amada esposa de Orfeu morreu por uma picada de cobra, o herói decidiu empreender uma perigosa jornada ao Mundo Subterrâneo para trazê-la de volta. Lá chegando, cantou e tocou para Hades e Perséfone, que ficaram comovidos com sua música.

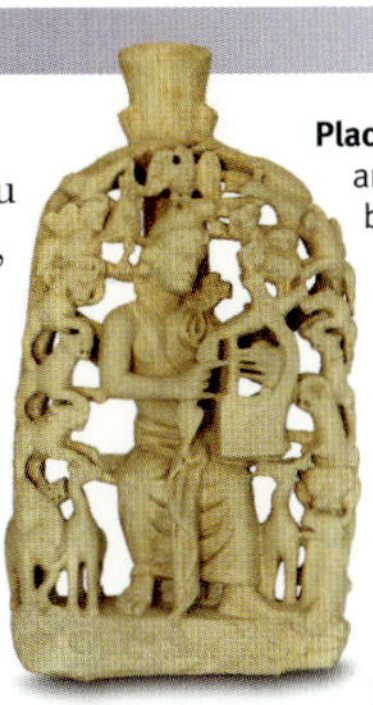

**Placa funerária** do séc.IV, que mostra Orfeu amansando animais selvagens com a beleza e o poder de sua música.

### NÃO OLHE PARA TRÁS

Hades deixou Orfeu levar a esposa de volta à terra dos vivos, mas sob uma condição: não deveria voltar-se para olhá-la enquanto a guiasse através do Mundo Subterrâneo. O casal iniciou a jornada, mas, no fim, Orfeu não conseguiu resistir e olhou rapidamente para a amada esposa. Imediatamente Eurídice foi forçada a parar. Hades a levou de volta ao Mundo Subterrâneo, e Orfeu foi obrigado a regressar sozinho.

### A MÚSICA CONTINUA

Orfeu nunca mais se casou. Teve uma morte horrível: seu corpo foi despedaçado pelas Mênades, furiosas pela sua falta de interesse pelo sexo feminino. Milagrosamente, sua cabeça flutuou, cantando, até a ilha de Lesbos.

**MITOS RELACIONADOS** ▸ Filha do Sol *(p.198-9)* • Izanami e Izanagi *(p.180-1)*

**O BARQUEIRO DO ESTIGE**

Os gregos acreditavam que a jornada ao Mundo Subterrâneo envolvia o cruzamento do rio Estige. As almas o atravessavam numa barca instável conduzida por Caronte, em troca de um ou dois óbolos (moedas de cobre que os parentes colocavam sob a língua ou sobre os olhos do morto). Geralmente Caronte se recusava a embarcar os vivos, alegando que a barca não era segura, mas alguns heróis, como Héracles e Orfeu, conseguiram convencê-lo, por meio de suborno ou estratagemas.

*"...este homem poderoso, um herói de peito largo, supremo dentre todas as criaturas, subirá por entre as estrelas até um trono no céu..."*

Teócrito, *Idílio* XXIV

# OS TRABALHOS DE HÉRACLES

- Feitos heróicos
- Grécia Antiga
- O Mediterrâneo; o Mundo Subterrâneo
- Apolodoro, *Biblioteca de mitologia*; Pausânias, *Descrição da Grécia*

**Héracles** possuía uma força miraculosa desde o nascimento. Quando bebê, p.ex., ele estrangulou duas serpentes enormes que foram colocadas em seu berço. Ele também era muito alto e carregava sua lendária clava, que ele próprio fizera, segundo dizem.

## POR TRÁS DO MITO

Héracles, talvez o maior herói da Grécia Antiga, era filho de Zeus e Alcmena, a filha do rei de Argos. A esposa de Zeus, Hera, não gostava do menino, pois ele lhe lembrava a infidelidade do marido e, como compensação, Zeus concordou em chamá-lo de Héracles ("glória de Hera").

Meio-homem e meio-deus, Héracles tinha uma força descomunal e amava a aventura. Contudo, sua existência continuava a ofender Hera, especialmente quando ele se casou e teve filhos. Um dia, então, ela se vingou: levou Héracles a tal acesso de loucura que, acreditando ver inimigos, ele matou a esposa Mégara e os próprios filhos.

Os deuses decidiram que Euristeu, rei de Micenas, definiria a punição por esses atos. O rei estipulou uma série de 12 tarefas quase impossíveis – que, para espanto de todos, Héracles conseguiu cumprir.

### HISTÓRIAS INSPIRADORAS

Os 12 trabalhos de Héracles figuram em vários poemas e peças do período clássico. Eurípides narra a trajetória do herói na peça *Os Heraclidas*. Também os romanos, que o chamavam de Hércules, adoravam a sua história; Sêneca escreveu duas peças sobre ele. Muito mais tarde, Shakespeare o mencionaria em mais de 30 peças. Héracles também tem um papel relevante em diversos outros mitos, inclusive nas histórias da morte de Alceste (*p.56*) e do Velocino de Ouro (*p.76*). Mas, diferentemente de outros heróis clássicos como Odisseu e Enéias, ele não tem nenhum poema épico dedicado a seus feitos.

**PERSONAGENS-CHAVE**

**HÉRACLES** • *filho de Zeus*
**MÉGARA** • *esposa de Héracles*
**HERA** • *irmã e esposa de Zeus*
**EURISTEU** • *rei de Micenas*
**DIOMEDES** • *rei da Trácia*
**HIPÓLITA** • *rainha das amazonas*
**ATLAS** • *um Titã gigante*
**AS HESPÉRIDES** • *filhas de Atlas*

## ENREDO

### OS MONSTROS DA GRÉCIA

Em seus primeiros trabalhos, Héracles recebeu a incumbência de capturar diversos animais fantásticos que viviam em várias regiões do norte do Peloponeso.

Primeiro, ele foi até Neméia para matar um tenebroso leão de pele tão dura que nenhuma arma a penetrava. Héracles estrangulou-o e tirou-lhe a pele, que depois ele viria a usar como capa.

Seu segundo trabalho foi matar a Hidra que vivia em Lerna, um monstro de várias cabeças e que fazia nascer outras cada vez que tinha uma delas decepada. Ele derrotou a criatura cortando-lhe as cabeças e cauterizando os ferimentos antes que nascessem outras.

A terceira tarefa foi a de capturar a corça de Cerínia, um animal sagrado da deusa Ártemis. Ele a perseguiu até ela ficar exausta, capturou-a e a levou até Euristeu.

O quarto animal que Héracles teve de enfrentar foi o javali de Erimanto, que o herói prendeu durante uma nevasca.

### LIMPEZA TOTAL

Dois outros trabalhos envolviam esforço braçal e engenhosidade. Primeiro, Euristeu ordenou que Héracles limpasse os gigantescos montes de estrume que empesteavam os enormes estábulos de Augias, rei da Élida, tarefa que executou desviando o curso de dois rios para os estábulos e, assim, lavar toda a sujeira.

Em seu sexto trabalho, livrou o lago Estínfalo, a nordeste de Micenas, dos pássaros monstruosos que lá habitavam, usando um arco, uma funda e castanholas especiais dadas a ele pela deusa Atená.

### HÉRACLES VAI PARA A ÁSIA

A seguir, Héracles rumou para sudeste até Creta, para capturar um enorme touro que diziam ser pai do Minotauro. De lá, viajou para nordeste até a Trácia, onde sua tarefa foi dar conta de um grupo de temíveis éguas antropófagas, que pertenciam ao rei local, Diomedes. Para ter acesso aos animais, Héracles teve

**Enquanto Héracles cortava** as cabeças da Hidra de Lerna, seu companheiro e sobrinho Iolau rapidamente cauterizava os ferimentos.

# "ELE COMPLETARÁ 12 TRABALHOS, DEPOIS ASSUMIRÁ SEU LUGAR NAS ALTURAS."

Teócrito, *Idílio* XXIV

de matar Diomedes e o jogá-lo às éguas para saciar-lhes a fome. Estas, então, ficaram dóceis e ele as conduziu facilmente a bordo de um navio, levando-as até Euristeu conforme fora-lhe ordenado. O rei de Micenas pediu, a seguir, que ele lhe trouxesse a cinta de Hipólita, rainha das quase invencíveis Amazonas – e Héracles triunfou mais uma vez.

## NO FIM DO MUNDO

Desesperado por não conseguir criar uma tarefa impossível para Héracles, o rei enviou-o até o fim do mundo para roubar uma manada de gado que pertencia ao gigante Gerião. Quando ele voltou, mais uma vez bem-sucedido, Euristeu o enviou até o monte Atlas para recuperar os pomos dourados das Hespérides, as filhas do titã Atlas, que sustentava o mundo nos ombros. Atlas ofereceu-se para buscar os pomos se Héracles segurasse o mundo nos ombros por um momento. Quando Atlas retornou com os pomos, foi preciso enganá-lo para que aceitasse sustentar de novo o mundo em seus ombros.

## NO MUNDO SUBTERRÂNEO

O último trabalho bem-sucedido de Héracles foi a captura do horrível cão de três cabeças, Cérbero. Com as tarefas completadas, Héracles foi finalmente liberado da culpa terrível de ter matado a mulher e os filhos e recebeu a imortalidade.

### HÉRACLES TORNA-SE IMORTAL

Com força semelhante aos deuses, mas um corpo humano, Heraclés deparou com a morte após ferir o centauro Nesso, quando este tentava violentar-lhe a esposa. Já à morte, Nesso deu à esposa de Héracles uma poção que, segundo ele, se aplicada ao manto do herói, o tornaria fiel para sempre. Mas era uma cilada: a poção queimou a carne de Héracles, que pediu então para ser deitado sobre uma pira funerária. Quando a fumaça chegou até Zeus, este apagou o fogo com um raio e levou Héracles para o Olimpo, onde ele se tornou um deus.

**Héracles, enganado pelo centauro,** usa uma veste mortal e é finalmente vencido.

# TESEU E O MINOTAURO

Herói contra monstro
Grécia Antiga
Atenas, Grécia; Creta

Plutarco, *Teseu*;
Pausânias, *Descrição da Grécia*

A história do Minotauro é o mito mais famoso do grande herói de Atenas, Teseu. O rei de Creta, Minos, mantinha o Minotauro, um monstro devorador de homens, com cabeça de touro e corpo humano, no centro de um labirinto impenetrável perto de seu palácio em Cnossos. A cada nove anos, Minos forçava o povo de Atenas a enviar 14 rapazes e moças como alimento para a besta, e um navio de velas pretas zarpava para a ilha com essa carga humana.

**PERSONAGENS-CHAVE**

**EGEU** • *rei de Atenas*
**TESEU** • *filho de Egeu*
**MINOS** • *rei de Creta*
**ARIADNE** • *filha de Minos*
**O MINOTAURO** • *uma criatura criada por Posídon*

## ENREDO

### PARTEM OS ATENIENSES

Teseu se ofereceu para ser um dos jovens enviados a Creta como alimento para o Minotauro, pois planejava matar o animal. O rei Egeu, preocupado com o filho, pediu que velas brancas fossem içadas na volta, para ele saber imediatamente que seu amado filho estava vivo.

### A DERROTA DO MINOTAURO

Quando os atenienses chegaram a Creta, a filha do rei Minos, Ariadne, apaixonou-se por Teseu. Ofereceu-lhe ajuda em troca da promessa de casamento, dando a ele um novelo de cordel. Teseu amarrou uma das pontas na entrada do labirinto e entrou, liberando a corda conforme caminhava. No meio do labirinto, lutou contra o Minotauro e o matou.

### RETORNO A ATENAS

Seguindo o cordel, Teseu salvou os jovens atenienses e partiu para casa, levando Ariadne com ele. Esquecendo, contudo, que devia seu êxito a ela, abandonou-a na ilha de Naxos. Logo foi punido pela crueldade, pois seus marinheiros não se lembraram de içar as velas brancas, e Egeu, ao avistar da praia velas pretas, concluiu que o filho estava morto e lançou-se de um penhasco ao mar, que desde então passou a se chamar Egeu.

**Teseu mata o Minotauro** no labirinto que Minos encomendara a Dédalo para conter o monstro.

# A MALDIÇÃO DE HIPÓLITO

Tragédia de paixão
Grécia Antiga
Atenas, Grécia

Apolodoro, *Epítomo*; Plutarco, *Teseu*; Pausânias, *Descrição da Grécia*

Fedra, filha do rei Minos, de Creta, e segunda esposa de Teseu, nutria uma paixão secreta por Hipólito, filho de Teseu com Hipólita, rainha das Amazonas. Fedra enviou um bilhete a Hipólito confessando seu amor, mas ele, em troca, visitou-a apenas para censurar-lhe a paixão incestuosa. Ao entender que estava sendo rejeitada, Fedra zangou-se e aos gritos acusou Hipólito de tê-la atacado. Em desespero, ela se enforcou, deixando um bilhete em que acusava Hipólito de crimes horrendos. Quando Teseu leu o bilhete, voltou-se contra o filho e pediu que o deus do mar, Posídon, o punisse. Assim, um dia, quando Hipólito estava em sua carruagem, Posídon enviou uma onda enorme que afogou os cavalos e lançou o jovem à morte.

**Posídon mata Hipólito,** em torno do qual cresce um culto grego de veneração à castidade.

# EM DEFESA DE ATENAS

Fundação do Estado
Grécia Antiga
Atenas, Grécia

Apolodoro, *Epítomo*; Plutarco, *Teseu*; Pausânias, *Descrição da Grécia*

Após a morte de Egeu, rei de Atenas, seu filho Teseu assumiu o trono. Ele teve de lutar contra vários rivais e até executar muitos deles, pelo que foi acusado de assassinato nos tribunais (e, inocentado, foi também o primeiro réu a pleitear homicídio justificado). Em seguida, Teseu dedicou-se a expandir o poder de Atenas: unificou vários territórios adjacentes sob o comando da cidade e convidou essas regiões a enviarem delegados para um conselho comum em Atenas; estabeleceu uma Constituição adequada, cunhou as primeiras moedas e negociou as fronteiras com os vizinhos. Também reorganizou os Jogos Ístmicos de Corinto e instituiu o festival Panatenéias, em honra de Atená. Por esse motivo, Teseu é considerado o verdadeiro fundador do Estado ateniense.

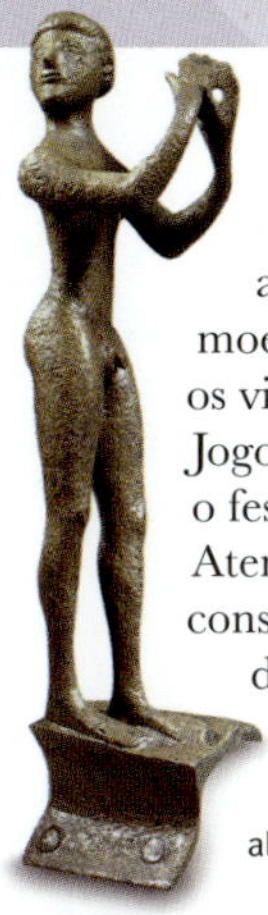

**O rei Teseu de Atenas** está representado nesta estatueta de bronze que era parte da alça de um antigo caldeirão.

# PERSEU MATA A MEDUSA

Herói contra monstro
Grécia Antiga
Ilha de Sérifo

Apolodoro, *Biblioteca de mitologia*

A princesa Dânae, filha do rei Acrísio, teve um filho com Zeus chamado Perseu. Acrísio, preocupado com uma predição de que seria morto pelo neto, colocou Dânae e o filho num cofre de madeira e jogou-os no mar. O cofre flutuou até a ilha de Sérifo, onde por sorte eles foram resgatados pelo rei Polidectes. Mais tarde, este rei instigou a maior aventura de Perseu: a luta para matar a górgona Medusa.

**PERSONAGENS-CHAVE**

**PERSEU** • *filho de Zeus e Dânae*
**POLIDECTES** • *rei de Sérifo*
**MEDUSA** • *a górgona*
**ATENÁ** • *deusa da guerra*
**HERMES** • *mensageiro dos deuses*

## ENREDO

Convidados a jantar pelo rei Polidectes, Perseu e seus amigos discutiam qual presente deveriam dar ao anfitrião. A maioria decidiu dar um cavalo, mas Perseu, que não tinha nenhum cavalo, disse que, em vez disso, levaria a cabeça da Medusa, uma górgona horrorosa (*dir.*).

**AS GÓRGONAS**

As três górgonas, Euríale, Esteno e Medusa, eram criaturas monstruosas com mãos de bronze, asas de ouro, corpo de escamas presas de javali, e o cabelo era um emaranhado de cobras. As górgonas tinham um olhar tão poderoso que qualquer um que as olhasse seria transformado instantaneamente em pedra.

### PRESENTES DOS DEUSES

Perseu pediu o auxílio dos deuses, que o atenderam. As ninfas deram-lhe sandálias aladas e o capacete de Hades, que tornava invisível quem o usasse. Hermes deu a Perseu uma foice feita de magnetita e Atená deu-lhe um escudo de bronze polido.

### A DERROTA DA MEDUSA

Perseu perseguiu a Medusa e esperou até que ela adormecesse. Suspenso sobre ela com as sandálias aladas, levantou o escudo de Atená e mirou a górgona pelo reflexo no metal, evitando olhá-la diretamente. Então, baixou a foice e a decapitou. Guardou a cabeça num saco e saiu correndo, perseguido pelas irmãs da Medusa. Conseguiu escapar novamente graças ao capacete de Hades.

# O RESGATE DE ANDRÔMEDA

- Façanhas de heróis
- Grécia Antiga
- Etiópia
- Heródoto, *História*; Apolodoro, *Biblioteca de mitologia*

Em sua viagem de volta a Sérifo, depois de matar a Górgona (*p.64*), Perseu viajou pelas terras da Etiópia, onde viu a bela princesa Andrômeda e se apaixonou. Mas, como ele logo descobriu, havia problemas na Etiópia, e Andrômeda estava no centro deles. Os pais dela haviam se vangloriado, afirmando que a beleza da filha era maior que a de qualquer ninfa do mar (nereidas) e, num acesso de fúria, Posídon inundara a terra. O povo da Etiópia decidira então apaziguar Posídon sacrificando Andrômeda a um monstro marinho. Quando Perseu pediu a mão dela em casamento, o pai Cefeu concordou – desde que Perseu matasse o monstro primeiro. Ele assim fez, e tomou Andrômeda como noiva.

**Perseu voa em socorro de** Andrômeda usando as sandálias aladas de Hermes, cedidas a ele pelas ninfas.

# A MORTE DE ACRÍSIO

- Façanhas de heróis; trágico cumprimento da predição
- Grécia Antiga
- Larissa, Tessália, Grécia
- Apolodoro, *Biblioteca de mitologia*

Após retornar a Sérifo e matar a Górgona (*p.64*), Perseu encontrou o rei Polidectes tentando violentar sua mãe, Dânae. Usando a cabeça da Medusa, Perseu transformou o rei em pedra. Indicou, então, o velho irmão do rei, Díctis, como sucessor, e partiu para a terra natal, Argos. No caminho, parou para participar dos jogos fúnebres em homenagem ao rei de Larissa, que morrera recentemente. Ao arremessar um disco, este foi desviado por um forte vento forte e matou um velho. Esse homem era o avô de Perseu, Acrísio, que o herói nunca chegara a conhecer. Assim, cumprira-se o oráculo que previra o assassinato de Acrísio pelo neto.

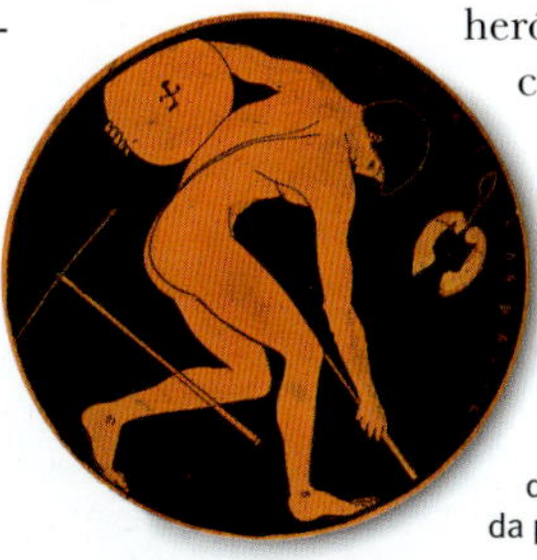

**Perseu era um grande atleta** e exímio arremessador de discos, o que, no fim, levou ao cumprimento da profecia.

# A TRAGÉDIA DE ÉDIPO

Tragédia do destino
Grécia Antiga
Tebas, na Beócia, Grécia

Apolodoro, *Biblioteca de mitologia*; Sófocles, *Édipo rei*

Quando nasceu, Édipo foi abandonado à morte pelo pai, Laio, rei de Tebas, depois de um oráculo predizer que o filho mataria o pai e desposaria a mãe. A criança foi salva e criada pelos reis de Corinto. Quando cresceu, Édipo consultou o oráculo em Delfos e a predição se repetiu. Como acreditava que o rei e a rainha de Corinto eram seus pais, ele fugiu da corte iniciando a trágica jornada.

**PERSONAGENS-CHAVE**

**LAIO** • *rei de Tebas*
**JOCASTA** • *rainha de Tebas*
**ÉDIPO** • *filho de Laio e Jocasta*
**ESFINGE** • *ser híbrido com cabeça de mulher e corpo de leão*

## ENREDO

### CUMPRIMENTO DA PROFECIA

Em sua viagem, Édipo chegou a um ponto estreito da estrada onde encontrou uma carruagem que vinha em sentido contrário. Nenhum dos viajantes quis dar passagem e na luta Édipo matou o outro homem – que era Laio. Sem o saber, Édipo matara o pai.

Às portas de Tebas, Édipo encontrou a Esfinge, monstro que matava todos os que não conseguiam responder ao enigma "Qual é o ser que caminha sobre quatro pernas de manhã, com duas ao meio-dia e três à noite?" Édipo foi o primeiro a acertar: "O homem, que engatinha quando bebê, caminha em pé quando adulto e usa uma bengala na velhice."

### ÉDIPO REI

O povo de Tebas ficou tão impressionado que aclamou Édipo rei, e a rainha viúva Jocasta tornou-se sua esposa. Sem saber, ele desposara a própria mãe. Mais tarde, ao descobrir a verdade, o horror de sua vergonha levou-o a se cegar e Jocasta, a se enforcar.

**Numa cena** do filme *Édipo rei* (1967), Édipo (Christopher Plummer) beija a mãe, Jocasta (Lili Palmer).

# BELEROFONTE E PÉGASO

Morte trágica de heróis
Grécia Antiga
Lícia, Grécia

Apolodoro, *Biblioteca de mitologia*; Homero, *Ilíada*

Quando jovem, Belerofonte foi injustamente acusado de ter seduzido a esposa de Proteu, rei de Argos, que o baniu da cidade, enviando-o a Iobates, rei da Lícia, com uma carta que pedia a morte de Belerofonte. Mas Iobates recusou-se a ordenar a morte de um hóspede. Por isso, designou Belerofonte para matar a Quimera, um monstro tenebroso que aterrorizava seu povo, pois presumiu que ele morreria durante a luta. Mas Atená ajudou o herói dando-lhe o cavalo alado Pégaso, para que ele pudesse erguer-se acima da Quimera e matá-la. Assim, Iobates e Beleforonte tornaram-se amigos. Tudo ia bem até que o herói, tomado pela ambição, tentou voar com Pégaso até o monte Olimpo, morada dos deuses. Zangado com o atrevimento de Belerofonte, Zeus fez o cavalo derrubar o cavaleiro, que morreu.

**Pégaso nasceu** quando Medusa foi morta (*p.64*). Uns dizem que ele brotou do pescoço da Medusa e outros, da terra ao redor dela.

# AS 49 ASSASSINAS

Tragédia de intrigas
Grécia Antiga
Argos, Grécia

Apolodoro, *Biblioteca de mitologia*; Pausânias, *Descrição da Grécia*

O rei egípcio Dânao, pai de 50 filhas, brigou com o irmão Egito, que tinha 50 filhos. Temendo pela segurança das filhas, Dânao deixou o reino e estabeleceu-se com elas em Argos, de onde convidou os sobrinhos para uma visita. Estes disseram que vinham em paz e pediram permissão para casar com as filhas de Dânao. Desconfiado, pois lhe parecia que os filhos de Egito ainda eram seus inimigos, o rei aceitou o pedido, mas deu a cada uma das filhas, as Danaides, uma adaga e a ordem de matar os maridos na noite de núpcias. Quando se recolheram ao quarto, 49 mulheres mataram os maridos, cortando-lhes a garganta. Apenas uma delas, Hipermnestra, teve pena do marido, Linceu, que se comportara de forma nobre e gentil. As 49 irmãs que obedeceram ao pai foram mais tarde perdoadas e purificadas pelos deuses Atená e Hermes.

## AS PEÇAS GREGAS E OS MITÓGRAFOS

Tantos mitos gregos subsistiram porque os escritores antigos contaram e recontaram as histórias dos deuses e heróis em poesia, prosa e peças de teatro. Algumas versões, especialmente os dois poemas épicos de Homero – a *Odisséia* e a *Ilíada* – e as peças trágicas dos dramaturgos gregos, tornaram-se clássicos da literatura mundial.

### OS POEMAS ÉPICOS DE HOMERO

Homero foi um dos primeiros e melhores poetas antigos. A data de seu nascimento é incerta, embora os estudiosos concordem em datá-lo por volta dos sécs.VIII ou VII a.C. Ele é famoso por dois poemas épicos: a *Ilíada*, que fala dos eventos da guerra de Tróia, e a *Odisséia*, que narra as aventuras de Odisseu em sua jornada de regresso à Grécia vindo de Tróia. Essas duas épicas vieram à luz inicialmente na forma de narrativas orais que Homero organizou e reestruturou, tornando-as famosas na Grécia Antiga. Ainda hoje são elogiadas por sua forma direta, pela caracterização e pela rica linguagem poética.

**Os atores gregos** usavam máscaras para indicar diferentes personagens ou emoções.

### OS DRAMATURGOS

Os três grandes dramaturgos da Grécia Antiga foram Ésquilo (c.525-456 a.C.), Sófocles (c.490-406 a.C.) e Eurípides (480-406 a.C.), e todos usaram os mitos em seus enredos. A imponente trilogia de Ésquilo, a *Oréstia*, aborda o assassinato do herói Agamêmnon e a vingança de seu filho Orestes. Também é sua uma peça sobre Prometeu. Os temas de Sófocles incluíam Édipo, o ciclo de Tróia, Antígona e Héracles. Eurípides também escreveu várias peças sobre o ciclo troiano, além de *Héracles* e *Alceste*.

### AS OBRAS DE HESÍODO

Hesíodo foi outro poeta antigo a tratar os mitos com abrangência. Sua *Teogonia*, provavelmente escrita nos sécs.VIII ou VII a.C., conta a história da criação do cosmo, o nascimento dos deuses e a ascensão de Zeus ao poder. Seu outro poema, *Trabalhos e os dias*, fala de Prometeu e das cinco idades do mundo.

**A figura sombria** de Orfeu conduzindo a esposa no Mundo Subterrâneo é uma imagem que continua a deslumbrar público e escritores contemporâneos.

**O teatro grego** em Epidauro, perto de Atenas, é um dos mais bem preservados

Essas peças, originalmente exibidas como parte dos grandes festivais dramáticos de Atenas, então em seu auge no séc.V a.C, mais tarde foram vistas por todo o mundo grego e até mesmo fora dele.

## ESCRITORES POSTERIORES

Durante o séc.IV a.C., o mundo grego e sua cultura expandiram-se drasticamente quando Alexandre o Grande conquistou considerável parte da Ásia e do Mediterrâneo. Isto inspirou muitos escritores, inclusive Apolônio de Rodes (séc.III a.C.), autor de um poema épico chamado *Argonáutica*, que narra a história de Jasão e o Velocino de Ouro. Mais tarde, o poeta Ovídio (43 a.C.-17 d.C.) recontou uma série de mitos de transformações nas *Metamorfoses*, e nos sécs.I ou II d.C. o escritor grego Apolodoro escreveu a *Biblioteca de mitologia*, que continha muitos dos mitos gregos que viriam a ser uma grande fonte de inspiração para escritores dos sécs.XVI e XVII.

# O JULGAMENTO DE PÁRIS

Rivalidade entre os deuses
Grécia Antiga
Monte Ida, Tróia (*ver box p. 71*)

Ovídio, *Heroides*;
Luciano, *Diálogos dos deuses*

Era antiga a rivalidade entre Grécia e Tróia, uma cidade do outro lado do mar Egeu, a noroeste da atual Turquia. O conflito mais sério, porém, aconteceu quando o príncipe troiano Páris, filho do rei Príamo e da rainha Hécuba, foi chamado a ser juiz de um concurso de beleza entre três deusas do Olimpo. Quando Páris se decidiu por Afrodite, deusa do amor, ele desencadeou uma série de eventos que levou à Guerra de Tróia.

### PERSONAGENS-CHAVE

**PÁRIS** • *príncipe de Tróia*
**HERA** • *rainha dos deuses*
**ATENÁ** • *deusa da guerra e da sabedoria*
**AFRODITE** • *deusa do amor*
**MENELAU** • *rei da Grécia*
**HELENA** • *rainha da Grécia*

## ENREDO

### AS TRÊS DEUSAS

Éris, a deusa da discórdia, foi ao casamento de Peleu e Tétis sem ser convidada, levando um pomo dourado com a inscrição "Para a mais bela". Zeus pediu ao príncipe Páris para julgar quem o receberia: Hera (que prometeu a Páris poder e riqueza), Atená (que ofereceu sabedoria e sucesso na guerra) ou Afrodite (que lhe garantiu a mulher mais linda do mundo). Páris escolheu Afrodite.

### O RAPTO DE HELENA

Mais tarde, Páris foi enviado à Grécia com instruções de assegurar a liberação da princesa troiana Hesíone ou de seqüestrar uma princesa grega, caso as negociações falhassem. Lá chegando, apaixonou-se por Helena, considerada a mulher mais bela do mundo – mas que era esposa do rei grego Menelau. Ela também se apaixonou por Páris, e os dois partiram em direção a Tróia, abandonando Hesíone. Furioso, Menelau organizou um exército liderado pelo irmão, o grande guerreiro Agamêmnon, e por Odisseu para recuperar Helena. Começava a Guerra de Tróia (*p. 71*).

**Antecipando-se ao enredo** da Bela Adormecida, Éris, que não fora convidada às bodas de Peleu e Tétis, traz um "presente" que ameaça perturbar a ordem natural.

# A GUERRA DE TRÓIA

Guerra
Grécia Antiga
Tróia (*ver box abaixo*)
Homero, *Ilíada*

A guerra entre Grécia e Tróia, que começou quando o príncipe troiano Páris e a rainha grega Helena fugiram juntos, durou dez anos. Houve muitas perdas, incluindo vários heróis de destaque de ambos os lados. Os gregos conseguiram vencer depois de usarem um cavalo de madeira para contrabandear os guerreiros para o interior da cidade sitiada de Tróia. Helena, de novo unida ao marido, rei Menelau, foi levada de volta à Grécia.

**PERSONAGENS-CHAVE**

**PÁRIS** • *príncipe de Tróia*
**HELENA** • *rainha de Tróia*
**AGAMÊMNON** • *comandante-chefe do exército grego*
**AQUILES** • *herói grego*
**AJAX** • *comandante do exército grego*
**ODISSEU** • *herói grego*

## ENREDO

A guerra se prolongava há anos. Num episódio famoso, a morte do herói grego Aquiles foi provocada por Páris, que identificou corretamente seu ponto fraco e o matou, flechando-lhe o calcanhar. Um segundo herói grego, Ajax, suicidou-se por vergonha quando Agamêmnon, o líder militar, decretou que o esperto estrategista Odisseu era o mais digno de herdar a armadura de Aquiles.

### O CAVALO DE TRÓIA

Odisseu foi o mentor da estratégia da vitória. Recomendou aos gregos anunciar uma pretensa derrota e deixar, como uma oferenda a Atená, um enorme cavalo de madeira – que escondia inúmeros guerreiros – nos portões de Tróia. Conforme planejado, assim que o cavalo foi puxado para dentro da cidade os soldados saíram e abriram os portões para o resto do exército. Os gregos saquearam a cidade e, em seguida, navegaram de volta para casa, vitoriosos e com a rainha Helena.

**ONDE FICAVA TRÓIA?**

A antiga cidade de Tróia situava-se na atual Hissarlik, no oeste da Turquia. O local, hoje bastante escavado, mostra as ruínas de uma cidade que foi construída e reconstruída muitas vezes. Mesmo em ruínas, nota-se uma semelhança óbvia com a Tróia da *Ilíada*. As muralhas enormes lembram a descrição da cidade feita por Homero, assim como a região varrida pelo vento. A ampla planície onde a cidade se ergue pode ser o local das implacáveis batalhas entre gregos e troianos.

**Brad Pitt** no papel de Aquiles, assassinado por Páris durante a Guerra de Tróia, no filme *Tróia* (2004).

*"...as sereias encantam a todos que se aproximam. Não há volta ao lar para o homem que inadvertidamente se aproxima delas..."*

Circe, na *Odisséia*, de Homero

# A ODISSÉIA

- Viagem épica
- Grécia Antiga
- O Mediterrâneo
- Homero, *Odisséia*

**Na maioria dos relatos,** Odisseu era filho de Laerte e Anticléia, rei e rainha de Ítaca. Alguns escritores, porém, para justificar sua astúcia e manha, dizem-no filho de Sísifo, um trapaceiro.

## POR TRÁS DO MITO

A *Odisséia*, grande poema épico de Homero, narra eventos que aconteceram imediatamente após a Guerra de Tróia. O personagem central é Odisseu, um grego, que teve papel relevante na guerra ao lutar por dez anos e ao ter a decisiva e brilhante idéia de forjar um cavalo oco de madeira para ajudar os gregos a entrarem em Tróia. A *Odisséia* conta sua longa viagem de retorno ao lar. Ao longo do poema, Odisseu conquista nossa cumplicidade. Ele é sábio, corajoso e sempre tem saudade de casa, da esposa Penélope e do amado filho Telêmaco.

### JORNADA REPLETA DE AVENTURAS

Finda a guerra, Odisseu iça velas e parte de Tróia para seu lar em Ítaca, uma das ilhas jônicas a oeste da Grécia continental. A jornada deveria ser direta, passando pelo mar Egeu, contornando o sul do Peloponeso, e depois na direção norte até Ítaca.

Mas a viagem de Odisseu, fadada a problemas, é pontuada por aventuras fantásticas: encontros com deuses, feiticeiras, monstros, canibais e até mesmo uma jornada ao Mundo Subterrâneo. Essa combinação de eventos faz da *Odisséia* uma das maiores histórias de aventura de todos os tempos.

Os infortúnios ao longo da viagem envolvem a perda da frota de 12 navios e, no fim, a de todos os homens que navegavam com Odisseu. Ele enfim chega a Ítaca, mas lá descobre que vários pretendentes assediavam sua esposa Penélope e dilapidavam seus bens. Atená, que o ajudara durante a viagem, dá-lhe um disfarce para que ele verifique o que está acontecendo, livre-se dos pretendentes e se reencontre com Penélope.

**PERSONAGENS-CHAVE**

**ODISSEU** • *rei de Ítaca*
**PENÉLOPE** • *esposa de Odisseu*
**TELÊMACO** • *filho de Odisseu e Penélope*
**POLIFEMO** • *um dos Ciclopes*
**ÉOLO** • *deus dos ventos*
**CIRCE** • *semideusa e feiticeira*
**CALIPSO** • *semideusa*
**NAUSÍCAA** • *princesa dos feácios*

## ENREDO

Depois de Odisseu ter deixado Tróia, sua frota foi arrastada pelos ventos para o sul, até a terra dos Lotófagos. Ao ingerirem o exótico fruto do lótus, os tripulantes esqueceram-se do passado e quiseram lá ficar para sempre, o que obrigou Odisseu a arrastá-los até os navios.

A seguir, aportaram na terra dos Ciclopes, gigantes temíveis de um só olho. Um deles, chamado Polifemo, prendeu Odisseu e seus homens numa caverna e começou a devorá-los. Odisseu, que afirmara se chamar Outis (palavra grega para "ninguém"), cegou o gigante, enfiando-lhe uma estaca no olho. Quando Polifemo pediu socorro gritando "Outis [Ninguém] está me ferindo", os outros ciclopes ignoraram-no, e os gregos puderam escapar.

### VENTOS CAPRICHOSOS

A seguir, os gregos chegaram à ilha flutuante de Éolo, deus dos quatro ventos. Para ajudar Odisseu, Éolo deu-lhe três ventos adversos amarrados dentro de um saco. O único vento remanescente levaria todos os seus navios diretamente para Ítaca. Contudo, achando que o saco continha tesouros, seus homens abriram-no, liberando os ventos, que desviaram os navios da rota – e acabaram por cair nas mãos de outra raça de canibais gigantes, os Lestrigões, que destruíram todos os navios de Odisseu, exceto um.

### A MÁGICA DE CIRCE

Odisseu prosseguiu viagem e chegou à ilha da feiticeira Circe, que transformou os homens de Odisseu em porcos. Odisseu só escapou por ter comido a erva protetora mágica, recebida de Hermes. Percebendo ter encontrado

"EU SOU ODISSEU, FILHO DE LAERTE. O MUNDO TODO FALA DE MEUS ESTRATAGEMAS, E A MINHA FAMA CHEGOU AOS CÉUS."

Homero, *Odisséia*

**Odisseu cegou Polifemo** e, em seguida, ele e seus homens escaparam atados sob a barriga das ovelhas do gigante e fora de seu alcance.

**NAVIOS DA GRÉCIA ANTIGA**

A Grécia era um país montanhoso, onde viajar por terra era difícil. Muitas cidades gregas antigas ficavam na costa e seus habitantes chegavam de um lugar a outro de barco. Para viagens longas e guerras, os gregos usavam navios grandes que ostentavam enormes velas quadradas e fileiras de remos, com o objetivo de se movimentarem rapidamente com ou sem bons ventos. Mesmo em alta velocidade, navios desse tipo podiam abalroar embarcações inimigas.

**Figueira, cedro e pinho** eram os materiais escolhidos para os navios de combate gregos. As quilhas podiam ser reforçadas com metal.

um rival à altura, Circe devolveu a forma humana à tripulação e disse a Odisseu para visitar o Mundo Subterrâneo a fim de descobrir mais sobre seu futuro. Foi o que ele fez, e soube pelos espíritos que quando voltasse a Ítaca haveria homens dentro de sua casa brigando por suas posses.

## PERIGOS NO MAR

De volta a bordo, o próximo desafio seria o de navegar pelo território das sereias, cujos lindos cantos seduziam os marinheiros. Ele tapou os ouvidos dos homens com cera e ordenou-lhes que o atassem ao mastro do navio para que ouvisse a música das sereias sem ser encantado.

Depois, teve de atravessar um canal estreito entre o monstro Cila e o redemoinho Caribdes. O navio passou, mas Odisseu navegou perto demais de Cila, que matou alguns de seus homens.

## APENAS ODISSEU

O navio, então, aportou na ilha Trinácia, pertencente ao deus-Sol Hélio, que lá mantinha seu gado. Odisseu fora avisado para não tocar nos animais. Seus homens, porém, desobedeceram e mataram alguns. Quando zarparam de novo, Zeus enviou um raio que fez o navio em pedaços e afogou todos os homens. Odisseu foi o único sobrevivente, pois se agarrou aos destroços do navio e foi levado até a ilha da deusa Calipso. Ela se interessou por Odisseu, mas ele resistiu às suas investidas, montou uma jangada e partiu mais uma vez. E mais uma vez também naufragou, sendo encontrado pela linda princesa Nausícaa, que se parecia muito com sua amada esposa Penélope. Odisseu sentiu-se tentado a permanecer, mas decidiu voltar para Ítaca.

## RETORNO AO LAR

Odisseu encontrou a casa cheia de pretendentes à mão de sua esposa. Ela, espertamente, tinha recusado escolher algum enquanto não terminasse a veste que tecia – mas a desfazia todas as noites. Por fim, anunciou que desposaria o homem que conseguisse retesar a corda do grande arco do marido. Apenas Odisseu, disfarçado, conseguiu. Penélope o reconheceu e ele matou todos os pretendentes com a ajuda do filho Telêmaco.

**Penélope foi reverenciada** por sua fidelidade e devoção: esperou anos pela volta de Ulisses.

**MITOS RELACIONADOS ▸** A viagem de Brân (*p.102*) • Kayak, o falcão-peregrino (*p.206*)

# O VELOCINO DE OURO

Busca, viagem épica
Grécia Antiga
Vários locais no Mediterrâneo e na costa do mar Negro
Apolônio de Rodes, *Argonáutica*

Jasão seria o rei de Iolco (nordeste da Grécia) por direito, mas seu tio Pélias tomara o trono quando Jasão era criança. Ao atingir a maioridade e exigir seu direito, Pélias decretou que ele só se tornaria rei se roubasse o precioso Velocino de Ouro da Cólquida, uma terra distante, além da costa oeste do mar Negro. A viagem de Jasão à Cólquida e seu retorno ao lar é uma das mais famosas histórias clássicas.

**PERSONAGENS-CHAVE**

**JASÃO** • *herdeiro do reino de Iolco*
**PÉLIAS** • *tio de Jasão*
**HÉRACLES** • *herói grego*
**FINEU** • *um profeta*
**EETES** • *rei da Cólquida*
**MEDÉIA** • *filha de Eetes*

## ENREDO

### OS ARGONAUTAS

Um excelente navio foi construído para a viagem de Jasão à Cólquida. Batizado de *Argo*, seu casco era mágico, feito com o carvalho sagrado do oráculo de Zeus em Dodona. Assim que o navio ficou pronto, Jasão recrutou uma tripulação – os Argonautas, que incluía alguns dos maiores heróis da Grécia – homens como Héracles, Orfeu e Peleu – e partiram rumo ao Helesponto.

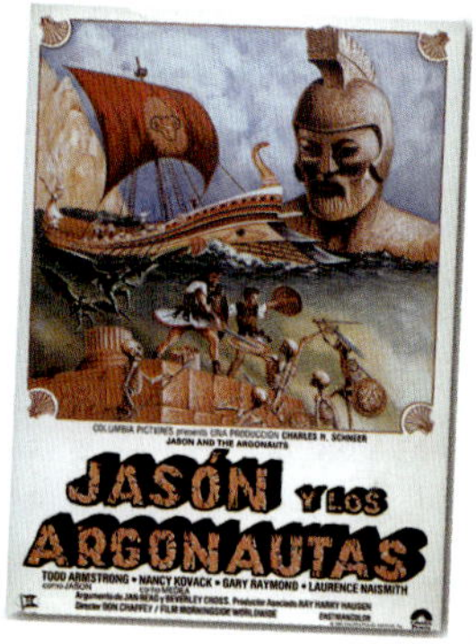


**Cartaz de** *Jasão e os Argonautas* (1963), mostra o momento em que o gigante de bronze Talos se eleva do mar

### A VIAGEM

A viagem foi repleta de aventuras. Os Argonautas permaneceram por algum tempo na ilha de Lemnos, no Egeu, onde foram vítimas dos encantos da população, exclusivamente feminina. Perderam Héracles na ilha dos mísios, quando uma ninfa marinha seduziu seu amigo Hilas, levando Héracles a sair à sua procura. Depois encontraram o

profeta cego Fineu, que se ofereceu para ajudá-los se eles destruíssem as Harpias – pássaros com cabeça de mulher que bicavam os olhos de Fineu e defecavam um lodo malcheiroso. Dois dos Argonautas, Calais e Zetes, as espantaram.

O próximo desafio dos Argonautas foi navegar através das Rochas Flutuantes, na entrada do mar Negro, que se entrechocavam e esmagavam qualquer coisa que passasse entre elas. Mas Fineu ensinou Jasão a resolver o problema: enviou um pássaro para passar entre as rochas, as pedras fecharam-se e abriram-se, e os Argonautas então atravessaram a toda velocidade antes que elas colidissem de novo.

**O *Argo* foi construído** em Pagasae (hoje Volos), na costa leste da Grécia, por um homem chamado Argos, com a ajuda de Atená (*esq., sentada*).

## TOUROS QUE LANÇAM FOGO

Eetes, rei da Cólquida, não queria abrir mão do Velocino de Ouro e, assim, quando Jasão chegou, impôs ao herói um desafio: arrear dois touros que soltavam fogo, usá-los para arar um campo e semeá-lo com dentes de dragão, dos quais imediatamente brotariam guerreiros armados. Parecia não haver chance de sucesso. Mas Jasão teve a ajuda da filha de Eetes, Medéia, que tinha o dom da feitiçaria. Ela se apaixonou por Jasão e lhe deu os poderes necessários para completar a tarefa. Mesmo assim, Eetes se recusou a ceder o Velocino. Medéia então sugeriu que Jasão enganasse o dragão, que guardava o Velocino, pedindo a Orfeu que adormecesse com o som de sua lira. O plano funcionou, Jasão roubou o Velocino e navegou de volta a Iolco, levando Medéia com ele.

## DE VOLTA PARA CASA

A caminho de casa, encontrou muitos monstros que Odisseu também enfrentara em sua longa jornada (*p. 72-5*), como as sereias e Caribdes. Encarou ainda novos desafios, como o gigante de bronze Talos, que atirou enormes rochas contra *Argo*, até Medéia matá-lo com um olhar. Assim, Jasão retornou com o Velocino de Ouro e exigiu seu trono.

**Os Argonautas** foram recebidos de braços abertos pelas mulheres da ilha de Lemnos, e muitos deles as engravidaram. Jasão teve gêmeos com a rainha.

## OS DEUSES GREGOS E ROMANOS

Segundo a lenda, a cidade de Roma foi fundada em 753 a.C. e em 500 anos já controlava toda a Itália. Roma então voltou-se para além de suas fronteiras, e no séc.II a.C. os romanos tinham conquistado a maior parte da Europa, o leste do Mediterrâneo e o norte da África. Conforme anexavam os estados, assimilavam parte das novas culturas, inclusive histórias de várias mitologias.

### DEUSES COMPOSTOS

Ao conquistar novos territórios, era do interesse de Roma permitir que os povos subjugados continuassem a adorar seus próprios deuses, mas criava uma versão romana para eles – para enfatizar que a raça conquistada agora fazia parte do Império Romano. Se uma divindade local tinha algo em comum com um deus romano ou itálico, os dois poderiam ser amalgamados sob o nome do deus romano. Assim, as divindades romanas não só tinham características dos primitivos deuses itálicos, mas também podiam adquirir atributos dos deuses de povos conquistados, como o foi, em especial, no caso da Grécia.

**A Fontana de Trevi,** em Roma, inspirada no mítico palácio de Netuno, deus romano do mar (o grego Posídon).

### JÚPITER, O DEUS DO CÉU

Antes de Roma se tornar poderosa, os etruscos eram um dos mais importantes povos itálicos. Quando Roma os conquistou, assimilou alguns deuses (*p.90-1*), atribuindo-lhes, por vezes, qualidades dos deuses gregos. Um bom exemplo é o deus etrusco Tinia, o deus do céu ou "do trovão", renomeado como Diospiter, ou Júpiter (pai do céu), pelos romanos e adorado como o deus dos trovões. Após conquistar a Grécia, os romanos deram-lhe atributos do deus grego do céu, Zeus, e Júpiter tornou-se o deus romano supremo.

**Cupido ordena** a Mercúrio, o mensageiro, que anuncie seu poder ao universo.

| OS CORREPONDENTES ROMANOS E GREGOS | | |
|---|---|---|
| **NOME ROMANO** | **ATRIBUTO** | **EQUIVALENTE GREGO** |
| Esculápio | deus da cura | Asclépio |
| Apolo | deus do Sol e das artes | Apolo |
| Baco | deus do vinho | Dioniso |
| Ceres | deusa da colheita | Deméter |
| Cupido | deus do amor | Éros |
| Diana | deusa da caça | Ártemis |
| Juno | esposa de Júpiter | Hera |
| Júpiter | deus do céu; deus supremo | Zeus |
| Marte | deus da guerra | Ares |
| Mercúrio | deus das finanças; mensageiro | Hermes |
| Minerva | deusa da sabedoria | Atená |
| Netuno | deus do mar | Posídon |
| Vênus | deusa do amor | Afrodite |
| Vesta | deusa da lareira | Héstia |
| Vulcano | deus do fogo | Hefesto |

## O TRIUNVIRATO GOVERNANTE

Por muitos anos, Roma foi governada por um triunvirato (três mandantes), e os romanos viam os deuses da mesma forma. Depois de Júpiter, havia duas deusas na hierarquia divina, Juno e Minerva. Juno, irmã e esposa de Júpiter, era a equivalente romana da grega Hera. Ela era a protetora das mulheres, a deusa do casamento e do nascimento.

Minerva, originalmente a deusa etrusca das artes, foi assimilada à deusa grega Atená, tornando-se a deusa da sabedoria, além de patrona dos artistas e artesãos

## OUTRAS ASSIMILAÇÕES

Os romanos assimilaram outras divindades itálicas e gregas. Mercúrio, um velho deus itálico, a divindade do comércio e das finanças (seu nome relaciona-se à palavra *mercator*, mercador), foi identificado com o grego Hermes. Diana, a deusa itálica da caça, foi assimilada à grega Ártemis, tornando-se uma das divindades mais populares do império. Alguns deuses romanos vêm diretamente dos gregos, como Apolo, que não tinha nenhum equivalente itálico, mas conquistou inúmeros seguidores entre os romanos. Estes, porém, sempre enfatizavam a superioridade moral de seus próprios deuses em relação aos pares gregos.

# ENÉIAS FUNDA UM IMPÉRIO

Viagem e fundação
Roma Antiga
Vários locais no Mediterrâneo; Itália
Virgílio, *Eneida*

A fundação de Roma como uma força política e geográfica iniciou-se quando o jovem Enéias, príncipe de Tróia, deixou o cenário da Guerra de Tróia e começou uma longa viagem. Após muitas aventuras, ele chegou à Itália, assumiu a região do Lácio, no rio Tibre, fundou uma nova cidade e iniciou a extensa linhagem de reis e imperadores de Roma. Sua vida teve como pano de fundo uma série de contendas entre Vênus, sua mãe, e a deusa Juno.

**PERSONAGENS-CHAVE**

**ENÉIAS** • *filho de Anquises e da deusa Vênus*
**A SIBILA DE CUMAS** • *uma profetisa*
**LATINO** • *rei do Lácio*
**LAVÍNIA** • *filha de Latino*

## ENREDO

### ENÉIAS DEIXA TRÓIA

Havia duas profecias reveladas a Enéias: fundaria uma nova cidade e destruiria Cartago, no norte da África. Assim, depois da destruição de Tróia (*p.71*), ele partiu da cidade com um grupo de seguidores e navegou em busca do novo território, conforme predito. Cruzando os mares Egeu e Jônico, chegaram à Sicília, lar dos Ciclopes, uma raça de gigantes de um só olho. Os marinheiros tiveram sorte de escapar da ilha com vida. Navegaram para o sul, mas as embarcações foram afundadas na costa norte da África por Juno, que tentava proteger sua cidade, Cartago.

**O herói errante Enéias** partiu de Tróia para se tornar o predecessor dos poderosos romanos.

### AMOR EM CARTAGO

Enéias naufragou perto da cidade de Cartago, onde encontrou a rainha Dido. Vênus fez o casal se apaixonar, para Dido esquecer a fidelidade devida a Juno, mas Enéias a deixou (*p.81*) ao perceber que seu destino era outra terra.

### A SIBILA E O MUNDO SUBTERRÂNEO

Navegando perto de Cumas, na costa oeste da Itália, Enéias encontra Sibila, uma profetisa (*p.88*), que lhe dá uma visão do futuro: a cidade de Roma e muitas gerações de heróis romanos ainda por nascer.

### ENÉIAS NO LÁCIO

Quando aportou no Lácio, Enéias fez um acordo com Latino, o rei local, que incluía o casamento com sua filha Lavínia. Isso enfureceu Turno, rei dos rútulos, a quem Lavínia era prometida, e ele declarou guerra. Os troianos, com o povo do Lácio, enfrentaram os rútulos por vários meses, até que Enéias matou Turno. Unificou então os povos e fundou a cidade de Lavínio, que, sob sua liderança, consolidou o poder da futura Roma.

# DIDO E ENÉIAS

- Tragédia de amor
- Roma Antiga
- Cartago, norte da África
- Virgílio, *Eneida*

Dido, uma das primeiras profetisas de Tiro, foi a fundadora e rainha da cidade de Cartago, na costa norte da África. Logo após a construção da cidade, Enéias chegou juntamente com outros heróis da Guerra de Tróia. Foi amor à primeira vista, e pareciam ser um casal perfeito: Dido era uma nobre rainha e líder e Enéias, um herói destemido no comando de suas tropas. Mas esse amor distraiu Enéias do seu destino – com conseqüências trágicas.

### PERSONAGENS-CHAVE

**ENÉIAS** • *filho de Anquises e da deusa Vênus*

**DIDO** • *rainha de Cartago, filha de Muto, rei de Tiro*

## ENREDO

### A MALDIÇÃO DE DIDO

Dido e Enéias viviam juntos maritalmente quando um mensageiro dos deuses veio relembrar Enéias de seu dever de se estabelecer em outra terra. Ele decidiu deixar Dido, implorando que ela compreendesse que seu destino era fundar uma nova cidade, e não se tornar rei de Cartago.

Mas Dido optou pelo suicídio. Mandou construir uma pira funerária e, ao ver os navios troianos desaparecendo no mar, amaldiçoou Enéias, jurando que Cartago e Roma seriam inimigas para sempre. Subiu até a pira e tirou a própria vida com uma espada.

### A *ENEIDA* DE VIRGÍLIO

O poema épico Eneida, que narra a história de Enéias, é a obra-prima do grande poeta romano Virgílio (70-19 a.C.). O patrono de Virgílio era o imperador Augusto, e assim o poeta contou uma história centrada na cultura romana. Ao descrever a viagem e as ações de Enéias e seus companheiros, ele os confirmou como ancestrais dos romanos. Também justificou a guerra de Roma contra Cartago, no séc.III a.C., como o cumprimento da maldição de Dido de que as duas cidades seriam eternas inimigas.

**Ao narrar** suas aventuras, Enéias não só impressionou a rainha Dido, mas também conquistou seu amor.

# RÔMULO E REMO

- Rivalidade entre irmãos; fundação de cidade
- Roma Antiga
- Itália: norte e central
- Lívio, *História de Roma*; Ovídio, *Fastos*

A lenda de Rômulo e Remo narra como os dois gêmeos, abandonados pelo avô, foram levados por um rio e resgatados por uma loba. Após terem suas identidades reveladas pelos deuses, eles recuperaram o verdadeiro status e, no fim, fundaram a cidade de Roma. Com esse tema de crianças-lobas, a lenda parece remontar a uma antiga tradição, que encontra paralelos em histórias européias mais recentes de crianças abandonadas.

**PERSONAGENS-CHAVE**

**NÚMITOR E AMÚLIO** • *co-regentes de Alba Longa*

**RÉIA SÍLVIA** • *uma virgem vestal*

**RÔMULO E REMO** • *filhos de Réia Sílvia e do deus Marte*

**A LOBA**

**FÁUSTULO** • *um pastor*

## ENREDO

### OS GÊMEOS ABANDONADOS

Dois irmãos – o legislador Númitor e o soldado Amúlio – governavam a cidade de Alba Longa, no centro da Itália. Os dois brigaram, e Amúlio assumiu a cidade, prendeu Númitor e obrigou a sobrinha, Réia Sílvia, a se tornar uma virgem vestal (evitando assim qualquer ameaça à dinastia). Mas o deus Marte violentou Réia Sílvia e esta deu à luz dois gêmeos, Rômulo e Remo. Como punição por violar os votos, Réia Sílvia foi enterrada viva e as crianças, condenadas a serem afogadas no rio Tibre.

### RESGATE E REVOLTA

Por sorte, o deus do rio viu os gêmeos e providenciou que fossem encontrados e amamentados por uma loba, que cuidou deles até serem encontrados por Fáustulo, um pastor, que os acolheu com a esposa, Aca Larência. Já adultos, Marte revelou aos gêmeos a identidade de seus pais verdadeiros. Rômulo e Remo reuniram todos os camponeses da região e iniciaram uma revolta, matando Amúlio e reinstalando Númitor no poder.

Após certo tempo, Alba Longa tornou-se superpovoada, e Rômulo e Remo decidiram fundar uma nova cidade às margens do Tibre. Mas logo os irmãos brigaram, Remo foi morto e a nova cidade foi nomeada Roma, em homenagem a seu rei, Rômulo.

**A loba** era consagrada a Marte, o verdadeiro pai de Rômulo e Remo, e diz-se que o deus a enviou para socorrê-los.

# O RAPTO DAS SABINAS

Rapto e vingança
Roma Antiga
Roma

Lívio, *História de Roma*; Ovídio, *Fastos*

Os únicos habitantes da nova cidade de Roma eram os seguidores de Rômulo, todos homens. Um dia, Rômulo anunciou que organizaria um grande festival em honra a Netuno. Insistiu que os sabinos – homens e mulheres das cidades vizinhas – fossem convidados. O festival era, na verdade, uma armadilha para raptar as sabinas e assim dar início à raça romana.

**A um dado sinal,** os jovens romanos dominaram os pais e irmãos das jovens sabinas.

**RAPTO EM MASSA**

No início do festival, quando os jogos deveriam começar, os romanos sacaram suas armas escondidas. Ameaçando os sabinos de morte, raptaram todas as jovens mulheres sabinas presentes. Em retaliação, os sabinos declararam guerra a Roma, e anos de luta se seguiram. A guerra só terminou quando as sabinas, agora casadas com romanos, intercederam. Atirando-se (com os próprios filhos, segundo alguns) entre os dois lados em guerra, as mulheres pediram o fim da luta.

# A VIRTUDE DE LUCRÉCIA

Luxúria trágica
Roma Antiga
Roma

Lívio, *História de Roma*; Ovídio, *Fastos*

Longe da cidade, numa guerra, os generais de Roma, num momento de ócio durante um longo cerco, começaram a conversar sobre as esposas e sobre qual seria a mais virtuosa. Decidiram voltar para Roma a cavalo e descobrir o que as esposas faziam. Ficaram chocados ao verificar que elas bebiam e deitavam-se com os homens remanescentes na cidade – todas, exceto uma: Lucrécia, esposa de Colatino.

Lucrécia permanecia em casa, bordando e tecendo calmamente. Vendo isto, um soldado romano, Sexto Tarquínio, foi tomado de desejo pela mulher. Exigiu fazer sexo com ela, dizendo que, se ela não cedesse, ele não só a mataria, mas também a envergonharia, matando um escravo e colocando-o na cama junto a ela para humilhá-la.

Lucrécia se submeteu ao estupro, mas enviou uma mensagem ao marido Colatino contando o que acontecera. Ele correu para casa, mas, por mais que tentasse convencê-la de que ela nada fizera de mau, ela não conseguia mais viver. Pegando uma faca oculta sob seu vestido, Lucrécia suicidou-se.

**Mitos e histórias** do teatro grego antigo inspiraram os artistas do Império Romano. Esta máscara trágica em mosaico, datada do séc.II a.C., encontra-se na Casa do Fauno, em Pompéia. Outro de seus mosaicos representa os triunfos de Alexandre o Grande.

# VESTA E SEU PROTETOR

- Virtude preservada
- Roma Antiga
- Monte Ida, perto de Tróia (oeste da Turquia)
- Ovídio, *Fastos*

Uma das divindades romanas mais populares era Vesta, a deusa do fogo e da lareira, correspondente à grega Héstia. A lareira era o centro da vida romana e, portanto, Vesta era uma das divindades mais importantes. Diferentemente das deusas clássicas, ela era virgem e resguardava a virtude com afinco. Uma história narra como sua famosa castidade quase foi comprometida pelo deus Priapo.

**PERSONAGENS-CHAVE**

**CIBELE** • *mãe dos deuses*
**VESTA** • *deusa da lareira*
**PRIAPO** • *deus da fertilidade*
**SILENO** • *um sátiro*

## ENREDO

### FESTA DE CIBELE

A grande deusa Cibele (*p.94*) convidou todos os imortais para uma festa. Havia comida em abundância e todos se divertiam. Muitos convidados se embebedaram, inclusive o velho sátiro Sileno, que aparecera sem ser convidado. Com o passar da noite, a celebração foi ficando mais silenciosa, e vários convidados, exaustos das festividades, caíram no sono. Vesta foi uma delas.

### A VOLÚPIA DE PRIAPO

Caminhando pela multidão, o deus da fertilidade Priapo avistou Vesta adormecida. Tomado pelo desejo, aproximou-se com a intenção de tirar-lhe a castidade. Já prestes a tocá-la, o burro de Sileno, que estava próximo, zurrou bem perto do ouvido de Vesta. Ela acordou, os outros deuses acorreram e Priapo fugiu envergonhado. A virtude de Vesta havia sido salva.

### AS VIRGENS VESTAIS

Os romanos adoravam Vesta em seus lares, mas havia também um templo do Estado para ela – uma construção circular no coração de Roma, para lembrar o povo das primeiras cabanas dos primórdios da cidade. No templo, tanto a deusa como o poder eterno de Roma eram representados pela chama mantida sempre acesa por jovens e castas sacerdotisas conhecidas como Vestais. Essas mulheres viviam em casas perto do templo e serviam-no por 30 anos. Depois podiam retomar uma vida normal. Eram vistas como pessoas sagradas e, se falhassem na castidade, eram confinadas numa câmara subterrânea, onde morriam de inanição.

**As virgens vestais** eram supervisionadas por um sumo sacerdote, o Pontifex Maximus. Tinham direitos civis não concedidos a outras mulheres romanas, como voto e propriedade privada.

# LARES E SEUS CÃES

Protetores da humanidade
Roma Antiga
Roma

Ovídio, *Fastos*;
Macróbio, *Saturnália*

Os romanos acreditavam que todas as casas eram protegidas pelos Lares, deuses gêmeos que guardavam também as encruzilhadas.

Os Lares eram filhos de Mercúrio, mensageiro dos deuses, e Mania, deusa da loucura. Com freqüência, tomavam emprestados os cães de Diana, a deusa da caça, e com eles espantavam ladrões e outros malfeitores. A maioria dos romanos adorava os Lares, montando um altar para eles em suas casas e esperando assegurar a sua proteção.

**Um oratório doméstico** dedicado aos dois Lares, deuses guardiões sempre representados com chifres e copos nas mãos.

# A VINDA DE PENATES

Proteção da humanidade
Roma Antiga
Roma

Virgílio, *Eneida*;
Cícero, *Sobre a natureza dos deuses*

Quando o herói Enéias, fundador de Roma, chegou à Itália após a Guerra de Tróia (*p.80*), trouxe consigo dois deuses conhecidos como Penates. Estes deuses haviam se estabelecido inicialmente na cidade de Alba Longa, onde Enéias primeiro se fixou depois da guerra, e de lá viajaram com ele até Roma. Eram vistos como protetores da cidade desde épocas remotas.

Tempos depois, os romanos construíram um templo nacional para os Penates no Fórum. Cultuavam-nos também em altares nos próprios lares. Tradicionalmente, os Penates eram representados nos templos e santuários sob a forma de dois jovens sentados. Associados a Vesta, deusa da lareira (*p.86*), também eram considerados protetores das lareiras e das casas.

Pelo nome relacionado à palavra latina penus (que significa "comida" ou "provisões"), os Penates tornaram-se deuses da mesa, e alimentos eram-lhes oferecidos ao início de cada refeição para assegurar uma despensa sempre bem suprida.

# A SIBILA DE CUMAS

- Desejo e vingança
- Grécia e Roma Antigas
- Cumas, Itália
- Petrônio, *Satíricon*; Virgílio, *Eneida*

As sibilas eram profetisas com vários altares no mundo grego e romano. Em estado de transe, elas emitiam sons inarticulados, "traduzidos" a seguir pelos sacerdotes em profecias. Para os romanos, a mais famosa dentre as profetisas foi a Sibila de Cumas, que habitava uma caverna perto de Nápoles. Famosa por sua astúcia, ela no entanto falhou ao solicitar vida longa ao deus Apolo, sem pedir-lhe também a juventude eterna.

**PERSONAGENS-CHAVE**

**A SIBILA DE CUMAS** • *uma profetisa*

**TARQUÍNIO** • *último rei de Roma*

**APOLO** • *deus do Sol e das artes*

## ENREDO

### A ESPERTA SIBILA

A Sibila de Cumas registrara as suas profecias em nove livros, que quis vender ao rei Tarquínio de Roma. Quando ele refutou o preço, ela queimou três e ofereceu-lhe os últimos seis livros pelo preço original. Ele recusou novamente e ela queimou mais três, mas ainda manteve o mesmo preço. Tarquínio acabou comprando os últimos três volumes pelo preço original de todos os nove livros. Eles foram destruídos quando o Capitólio de Roma foi incendiado, em 83 a.C.

### O DESEJO DE APOLO

Apolo ofereceu à bela Sibila qualquer presente em troca de uma noite de amor. Ela pediu tantos anos de vida quanto os grãos de areia que conseguisse segurar. Apolo concedeu-lhe o desejo, mas, em seguida, ela o rejeitou. Então, ele a fez envelhecer rapidamente. Em poucos anos ela encolheu até ficar tão seca quanto uma cigarra, e logo estava tão pequena que foi colocada num jarro – ou, de acordo com algumas versões do mito, numa gaiola – na parede da caverna em que vivia.

**A caverna da Sibila** ficava perto do lago Averno, e cria-se ser a entrada do Mundo Subterrâneo

# CASTOR E PÓLUX

Feitos heróicos
Grécia e Roma Antigas
Messênia, Roma

Apolônio de Rodes, *Argonáutica*

Castor e Pólux eram os dois filhos de Zeus, rei dos deuses, com a mortal Leda (*p.43*). Eles eram conhecidos como os Dióscuros (do grego *dios kouroi*, filhos de Zeus) e venerados pelos romanos. Essa dupla de heróis viveu suas mais famosas aventuras quando embarcou com Jasão na viagem dos Argonautas. No culto romano, porém, foi a morte que lhes conferiu um poder maior.

**PERSONAGENS-CHAVE**

**CASTOR E PÓLUX** • *filhos de Zeus e da mortal Leda (p.43)*

**IDAS E LINCEU** • *Argonautas gêmeos, filhos de Afareu e Arene*

## ENREDO

**OS GÊMEOS BRIGUENTOS**

Os gêmeos Castor e Pólux eram famosos por se meterem em encrenca. Quando partiram com Jasão na viagem para encontrar o Velocino de Ouro (*p.76-7*), já tinham um longo histórico de rivalidade com outro par de gêmeos dentre os Argonautas, Idas e Linceu.

Por causa da rivalidade, eles raptaram duas jovens que estavam prometidas a Idas e Linceu, filhas de Leucipo, governador de Messênia, conhecidas como as Leucipides. Devido ao rapto, as duas duplas de gêmeos brigaram e Castor foi morto. Zeus concedeu imortalidade a Pólux para que ele pudesse viver no Olimpo com os deuses, mas Pólux recusou, preferindo morrer para estar com o amado irmão. Os deuses chegaram a um acordo: a dupla passaria dias alternados no céu e no Mundo Subterrâneo.

**As ruínas do templo** de Castor e Pólux, construídas por volta de 484 a.C., ainda podem ser vistas no Vale dos Templos, na Sicília.

**O FOGO-DE-SANTELMO**

Os romanos criam que uma das obrigações dos Dióscuros era cuidar dos que estavam perdidos no mar. Dizia-se que eles enviavam luzes para orientar os marinheiros, o que levava o povo a pensar que a centelha do fogo-de-santelmo (na verdade, resultado de atividade elétrica na atmosfera) era obra dos gêmeos. Mas as luzes nem sempre eram inteiramente confiáveis – em parte porque, diziam, a irmã de Castor e Pólux, Helena, enviava luzes rivais para confundir e desorientar os marinheiros.

## OS ETRUSCOS E SEUS MITOS

Os etruscos eram os habitantes aborígines do centro da Itália, e sua cultura foi o berço da civilização romana. Com freqüência isto é menosprezado, pois os romanos enfatizavam sua herança latina, sua origem troiana e raízes helênicas. Depois que os romanos saquearam a cidade etrusca de Veios em 396 a.C., os etruscos foram incorporados à república de Roma e sua cultura tornou-se quase invisível.

### UMA TRÍADE REGENTE

Os etruscos acreditavam em vários deuses. Sua tríade regente consistia em Tinia, o rei dos céus; Uni, sua esposa, deusa do cosmo; e Minerva, deusa da sabedoria e da guerra, que nascera da cabeça de Tinia. Em Roma, essa tríade se transformou nos deuses do Capitólio: Júpiter, Juno e Minerva.

**Deuses alados etruscos** combatem uma harpia nesta vasilha das tumbas de Cere (hoje a cidade de Cerveteri).

Um dos poucos mitos etruscos sobreviventes menciona uma criança com cobras no lugar de pernas que surgiu do sulco de um arado e começou a entoar doutrinas sagradas. Seu nome era Tarques ou Targes. Assim que seus ensinamentos foram aprendidos pelos reis-sacerdotes, Tarques morreu. Reunidos na *Disciplina etrusca*, esses ensinamentos instruíam o povo sobre o desejo dos deuses, sobre como predizer o futuro a partir das entranhas de um animal sacrificado, o significado de raios e trovões e as regras ao se fundar cidades. Os romanos adotaram-nos quando se apropriaram da cultura etrusca.

## TUMBAS PINTADAS

As tumbas etruscas eram suntuosamente mobiliadas e decoradas com uma iconografia misteriosa. P.ex., a Tumba dos Touros em Tarquínios mostra três níveis: o mundo dos deuses, o mundo dos humanos e o mundo dos mortos – com uma árvore da vida e uma árvore da morte. Com freqüência, as tumbas mostravam uma porta pela qual a alma do morto deveria passar ao mundo seguinte, guiada por Turms, o mensageiro dos deuses.

### O DEUS DA TERRA

Um deus de suprema importância para os etruscos era Voltumna, o deus da terra. Ele era patrono da raça etrusca e, portanto, também deus da guerra e da proteção. Seu templo era a sede da Federação Etrusca, composta de 12 cidades, local das assembléias políticas anuais. Em Roma, Voltumna se tornou Vertumno, deus das mudanças de estações.

**O centro do culto a Voltumna** era a antiga cidade etrusca de Volsínios, que ficava perto ou em Orvieto, na Itália.

## VIDA APÓS A MORTE

Os etruscos acreditavam na vida eterna no outro mundo e esperavam desfrutá-la por meio de oferendas e sacrifícios aos deuses. Representações nas tumbas mostravam os mortos restabelecidos ao vigor da vida e da saúde. No entanto, nas pinturas há também demônios horríveis torturando as almas dos mortos. Um deles, Tuchulca, alado, com o rosto de ave de rapina e orelhas de burro, segura uma serpente nas mãos. Os soberanos do Mundo Subterrâneo etrusco eram Aita e Persipnei (emprestados do grego Hades e Perséfone), e os guardiões eram Mantus e Mania.

**Uma pintura** da Tumba do Barão, em Tarquínios, Itália, evoca um casal que caminha rumo a uma figura feminina, possivelmente uma sacerdotisa.

# O RAPTO DE FLORA

Amores dos deuses
Roma Antiga
Campos e campinas
Ovídio, *Fastos*

Flora, a deusa romana das flores e da fertilidade (que os gregos chamavam de Chloris), era uma dentre as várias divindades agrícolas romanas. Originalmente, ela era uma linda ninfa das campinas de um lugar edênico, onde todos viviam em plena felicidade. Um dia, Favônio (o grego Zéfiro), o impetuoso deus do vento oeste, a viu. O deus apaixonou-se e, acostumado a satisfazer todas as suas vontades, perseguiu Flora e a raptou. O incidente, todavia, acabou bem, pois a ninfa encantou-se com o deus. Casaram-se e viveram muito felizes. Ela reinava sobre as flores, ajudando-as a desabrochar e depois a se transformar em frutos.

# O PAR ERRADO

Amores dos deuses
Roma Antiga
Uma caverna no campo
Ovídio, *Fastos*

Fauno, o deus romano da fertilidade, era um rei, que foi imortalizado depois de morrer. Era considerado o protetor de pastores e rebanhos.

Um dia, Fauno estava nos campos quando viu Hércules – ou Héracles, em sua encarnação grega *(p.58-61)* – com a amante Ônfale. Ele se apaixonou pela bela Ônfale e decidiu segui-los até uma caverna, onde o casal se deitou numa cama e adormeceu.

**O deus romano Fauno** tinha muitos atributos de Pã, o deus grego dos campos, inclusive os chifres e os cascos.

### LOGRADO

Fauno esgueirou-se até o casal e deitou na cama ao lado do vulto com os trajes de Ônfale. Teve então uma surpresa desagradável ao descobrir sob as roupas de Ônfale um peito peludo: o casal trocara de roupa. Humilhado e constrangido, Fauno saiu silenciosamente. Mas a partir de então aboliu o uso de roupas – e preferiu, dizia-se, que os devotos o adorassem nus.

# POMONA E VERTUMNO

Amores dos deuses
Roma Antiga
Norte da Itália

Ovídio, *Metamorfoses*

Pomona era uma ninfa do Lácio com grande habilidade no cultivo de árvores frutíferas, e assim tornou-se a deusa responsável pelas colheitas de frutas. Com freqüência, era vista portando uma tesoura de poda entre as árvores, que estavam sempre bem-cuidadas e repletas de maçãs e peras. Muitos deuses a perseguiam, mas nenhum mais que Vertumno, o deus da mudança de estações.

Vertumno adotou muitos disfarces para cortejá-la. Apareceu-lhe como ceifador, dono de vinhedo, pescador e soldado, mas ela o rejeitou. Sequer o ouviu quando ele veio disfarçado de uma velha senhora a descrever as atrações do amor conjugal. Finalmente, Vertumno apareceu sem disfarces e, quando Pomona viu como era belo, apaixonou-se por ele.

**Pomona, deusa das frutas,** com o deus Vertumno. Feliz por ser enfim aceito como seu amante, ele trança seus cabelos.

# A MORTE DE BONA DEA

Transgressão e punição
Roma Antiga
Roma

Plutarco, *A vida de César*

Havia uma deusa romana cujo nome era ignorado, sendo conhecida apenas como Bona Dea, que significa a "Boa Deusa". Uns dizem que ela se chamava Fauna e era filha de Fauno, outros asseguram que ela era esposa de Fauno. Um dia, ela bebeu tanto vinho que Fauno lhe bateu sem piedade com galhos de murta, matando-a por fim.

Depois de sua morte, ela foi reverenciada como uma deusa do povo romano, e um templo foi construído em sua honra em Roma. Seus ritos eram celebrados apenas por mulheres – nenhum homem era aceito. No tempo de Júlio César, um homem chamado Cláudio participou dos rituais disfarçado de mulher para se encontrar com a esposa de César, Pompéia. Foi descoberto, e houve um enorme escândalo quando se soube que o segredo dos ritos de Bona Dea havia sido revelado.

Diz-se que o herói Hércules bebeu do rio junto ao templo de Bona Dea e que o secou, tendo então prometido construir seu próprio templo, a ser visitado apenas por homens.

# OS MITOS DA GRANDE-MÃE

Fertilidade; vingança; intervenção divina
Anatólia; Roma Antiga
Anatólia; Beócia; Grécia; Roma

Ovídio, *Fastos e Metamorfoses*; R.Turcan, *The Cults of the Roman Empire*; T.C.Worsfold, *History of the Vestal Virgins of Rome*

Cibele era a deusa da fertilidade e mãe de todos os seres vivos da Anatólia, cujo culto se espalhou da Grécia até Roma. Os romanos a chamavam de Magna Mater, a Grande-Mãe. Virgílio e Ovídio a chamaram de Mãe dos Deuses. Em 204 a.C., a pedra preta sagrada que representava a deusa foi levada para Roma, de acordo com a profecia dos livros da Sibila (*p.88*), e um templo para Cibele foi erigido no monte Palatino.

**PERSONAGENS-CHAVE**

**CIBELE** • *a Grande-mãe*
**ÁTIS** • *o esposo de Cibele*
**SAGARÍTIS** • *uma dríada*
**ATALANTA** • *uma corredora campeã e famosa caçadora*
**HIPÔMENES** • *marido de Atalanta*

## ENREDO

### UMA DEUSA TRAÍDA

Um belo jovem frígio das florestas chamado Átis tinha um coração tão puro que conquistou o amor de Cibele. Ela o queria para guardião de seu templo e pediu-lhe que permanecesse virgem. Ele concordou, mas quebrou a promessa ao seduzir a dríada (ninfa dos bosques) Sagarítis. Furiosa, Cibele cortou a árvore da dríada, matando-a, e enlouqueceu Átis. Num acesso de culpa, ele cortou as próprias genitais – por isso, os sacerdotes de Cibele também se castravam. Após morrer, Átis renasceu na forma de um pinheiro.

**Depois de se castrar,** Átis voltou a servir Cibele. É comum objetos antigos que o mostram conduzindo-a em sua carruagem, segurando um cajado de pastor.

### INSULTO AOS DEUSES

A caçadora Atalanta e o marido Hipômenes buscaram refúgio numa caverna sagrada junto a um templo de Cibele e lá se amaram, desonrando o santuário. As imagens dos deuses desviaram o olhar e a enraivecida Cibele transformou os amantes em leões, que então amansou e atrelou à sua carruagem.

### REDENÇÃO DA VIRGEM

Quando a pedra sagrada de Cibele foi levada a Roma, toda a cidade, inclusive as Vestais, foram até a nascente do Tibre para saudar a deusa. Ao entrar na parte rasa do rio, o barco encalhou. Uma das Vestais, chamada Claudia Quinta, acusada de ter quebrado seus votos, adiantou-se e suplicou a Cibele uma prova de sua inocência.

Claudia Quinta desatou a delicada faixa de sua cintura, prendeu-a à corda de reboque e puxou-a levemente. Para surpresa de todos, o barco se soltou da lama, e Claudia arrastou a deusa até a cidade sem auxílio, eliminando qualquer dúvida sobre a sua inocência.

**MITOS RELACIONADOS** ▸ A súplica de Inana (*p.148*)

# O MATADOR DE TOUROS

Fertilidade
Pérsia, Roma Antiga
O cosmo

Robert Turcan, *The Cults of the Roman Empire*; Franz Cumont, *The Mysteries of Mithras*; David Ulansey, *The Origins of the Mithraic Mysteries*

Mitra era o deus da luz, do Sol e da guerra dos persas antigos. Foi adotado pelos romanos como Mitras, e tornou-se foco de um culto exclusivamente masculino de Mistérios, com promessa de vida após a morte, cujos principais adeptos eram os soldados romanos. Ele era adorado em templos subterrâneos, os Mithraea. Como os iniciados juravam segredo, sabemos apenas que Mitras matou um touro num ato simbólico de morte e renovação.

**PERSONAGENS-CHAVE**

**MITRAS** • *o deus romano conhecido como o Sol Invicto*

**UM TOURO**

## ENREDO

### UMA HISTÓRIA INSCRITA EM PEDRA

O mito a seguir é uma leitura de desenhos esculpidos em Mithraea. A criação estava ameaçada por uma seca provocada pelas forças do mal. Um novo deus, Mitras, surgiu das rochas para assumir o controle do cosmo. Ele disparou uma flecha e fez surgir uma fonte para mitigar a sede do mundo. Então, pegou um touro, que absorvera toda a umidade da Lua, e o sacrificou. Vários animais e plantas foram reavivados por seu sangue.

### SACRIFÍCIO ASTRAL

Na astrologia, Mitras era o regente do cosmo. A constelação de Perseu/Mitras brande a espada sobre a de Touro, e a matança do touro reencena o momento em que Touro se põe no Oeste pela última vez antes do equinócio de primavera mover-se de Touro para Áries, revelando a existência de um deus tão poderoso, capaz de mudar o cosmo de seu próprio eixo e iniciar uma nova era.

**ELAGABAL – O SOL INVENCÍVEL**

Elagabal (deus da montanha) era um deus sírio. O sumo sacerdote de seu templo era um adolescente chamado Bassiano, que foi declarado imperador de Roma em 218 d.C. Ele se recusou a deixar de servir seu deus e, assim, seus ajudantes trouxeram a pedra negra de Elagabal para Roma, e Bassiano decretou que o deus, agora rebatizado como *Deus Sol Invictus* (deus-Sol Invencível), deveria ser evocado antes de qualquer outro. Também instituiu uma nova tríade, que consistia em Elagabal e duas involuntárias esposas, Atená e Tanit, a deusa-Lua de Cartago. Os romanos, horrorizados com essa tentativa de usurpação de seus outros deuses, vingaram-se apelidando o imperador rejeitado de "vilão do Sol".

**O imperador romano Bassiano,** do séc.III, era mais conhecido como Heliogábalo ou Elagábalo.

**MITOS RELACIONADOS** ▸ O senhor sábio (*p.154*)

# EUROPA

A MITOLOGIA PRIMITIVA da Europa está quase totalmente perdida para nós; não sabemos os nomes dos deuses e tampouco suas histórias. No entanto, há evidências arqueológicas que nos permitem explorá-la: símbolos esculpidos nas rochas, tesouros enterrados em tumbas ou oferecidos aos deuses em locais sagrados e pinturas nas paredes de profundas cavernas subterrâneas.

## A IDADE DO GELO

As pinturas em cavernas do povo paleolítico da Idade do Gelo, c.38.000 a 8.000 a.C., mostram tipicamente cenas de caça com animais como bisões, cervos e cavalos. As imagens de figuras humanas, como a do famoso "feiticeiro", esculpida nas paredes de Trois-Frères, no sul da França, geralmente mostram características animais como chifres e caudas. Essas figuras meio-humanas, meio-animais quase com certeza representam xamãs da Idade do Gelo, de cujos ritos mágicos dependiam o sucesso na caça. Disfarçado de animais como um bisão ou uma cabra, o xamã usava a dança e a música para estabelecer uma conexão mágica com os animais a serem caçados, que geralmente são representados sendo atingidos por flechas ou lanças mágicas.

Os entalhes na pedra de mulheres com curvas exageradas estão relacionados à mágica da fertilidade e podem representar tanto grávidas quanto deusas da fertilidade ou da abundância. Uma dessas figuras, datada aprox. de 25.000 a.C., foi entalhada em pedra em Laussel, na Dordogne francesa (*p.99, topo*). Ela é denominada "Vênus com o chifre", porque está representada segurando um chifre de bisão, que talvez seja uma cornucópia primitiva ou "corno da abundância".

### A CARRUAGEM DO SOL

A imagem da Carruagem do Sol data do séc.XIV a.C. Foi encontrada num charco drenado em Trundholm, Dinamarca, e acredita-se que represente o deus-sol cruzando o céu numa carruagem com rodas puxada por um cavalo de bronze. Objetos de culto como esse parecem mostrar uma nova veneração pelo Sol, talvez porque represente o fogo, necessário para o trabalho com o metal. Um lado do disco do Sol está coberto por uma lâmina de ouro, provavelmente representando-o durante o dia; o outro lado é de bronze e seria o Sol à noite. O deus-sol Hélio cruzava o céu numa carruagem exatamente como essa, puxada por quatro cavalos.

**O disco do Sol** puxado pela carruagem de Trundholm mede c.25cm de comprimento.

## A IDADE DA PEDRA

A partir de 7.000 a.C., depois do fim da Idade do Gelo, os europeus neolíticos acrescentaram novos elementos aos seus mitos e rituais para refletir a crescente importância da agricultura ao lado da caça e da colheita. Eles esculpiam imagens de deuses em pedra, mas começaram também a moldá-las em argila. Suas figuras geralmente têm características de animais ou pássaros além das humanas, e às vezes usam máscaras. Uma estátua de barro encontrada em Szegvár, Hungria, datada de c.5.000 a.C., mostra um homem sentado usando uma máscara achatada com uma foice na mão direita. Este deus pode ser um ancestral do deus grego Cronos.

Muitas outras figuras mostram uma divindade feminina, às vezes com características de pássaro ou de cobra. Essa deusa, geralmente enfeitada por desenhos de espirais que sugerem chuva, pode ser a deusa da água e do ar. Também pode ter sido adorada como a Grande-Mãe, pois há figuras em terracota dela segurando uma criança. Uma outra forma de deusa neolítica é a da abelha, em geral associada a um touro. Os gregos antigos acreditavam que as abelhas nasciam do corpo de um touro morto, e pode ser que os europeus da Idade da Pedra tivessem a mesma idéia. Certamente a imagem da deusa-abelha parece estar associada a idéias de renascimento e regeneração.

**A Vênus de Laussel** porta um chifre com 13 listras, representando os 13 meses lunares do ano.

## A IDADE DO BRONZE

Na Idade do Bronze houve um grande desenvolvimento da civilização humana, a partir de c.2.500 a.C. Foram inventadas armas e ferramentas de bronze e houve um enorme avanço na cultura, com a invenção da escrita e da roda. Esse é o período das grandes culturas pré-helênicas das Cíclades e da Creta de Minos. A deusa-pássaro da Idade da Pedra e os rituais de caça da Idade do Gelo ainda têm lugar, mas a adoração a um poderoso deus masculino celeste crescia em importância. Esse novo deus dominaria as mitologias emergentes dos gregos, romanos, escandinavos e celtas.

**Pintura pré-histórica de touro e cavalo** na caverna de Lascaux, França, encontrada por quatro adolescentes em 1940. Esta é uma das 600 pinturas e 1.500 gravações feitas em cavernas há mais de 16 mil anos.

# O PODEROSO DAGHDA

Herói mágico
Irlanda antiga
Irlanda

Elizabeth A.Gray, *Cath Maige Tuired, The Second Battle of Mag Tuired*; R.A.S. MacAlister e Eoin MacNeill, *Leabhar Gabhala: The Book of Conquests of Ireland*

Os mitos irlandeses falam de uma série de invasões ao país, todas resultando em novos governantes. A quinta dessas invasões trouxe à Irlanda os *tuatha dé danaans*, um povo semelhante aos deuses, exímio nas artes mágicas. Seu rei foi Daghda, cujo nome significa "o bom deus". Dizia-se que ele era muito sábio, mas também uma figura cômica, cuja túnica mal cobria o traseiro e cujas aventuras trouxeram sorrisos e sucesso a seu povo.

**PERSONAGENS-CHAVE**

**TUATHA DÉ DANAAN** • *povo hábil em mágica e nas artes ocultas*

**DAGHDA** • *o bom deus, líder dos tuatha dé danaans*

**MORRIGAN** • *a deusa da guerra e da fertilidade*

## ENREDO

### O CALDEIRÃO E A CLAVA

Daghda era famoso por seus dois bens mais preciosos: um caldeirão e uma clava enormes. O caldeirão era tão imenso que parecia não ter fundo – dizia-se que ninguém saía faminto quando a refeição era servida nele. A clava era igualmente mágica. Uma extremidade matava qualquer um atingido por ela, e no campo de batalha os ossos dos inimigos caíam como pedras de granizo quando Daghda a manejava; o outro extremo tinha o efeito contrário, podendo até ressuscitar mortos.

**O caldeirão Gundestrupp,** do séc.II a.C., representa várias divindades celtas, inclusive Daghda.

### O ENCONTRO DE DAGHDA COM MORRIGAN

Na festa de Samhain (Halloween), Daghda caminhava à margem do rio Unius em Connaught quando encontrou uma mulher banhando-se. Era Morrigan, a deusa da guerra, que podia se transformar em corvo e tinha o hábito de assombrar os campos de batalha, mudando o resultado do combate com sua presença assustadora. Daghda e Morrigan fizeram amor perto do rio e ela prometeu apoiar os *tuatha dé danaans* na próxima batalha e dar-lhes sua proteção eterna.

### A REFEIÇÃO PODEROSA

Os *tuatha dé danaans* foram forçados a lutar contra os rivais, os fomorianos, pelo poder da Irlanda. Concordaram com a data para a batalha, mas os primeiros perceberam que não estariam prontos, e por isso enviaram Daghda até o campo fomoriano para combinar uma trégua. Os fomorianos aceitaram e para comemorar prepararam uma refeição para Daghda. Eles sabiam que Daghda adorava mingau e, para zombar dele, fizeram o suficiente para alimentar um exército – enchendo um buraco enorme no chão – e o ameaçaram de morte caso ele não conseguisse dar conta de tudo. Daghda tomou a sua concha (que era "grande o suficiente para um homem e uma mulher se deitarem nela") e começou a comer o mingau. Quando terminou, raspou o fundo da tigela antes de cair no sono, com os fomorianos rindo ao redor dele.

**MITOS RELACIONADOS** ▸ rei Artur (*p.110*)

# ANGUS, FILHO DE DAGHDA

Amores dos deuses
Irlanda antiga
Irlanda
Anônimo, *O livro amarelo de Lecan, Livro de Leinster*

O deus do amor Angus era filho de Daghda e Boann (espírito do rio Boyne). Como Boann já era casada, os amantes quiseram esconder a gravidez, e assim Daghda fez o Sol parar, e a criança nasceu no mesmo dia em que foi concebida. Talvez seja por isso que ele é conhecido como Angus mac Óc, "o jovem filho". Quando cresceu, ficou famoso por ajudar quem enfrentava obstáculos na vida amorosa.

**PERSONAGENS-CHAVE**

**ANGUS** • *deus do amor, filho de Daghda*
**MIDHIR** • *um deus*
**ETAI** • *amada de Midhir*
**DIARMUID** • *tenente do líder militar Finn*
**GRÁINNE** • *noiva de Finn*
**CAER** • *amada de Angus*

## ENREDO

### ANGUS E AS AMANTES

O deus Midhir tinha uma esposa chamada Fuamnach, mas apaixonou-se por uma mulher chamada Etai. Quando Fuamnach soube disso, transformou a rival em borboleta. Depois de muitos anos Etai renasceu como uma menina, mas esqueceu-se de Midhir e não quis voltar para ele. Angus concordou em persuadi-la em nome de Midhir e o casal se reconciliou.

Ele também ajudou a reunir Diarmuid, tenente do grande líder Finn, e Gráinne, prometida de Finn. Gráinne fez um feitiço para que Diarmuid se apaixonasse por ela e os dois fugiram juntos. Tomando a forma de Diarmuid, Angus, seu pai de criação, ajudou os amantes a escapar ameaçando seus perseguidores.

### ANGUS APAIXONADO

Angus viu sua amada pela primeira vez num sonho, soube que o nome dela era Caer Ibormeith e que era capaz de tomar a forma de um cisne. Descobriu que a única maneira de se aproximar de Caer era quando ela estava sob essa forma. Angus aguardou até a festa de Samhain, no dia 1º de novembro, e também se transformou em cisne. Caer o aceitou, voou com ele três vezes ao redor do lago e cantou uma música mágica que fez todos adormecerem. Depois os amantes voaram até o palácio de Angus, Brug na Bóinnesong.

**Brug na Bóinne** é o nome gaélico de Newgrange, na Irlanda. Diz-se que este complexo neolítico era a casa de Angus.

# A VIAGEM DE BRÂN

Viagem ao Outro Mundo
Irlanda

Irlanda; a ilha da Alegria; a ilha das Mulheres
Anônimo, *Livro de Leinster*

Brân era um irlandês que partiu para visitar o Feliz Outro Mundo (a morada dos imortais, chamados de *Sídhe*), que consistia em duas regiões: a ilha da Alegria, onde todos eram tão felizes que riam o tempo todo, e a ilha das Mulheres, onde todos desfrutavam uma vida de prazeres. Mas, quando tentaram retornar à Irlanda, Brân e seus homens perceberam que a viagem fora feita a um custo terrível: era impossível voltar para casa.

**PERSONAGENS-CHAVE**

**BRÂN** • *o herói*
**NECHTAN** • *um dos seguidores de Brân*
**MANANNÁN MAC LIR** • *um deus do mar*
**SÍDHES** • *deusas ou seres sobrenaturais*

## ENREDO

### A FESTA DE BRÂN

Brân organizou uma grande festa em seu salão. Depois de um tempo, decidiu que precisava de um pouco de ar fresco e sentou-se do lado de fora. Ao sair, começou a prestar atenção numa bela música que estavam tocando, e a canção suave o embalou num sono. Quando acordou, encontrou um galho de macieira coberto de botões perto dele, no chão.

**A pedra Ogham** está esculpida com uma escrita irlandesa do séc.V usada para transcrever mitos celtas.

### CANÇÃO DAS SÍDHE

Brân pegou o galho e o levou para mostrar aos companheiros. Enquanto o admiravam, uma mulher apareceu subitamente. Roupas estranhas a diferenciavam das mulheres do povo de Brân, e este concluiu que ela deveria ser uma das Sídhes. Então ela começou a cantar, e a letra da música descrevia como um grupo de estrangeiros viajaria para uma terra onde a macieira crescia; dizia que, se fizessem essa jornada, eles não conheceriam doenças nem a morte.

### VIAGEM À ILHA DA ALEGRIA

Brân decidiu fazer a viagem, reuniu 30 homens e partiu de barco. Após dois dias e duas noites, eles encontraram

Manannán mac Lir, um deus do mar, que andava sobre as ondas em uma carruagem puxada por cavalos, disse-lhes que logo chegariam à ilha das Mulheres. Contudo, eles alcançaram primeiro a ilha da Alegria, em que um grupo de pessoas risonhas olhava para o barco, da costa. Quando os homens gritaram, fazendo perguntas ao povo, eles riram ainda mais. Um dos homens de Brân pediu permissão para ficar com eles. Assim que pisou em terra, começou a rir com os outros e não parecia disposto a voltar ao barco. Assim, Brân e os outros seguiram viagem.

### A ILHA DAS MULHERES

Depois de mais um dia e uma noite no mar, chegaram a uma outra ilha, a das Mulheres, onde foram saudados pelos habitantes. Lá encontraram paz e felicidade e parecia que jamais a deixariam. Entretanto, depois de permanecerem um ano, um dos companheiros de Brân, um homem chamado Nechtan, começou a sentir saudades de casa e convenceu os outros a levá-lo de volta à Irlanda. Quando disseram às mulheres que partiriam, elas o aconselharam a pegar o amigo da ilha da Alegria, mas depois a ficar sempre a bordo do navio sem pisar novamente em solo irlandês.

### O RETORNO DE BRÂN

Os homens içaram velas e logo chegaram à ilha da Alegria, onde o velho companheiro estava pronto para se juntar a eles novamente. Mais dois dias no mar e atingiram a costa da Irlanda. Logo as pessoas saíram para olhar o navio de Brân. Ele lhes gritou seu nome e que estivera viajando por um ano. As pessoas se surpreenderam, pois ouviam histórias de um homem chamado Brân que partira da Irlanda centenas de anos antes. Os viajantes pensavam que tinham ficado longe de casa por um ano, mas na verdade centenas de anos haviam se passado...

**Uma deusa irlandesa** iludiu Brân para levá-lo ao Outro Mundo, prometendo uma terra de abundância onde o Sol sempre brilhava.

### A VIAGEM PROSSEGUE

Logo que estava ao alcance da praia, Nechtan saltou do navio e começou a correr em direção a seus conterrâneos. No entanto, enquanto corria pela praia, seu corpo se tornou pó. Brân e os outros assistiram horrorizados e compreenderam o que as mulheres quiseram dizer quando os aconselharam a não colocar o pé em solo pátrio. Eles remaram de volta ao mar e nunca mais foram vistos.

**MITOS RELACIONADOS** ▸ A terra dos jovens (*p.107*)

# O CÃO DE ULSTER

Façanhas de herói
Irlanda
Ulster, Irlanda

Joseph Dunn, *The Ancient Irish Epic: Táin Bó Cuailnge (The Cattle Raid of Cooley)*

Cúchulain, originalmente chamado Setanta, era filho da rainha Deichtine, de Connaught. Dizia-se que seu pai era ou o deus-sol, Lug, ou seu próprio tio, o rei Conchobar. Desde garoto, Cúchulain tinha poderes mágicos: luz irradiava de sua cabeça, os animais submetiam-se a ele, sua força era lendária. Quando lutava, ficava transtornado: os músculos inchavam, o cabelo se eriçava e sua voz uivante gelava os adversários.

**PERSONAGENS-CHAVE**

**CÚCHULAIN** • *herói de Ulster*
**CONCHOBAR** • *rei de Ulster*
**MEDB** • *uma rainha de Connaught*
**CHULAIN** • *um ferreiro*
**FERDIAD** • *irmão adotivo de Cúchulain*

## ENREDO

### A CHEGADA DO HERÓI

Quando ainda era um menino, Setanta viajou até a corte do rei Conchobar, de Ulster, para se juntar ao grupo de 150 jovens guerreiros do rei. Mas, ao chegar lá, eles o desafiaram, e Setanta acabou lutando contra os outros usando apenas uma das mãos. Quando começou a derrotá-los, um após o outro, eles se renderam e concordaram com sua liderança.

**Cúchulain matou o rival Ferdiad** mas depois o carpiu, cantando um lamento sobre seu corpo inerte.

### UM NOME NOVO

Logo depois de Setanta ter se juntado ao rei Conchobar, o rei e seus seguidores visitaram Chulain, o ferreiro. Ele tinha um cão terrível, que guardava seu rebanho e matava qualquer um que se aproximasse dos animais. Infelizmente, Setanta não sabia do cachorro e aproximou-se demais do rebanho. Na mesma hora o cachorro o atacou, mas Setanta o arremessou contra um rochedo e o matou. Quando Chulain viu o que acontecera, ficou desesperado: sem um cão para guardar o rebanho, as ovelhas seriam roubadas ou mortas. Setanta concordou em guardar seus campos por um ano até que um novo cão fosse treinado. A partir daí, ele foi chamado de Cúchulain, "o cão de Chulain".

### O CAMPEÃO DA IRLANDA

Uma história famosa narra como Cúchulain encontrou um gigante que o desafiou, e a dois companheiros, Laoghaire e Conal, para uma bizarra prova. Cada um teria a oportunidade de decapitar o gigante, desde que depois deixasse o gigante o decapitar também. Laoghaire tomou a espada e decepou a cabeça do gigante, mas depois saiu correndo. O gigante simplesmente pegou a cabeça e a pôs no lugar novamente. Conal se adiantou e a situação se repetiu. Chegando a vez de Cúchulain, o herói cortou a cabeça do gigante como seus dois amigos, mas não fugiu, oferecendo o próprio pescoço conforme prometera. Impressionado, o gigante se recusou a decapitar Cúchulain, e em vez disso proclamou-o o homem mais corajoso de toda a Irlanda.

## O ATAQUE AO GADO DE COOLEY

Sob uma das últimas rainhas, Medb, o povo de Connaught entrou numa disputa muito séria com Ulster, a respeito de um touro. A rainha Medb possuía um enorme touro de chifres brancos, que se desgarrou para o outro lado da fronteira e se juntou aos rebanhos de Conchobar. Alguns diziam que o animal, que dera origem a muitos rebanhos de excelente qualidade, não gostava de ser propriedade de uma mulher. Medb procurou outro touro para substituí-lo. O melhor de todos era um outro animal de Ulster, o touro castanho de Cooley. Os homens de Medb ofereceram um bom preço pelo animal e gabaram-se de que o levariam à força se os donos não concordassem com as condições da rainha. Os homens de Ulster não gostaram, e a guerra foi declarada

**Esse colar era o símbolo** do guerreiro celta. Dos quase cem colares descobertos nas Ilhas Britânicas, 31 vieram da área de Connaught.

## A GUERRA ENTRE ULSTER E CONNAUGHT

A contenda começou mal para Ulster quando, por causa de uma velha maldição, quase todos os guerreiros ficaram doentes. Mas, como Cúchulain não era de Ulster, não adoeceu, e sozinho derrotou cem homens de Connaught. A rainha Medb então concordou em deixá-lo lutar contra seu exército numa série de combates individuais. Novamente Cúchulain venceu, até que Medb lhe enviou seu melhor combatente, Ferdiad, que era irmão de criação de Cúchulain. A dupla lutou por quatro dias, até que Cúchulain derrotou Ferdiad. Depois de mais batalhas, os homens de Medb foram derrotados, mas Cúchulain, que não atacaria uma mulher, deixou-a fugir para Connaught.

## A MORTE DE CÚCHULAIN

Cúchulain estava exausto após a longa batalha. Vendo que a morte se aproxima-va, amarrou-se a uma pedra e se prepa-rou para chegar ao fim sem armas. Mesmo assim ninguém se atreveu a atacá-lo. Mas, quando a deusa da guerra, Morrigan, chegou, sob a forma de um corvo, e pousou em seu ombro, ficou claro que o grande herói estava morto.

# DEIRDRE DOS PESARES

Tragédia de destino
Irlanda
Ulster, Irlanda

Anônimo, *Livro de Leinster, O livro amarelo de Lecan*

Deirdre era filha de Fedlimid, o contador de histórias do rei Conchobar de Ulster. Antes de nascer, seu choro foi ouvido dentro do útero da mãe, e um druida chamado Cathbadh previu que Deirdre seria muito bela, mas traria desastre ao povo de Ulster. Apesar da tentativa do rei para salvá-la, e depois para a controlar, sua trágica história cumpriu a triste profecia.

**PERSONAGENS-CHAVE**

**CONCHOBAR** • *rei de Ulster*
**FEDLIMID** • *contador de histórias do rei*
**DEIRDRE** • *a filha de Fedlimid*
**NAOISE** • *um guerreiro*
**EÓGHAN** • *um guerreiro*

## ENREDO

### DEIRDRE E NAOISE

Quando o druida Cathbadh profetizou que a menina Deirdre traria a ruína para Ulster, seus seguidores quiseram matá-la. Mas o rei Conchobar a enviou para ser criada por pais adotivos: encantado com sua beleza, ele pretendia se casar com a garota quando ela crescesse. No entanto, Deirdre tinha outros planos. Um dia ela estava sentada vendo o pai adotivo esfolar a pele de um novilho na neve e disse ao seu preceptor Leabharcham que amaria um homem cuja pele fosse tão branca quanto a neve, com as bochechas tão vermelhas quanto o sangue do bezerro e o cabelo tão negro quanto as asas do corvo que descera para beber o sangue derramado. O preceptor lhe disse que havia um homem chamado Naoise, um dos cavaleiros do rei, que correspondia à descrição. O casal se encontrou, os dois se apaixonaram e fugiram para a Escócia.

### TRAGÉDIAS EM SÉRIE

Quando Conchobar soube o que acontecera, convocou os amantes de volta para a Irlanda, oferecendo segurança e perdão. Mas não passava de um estratagema e, quando eles retornaram, o rei ordenou a um dos seus homens, Eóghan, que matasse Naoise. Após a morte de Naoise, Conchobar perguntou a Deirdre quem ela mais odiava no mundo, ao que ela respondeu: "Conchobar e Eóghan." Então, como punição final, ele ordenou que ela morasse seis meses com ele e os outros seis meses com Eóghan. Deirdre se recusou a se submeter a isso, e suicidou-se jogando-se de uma carruagem.

**AS GUERRAS DE ULSTER**

A história de Deirdre faz parte do Ciclo de Ulster – uma compilação de cerca de cem contos sobre o reino de Ulster, que governou o norte da Irlanda do séc.II ao IV d.C. O Ciclo de Ulster foi escrito no séc.VII e inclui um dos mais importantes mitos irlandeses: o livro conhecido como *Táin Bó Cuailnge (O ataque ao gado de Cooley, p.105)*. A história de Deirdre, também conhecida como *O exílio dos filhos de Usnach*, é uma das que introduz o Táin, cujo cenário são as guerras entre Ulster e Connaught. É uma das histórias mais famosas e apreciadas do Ciclo.

**O roubo de um magnífico touro,** representado nessa base de um caldeirão de Gundestrup, inspirou uma das histórias mais famosas do Ciclo de Ulster.

# A TERRA DOS JOVENS

Viagem ao Outro Mundo
Irlanda
Irlanda; a Terra dos Jovens

Michael Comyn, *Lay of Oisin in the Land of Youth*

No séc.II, a Irlanda foi defendida por um grupo de guerreiros chamados Fiannas, que eram liderados pelo grande combatente Finn MacCumhail. O filho de Finn, Oisin, apaixonou-se por uma mulher chamada Niamh dos Cabelos Dourados, filha do rei de Tir na n'Og (Terra dos Jovens). Oisin e Niamh se casaram e viajaram para a Terra dos Jovens, onde teriam vivido para sempre, se Oisin tivesse seguido o conselho da esposa.

**PERSONAGENS-CHAVE**

**OISIN** • *filho de Finn MacCumhail*

**NIAMH DOS CABELOS DOURADOS** • *princesa de Tir na n'Og*

## ENREDO

### A VIAGEM A TIR NA N'OG

Oisin despediu-se com tristeza do pai, Finn, e partiu com a esposa Niamh para levá-la de volta ao reino do pai. Viajaram muito além do mar até alcançarem o mais belo lugar que Oisin já tinha visto: Tir na n'Og, Terra dos Jovens. Lá viveram felizes durante anos e tiveram três filhos. Tudo parecia perfeito.

### A VOLTA DE OISIN

Entretanto, Oisin sentiu saudades de casa e disse à esposa que queria voltar à Irlanda para visitar seu povo. Ela lhe disse que fosse, mas que em hipótese alguma apeasse do cavalo – ou jamais retornaria. Oisin então viajou para a Irlanda e percebeu que estivera fora por centenas de anos. Finn já estava morto havia muito tempo e seu palácio estava em ruínas. Enquanto Oisin explorava a área, alguns homens lhe pediram que ajudasse a levantar uma laje de mármore. Ele se inclinou para levantar a pedra e escorregou do cavalo. Assim que seu corpo tocou o chão, ele começou a envelhecer: o corpo encolheu, as pernas enrugaram e ele perdeu a visão. A Terra dos Jovens estava perdida para ele.

**MITOS RELACIONADOS** ▸ A viagem de Brân (*p.102*) • *A Odisséia* (*p.72*) • Kayak, o falcão-peregrino (*p.206*)

**Niamh cavalgava** um cavalo branco entre as ondas quando Oisin a viu pela primeira vez e o casal se apaixonou.

# UMA JOVEM FEITA DAS FLORES

- Triângulo amoroso
- País de Gales
- Gwynedd, norte do País de Gales
- Anônimo, *O quarto ramo de* Mabinogi

A história de Blodeuwedd conta como uma jovem foi criada por dois mágicos, Math e Gwydion, para ser a esposa de Lleu Llaw Gyffes, que tinha sido condenado pela mãe a não ter uma esposa humana. Mas Blodeuwedd é infiel ao marido, que mata o rival. A jovem acaba sendo transformada numa coruja, fadada a voar apenas à noite e a viver isolada de todos os outros pássaros.

**PERSONAGENS-CHAVE**

**MATH** • *senhor de Gwynedd*
**GWYDION** • *sobrinho de Math*
**ARIANRHOD** • *irmã de Gwydion*
**LLEU LLAW GYFFES** • *filho de Arianrhod*
**BLODEUWEDD** • *a esposa feita para Lleu Llaw Gyffes*

## ENREDO

### OS FILHOS DE ARIANRHOD

Gwydion apresentou a irmã Arianrhod a Math, senhor de Gwynedd. Math fez a jovem passar sobre uma vara mágica para testar sua virgindade, mas, ao fazê-lo, tombaram de seu ventre duas crianças. O primeiro menino chamou-se Dylan, mas Arianrhod insistiu que o segundo só deveria ser nomeado quando ela estivesse pronta a lhe dar um nome. A seguir, ela estabeleceu outras duas interdições para o filho.

### OS TRUQUES DE GWYDION

Gwydion contornou a primeira proibição – não dar nome ao garoto – enganando a irmã e chamando-o de Lleu Llaw Gyffes ("o brilhante da mão hábil"). A segunda interdição era a de que ele não teria armas até que ela estivesse pronta para armá-lo, mas, de novo, Gwydion a enganou e deu armas ao sobrinho. Por fim, ela declarou que seu filho nunca teria uma esposa humana. Gwydion então buscou a ajuda de Math, e os dois usaram de poder mágico para fazer uma linda esposa para Lleu, a partir das flores de giesta, ulmária e carvalho. A mulher que eles criaram foi chamada de Blodeuwedd.

**O MABINOGION**

A obra mais famosa da literatura medieval galesa é uma coletânea de contos, registrados pela pri-meira vez no séc.XII. Compreende quatro partes distintas conhecidas como os Quatro Ramos de *Mabinogi*. Elas narram, respectivamente, sobre Pwyll, governante de Dyfed, que visita o Outro Mundo; as crianças do deus mari-nho Llyr, entre elas Brân (*p.109*); Manawydan, filho de Llyr; e Math, senhor de Gwynedd. A última parte contém várias histórias diferentes, incluindo o conto de Blodeuwedd.

### A TRAIÇÃO DE BLODEUWEDD

Blodeuwedd mostrou-se infiel. Com o amante Gronw Pebyr, planejou matar Lleu. Blodeuwedd enganou Lleu para que ele próprio lhe revelasse a única maneira de matá-lo. Ela, então, o surpreendeu na posição perfeita, deixando para Gronw o golpe final. No entanto, quando a lança o penetrou, Lleu se transformou numa águia. Gwydion restituiu-lhe a forma humana, e ele então encontrou Gronw e o matou. Como punição, Gwydion transformou Blodeuwedd numa coruja.

# A CABEÇA DE BRÂN

Façanhas de herói
País de Gales
Irlanda e Grã-Bretanha

Anônimo, *O segundo ramo de* Mabinogi

Brân, o abençoado, também conhecido como Bendigeidfran, foi um grande herói britânico. Por sua estatura gigantesca e força descomunal, era um adversário temível em batalhas, e venceu o rei da Irlanda, apesar das circunstâncias adversas. Foi ferido mortalmente nesse combate, mas seu poder mágico sobreviveu, pois seus companheiros levaram sua cabeça ferida para Londres, onde ela protegeu a Grã-Bretanha contra invasores.

**PERSONAGENS-CHAVE**

**BRÂN, O ABENÇOADO** • *um gigante*

**BRANWEN** • *a irmã de Brân*

**MATHOLWCH** • *rei da Irlanda e marido de Branwen*

## ENREDO

### GRÃ-BRETANHA EM GUERRA

**A cabeça de Brân** foi enterrada em Gwynfryn (o Monte Branco) em Londres, onde agora fica a Torre de Londres.

Brân permitiu que Matholwch, rei da Irlanda, desposasse sua irmã Branwen. Entretanto, Matholwch abusava da esposa e a maltratava. Ao saber disso, Brân partiu para vingá-la. O combate entre os britânicos e os irlandeses foi terrível, e os últimos tinham uma grande vantagem: um caldeirão que conseguia ressuscitar os homens mortos. No fim, os britânicos venceram a guerra, mas apenas Brân e sete de seus homens sobreviveram. O próprio Brân fora ferido mortalmente. Sabendo que seu tempo era curto, ordenou aos companheiros que lhe cortassem a cabeça e a levassem de volta a Londres, onde deviam enterrá-la para proteger a Inglaterra contra invasões futuras. Assim foi feito, e enquanto empreendiam a longa viagem de volta para casa, os homens ficaram surpresos ao ouvir a cabeça conversando com eles até chegarem a Londres e a enterrarem conforme as ordens de Brân.

**Castell Dinas Bran,** em Llangollen, País de Gales, agora em ruínas, era tido como o lar do gigante semi-humano Brân.

# REI ARTUR

📖 Missão; triângulo amoroso
⚑ Grã-Bretanha
🏛 Grã-Bretanha
✍ Geoffrey de Monmouth, *Historia Regum Britanniae;* Thomas Malory, *A morte de Arthur*

Alguns dos mitos europeus mais duradouros abordam o rei Artur e os Cavaleiros da Távola Redonda. Artur foi um rei mítico, mas seu caráter pode ter sido baseado num líder militar da Idade Média. As histórias falam de seu reinado numa lendária corte de cavalaria em seu castelo em Camelot, da busca do Santo Graal por seus cavaleiros e de como a corte por fim se dissolveu devido à traição do filho de Artur, Mordred.

**PERSONAGENS-CHAVE**

**UTHER PENDRAGON** • *rei da Grã-Bretanha*
**ARTUR** • *filho de Pendragon e último rei da Grã-Bretanha*
**GUINEVERE** • *rainha de Artur*
**MORDRED** • *filho de Artur*
**MERLIN** • *um feiticeiro*
***SIR* LANCELOT** • *um cavaleiro*

## ENREDO

### ARTUR TORNA-SE REI

Artur era o filho ilegítimo de Uther Pendragon, rei britânico, e da rainha Ygerne, da Cornuália, e, por isso, foi criado em segredo. Antes de morrer, Uther fincou uma espada num bloco de pedra em Londres e disse que aquele que conseguisse retirá-la seria o rei dos bretões. Nenhum cavaleiro conseguiu sequer mover a espada na pedra, até que Artur a tirou com facilidade, tornando-se rei. Mais tarde, ele quebrou a espada num duelo com um gigante, e o mago Merlin o levou ao lar aquático da Dama do Lago, do qual surgiu uma mão portando outra espada, chamada Excalibur, que Artur pegou.

**O rei Artur** com Lancelot, que o traiu, provocando a queda da lendária Camelot.

**A lenda de Camelot** continua a causar fascínio, com seu tema de amor, guerra e traição, conforme se viu no filme *Rei Artur* (2004).

## A TÁVOLA REDONDA

Artur unificou a Grã-Bretanha, casou-se com a bela princesa Guinevere e reuniu os famosos Cavaleiros da Távola Redonda sob sua liderança: homens como o nobre *Sir* Percival e o valente *Sir* Lancelot. Porém, um assento – o *Siege Perilous* (ou o Assento do Perigo) – ficou vago, pois era voz corrente que qualquer cavaleiro que lá sentasse morreria e os dias da Távola Redonda teriam um fim. Após muitos anos, um cavaleiro chamado Galahad exigiu o assento para si. Ele deveria partir à procura do Santo Graal, o cálice que Jesus usara na Última Ceia.

Os outros cavaleiros decidiram se juntar a Galahad nessa missão. Depois de muitas aventuras, Galahad encontrou o Graal e o levou até Jerusalém ou, de acordo com outros, morreu. Muitos outros cavaleiros também faleceram. Embora alguns tenham retornado a Camelot, a paz e a harmonia da corte de Artur estavam perdidas.

## ARTUR TRAÍDO

*Sir* Lancelot era o melhor amigo de Artur, mas amava Guinevere, e cometeram adultério. Ao saber disso, Artur ficou desolado e baniu o cavaleiro. Nesse momento de fraqueza na história de Camelot, o próprio filho do rei, Mordred, encontrou a oportunidade de lutar contra o pai pelo controle do trono.

Houve uma batalha, e um por um os cavaleiros foram mortos, até que restaram apenas Artur e Mordred. Os dois lutaram bravamente, e Artur matou o traidor. Mas ficou tão seriamente ferido que sabia que a morte se aproximava. Então, viajou até as terras de Avalon para morrer. Avalon ("ilha da Maçã") era o lugar onde cresciam as maçãs da imortalidade, e acredita-se que lá a alma do rei vive para sempre.

**O portal de Glastonbury,** no oeste da Inglaterra, pode ser o lugar a que a lenda se refere, quando diz que Artur e seus cavaleiros descansam ao sopé de uma montanha, prontos para serem acordados quando os bretões necessitarem deles.

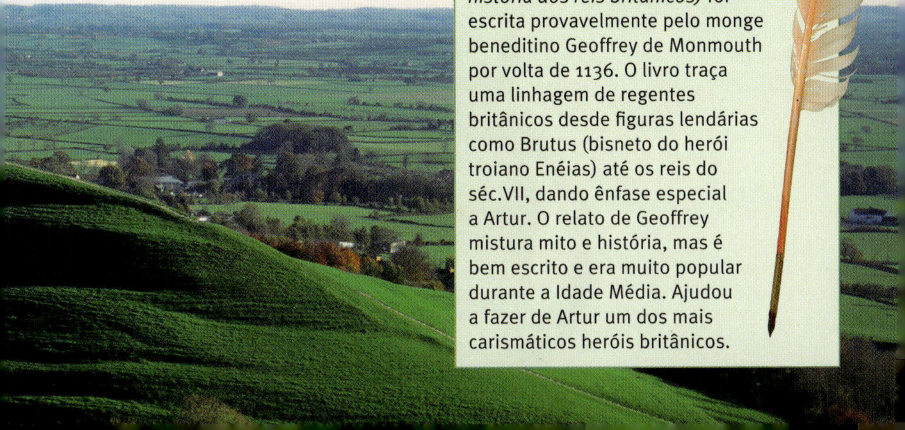

### GEOFFREY DE MONMOUTH

O *Historia Regum Britanniae (A história dos reis britânicos)* foi escrita provavelmente pelo monge beneditino Geoffrey de Monmouth por volta de 1136. O livro traça uma linhagem de regentes britânicos desde figuras lendárias como Brutus (bisneto do herói troiano Enéias) até os reis do séc.VII, dando ênfase especial a Artur. O relato de Geoffrey mistura mito e história, mas é bem escrito e era muito popular durante a Idade Média. Ajudou a fazer de Artur um dos mais carismáticos heróis britânicos.

## OS DEUSES NÓRDICOS

Assim como os Titãs deram origem aos deuses do Olimpo, os deuses nórdicos surgiram de uma raça de gigantes (*p.114*). Ao lado de Loki, o trapaceiro, há seres do mal, como Hel, rainha do Mundo Subterrâneo, e Fenrir, o lobo; de Bor e Bestla nasceram os Ases, principal clã dos deuses nórdicos, liderado por Odin – que, assim como o grego Zeus, tinha muitas esposas e incontáveis filhos.

THOR

**AUDHUMLA**

**BURI**

**BOR** — **BESTLA**

**VILI**

**VÊ**

**FRIGGA**
Líder das três consortes de Odin, deusa das esposas e mães

**JÖRD**

**GRID**

**ODIN**
Deus supremo, um dos três deuses criadores do mundo dos mortais

**VIDAR**

**THOR**
Deus do trovão, de cabelos e barba vermelhos, filho de uma gigante

**SIF**
Divindade da colheita, a mais bela das deusas depois de Fréia

**Tapeçaria viking (*dir.*)** mostra três deuses nórdicos: Odin, com apenas um olho, porta um machado (*esq.*); Thor com o martelo simbó-lico Mjöllnir na mão direita (*centro*); Freir, o deus da abundância, com uma espiga de milho (*dir.*).

**MAGNI**

**MODI**

**BALDER**
Formoso deus da alegria e da pureza, morto cruelmente por uma trapaça de Loki

**NANNA**

**HOD**

**NJÖRD**

**SKADI**

FRÉIA

**FORSETI**
Deus da justiça, da paz e da verdade, o mais eloqüente dos Ases

**FRÉIA**
Deusa do amor e da fertilidade, às vezes de aparência guerreira

**FREIR**
Deus da chuva, do Sol e dos produtos do campo

**Uma serpente** verte veneno sobre o rosto de Loki, amarrado, por ele ter provocado a morte de Balder.

YMIR

GIGANTES

SIGYN — LOKI — ANGRBODA

NARVI — VALI

HEL

HEL

**FENRIR**
O lobo predestinado a matar e devorar Odin em Ragnarok, a batalha derradeira

JORMUNGAND

HERMOD

**BRAGI**
Deus da poesia, provável guardião do hidromel da inspiração

**IDUN**
Guardião das maçãs que permitiam aos Ases permanecer jovens

**TYR**
Deus maneta do combate singular e da glória heróica

# A CRIAÇÃO DO MUNDO

Criação
Islândia
O cosmo

Snorri Sturluson, *The Younger Edda*

A história da criação nórdica começa no limite entre as duas regiões cósmicas: o congelado mundo de Niflheim e o reino quente de Muspell, um lugar que lembra o terreno acidentado e gelado com gêiseres borbulhantes da Islândia, onde a história se origina. Da interação dessas duas regiões nasce um ser primitivo, o gigante do gelo Ymir. Ele acaba sendo morto, e de seu corpo é criado o mundo, por um trio de deuses: Odin, Vili e Vê.

**PERSONAGENS-CHAVE**

**YMIR** • *o primeiro gigante*
**AUDHUMLA** • *a vaca primitiva*
**ODIN** • *deus da guerra*
**VILI** • *irmão de Odin*
**VÊ** • *irmão de Odin*

## ENREDO

### GIGANTES E DEUSES

Quando o calor de Muspell começou a derreter o gelo de Niflheim, surgiu o gigante mau Ymir. Então uma vaca chamada Audhumla se formou do gelo derretido e produziu leite para alimentar Ymir. Conforme ele o bebia, e ia também sendo aquecido pelo ar de Muspell, ele começou a suar, e mais dois gigantes se formaram no suor sob seu braço esquerdo, enquanto outro nasceu de suas pernas. Quando Audhumla lambeu o gelo, ela libertou mais um gigante, Buri, que estava congelado. Esses gigantes do gelo governaram o cosmo.

**Nesta primitiva representação viking** de Odin, o olho direito é retratado como uma linha: Odin abriu mão de um olho em troca de conhecimento.

Bor, o filho de Buri, desposou Bestla, a filha do gigante Bölthorn, e tiveram três filhos, os deuses Odin, Vili e Vê. Ymir era cruel com todos ao seu redor, e os filhos de Bor o odiavam. Lutaram contra o gigante e o mataram, usando seu corpo como matéria para criar o mundo. Do crânio fizeram o céu e do cérebro, as nuvens. Os deuses fizeram rochas de seus ossos, e rios e mares do sangue, que era tanto que afogou todos os outros gigantes do gelo, exceto dois: Bergelmir e a esposa.

# OS PRIMEIROS HUMANOS

Criação
Islândia
O cosmo

Snorri Sturluson, *The Younger Edda*

Os deuses nórdicos da criação – Odin, Vili e Vê – tinham o poder de insuflar vida nos objetos e de dar uma forma nova às coisas vivas. Assim, eles conseguiam criar raças novas no cosmo. P.ex., transformaram os anões, que tinham sido criaturas pequenas como vermes, nascidas da carne de Ymir, o primeiro gigante, em humanóides inteligentes. Mais notável ainda foi a criação do primeiro homem e da primeira mulher.

**PERSONAGENS-CHAVE**

**ODIN** • *o deus da guerra*
**VILI** • *irmão de Odin*
**VÊ** • *irmão de Odin*
**ASK** • *o primeiro homem*
**EMBLA** • *a primeira mulher*

## ENREDO

### UTGARD E ASGARD

Assim que os deuses Odin, Vili e Vê criaram o cosmo e a Terra, destinaram a região leste, chamada Utgard, aos únicos gigantes que sobreviveram – os filhos e a esposa de Bergelmir –, construíram seu próprio lar em Asgard e, para se proteger dos gigantes, ergueram robustas fortificações feitas com as sobrancelhas de Ymir.

### O PRIMEIRO HOMEM E A PRIMEIRA MULHER

Odin, Vili e Vê decidiram explorar seu reino. Enquanto caminhavam pela costa, encontraram dois troncos de árvore trazidos à praia pela água. O trio decidiu trazer as árvores mortas à vida novamente, mas sob outra forma. Remodelaram os troncos como humanóides e lhes deram vida. Vili dotou-os de inteligência e emoção. Vê forneceu-lhes a visão e a audição (algumas versões do mito dizem que ele lhes deu feições expressivas e o poder da fala).

### MIDGARD

O casal, que foi chamado de Ask e Embla, foi o primeiro homem e mulher. Eles precisavam de um lugar para morar, e os deuses construíram um reino próprio chamado Midgard

**Na mitologia nórdica,** o primeiro homem e a primeira mulher foram criados de troncos de árvores mortas e se chamaram Ask ("freixo") e Embla ("olmo").

("Terra do Meio"), que ficava a meio caminho entre Asgard, onde os deuses habitavam, e o reino gelado de Niflheim. Asgard e Midgard estavam ligados por uma ponte chamada Bifrost, que tinha a forma de um arco-íris. Os deuses disseram a Ask e Embla que era de responsabilidade deles cuidar das plantas e das criaturas de seu reino, e assim eles se estabeleceram para nutrir o seu reino e iniciar a vasta família que se tornou a raça humana.

# A GUERRA ENTRE OS DEUSES

Guerra no céu
Islândia
Asgard, lar dos Ases, e Vanaheim, lar dos Vanes
Snorri Sturluson, *The Younger Edda*

Na mitologia nórdica, no princípio havia duas raças de deuses. O primeiro grupo era o dos Ases, os deuses do céu, que incluíam os deuses criadores, Odin, Vili e Vê. O segundo grupo era o dos Vanes, os deuses da fertilidade, que governavam o mar e a Terra. Seu líder era o deus do mar Njörd, junto com os filhos Freyr e Freyja. Um dos episódios essenciais dos contos nórdicos sobre os deuses refere-se a uma longa guerra entre os Ases e os Vanes.

**PERSONAGENS-CHAVE**

**NJÖRD** • *deus do mar*
**FREYJA** • *filha de Njörd*
**FREYR** • *filho de Njörd*
**ODIN** • *deus da guerra*
**HONIR** • *companheiro de Odin*
**MIMIR** • *deus da sabedoria*

## ENREDO

### QUEIMADA E RESSUSCITADA

Uma visitante Vane, que era ou Freyja ou alguém disfarçado como ela, chegou a Asgard. Começou a conversar obsessivamente sobre ouro, e isso irritou tanto os Ases que eles a jogaram no fogo três vezes, mas todas as vezes ela ressuscitou. Esse tratamento enfureceu os Vanes, e eles declararam guerra. O combate acirrou-se, cada lado destruindo a terra natal do outro, até que finalmente uma trégua foi estabelecida, e garantida por uma troca de reféns: dois dos Ases, Honir e Mimir, ficariam parte do ano com os Vanes, enquanto Freyr e Njörd morariam com os Ases.

**Esse desenho pré-histórico** esculpido numa rocha em Vitlycke, Suécia, mostra guerreiros gigantes – possivelmente Vanes e Ases – combatendo com machadinhas.

### O TRIUNFO DOS ASES

Os dois lados viveram pacificamente, mas permaneciam desconfiados, pensando que os reféns agiam como espiões. Os Vanes tentaram fazer Mimir contar os segredos de sua sabedoria, mas ele se recusou, então cortaram-lhe a cabeça e a enviaram para os Ases. Contudo, a cabeça continha toda a sabedoria dos deuses, então Odin a recebeu, tornou-a imortal e a manteve em Asgard. Os Ases agora tinham toda a sabedoria do mundo. Os Vanes sobreviveram, mas tiveram pouco poder. Com o tempo, esses deuses da saúde, riqueza e sorte foram assimilados à tribo dos rivais, os Ases.

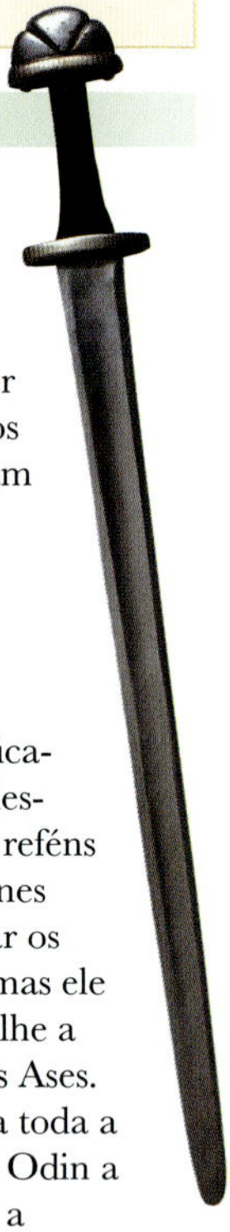

**MITOS RELACIONADOS** ▸ Guerra entre os deuses e os Titãs *(p.38)*

# A CONSTRUÇÃO DE ASGARD

Estratagemas
Islândia
Asgard, lar dos Ases

Snorri Sturluson, *The Younger Edda*

Asgard, o lar dos Ases, ficava na parte superior do cosmo, acima de Midgard, o mundo humano, e de Niflheim, o gélido lar dos mortos. Era enorme, com palácios, florestas densas, pastagens ricas e campos que forneciam alimento aos deuses. Era cercado por um muro tão forte que apenas os imortais poderiam rompê-lo. Entretanto, quando os Vanes e Ases entraram em guerra (*p. 116*), o muro foi destruído. A paz subseqüente era uma oportunidade de reconstruí-lo.

**PERSONAGENS-CHAVE**

**OS ASES** • *uma raça de deuses nórdicos*
**UM GIGANTE**
**SVADILFARI** • *o cavalo do gigante*
**LOKI** • *o deus trapaceiro do fogo*

## ENREDO

### A EXIGÊNCIA DO GIGANTE

A reconstrução do enorme muro de Asgard era uma tarefa dificílima. Quando um gigante disse que conseguiria reconstruir as fortificações de Asgard em apenas três estações, os deuses exultaram com a oportunidade. Mas o gigante cobrou um alto preço: o Sol, a Lua e Freyja, que era duplamente desejável, pois, além de ser a bela deusa da fertilidade, tinha o poder de outorgar a imortalidade.

### O DEUS TRAPACEIRO NEGOCIA

Para evitar esse pagamento exorbitante, o deus trapaceiro Loki urdiu um plano: os deuses concordaram com as exigências do gigante, mas reduziram o tempo para apenas uma estação, que seria curto demais para ele conseguir terminar o trabalho. Assim, teriam o muro construído, mas poderiam reduzir o pagamento do gigante, que extrapolaria o prazo.

### SVADILFARI, O CAVALO MÁGICO

Mas o gigante tinha um cavalo mágico chamado Svadilfari, que sempre trabalhava com ele, e parecia que os muros seriam terminados a tempo. Loki decidiu distrair Svadilfari. Transformou-se numa égua e o seduziu, resultando no nascimento do cavalo de oito pernas Sleipnir, que se tornou a montaria de Odin. Trabalhando sozinho, o gigante não conseguiu cumprir a tarefa e enfureceu-se de tal forma que só um golpe de martelo de Thor o controlou, matando-o. Os deuses conseguiram os muros de graça.

**O assentamento viking em Trelleborg,** Dinamarca, foi construído em formato circular, talvez em referência ao grande muro que circundava Asgard.

**Este antigo cemitério viking** é o maior do tipo na Escandinávia. Tem mais de 600 túmulos que datam do séc.VIII, auge da mitologia nórdica. Cada arranjo de pedras no formato de barco marca o local de repouso de um guerreiro de alta estirpe da sociedade viking.

# ODIN E AS RUNAS

Origem da linguagem
Islândia

Yggdrasil, a Árvore do Mundo no coração do cosmo
Anônimo, "Hávámal", poema de *Edda maior*

Os povos escandinavos primitivos usavam uma escrita constituída por caracteres chamados runas, formados principalmente por marcas verticais e diagonais. Eles atribuíam grande poder de comunicação e mágica às runas; achavam que o alfabeto rúnico, chamado de *futhark* por causa dos fonemas iniciais, devia ter sido inventado pelos deuses. O mito mais popular que explica essa origem narra como o deus Odin obteve o conhecimento das runas.

**PERSONAGENS-CHAVE**

**ODIN** • *deus da guerra e da sabedoria*

**HUGINN E MUNNIN** • *corvos, ajudantes de Odin*

## ENREDO

### O SACRIFÍCIO DE ODIN

Odin queria deter todo o conhecimento existente. Ele decidiu que, para isso, precisava abrir mão de algo que já possuía. Inicialmente, trocou um de seus olhos por um gole da fonte da sabedoria, mas isso não foi suficiente. Então, Odin pendurou-se no tronco de Yggdrasil, a Árvore do Mundo, com o corpo perfurado por uma flecha, oferecendo-o em troca do saber. Por nove dias e noites ele ficou suspenso, sem alimento ou água, até que caiu da árvore, segurando nas mãos as runas com o segredo do conhecimento.

**Nessa pedra rúnica** estão gravadas algumas letras do alfabeto pré-viking de 24 caracteres. Elas foram separadas em três grupos (*oettir*), de oito letras cadas.

### CONHECIMENTO SUPREMO

De posse das runas, Odin se tornou o mais sábio de todos os deuses. Elas lhe deram a capacidade de fazer encantamentos, que ele colocou em prática de várias formas. No campo de batalha, acompanhado dos dois lobos, Geri e Freki, era o combatente mais agressivo e tinha o poder de se transformar, de cegar ou ensurdecer os inimigos, bem como tirar o fio de suas armas. Na paz, era auxiliado tanto pelo domínio das runas quanto por um par de corvos chamados Huginn ("pensamento") e Munnin ("memória"). Todos os dias, eles sobrevoavam o mundo inteiro, vendo tudo, depois voltavam e cochichavam para Odin tudo o que tinham visto e ouvido.

# A ÁRVORE DO MUNDO

- A natureza do cosmo
- Islândia
- O cosmo

Anônimo, "Völuspa" e "Grimnismál", poemas de *Edda maior*

No centro do cosmo nórdico ficava um enorme freixo chamado Yggdrasil. Era tão grande que todos os diversos reinos do mundo escandinavo, de Asgard, a morada dos deuses, a Midgard, o mundo humano, recebiam a sombra de seus galhos ou ficavam entre as suas raízes. Seu nome significa "o cavalo de Ygg" (sendo Ygg um outro nome de Odin) e se refere ao tempo em que o deus ficou suspenso na árvore por nove dias e noites em busca do conhecimento.

**PERSONAGENS-CHAVE**

**AS NORNAS** • *três mulheres ou destinos*

**HRAESVELG** • *uma águia*

**NIDHOGG** • *a serpente do mundo*

**RATATOSK** • *um esquilo*

## ENREDO

### AS RAÍZES DE YGGDRASIL

Yggdrasil sustentava-se sobre três imensas raízes. Uma delas se propagava para Asgard, a morada dos deuses. Três mulheres, chamadas as Nornas, que controlavam o destino dos humanos, moravam bem perto dessa raiz. Elas nutriam a árvore, regando-a com a água do seu poço do destino. A segunda raiz se estendia até Jotunheim, o lar dos gigantes de gelo. Sob essa raiz ficavam a cabeça ferida imortal do sábio Mimir (*p. 116*) e o poço de Mimir, cujas águas continham conhecimento e sabedoria. A terceira raiz de Yggdrasil chegava até a região gelada de Niflheim e à fonte fervente, Hvergelmir. Aqui a serpente Nidhogg atormentava Yggdrasil, roendo continuamente sua raiz.

### AS CRIATURAS DE YGGDRASIL

Os galhos de Yggdrasil eram longos, espalhando-se pelo céu e cobrindo o mundo inteiro. Neles morava a águia Hraesvelg ("comedora de cadáver"), que conseguia ver longe e era muito sábia. Os galhos também sustentavam quatro cervos que se alimentavam da folhagem. A criatura mais ativa de todos os seres da árvore era o esquilo Ratatosk, cujo objetivo principal era transmitir os insultos da águia Hraesvelg para a serpente Nidhogg.

**Os quatro cervos,** que corriam por Yggdrasil e mordiscavam suas folhas, representam os quatro ventos que sopram entre os mundos do cosmo nórdico.

# OS TESOUROS DOS DEUSES

Armas dos deuses
Islândia
O cosmo

Anônimo, "Thrymskvida", poema do *Edda maior*

Os mitos nórdicos mencionam objetos preciosos com poderes sobrenaturais pertencentes aos deuses: anéis mágicos; lanças que levavam à vitória em batalhas; maçãs que perpetuavam a juventude de quem as consumia e um navio cujas velas sempre atraíam ventos favoráveis. Um dos grandes tesouros era o martelo manuseado pelo deus do céu, Thor, uma arma temível e um símbolo religioso poderoso usado para abençoar as noivas.

**PERSONAGENS-CHAVE**

**THRYM** • *um gigante*
**THOR** • *deus do céu*
**LOKI** • *deus trapaceiro do fogo*
**FREYJA** • *a deusa do amor*

**O martelo de Thor** era freqüentemente usado como tema de trabalhos de ourivesaria, pedras rúnicas e entalhes em tumbas.

## ENREDO

### O MARTELO DE THOR

Thor ("trovão") circulava pelo céu numa carruagem. Dele era o poderoso martelo, Mjöllnir, que lhe fora forjado por anões e que usava para esmagar os inimigos e abençoar a quem queria bem.

Muitas pessoas próximas a Thor queriam manusear essa arma tão poderosa. O gigante Thrym, enciumado, roubou o martelo de Thor e o enterrou, para que o deus não pudesse mais encontrá-lo. Disse que devolveria a arma apenas se tivesse a permissão de desposar a bela deusa Freyja.

Freyja recusou-se a sequer cogitar o assunto e, assim, Thor teve de pensar num estratagema para recuperar o martelo.

Com a ajuda do trapaceiro Loki, Thor se disfarçou de Freyja e foi – coberto com véus – à festa de casamento que Thrym organizara.

No início Thor quase se entregou pelo tanto que comeu e bebeu; mas então trouxeram o martelo para abençoar a noiva, conforme a tradição. Nesse momento, Thor rapidamente agarrou o martelo, matou o gigante Thrym e todos os seus convidados, destruiu tudo ao seu redor e retornou a Asgard em glória.

# O HIDROMEL DA INSPIRAÇÃO

Transformação; as origens da poesia
Islândia
Jotunheim (o reino dos gigantes); Asgard (a morada dos deuses)
Snorri Sturluson, *The Younger Edda*

A poesia era parte integrante da cultura escandinava, e um mito explica a inspiração poética como proveniente de um licor mágico, "o hidromel da inspiração". Produzido pelos anões depois da guerra entre os Ases e os Vanes (*p.116*), o hidromel foi roubado pelos gigantes e depois reivindicado por Odin para o uso dos deuses. Para obtê-lo, Odin teve de usar seu dom de transformação, assumindo as formas de cobra, de águia e de homem.

**PERSONAGENS-CHAVE**

**ODIN** • *deus da guerra*
**KVASIR** • *um gigante*
**FJALAR E GALAR** • *dois anões*
**SUTTUNG** • *um gigante*
**BAUGI** • *irmão de Suttung*
**GUNNLÖD** • *filha de Suttung*

## ENREDO

### PREPARO DO HIDROMEL

Após a guerra entre os Ases e os Vanes, os deuses se reuniram ao redor de um caldeirão, no qual cuspiram para selar a paz. Do cuspe surgiu um gigante chamado Kvasir, um poeta sábio, que julgou ser sua tarefa ensinar os que estavam ao seu redor, mas dois anões maus, Fjalar e Galar, cansaram-se disso e o mataram. Colheram o sangue de Kvasir e o destilaram num caldeirão mágico. Misturaram-no com mel e criaram o poderoso hidromel que dava sabedoria e inspiração poética para quem o bebesse.

### ODIN ROUBA O HIDROMEL

Pouco depois, os anões mataram outro gigante e sua esposa, sendo então perseguidos pelo filho deles, Suttung, que buscava vingança. Eles o acalmaram oferecendo o hidromel como compensação. Suttung passou o hidromel à sua filha, Gunnlöd, para que ela o escondesse em sua caverna. Enquanto isso, Odin maquinava como poderia conseguir o hidromel para os deuses. Tomou a forma de um homem, Bölverk, e matou os nove servos de Baugi, irmão de Suttung. Então se ofereceu como servo substituto, dizendo que faria o trabalho de nove homens em troca de um gole de hidromel. Baugi concordou, mas quando

**Essa pintura viking em pedra** mostra Odin com um cálice de hidromel, em seu cavalo mágico de oito pernas, Sleipnir (*A construção de Asgard, p.117*).

ele pediu a Suttung que desse um pouco de hidromel ao novo servo, este recusou. Odin-Bölverk então convenceu Baugi a ajudá-lo a roubar o hidromel da caverna de Gunnlöd. Baugi escavou a encosta da montanha com uma verruma, e Odin-Bölverk, transformado em cobra, esgueirou-se para o interior da montanha. Lá, seduziu Gunnlöd, que ainda guardava o hidromel, e convenceu-a a deixá-lo beber só um pouco. Quando ela concordou, ele rapidamente bebeu tudo, transformou-se em águia e retornou voando até Asgard.

# AS TRAPAÇAS DE LOKI

Estratagemas
Islândia
Asgard

Snorri Sturluson, *The Younger Edda*

O deus trapaceiro Loki podia mudar de forma. Ele era um gigante do gelo, criado como irmão adotivo de Odin. Com freqüência, semeava a discórdia entre os deuses, e provocou a morte do filho-herói de Odin, Balder. Loki era sexualmente voraz, copulava com todos e com tudo, de gigantes a árvores. A esposa de Loki, Angrboda, gerou três filhos monstros: Fenrir, o lobo; Jormungand, a serpente de Midgard (o reino dos mortais); e Hel, a rainha dos mortos.

**PERSONAGENS-CHAVE**

**LOKI** • *o deus trapaceiro*
**THOR** • *o deus do céu*
**SIF** • *a deusa da colheita, esposa de Thor*
**DVALIN** • *um anão*
**BALDER** • *o deus da luz*
**FRIGGA** • *a rainha-deusa, esposa de Odin*

## ENREDO

### PRESENTES PARA OS DEUSES

Uma vez Loki cortou todo o cabelo da deusa da colheita, Sif. As plantações pararam de crescer, e Thor, ameaçou matar Loki se sua esposa não recuperasse o cabelo. Loki então convenceu o anão Dvalin a forjar um cabelo novo e ainda alguns presentes mágicos para os deuses, como uma lança que sempre acertava o alvo e um navio tão grande que acomodasse todos os deuses, mas tão pequeno que pudesse ser dobrado e carregado. Loki disse a outros anões que, se fizessem melhor, poderiam lhe cortar a cabeça. Eles conseguiram, mas Loki sobreviveu afirmando que lhes prometera só a cabeça, não o pescoço.

### O PESADELO DE BALDER

Balder, filho de Odin e Frigga, sempre sonhava com a própria morte, então sua mãe fez todas as coisas e os seres vivos jurarem que não o machucariam. Mas se esqueceu do broto do visco. Um dia, os deuses, para testar o juramento feito, arremessavam coisas. Loki pegou um broto afiado de visco e fez o deus cego Höd atirá-lo. O broto atingiu em cheio o coração de Balder e o matou.

**Esse entalhe viking de um barco** mostra Loki, o perverso. Suas aventuras podem ter divertido os deuses, mas também lhes causavam constrangimento e raiva.

# O CREPÚSCULO DOS DEUSES

- Apocalipse
- Islândia
- O cosmo

"Völuspá", poema de *Edda maior*; Snorri Sturluson, *The Younger Edda*

Depois de Loki provocar a morte de Balder (*p. 124*), os deuses o puniram, acorrentando-o numa caverna. Uma serpente vertia veneno em seu rosto, voltado para cima, mas sua esposa, com dó, recolhia o veneno num prato. Mesmo assim, Loki sofria muito, e quando se contorcia de dor, a terra tremia. De acordo com os mitos, Loki permanecerá na caverna até o Ragnarok, a grande batalha na qual quase todos os seres vivos serão destruídos.

**PERSONAGENS-CHAVE**

**LOKI** • *o deus trapaceiro*
**FENRIR** • *um lobo, filho de Loki*
**JORMUNGAND** • *filho de Loki, a serpente do mundo*
**HEL** • *filha de Loki, rainha do Mundo Subterrâneo*
**LIF** • *um homem*
**LIFTHRASIR** • *uma mulher*

## ENREDO

### A PROFECIA

Depois de muito tempo acorrentado, finalmente Loki encontrará a força para se livrar das correntes e desafiar os deuses. Simultaneamente, um grande grupo de seres malignos começará a combater os deuses. Os filhos-monstros de Loki estarão presentes: o lobo Fenrir romperá suas próprias correntes e derrotará o Sol e a Lua; a serpente do mundo, Jormungand, superará a Terra; Hel trará guerreiros fantasmas do Mundo Subterrâneo. Todos lutarão e quase todos os seres vivos, tanto os do bem quanto os do mal, serão aniquilados. Perto do fim da batalha, o gigante Surt ("fuligem") ateará fogo sobre tudo e todos, matando a maioria dos que ainda sobreviverem. Apenas poucos seres vivos permanecerão: Yggdrasil, a Árvore do Mundo, e, escondidos dentro dela, um homem chamado Lif ("vida") e uma mulher, Lifthrasir ("ansiedade pela vida"). Quando os fogos da destruição tiverem finalmente amainado, Lif e Lifthrasir emergirão para criar uma nova raça humana num mundo idílico de bondade e felicidade.

**Fenrir foi amarrado** com uma corrente mágica feita de respiração, passos e elementos ocultos.

### A PROFECIA DE "VÖLUSPÁ"

"Völuspá" ("a profecia da Sibila") é um dos poemas mais impressionantes dentre os vários que compõem *Edda maior* (ou *Poética*). Trata-se de uma coletânea de versos anônimos de 800-1100 d.C., preservada principalmente num manuscrito chamado *Codex regius*. "Völuspá" está escrito sob a forma de profecia passada ao deus Odin por uma profetisa e narra uma guerra final antes do renascimento da Terra.

**A Dinamarca devolveu à Islândia** o precioso *Codex regius* em 1971, depois de 300 anos de posse, para ser guardado na Universidade da Islândia.

# SIGURD, O MATADOR DO DRAGÃO

Façanhas de herói
Islândia
Asgard, lar dos Ases

Anônimo, *Volsung Saga*

Logo depois que Sigurd nasceu, seu pai morreu, e o menino foi criado por um ferreiro chamado Regin. Este forjou uma espada poderosa para Sigurd, com a qual o jovem herói matou o dragão Fafnir. Porém, as aventuras posteriores de Sigurd foram trágicas. Ele se apaixonou por Brunilda, mas depois, devido a uma poção mágica, esqueceu-se da promessa de desposá-la. Como vingança, Brunilda causou sua morte, mas depois suicidou-se de remorso.

**PERSONAGENS-CHAVE**

**SIGURD** • *filho de Sigmund, descendente de Odin*
**REGIN** • *um ferreiro*
**FAFNIR** • *o irmão-dragão de Regin*
**BRUNILDA** • *uma guerreira ou escudeira*

## ENREDO

### DONS MÁGICOS

Após matar o dragão Fafnir, Sigurd não só roubou-lhe o ouro, mas também adquiriu dois valiosos dons: ao comer-lhe o coração, aprendeu a linguagem das aves; ao banhar-se no seu sangue, tornou-se invulnerável – exceto por um pequeno lugar no ombro. Sigurd soube pelos pássaros que seu pai adotivo Regin planejava matá-lo e tomar seu ouro. Ele matou Regin, pegou o ouro e partiu em viagem.

**Sigurd matou Fafnir** com a poderosa espada Gram, forjada dos fragmentos da espada de seu pai verdadeiro.

### AMOR DE PERDIÇÃO

O herói cruzou a ponte Bifrost e visitou as Valquírias, um grupo de mulheres que trabalhava para Odin, selecionando os guerreiros dignos de um lugar no Valhalla, a corte dos guerreiros mortos. Ele se apaixonou por uma jovem guerreira chamada Brunilda e, para selar compromisso, deu-lhe um anel mágico. Nenhum deles percebeu que o anel continha uma maldição contra todos que o usavam. Mais tarde, durante as suas viagens, na corte do rei Gjuki, Sigurd bebeu uma poção que o fez esquecer-se da promessa feita a Brunilda, e apaixonou-se pela filha de Gjuki, Gudrun. Quando Brunilda descobriu tudo, convenceu os filhos de Gjuki a matar Sigurd, o que um deles, Guttorm, fez, atingindo Sigurd no seu único ponto fraco. Mas Brunilda arrependeu-se e, tomada pela culpa, lançou-se na pira funerária de Sigurd.

**SIEGFRIED**

O mito alemão de Siegfried, conforme narrado na *Nibelungenlied*, do séc.XIII, segue essencialmente a mesma história de Sigurd. Na versão alemã, porém, o herói é Siegfried e a moça, Brünhilde. Além disso, o herói é morto por outro filho de Gjuki. O compositor do séc.XIX Richard Wagner leu os dois mitos ao escrever o ciclo de quatro óperas *O anel dos nibelungos*.

**"O elmo de Sigurd"** do barco-túmulo de Vendel no séc.VII, Suécia.

# BEOWULF

Façanhas de herói
Inglaterra
Suécia, Dinamarca
Anônimo, *Beowulf*

O poema épico "Beowulf", escrito em inglês arcaico, conta a história do herói de mesmo nome, um guerreiro do povo *geat*, que habitava o sul da Suécia. Beowulf viaja à terra dos dinamarqueses para livrar o país de um monstro chamado Grendel, antes de voltar para seu próprio país e de se tornar rei. Depois de um longo e bem-sucedido reinado, a vida de Beowulf chega ao fim quando ele mata outro monstro, um dragão que aterrorizava seu país.

**PERSONAGENS-CHAVE**

**HROTHGAR** • *rei dos dinamarqueses*
**BEOWULF** • *rei dos* geats
**GRENDEL** • *um monstro*
**A MÃE DE GRENDEL**
**WIGLAF** • *amigo de Beowulf*

## ENREDO

### MORTE DO MONSTRO

O palácio Heorot, do rei dinamarquês Hrothgar, e seu povo estavam sob o ataque do monstro Grendel há vários anos, quando o jovem sueco Beowulf se ofereceu para combatê-lo e o matou. Os dinamarqueses se alegraram e Beowulf foi amplamente recompensado com presentes. Mas a temível mãe de Grendel apareceu para vingar sua morte. Beowulf foi encontrá-la no lago onde ela vivia e eles lutaram. A espada de Beowulf não perfurou o corpo da inimiga mas ele a matou com uma arma do arsenal dela mesma. Beowulf então retornou a seu país, onde foi feito rei. Governou por 50 anos, mas, quando envelheceu, enfrentou problemas com seu povo, os *geats*.

### UM GUERREIRO ANCIÃO

Um dragão, guardião de um tesouro, ficou furioso quando lhe roubaram uma peça, e, como vingança, voltou-se contra o povo de Beowulf. Este, agora bem idoso, atacou o dragão, mas não conseguiu penetrar a pele escamosa do animal. Todos os seus homens fugiram aterrorizados, exceto o corajoso e fiel Wiglaf. Juntos, atacaram e mataram o dragão, mas não antes de este ter envenenado Beowulf com o seu bafo mefítico. Em seus instantes finais, Beowulf legou seus bens para Wiglaf.

**A lenda de Beowulf** narra o enterro do rei dinamarquês Scyld Scefing e seu tesouro sob um monte parecido com este em Sutton Hoo, na Inglaterra.

*"...Se você conseguir forjar o Sampo, iluminar o que já está bem iluminado, receberá a donzela por pagamento – pelo seu esforço, a adorável jovem..."*

Elias Lönnrot, *Kalevala*

# O KALEVALA

- Épico nacional
- Finlândia
- Finlândia
- Elias Lönnrot, *Kalevala*

**Väinämöinen, o herói e músico,** tocava um instrumento parecido com a harpa, chamado cítara finlandesa, que criou a partir do maxilar de um lúcio gigante. Essa cítara tornou-se o instrumento nacional da Finlândia.

## POR TRÁS DO MITO

O estudioso e folclorista Elias Lönnrot (1802-84) dedicou grande parte da vida a reunir poesia, canções e provérbios dos finlandeses, lapões e estonianos. Lönnrot viajava pelo país, ouvia as pessoas cantarem e recitarem e registrava tudo. Além de escrever vários livros com canções, provérbios e enigmas tradicionais, ele reuniu grande parte da poesia em um grande poema – o épico nacional da Finlândia – que denominou *Kalevala*.

### UM ÉPICO HERÓICO

O *Kalevala* é um poema de mais de 22 mil versos, que narra várias histórias. Começa com a descrição da criação do mundo e segue com relatos das lutas entre dois países: Kalevala, a terra dos finlandeses, e Pohjola, na Terra do Norte. O poema conta como a Donzela do Norte foi cortejada por três heróis finlandeses: o adivinho Väinämöinen, o ferreiro Ilmarinen, que forjou o céu, e o aventureiro Lemminkäinen. O ponto central da narrativa é um objeto misterioso chamado sampo, que é descrito como um moinho capaz de fazer farinha, sal e ouro.

O *Kalevala* e seu personagem central, o sábio Väinämöinen, são de grande importância na Finlândia. Lönnrot publicou o poema em 1835, quando seu país construía sua identidade cultural como nação. Como as gregas *Ilíada* e *Odisséia* e a nórdica *Eddas*, a épica *Kalevala* deu aos finlandeses uma história mítica e heróica. Tornou-se o foco de orgulho nacional e de inspiração para os artistas finlandeses, ajudando a estabelecer o finlandês como língua nacional.

**PERSONAGENS-CHAVE**

**VÄINÄMÖINEN** • *um sábio*
**ILMARINEN** • *um ferreiro, irmão de Väinämöinen*
**LEMMINKÄINEN** • *um aventureiro*
**LOUHI** • *a rainha de Pohjola*
**A DONZELA DO NORTE** • *filha de Louhi*

## ENREDO

No princípio não havia a terra, apenas o céu e a água. Uma pata, não encontrando outro lugar para ficar, fez seu ninho no joelho de Luonnotar, ou Ilnatar, donzela do ar e mãe-água. Dos ovos dela Ilnatar criou a terra. Ilnatar ficou grávida por 700 anos sem perceber, até que o filho, Väinämöinen, saiu de seu corpo já um velho. Ele derrotou o gigante do gelo Joukahainen num concurso musical e recebeu como prêmio Aino, a irmã do gigante. Contudo, ela preferiu se afogar a se casar com ele, e assim Väinämöinen viajou para Pohjola, na Terra do Norte, para encontrar uma noiva.

### VÄINÄMÖINEN NO NORTE

A caminho de Pohjola, Väinämöinen teve de nadar vários dias e estava à beira de um colapso por exaustão quando uma águia o tirou da água e o levou para a praia. Logo depois ele encontrou Louhi, a rainha de Pohjola, que lhe ofereceu a filha em casamento se ele lhe arrumasse um sampo, um moinho mágico que poderia produzir ouro, farinha e sal. Ele aceitou o desafio e partiu para casa, onde pretendia fabricar o sampo.

A caminho de casa ele encontrou a filha de Louhi, a Donzela do Norte, e pediu-lhe que se casasse com ele mesmo sem o sampo. Ela concordou, desde que ele cumprisse uma série de tarefas quase impossíveis, tais como amarrar um ovo, descascar uma pedra e partir um cabelo com uma faca cega. No entanto, na última tarefa, quando fazia um barco a partir de uma lançadeira, ele foi distraído por espíritos enviados por Louhi e não conseguiu cumprir o desafio. Sem se intimidar, Väinämöinen continuou a jornada para casa, onde pediu ao irmão Ilmarinen, um grande ferreiro, para fazer o sampo para Louhi.

"LONGE E DISTANTE, OUVEM-SE AS NOTÍCIAS ... DO CANTO DE VÄINÄMÖINENG."

Elias Lönnrot, *Kalevala*

Ilmarinen conseguiu forjar o sampo e o levou a Pohjola. Väinämöinen esquecera-se de que a pessoa que fizesse o sampo desposaria a Donzela do Norte, e assim foi o irmão quem se casou com a moça. Infelizmente não permaneceram juntos por muito tempo, porque a Donzela morreu pisoteada por seu próprio gado, numa disputa com Kullervo (outro dos vários personagens de *Kalevala*). Ilmarinen retornou à Finlândia viúvo e se reconciliou com o irmão, que ficara ressentido com o casamento. Ele disse a Väinämöinen que Louhi tinha se recusado a deixá-lo desposar sua outra filha, mas o povo de Pohjola ficara com o sampo. Achando que isso era injusto, os irmãos decidiram roubar o objeto, para

**A mãe de Väinämöinen,** Ilnatar, fez a Terra, o Sol e a Lua dos ovos de uma pata selvagem que construiu um ninho no seu colo.

**Aino, irmã de Joukahainen,** rejeita Väinämöinen por achá-lo velho demais. Para escapar do casamento, ela decide se juntar às donzelas da água.

que a prosperidade coubesse ao povo finlandês. Levando junto o aventureiro Lemminkäinen, embaracaram no barco-lançadeira que Väinämöinen finalmente completara.

## A DESTRUIÇÃO DO *SAMPO*

Na Terra do Norte, Väinämöinen usou um outro objeto mágico do *Kalevala*, a cítara finlandesa, um instrumento musical parecido com a harpa. A música que ele produzia tinha o poder de encantar os ouvintes e fazê-los dormir. Quando chegaram a Pohjola, Väinämöinen tocou a cítara, e a rainha Louhi e todo o seu povo adormeceram. Os três aventureiros roubaram o sampo e navegaram para casa, mas Lemminkäinen cantou em alta voz um hino de vitória, acordando Louh, que enviou tempestades para destruir a embarcação. Com o barco batido pelas ondas, o sampo quebrou-se, e seus pedaços ficaram à deriva, na água.

## OS PRESENTES DE VÄINÄMÖINEN

Väinämöinen resgatou o máximo de pedaços do sampo que pôde e os levou de volta à Finlândia. Mesmo os fragmentos trouxeram prosperidade a seu país. Já idoso, ele se preparou para morrer. Doou ao reino a mágica da primavera, para resguardar o povo do inverno a que Louhi o submetia e doou-lhe também a cítara. Depois ele içou velas para uma terra misteriosa entre o Céu e a Terra, onde – dizem – ele ainda vive, pronto para retornar se o seu povo dele precisar.

### INSPIRAÇÃO PARA ARTISTAS

O *Kalevala* inspirou alguns dos melhores artistas finlandeses. Foram temas freqüentes para o pintor Akseli Gallen-Kallela, como no tríptico acima. O compositor Sibelius (*dir.*) também nele se inspirou para uma série de famosos poemas sinfônicos, como *Luonnotar* (1913). Elias Lönnrot, que, enquanto servia como oficial médico distrital na fronteira da Finlândia com a Rússia, coletou e anotou a poesia tradicional que formaria a base do *Kalevala*, também encontrou tempo para escrever um livro prático de medicina para os camponeses finlandeses e para dominar a cítara finlandesa.

## OS DEUSES ESLAVOS

As culturas eslavas do Leste Europeu tinham uma mitologia muito rica antes da conversão ao cristianismo, que ocorreu em partes entre os sécs. VIII e XIII. Infelizmente, poucos mitos eslavos foram registrados por escrito ou em manifestações artísticas, e muito do que sabemos hoje foi reconstituído de trechos de registros históricos e dos resíduos das crenças pagãs que sobrevivem no folclore.

### DEUS BRANCO, DEUS NEGRO

Uma das características mais óbvias da mitologia eslava é o dualismo. O mundo é visto como sendo regido por divindades do bem e do mal, um conceito provavelmente emprestado do zoroastrismo e da mitologia maniqueísta da Pérsia antiga. Os eslavos do oeste chamavam estas divindades de Deus Branco e Deus Negro, Byelun e Cernobog, e acreditavam num conflito infinito entre as trevas e a luz. Mesmo depois de mil anos de cristianismo, as histórias eslavas sobre a criação geralmente mostram Deus e o Demônio criando o mundo juntos. Por exemplo, quando Deus quis criar a Terra, ele mandou o Demônio mergulhar no oceano primevo para buscar barro. O Demônio obedeceu, mas,

**Os antigos eslavos** acreditavam que objetos como esse (fósseis de belemnites, parentes pré-históricos da lula) eram raios já usados pelo deus Perun.

além de encher a mão, também encheu a boca. Observou Deus espalhando o barro que ele carregara, criando a Terra perfeitamente plana. Quando o Demônio tentou falar, engasgou com o barro e começou a correr apavorado, tossindo e expelindo o barro, que formou as colinas e as montanhas.

**Um deus de duas cabeças** é o tema dessa antiga escultura encontrada perto de Novi Sad, na Sérvia.

## O DEUS-TROVÃO

O deus mais importante dos eslavos pagãos, conhecido na Rússia como Perun e na Lituânia como Perkun, era essencialmente um deus da guerra, cujas armas eram raios e trovões. Geralmente descrito como deus-trovão, Perun é comparado tanto com o deus nórdico Thor quanto com o Zeus grego. Era por Perun que os eslavos faziam juramentos de paz e de guerra, julgando que, se quebrassem os votos, morreriam atingidos por suas próprias armas.

## JOGADOS NA ÁGUA

Os seis deuses eslavos mais importantes foram representados num templo construído pelo príncipe Vladimir de Kiev em 982. Junto à estátua de Perun estavam Khors (um deus do sol), Dazhbog (um deus do fogo e da riqueza, também conhecido como o Sol), Stribog (deus do vento), Simargl (um deus da colheita) e Mokosha (a deusa da Terra), que ainda vive na religião popular russa como "Mãe-Terra úmida". Contudo, apenas seis anos depois de erguer o templo, Vladimir converteu-se ao cristianismo e atirou as estátuas no rio Dnieper.

**Elementos de Perun sobrevivem** no herói mítico russo Ilya Muromets, que aparece aqui ladeado de dois companheiros *bogatyrs* ou cavaleiros errantes.

## O DEUS DO GADO

O deus eslavo mais importante, que não constava do templo de Vladimir, era Volos, o deus do gado. A palavra "gado" também significa fortuna ou dinheiro e, por extensão, Volos parece ter sido o deus do comércio e da riqueza. Em tratados, os nomes Perun e Volos eram evocados juntos para selar as promessas de paz e de negócios.

## DEUSES E SANTOS NA RÚSSIA

O período em que o paganismo e o cristianismo coexistiram na cultura eslava deixou um forte resíduo da crença pagã no folclore russo. Volos, o deus do gado, sobreviveu na religião popular como São Vlasii, o santo padroeiro do gado. Da mesma forma, a função de enviar trovões e raios, atribuição de Perun, foi transferida ao profeta Ilya (Elias). São Jorge (Egorii) também herdou alguns aspectos de Perun, pois "destrancava" a Terra depois das geadas do inverno – uma tarefa que antes era executada por Perun com a chave de ouro de seu raio.

# A GRANDE INUNDAÇÃO

Criação e dilúvio
Eslovênia Oriental
Carniola, Eslovênia

A.H. Wratislaw, *Sixty Folk-tales from Exclusively Slavonic Sources*

Esse mito conta como a preguiça da primeira raça provocou um grande dilúvio que matou todos, exceto o vigilante Kranyatz. Faz parte de um ciclo de mitos que narra as competições entre Kranyatz e Kurent – o trapaceiro – pelo comando da Terra. Kurent é conhecido como o Dioniso esloveno, sendo a videira o seu cajado. Kurent usa a videira inicialmente para salvar Kranyatz, na história abaixo, e depois, no mito da página ao lado, para escravizá-lo.

**PERSONAGENS-CHAVE**

**OS PRIMEIROS HUMANOS** • *criados de uma gota de suor de Deus*

**KURENT** • *o trapaceiro, deus da videira; às vezes o ancestral dos homens na Terra*

**KRANYATZ** • *o vigilante, único sobrevivente do dilúvio*

## ENREDO

### DO PARAÍSO AO DILÚVIO

Os primeiros humanos desfrutavam uma vida fácil num vale onde tudo crescia sem necessidade de trabalho. O vale era irrigado por sete rios que fluíam de um ovo e cercado por montanhas altas. Os humanos tornaram-se muito preguiçosos e indolentes. Não se davam ao trabalho sequer de pegar o pão que crescia nas árvores: ateavam fogo na árvore para que o pão lhes caísse nas mãos. Decidiram então quebrar o ovo para cada um tomar tanta água quanto quisesse. O ovo partiu-se com um rugido de trovão, e a água verteu dele, inundando o vale até não haver nada além de um enorme lago.

### O ÚNICO SOBREVIVENTE

Todos morreram exceto Kranyatz, o vigilante, que estava de guarda no cimo da montanha mais alta. Kurent estendeu e segurou seu cajado – uma videira – para salvar Kranyatz, que se agarrou em suas gavinhas por nove anos até as águas do dilúvio retrocederem, alimentando-se das uvas nesse ínterim.

# KURENT, O TRAPACEIRO

Estratagemas
Eslovênia Oriental
Carniola, Eslovênia

A.H. Wratislaw, *Sixty Folk-tales from Exclusively Slavonic Sources*

Depois que foi salvo do dilúvio por Kurent (*p. 134*), Kranyatz agradeceu ao trapaceiro, chamando-o seu salvador. Kurent, enfurecido, retrucou-lhe que deveria ser grato à videira e prometer amor incondicional ao seu fruto. Esse amor – que persiste até hoje – seria a perdição de Kranyatz e da humanidade, pois permitiu que o trapaceiro vencesse Kranyatz numa competição para determinar o governante da Terra.

**PERSONAGENS-CHAVE**

**KRANYATZ** • *um homem primevo, de estatura heróica, como todos os de então*

**KURENT** • *o trapaceiro, deus da videira*

**GOD** • *o criador, de cujo relancear de olhos surgiam estrelas*

## ENREDO

### UMA BATALHA PELA SUPREMACIA

Kranyatz representou a humanidade na disputa com Kurent, que organizou uma competição em três etapas para decidir quem dominaria a Terra. Na primeira, deveriam saltar sobre o oceano, para decidir quem governaria a terra e o mar. Kurent, ao saltar, molhou um pé; já o poderoso Kranyatz apenas esticou a perna e alcançou o outro lado. Na segunda, deveriam fender a Terra, para decidir o domínio sobre as rochas. Kurent bateu o pé e perfurou a Terra até alcançar um poço cheio de dragões, mas Kranyatz de novo o superou, ao cavar um buraco que revelou rios subterrâneos de ouro puro. A terceira etapa, que decidiria o domínio dos céus, também foi vencida por Kranyatz, cuja flecha voou por nove dias, um dia a mais do que a flecha de Kurent.

**Na tradição folclórica eslovena,** as máscaras representando Kurent ainda são usadas em festivais por homens jovens e fortes, que conseguem agüentar o peso e o calor da pele de ovelha que as cobre.

### KURENT ADMITE A DERROTA

"Você é imperador do mundo", concedeu Kurent. Kranyatz, cheio de orgulho, escalou o pico mais alto para se sentar à mesa de Deus e comeu a carne preparada para Ele. Kurent, declarando-se servo de Kranyatz, ofereceu vinho de seu cajado-videira ao mestre. O sedento Kranyatz bebeu o vinho e adormeceu. Quando Deus encontrou-o bêbado à mesa, lançou-o montanha abaixo, e lá ele ficou por vários anos. Quando finalmente ele reviveu, havia perdido sua força, e desde então os humanos têm sido pequenos e fracos.

### ESCRAVO DO VINHO

Outra versão deste mito diz que Kranyatz, atraído e enganado pelo vinho, cedeu a liderança a Kurent, dizendo-lhe: "Daqui por diante, trata-me com este vinho e governa para sempre tanto o meu corpo quanto a minha alma."

# ÁSIA

O CONTINENTE ASIÁTICO abrange uma vasta área, abrigando diversos povos e culturas. Muitas destas se sobressaem por suas raízes antigas, suas tradições escritas que remontam a séculos longinquos e suas mitologias especialmente complexas e fascinantes. Este capítulo concentra-se em quatro: os mitos da China, do Japão, da Índia e das antigas cidades-Estado da Ásia Ocidental.

Embora as civilizações da China, do Japão, da Índia e da Ásia Ocidental sejam muito diferentes entre si, elas têm em comum a enorme quantidade de deuses (tantos, que o número chega a ser descrito como infinito). Destes, um grupo menor de divindades principais emerge como criadores, com influências poderosas sobre os homens.

**Uma representação tailandesa** de um guerreiro-macaco do épico mitológico hindu, o *Ramayana*.

## MESOPOTÂMIA

A terra em torno dos rios Tigre e Eufrates, no que hoje é o Iraque, foi o berço de uma das civilizações de maior destaque do terceiro milênio antes de Cristo. Foi uma cultura de cidades-Estado, reis poderosos e templos enormes conhecidos como zigurates, que consistiam em enormes plataformas de tijolos de barro. Os textos antigos, escritos em tabuletas de argila, falam dos deuses que eram adorados nesses templos, e as suas histórias constituem uma das mitologias mais antigas do mundo.

Cidades distintas desenvolveram suas próprias versões dos mitos, com freqüência dando às divindades nomes ligeiramente diferentes; por exemplo, Inana, deusa do amor sexual, também aparece como Ishtar. Mas há temas invariáveis, como a criação de águas primordiais, as leis divinas que governam a vida e as dificuldades dos homens ao lidar com suas limitações enquanto servos dos deuses. Dois dos problemas que têm de enfrentar – o Grande Dilúvio e a questão da mortalidade – estão no mais famoso texto mitológico da região, a *Épica de Gilgamesh*.

**Gilgamesh, o herói** do épico da Mesopotâmia e precursor do grego Héracles, é representado portando um disco alado, talvez um símbolo do Sol.

## OS MITOS DA ÍNDIA

A complexa estrutura das crenças que constituem o hinduísmo criou uma mitologia indiana que parece ser uma das mais intrincadas, pois há milhares de divindades e as várias culturas e idiomas da Índia datam de milhares de anos. Mas há um padrão subjacente que revela uma unidade nesse vasto panteão. O todo da Criação e os deuses, inclusive, são considerados aspectos de uma única verdade divina, conhecida como Brahman, e três deuses principais – Brahma, Shiva e Vishnu – estão no cerne dessa mitologia. A este grupo principal de deuses juntam-se uma ou duas outras divindades, como a Grande Deusa Devi, uma figura com vários nomes e formas.

Suas histórias aparecem em inúmeros textos no antigo idioma sânscrito. Os mais antigos são os *Vedas*, que foram transmitidos oralmente por séculos antes de serem escritos. As últimas compilações, como os *Puranas* e as *Brahmanas*, mais baseadas em rituais, além de dois enormes poemas épicos, o *Ramayana* e o *Mahabharata*, também são ricas fontes de narrativas sobre os deuses hindus.

## O EXTREMO ORIENTE

A diversidade da mitologia chinesa vem de sua capacidade de absorver histórias de pelo menos três sistemas distintos de crenças: as tradições nativas chinesas do taoísmo e do confucionismo, e a fé budista, que chegou à China através da Índia. Os chineses combinaram essas influências, produzindo outro vasto panteão de deuses. Suas histórias chegam até nós por meio de vários textos e também oralmente, pela religião popular de comunidades chinesas em todo o mundo, cujos fiéis oram ou fazem oferendas a deuses que controlam aspectos específicos de nossas vidas.

A religião nativa do Japão, o xintoísmo, também tem vários deuses, ou kamis. Eles podem estar incorporados em virtualmente qualquer ser vivo, lugar ou fenômeno. Qualquer coisa poderosa – uma árvore, uma montanha ou um animal – pode ser um kami, e os seguidores do xintoísmo falam de um número infinito de kamis. Apesar disso, a mitologia japonesa se concentra num punhado de divindades principais, inclusive um casal primordial, Izanagui e Izanami, que criou o mundo, ou "chamou-o a ser". Mais importantes ainda são os filhos desse casal: a deusa-sol Amaterasu, cujos descendentes, acredita-se, unificaram o Japão, e seu irmão e rival, o deus da tempestade Susanoo.

**Um templo japonês** com vista para o monte Fuji, que se acreditava ser o lar de Kunitoko-tachi, a divindade japonesa da Terra.

# OS DECRETOS SAGRADOS

- Fundação
- Suméria, sudeste da Mesopotâmia
- Cidades de Uruk e Eridu na Suméria
- Diane Wolkstein e Samuel Noah Kramer, *Inanna, Queen of Heaven and Earth*

Inana, também conhecida como Ishtar, é a deusa mais importante da mitologia mesopotâmica. Não raro, faz-se referência a ela como a "deusa do amor", mas seu nome traduz-se literalmente como "rainha do Céu", e nos fragmentos de poesia encontrados em tabuletas de argila de quatro mil anos atrás ela se coroou como a rainha da Terra. Nesse trecho, ela visita Enki, o deus da sabedoria, e ganha dele o *me*, os poderes sagrados das leis que ele usou para estabelecer a ordem no mundo.

**PERSONAGENS-CHAVE**

**INANA** • *deusa do amor, rainha do Céu e da Terra*
**ENKI** • *deus das águas e da sabedoria (em alguns fragmentos, pai de Inana)*
**ISIMUD** • *servo de Enki*
**NINSHUBUR** • *serva de Inana*

## ENREDO

### INANA DEMANDA A COROA

Inana, a deusa do amor, pegou a coroa da Terra e a colocou sobre a cabeça. A seguir, ela se recostou numa macieira e decidiu ir para Eridu visitar "... meu pai Enki, o deus que conhece o *me*, as leis sagradas do Céu e da Terra". Quando Inana entrou no templo sagrado, Enki a recebeu com bolos, água fria para "refrescar o seu coração" e cerveja, e eles beberam juntos, à mesa do Céu.

**Inana valorizava** o dom de tomar decisões acima de todos os outros poderes sagrados.

### ENKI DÁ O *ME* PARA INANA

Enki e Inana brindaram e Enki, tendo exagerado na bebida, ofereceu o *me* à filha Inana. Quatorze vezes ele ergueu a taça e ritualmente ofereceu a Inana quase cem de seus poderes, incluindo o alto-sacerdócio, o trono, a arte do amor, o domínio do poder e da verdade, a cessão dos julgamentos e a capacidade de descer ao Mundo Subterrâneo e ressurgir na Terra. A todos Inana respondeu: "Aceito!" Em seguida, a bordo da Barca do Céu, navegou com o *me* rumo à sua cidade, Uruk.

### ENKI RECUPERA A SOBRIEDADE

Quando os efeitos da cerveja se dissiparam, Enki pediu ao servo Isimud para trazer o *me*, mas Isimud disse: "O senhor o deu a Inana." Então, Enki enviou Isimud atrás de Inana para trazer os poderes de volta, e quando Inana se recusou a devolvê-los, ele enviou seis demônios terríveis para persegui-la. Inana chamou sua serva Ninshubur para ajudá-la. Ninshubur cortou o ar com a mão e mandou os demônios de volta para Eridu. Com a ajuda da serva, Inana conduziu a Barca do Céu até Uruk, onde houve festejos nas ruas quando Inana colocou o *me* em seu templo sagrado.

# ÁGUA SALGADA E ÁGUA DOCE

📖 A Criação; guerras entre os deuses; fundação de cidade
🏛 Babilônia, Mesopotâmia
Babilônia
✍ N.K.Sandars, *Poems of Heaven and Hell from Ancient Mesopotamia; Stephanie Dalley, Myths from Mesopotamia*

A épica babilônica da Criação, o *Enûma Elish*, era recitado no festival do Ano-novo (equinócio da primavera) diante da estátua do deus Marduc, em celebração à sua vitória sobre a deusa Tiamat e ao seu papel na manutenção da ordem do universo. Os rituais nessa época reencenavam a batalha de Marduc contra Tiamat com o fito de assegurar que as forças primitivas do caos fossem mantidas sob controle "até que o tempo envelheça", como diz o cântico da Criação.

**PERSONAGENS-CHAVE**

**APSU** • *o oceano doce*
**TIAMAT** • *o oceano salgado*
**MUMMU** • *a névoa*
**ANU** • *o deus do céu*
**EA** • *o deus da Terra e da água*
**MARDUK** • *filho de Ea*
**KINGU** • *aliado de Tiamat*

## ENREDO

### OS DOIS MARES

No princípio havia dois mares, o de água doce e o de água salgada, que tinham o nome de Apsu e Tiamat. Eram acompanhados por um deus misterioso chamado Mummu ("névoa"). Apsu (macho) e Tiamat (fêmea) deram à luz dois grandes deuses: Anu, o deus dos céus, e Ea, o deus da Terra e da água.

**O sacerdote da Mesopotâmia** ora diante dos símbolos de Marduc, divindade tutelar da antiga cidade da Babilônia.

### GUERRA ENTRE OS DEUSES

Apsu e Tiamat perturbaram-se com o barulho dos jovens deuses e Apsu decidiu destruí-los. Mas Ea se adiantou, matando tanto Apsu quanto Mummu. Mais tarde, ele criou uma câmara subterrânea, na qual nasceu seu filho Marduc ("criança-solar"). Tiamat, enraivecida, transformou-se em dragão e gerou um exército de monstros para lutar contra Ea e Marduc. O líder era Kingu, que lutou com as Tábuas do Destino presas ao peito.

### MARDUC DERROTA TIAMAT

Marduc concordou em combater Tiamat se os outros deuses o aceitassem como rei. Então, ele atacou Tiamat e cortou-a ao meio, e das metades ele formou o Céu e a Terra. Os rios Tigre e Eufrates saltaram dos olhos de Tiamat. A seguir, Marduc sacrificou Kingu e usou as Tábuas do Destino para criar o cosmo. Ele criou a humanidade do sangue de Kingu e fundou a cidade da Babilônia para ser o local de seu templo.

**O portal de Ishtar,** ou Inana, deusa suméria da fertilidade, era o oitavo portal para o interior da cidade da Babilônia, que ficava ao sul da atual cidade de Bagdá, no Iraque.

*"...Ele era sábio, ele via os mistérios e sabia das coisas secretas, ele nos trouxe uma história dos dias anteriores ao Dilúvio..."*

A Epopéia de Gilgamesh

# A EPOPÉIA DE GILGAMESH

- Herói da cultura; busca da imortalidade; dilúvio
- Mesopotâmia
- Uruk, Mesopotâmia
- *A epopéia de Gilgamesh*

## POR TRÁS DO MITO

A sumeriana *Epopéia de Gilgamesh* data aproximadamente do terceiro milênio a.C., sendo o mais antigo poema épico a sobreviver. Chegou até nós por meio de fragmentos em várias tabuletas de argila descobertas por arqueólogos na Mesopotâmia (Iraque moderno). O conjunto mais completo se origina da biblioteca do grande rei assírio Assurbanipal, que governou no séc. VII a.C. e cujo palácio ficava em Nínive – a cidade mais antiga do antigo império assírio. O rei Assurbanipal enviou os seus servos para coletar e traduzir textos de todo o mundo mesopotâmio, e a história de Gilgamesh foi um dos seus maiores prêmios. A narrativa tornou-se conhecida novamente quando o arqueólogo britânico Austen Henry Layard começou as escavações em Nínive (agora Mosul) na década de 1840 e encontrou as tabuínhas de Assurbanipal.

**Gilgamesh é o herói** trágico do mais antigo poema épico a sobreviver. Sua busca frustrada da imortalidade tornou-se lenda na Mesopotâmia.

### O PRIMEIRO HERÓI TRÁGICO DO MUNDO

No poema, o herói Gilgamesh é rei de Uruk (hoje Warka), uma das maiores cidades da Mesopotâmia. Embora houvesse um rei histórico chamado Gilgamesh, o herói do poema é um personagem mítico que era parcialmente divino, parcialmente humano; possuía a força e a beleza de um deus, mas estava fadado a morrer. A epopéia descreve suas aventuras com o amigo Enkidu, seu encontro com a deusa Inana e sua busca da imortalidade.

O poema cobre vários dos grandes temas que inspirariam escritores posteriores: o companheirismo nas armas, o abate de um monstro, um grande dilúvio, o herói polivalente e a inevitabilidade da morte.

### PERSONAGENS-CHAVE

**GILGAMESH** • *rei de Uruk*
**ARURU** • *deusa da Criação*
**ENKIDU** • *amigo e companheiro de Gilgamesh*
**HUMBABA** • *um monstro*
**INANA** • *deusa do amor*
**ANU** • *deus do céu*
**SHAMASH** • *deus-Sol*
**SIDURI** • *deusa do vinho e da sabedoria*
**UTNAPISHTIM** • *humano sobrevivente do Grande Dilúvio*
**URSHANABI** • *o barqueiro do Mundo Subterrâneo*

## ENREDO

Gilgamesh era dois terços deus e um terço humano. Quando chegou ao trono de Uruk, ele se mostrou um governante tirânico que forçava os homens de seu reino à escravidão e estuprava as mulheres. O povo orou aos deuses por auxílio e Aruru, a deusa da Criação, se comoveu. Do barro, ela fez um homem selvagem chamado Enkidu e o enviou para lutar contra Gilgamesh e matá-lo. Mas quando Gilgamesh soube de Enkidu, ele simplesmente decidiu domá-lo. Enviou-lhe, primeiro, uma prostituta sagrada de Inana para seduzir o selvagem e lhe ensinar os modos civilizados. A mulher encontrou-se com Enkidu e o convenceu a deixar os animais do campo e ir com ela até Uruk. Enkidu, ansioso por companheiros homens, concordou. Ao chegar em Uruk, Enkidu encontrou Gilgamesh e os dois começaram a lutar. Assim, eles vieram a respeitar a força um do outro e viram que não haveria vencedor. Então pararam de lutar, abraçaram-se e tornaram-se amigos.

**A Mesopotâmia,** cujo nome significa "terra entre rios", era com freqüência inundada pelos rios Tigre e Eufrates, o que tornava os barcos essenciais à vida.

**UMA JANELA DO MUNDO SUBTERRÂNEO**

Uma das tabuletas de Gilgamesh traz uma versão alternativa para a morte de Enkidu. Inana faz um tambor e baquetas rituais da madeira de uma árvore. Gilgamesh os deixa cair no Mundo Subterrâneo, mas Enkidu se oferece para buscá-los. Gilgamesh diz para ele não usar sapatos ou perfume e de forma alguma atrair os mortos, mas Enkidu é vaidoso demais e é logo capturado. O deus Ea faz um buraco no chão, pelo qual o espírito de Enkidu aparece e descreve as tristes almas dos mortos.

### O MONSTRO HUMBABA

Infelizmente, isso significava que a cidade de Uruk agora tinha dois problemas: Gilgamesh e Enkidu. Assim, os deuses enviaram um monstro chamado Humbaba para matar ambos e livrar o povo. Humbaba tinha o rosto repleto de intestinos retorcidos, hálito de fogo e mandíbulas mortíferas, mas não se mostrou à altura de Gilgamesh e Enkidu, ajudados por Shamash, o deus-Sol. O monstro sofreu golpes sucessivos até morrer.

## O TOURO DO CÉU

Zangados por Gilgamesh mais uma vez enganar a morte, os deuses decidiram derrotá-lo com um estratagema. Inana tentou seduzi-lo, mas ele a rejeitou. Ela reclamou ao deus Anu, que enviou um touro do céu para combater Gilgamesh e Enkidu, mas eles mataram o touro e ofereceram seu coração a Shamash. Então, Inana decidiu que os derrotaria sozinha. Matou Enkidu com uma febre e o enviou para se juntar aos espíritos com asas de pássaro na casa do pó, governada pela terrível rainha do Mundo Subterrâneo, Ereshkigal. Gilgamesh ficou arrasado. De repente compreendeu que também morreria um dia. Começou então a refletir e a cobiçar o segredo da imortalidade.

**Utnaspishtim,** de forma bem parecida com Noé na Bíblia, sobreviveu a um grande dilúvio com a família e foi "a semente de todos os seres vivos".

## A HISTÓRIA DO DILÚVIO

Gilgamesh perguntou a Siduri, deusa do vinho e da sabedoria, como encontrar Utnapishtim, o sobrevivente do Grande Dilúvio e o único humano a receber a imortalidade. Ao encontrá-lo, Gilgamesh interrogou Utnapishtim sobre esses fatos e ouviu o relato de como os deuses, zangados com o comportamento barulhento e desregrado dos humanos, decidiram destruir os mortais num dilúvio. Mas ele tinha sido salvo porque Ea, o deus da água, o tinha visitado num sonho e dissera-lhe para construir um barco. Como sobrevivera à tempestade, os deuses concederam-lhe a vida eterna.

## A PLANTA DA VIDA ETERNA

Utnapishtim disse a Gilgamesh para aceitar seu destino, pois nada dura para sempre. Mas ele revelou que havia uma planta no fundo do lago no Mundo Subterrâneo que conferia a juventude eterna. Assim, Gilgamesh viajou até o lago e, com a ajuda do barqueiro Urshanabi, mergulhou e encontrou a planta. Depois partiu para Uruk, esperando compartilhar a planta com o povo e torná-lo imortal. Mas no caminho parou num lago para se banhar e uma cobra roubou e comeu a planta (por isso as cobras se regeneram trocando a pele). Gilgamesh voltou a Uruk desolado: perdera o amigo e sua única chance de imortalidade.

**MITOS RELACIONADOS** ▸ O Grande Dilúvio (*p.134*)

# A CORTE A INANA

- Fertilidade
- Suméria, Mesopotâmia
- Suméria, Mesopotâmia
- Diane Wolkstein e Samuel Noah Kramer, *Inanna, Queen of Heaven and Earth;* Samuel Noah Kramer, *Sumerian Mythology*

O casamento de Inana, deusa do amor, com o pastor Dumuzi é uma narrativa central na mitologia suméria, e relata que coube à deusa escolher entre um marido agricultor e um pastor, decidindo-se pelo último. Acreditava-se que essa união sagrada assegurava a fertilidade, e, assim, todos os anos ela era encenada pelo rei de Uruk e as altas sacerdotisas de Inana. Em outra versão do mito, o nome do marido de Inana é Tamuz.

**PERSONAGENS-CHAVE**

**UTU** • *o deus-Sol*
**INANA** • *a irmã de Utu, deusa do amor e da fertilidade*
**DUMUZI** • *o deus pastor*
**ENKIMDU** • *o deus agricultor*

## ENREDO

### O LENÇOL NUPCIAL DE INANA

O deus-Sol Utu teceu linho para fazer um lençol nupcial para sua irmã Inana. "Quem será o meu marido?", Inana quis saber. Utu respondeu que ela deveria se casar com Dumuzi, o pastor. Inana não gostou da escolha. "O pastor usa roupas de lã grosseiras", ela disse. "Eu prefiro o linho macio que Enkimdu, o agricultor, planta." Dumuzi e Enkimdu desafiaram-se, e cada um mostrou suas aptidões. Dumuzi forneceu ao mundo a lã, o leite e o queijo, enquanto Enkimdu encheu os celeiros de grãos e proveu farinha, cerveja e pão. Dumuzi foi o mais convincente e o vencedor, mas Inana não ficou satisfeita até Dumuzi comparar-se ao irmão dela, Utu, e encher-lhe o coração de desejo.

### O CASAMENTO

Inana cobriu-se de jóias e ungiu o corpo com óleo, e o casal amou-se apaixonadamente. Inana deu a Dumuzi o reinado de Uruk e prometeu o apoio de sua força e poder. Cedo Dumuzi a deixou para assumir o reinado e Inana ficou só com as lembranças de seu amor.

# INANA NO MUNDO SUBTERRÂNEO

Morte e ressurreição; descida ao Mundo Subterrâneo

Suméria, Mesopotâmia

Suméria, Mesopotâmia

Diane Wolkstein e Samuel Noah Kramer, *Inanna, Queen of Heaven and Earth*

A descida de Inana ao Mundo Subterrâneo é um dos mitos mesopotâmios mais poderosos e tem sido interpretada como um rito de iniciação nos mistérios e poderes da feminilidade. Seus motivos para tal viagem não são muito claros; ela apenas se sente impelida a ir. Lá chegando, é brutalmente despida de tudo que porta e lhe é caro, e morre. Enki a ressuscita, mas ela só pode retornar ao mundo dos vivos se outra pessoa a substituir.

**PERSONAGENS-CHAVE**

**INANA** • *deusa do amor e da fertilidade*

**ERESHKIGAL** • *irmã de Inana, rainha do Mundo Subterrâneo*

**NINSHUBUR** • *serva de Inana*

**DUMUZI** • *marido de Inana*

**ENKI** • *deus da sabedoria*

## ENREDO

### INANA CONFRONTA A MORTE

Ao se preparar para viajar ao Mundo Subterrâneo, Inana disse à serva Ninshubur: "Receio entrar naquela terra escura e seca. Tenho medo de ser enterrada em seu pó." Mesmo assim, desceu. A cada uma das sete portas ela foi sendo despojada de suas roupas e jóias e das Tábuas do Destino que portava, até chegar nua e indefesa diante do trono de Ereshkigal, sua irmã. Os sete juízes do inferno condenaram-na à morte e penduraram o seu cadáver numa estaca.

**O DESTINO DE DUMUZI**

Dumuzi (conhecido pelos babilônios como Tamuz) foi condenado a ficar seis meses do ano no Mundo Subterrâneo. Quando ele emergia, trazendo a primavera, sua irmã Geshtinana o substituía. Sua morte e ressurreição eram marcadas por rituais que são mencionados na Bíblia (Ezequiel, 8:14): "Então ele me trouxe à porta da entrada da casa do Senhor, que estava voltada para o norte; e vimos lá, sentadas, mulheres chorando por Tamuz."

**Astarté** era a encarnação fenícia de Inana e era adorada no Egito, em Ugarit e Canaã.

### O RENASCIMENTO DE INANA

Embora Ninshubur rogasse aos deuses, eles se negaram a ajudar Inana, que entrara no Mundo Subterrâneo por sua própria vontade. Só Enki teve dó. Fez duas criaturas a partir da terra sob suas unhas e enviou-as para Inana com alimento e água para ressuscitá-la.

### INANA SACRIFICA O MARIDO

Os juízes do inferno recusaram-se a deixar Inana retornar ao mundo dos vivos a menos que alguém a substituísse no Mundo Subterrâneo. Inana não deixou que eles tomassem Ninshubur, nem seus filhos Shara e Lalal. "Fique com o meu marido, Dumuzi", ela disse. Os demônios partiram em busca de Dumuzi, que foi ajudado pelo deus-sol Utu e transformado em serpente. Mas isso não bastou. Inana recusou-se a lhe dar proteção, e os demônios o pegaram, surraram, prenderam e arrastaram para o Mundo Subterrâneo.

**MITOS RELACIONADOS** ▸ Deméter e Perséfone (*p.54*)

# A DERROTA DE YAM

Guerras entre os deuses
Ugarit
Canaã, norte da Síria
James B. Pritchard, *The Ancient Near East*; S. H. Hooke, *Middle Eastern Mythology*

O mito de Ugarit narra a rivalidade entre Baal, deus da fertilidade, do raio e do trovão, e Yam (ou Yam-Nahar), deus dos mares e dos rios. Eles eram os filhos do deus superior El (ou Bull El) e sua esposa Astarté. O mito é uma história simbólica da competição entre os poderes de destruição e criação da água.

### RIVALIDADE ENTRE IRMÃOS

Yam, com ciúme do irmão Baal, pediu aos deuses que o tornassem seu escravo. Eles concordaram, temendo o poder de Yam. Mas o deus dos artesãos Kothar (ou Kothar-u-Khasis) deu a Baal duas maças: Aymur ("impele") e Yagrush ("repele"). Baal atacou e derrubou Yam com essas armas e ia matá-lo, mas foi impedido pela mãe, Astarté, que afirmou estar Yam a partir de então sob custódia dos deuses.

**O deus da fertilidade, Baal,** tornou-se rei dos deuses e também era conhecido como o "Príncipe, Senhor da Terra".

# O PALÁCIO DE BAAL

Guerras entre os deuses
Ugarit
Monte Zafon, Canaã (norte da Síria)
James B. Pritchard, *The Ancient Near East*; S. H. Hooke, *Middle Eastern Mythology*

Após a vitória sobre Yam (acima), Baal e a irmã Anat pediram aos deuses licença para construir um palácio no monte Zafon. Kothar, o deus dos artesãos, desenhou um lindo palácio, mas Baal vetou as janelas, com medo que Yam espiasse suas concubinas. Kothar então deixou só uma janela para Baal poder enviar a chuva, os raios e trovões. Uma vez, sua irmã, a temível Anat, deu uma grande festa no palácio, para a qual convidou todos os inimigos de Baal. Quando estavam todos reunidos, ela fechou a porta e os matou. Dizem que o sangue lhe chegava aos joelhos, enquanto caminhava com as cabeças das vítimas dependuradas ao pescoço.

**O palácio de Baal** ficava ao norte da antiga Ugarit, agora na Síria, onde as pequenas tábuas que descrevem esses mitos foram encontradas.

# BAAL, O REI

Guerras entre os deuses
Ugarit
Monte Zafon, Canaã (norte da Síria)
James B. Pritchard, *The Ancient Near East*; S. H. Hooke, *Middle Eastern Mythology*

Depois de superar o rival e irmão, o deus do mar Yam (*p.150*), Baal proclamou a sua aversão ao deus da morte, Mot, o novo favorito do deus maior El. Ele declarou que não mais honraria Mot. Mas o recado que Mot enviou como resposta, cujo conteúdo infelizmente é desconhecido, foi tão intimidador que dobrou a resistência de Baal. Pouco tempo depois, Baal morreu, e foi preciso que sua irmã Anat tivesse a coragem de derrotar Mot para ressuscitá-lo.

**PERSONAGENS-CHAVE**

**BAAL** • *deus da fertilidade*
**ANAT** • *irmã de Baal, deusa do amor e da guerra*
**MOT** • *deus da morte e da esterilidade*
**EL** • *deus superior*
**SHAPASH** • *deusa-Sol*

## ENREDO

### A PROVOCAÇÃO DE BAAL É PUNIDA

"Não honrarei Mot, por mais que El o ame", Baal declarou. Mas Mot pensou: "Eu sozinho governarei homens e deuses." Assim, Mot enviou mensageiros para Baal, com um recado tão terrível que ele se declarou escravo de Mot para sempre.

### SECA E FOME

Quando Baal morreu, o grande deus El o pranteou e sua irmã carregou seu corpo até o monte Zafon para enterrá-lo. Por sete anos Baal ficou morto. Foram anos de seca e fome, pois Mot era o senhor da árida terra da morte. Por fim, Anat, enraivecida, foi procurar o corpo do irmão. Quando Mot se vangloria de tê-lo devorado, Anat usa a espada para ceifá-lo, corta-o em pedaços, peneira-o, queima-o e o tritura na moenda; depois, semeia-o pelos campos.

### O RETORNO DE BAAL

Baal retornou à vida, mas Mot também renasceu, e logo as brigas recomeçaram. Acabaram sendo contidos por Shapash, a deusa-Sol, que os convenceu a tomarem reinos separados, nos mundos terreno e subterrâneo.

**Quando El** soube que Baal morrera, deixou seu trono para homenageá-lo. Derramou pó sobre sua cabeça e cortou suas bochechas com uma pedra.

# O DEUS DESAPARECIDO

Fertilidade
Cultura hitita, Anatólia
Anatólia, Oriente Médio

James B. Pritchard, *The Ancient Near East*; S.H. Hooke, *Middle Eastern Mythology*

Telepino, o deus da agricultura e da fertilidade, tinha um péssimo humor. Certo dia, teve um acesso de fúria incontrolável. "Ninguém pode interferir no meu reino!", gritou. Ficou tão agitado que calçou o sapato direito no pé esquerdo, e vice-versa. A seguir, começou a caminhar e se perdeu na estepe. Sem Telepino, as achas no fogão não queimavam, as vacas e as ovelhas abandonaram as crias, o grão não germinava, as fontes secaram e as pessoas pararam de procriar.

## O FIM DA FÚRIA

A deusa-mãe Hannahanna mandou sua abelha localizar Telepino e ferroar-lhe mãos e pés, para trazê-lo de volta a si. Isso só o deixou mais furioso e destrutivo. Enfim, a deusa da cura, Kamrusepa, com a ajuda de um ritual com asa de águia, feito por humanos, conseguiu aliviar-lhe a fúria e redirecioná-la ao Mundo Inferior. O guardião do Mundo Inferior abriu as sete portas, e a ira de Telepino desapareceu no escuro do qual nada retorna. A fertilidade do mundo fora restaurada.

# A DERROTA DO DRAGÃO

Deus contra o monstro; deuses e mortais
Cultura hitita; Anatólia

Kiskilussa, Anatólia
S.H. Hooke, *Middle Eastern Mythology*; Gary Beckman, *The Anatolian Myth of Illuyanka*

Certa vez, o deus da tempestade Teshub travou uma feroz batalha contra o grande dragão Illuyanka. Teshub foi derrotado pelo dragão e pediu ajuda aos outros deuses. Apenas sua filha Inara se apresentou, pondo-se a preparar uma armadilha para o dragão. Pediu a um mortal, Hupasiya, para ajudá-los, e ele concordou, sob a condição de que ela dormisse com ele. Assim foi, e os três foram à cova do dragão. Lá Inara encheu alguns tonéis com álcool e, usando sua beleza, atraiu o dragão, que bebeu o álcool. Hupasiya prendeu o dragão com cordas, e Teshub então o matou.

## A DEUSA E O HOMEM

Inara construiu uma casa para ela e Hupasiya, avisando-o de que deveria ignorar a esposa e os filhos, caso os visse. Como não o conseguiu, ele pediu a Inara para deixá-lo voltar. Não fica claro se a deusa o deixa partir, mas, de fato, ela deu sua casa para o rei, que organizou o festival de Purulli, no qual este mito é encenado.

# OS DEUSES TERRÍVEIS

- Guerras entre os deuses
- Culturas hurrita e hitita, Anatólia
- Alta Síria e Mesopotâmia
- S.H. Hooke, *Middle Eastern Mythology*

Uma coletânea de mitos hurritas e hititas narra uma série de batalhas entre pais e filhos. Inicialmente, o filho de Alalu, Anu, usurpou seu lugar. Anu, por sua vez, foi atacado pelo filho Kumarbi, que então cuspiu três deuses, inclusive o deus da tempestade Teshub. Para se opor a Teshub, Kumarbi criou Ullikummi, o gigante, que foi finalmente derrotado pela sabedoria do deus Ea (evidência do débito cultural desses povos para com a mitologia babilônica).

**PERSONAGENS-CHAVE**

**ANU** • *deus do céu*
**KUMARBI** • *filho de Anu*
**ULLIKUMMI** • *um gigante, filho de Kumarbi*
**TESHUB** • *deus da tempestade*
**UBELLURI** • *o deus que segura o mundo*
**EA** • *deus da sabedoria*

## ENREDO

Na esperança de vencer Teshub, o deus da tempestade, Kumarbi gerou Ullikummi, um gigante. Kumarbi disse ao gigante para se sentar no ombro direito de Ubelluri, o deus que segura a Terra, e depois tornar-se um pilar enorme de rocha inquebrantável. Para o temor dos deuses, Ullikummi ergueu-se até o céu e arrebatou a esposa de Teshub, Hebat, de seu templo. Ela se queixou ao marido, que buscou o auxílio de Ea, o deus da sabedoria. Ea perguntou aos deuses por que estavam permitindo a destruição do mundo e, em visita a Ubelluri, disse-lhe para olhar por sobre o ombro a fim de ver a sua nova e monstruosa carga.

**Os touros se enfrentam usando os chifres,** símbolo do conflito entre as divindades hititas narrado acima.

### A QUEDA DO GIGANTE

Com a mesma faca de cobre, antes usada para separar a Terra do Céu, Ea soltou os pés de Ullikummi, e então Teshub o atacou com suas armas, os raios e os trovões. Enfraquecido, Ullikummi ainda se gabava de que derrotaria Teshub para governar o mundo, quando o deus da tempestade finalmente o matou.

**CIDADES HITITAS**

Pouco se sabia a respeito da cultura e história dos hititas até 1906-7, quando foram encontradas mais de 10 mil pequenas tábuas de argila nas ruínas de Hatusa (agora Bogazkoy), na Turquia, com inscrições sobre a mitologia hurrita e hitita. Muitas estavam quebradas e, portanto, os mitos que herdamos são fragmentos. No centro de Hatusa estão as ruínas do enorme complexo do templo principal, em que o rei hitita prestava homenagem aos deuses, na esperança de que fossem favoráveis ao seu império e ao seu povo.

**MITOS RELACIONADOS ▸**
Guerra entre os deuses e os Titãs (*p.38*)

# O SÁBIO SENHOR

Criação; bem e mal; o fim do mundo
Pérsia
Pérsia
Mary Boyce, *Textual Sources for the Study of Zoroastrianism*; R. C. Zaehner, *Zurvan*

O zoroastrismo foi uma religião da antiga Pérsia pré-islâmica fundada pelo profeta Zoroastro no séc.VI a.C. A língua persa era próxima à que era usada no norte da Índia, e os ensinamentos de Zoroastro estão contidos nos textos sagrados indo-iranianos *Avesta* e *Gatha*. Eles contêm a história arquetípica da luta entre o bem e o mal, que será resolvida apenas pelo surgimento do salvador, Saoshiant, e pelo fim dos tempos.

**PERSONAGENS-CHAVE**

**ZURVAN** • *o ser primitivo*
**AHURA MAZDA** • *o criador e sábio senhor*
**AHRIMAN** • *o espírito destruidor*
**MASHYA AND MASHYOI** • *os pais da humanidade*
**SAOSHYANT** • *o salvador*

## ENREDO

### O VAZIO PRIMITIVO

No vazio primitivo existia apenas o deus Zurvan (Tempo), uma divindade andrógina. Zurvan desejava muito ter um filho e ofereceu sacrificar mil anos a fim de criar um. Entretanto, conforme o tempo se aproximava do fim, ele começou a duvidar de seu poder de criação. Então, concebeu gêmeos, um nascido da dúvida e outro nascido do otimismo.

**Mitra era o deus** persa da luz, que mantinha a ordem cósmica. Alguns dizem que ele era filho de Ahura Mazda, o criador do mundo.

### OS GÊMEOS

Ainda durante a gestação e, Zurvan previu que o primeiro filho a nascer governaria o mundo. Ao saber disso, um dos gêmeos, Ahura Mazda, contou o fato a seu terrível irmão, Ahriman, que então forçou o caminho para nascer primeiro. Ele disse a Zurvan: “Sou Ahura Mazda, seu primeiro filho.”

Mas Zurvan não se deixou enganar: “Ele é leve e cheiroso, mas você é escuro e fétido.” E chorou.

### A CRIAÇÃO

Ahura Mazda, o sábio e conhecedor de tudo, fez o Sol, a Lua, as estrelas e a Boa Mente que atua no homem e em toda a Criação. Ahriman o atacou com demônios, mas Ahura Mazda o baniu para as trevas. Então, Ahura Mazda criou o primeiro homem, Gayomart, e o mundo teria sido perfeito se o malvado Ahriman não se tivesse precipitadodo do céu numa explosão de fogo, trazendo consigo a fome, as doenças, a dor, a luxúria e a morte.

**O imperador persa Dario I,** construtor da magnífica capital Persépolis, era um adorador fervoroso de Ahura Mazda. Sob Dario e seus descendentes, o zoroastrismo se tornou a religião oficial do enorme império aquemênida.

Ele corrompia tudo o que tocava e se alegrava com isso. "A minha vitória é perfeita", exultava. "Eu contaminei o mundo com sujeira e escuridão e disso fiz a minha força. Sequei a Terra, para que as plantas morram, e envenenei Gayomart, que morrerá."

## INFERNO NA TERRA

De fato, Gayomart morreu, mas de sua semente Ahura Mazda criou a mãe e o pai da humanidade: Mashya e Mashyoi. Todos os humanos descendem deles e nascem bons, mas Ahura Mazda os deixa livres para escolher entre o bem e o mal. Ahura Mazda não conseguiu derrotar Ahriman, e, assim, estabeleceu um limite de tempo e prendeu Ahriman dentro da Criação. Ahriman não conseguiu escapar e vai permanecer no mundo espalhando o mal até o fim dos tempos. Ahura Mazda faz o que pode para contê-lo com a ajuda dos sete deuses, inclusive Mitra, o deus-Sol, que dizem ser seu filho.

## A APARIÇÃO DO SALVADOR

Perto do fim dos tempos, surgirá o salvador Saoshiant, que preparará o mundo para ser recriado e ajudará Ahura Mazda a destruir Ahriman. Os homens vão se tornar cada vez mais puros, até que, sem necessidade de comida e bebida, sobreviverão apenas de ar. Ahura Mazda banirá Ahriman da criação, o tempo se extinguirá e o mundo começará novamente, mas dessa vez será perfeito. Saoshiant ressuscitará os mortos, e Ahura Mazda unirá o corpo à alma.

# O NASCIMENTO DE BRAHMA

Origem do cosmo
Índia
O cosmo
*Rig Veda*

Na antiga mitologia hindu, há um deus supremo chamado Prajapati, senhor do universo, uma divindade eterna e não-concebida que existe antes de tudo o mais. É Prajapati que inicia o processo de Criação do cosmo, trazendo Brahma, o deus criador, à existência. Em outros mitos (*p.157*), Prajapati se mescla com Brahma, que é uma das três mais poderosas divindades hindus, junto com Vishnu (o preservador) e Shiva (o destruidor).

**PERSONAGENS-CHAVE**

**PRAJAPATI** • *o senhor do universo*

**BRAHMA** • *o criador, o primeiro deus da Trimurti (a trindade de deuses supremos)*

## ENREDO

### NASCIDO DO LÓTUS

Enquanto Prajapati, o senhor do universo, meditava, uma semente surgiu em seu umbigo. Uma planta de lótus brotou da semente e, ao crescer, foi sendo banhada por uma luz brilhante. Brahma nasceu desse lótus e da luz que o circundava. A luz se espalhou pelo cosmo, e com ela Brahma, que se tornou assim a essência de todas as coisas e do poder nelas contido. Brahma também se tornou a essência do tempo – um único dia de sua vida dura quatro bilhões e 320 milhões de anos humanos. Quando esses anos tiverem passado, o ciclo da Criação recomeçará e se iniciará uma nova era do cosmo.

### O CISNE COMO VEÍCULO

Um cisne divino serve como veículo a Brahma. A ave tem a capacidade mágica de distinguir, quando misturados, o leite puro da água. Da mesma forma, devemos ver que o bem e o mal estão mesclados no nosso universo e aprender a separá-los, mantendo o que importa e livrando-nos do que não é importante.

**MONTE MERU**

Acredita-se que a morada dos deuses hindus seja no monte Meru, montanha dourada no centro do mundo. Segundo relatos antigos, Indra, o deus do céu, construiu esse paraíso no topo da montanha; por versões mais recentes, lá está o palácio de Brahma, com os de Vishnu, Krishna e outros deuses mais abaixo. A montanha repousa sobre sete mundos inferiores, sustentados pela grande serpente Vasukisupported.

**Dizem que as torres elevadas** dos templos hindus representam o majestoso monte Meru, em cujo sopé fica o Himalaia.

# BRAHMA CRIA O COSMO

Criação
Índia
O cosmo

*Rig Veda*

A mitologia hindu, uma das mais antigas e diversificadas do mundo, possui vários mitos sobre a Criação. Num deles, um carpinteiro divino constrói o universo e tudo que ele contém. Em outros, um deus e uma deusa primitivos geram as outras divindades. Mas o mito mais comum envolve o deus criador Brahma (ou Prajapati), que usa tanto seu poder meditativo quanto a sua sexualidade para criar tudo, do alvorecer até as plantas e os homens.

**PERSONAGENS-CHAVE**

**BRAHMA** • *o criador, o primeiro deus de Trimurti*
**A AURORA** • *a filha de Brahma*
**A NOITE** • *a ignorância de Brahma*

## ENREDO

### MEDITAÇÃO DE BRAHMA

No princípio, Brahma contemplou o cosmo, que não era nada além de um caos revolto e disforme. Conforme Brahma meditava, o cosmo começou a tomar forma; a ordem começou a se definir a partir do caos. Mas o criador percebeu que ele ainda não sabia como seria o universo, e sua própria ignorância tomou a forma de um ser escuro, que Brahma, desapontado, afastou. Este ser tornou-se a Noite. Dizem ainda que enquanto continuava a meditar Brahma deu origem a uma sucessão de outros seres, das estrelas aos deuses, não sem antes gerar uma bela filha, a Aurora.

### OS DESCENDENTES DE BRAHMA

Assim que viu a bela Aurora, Brahma desejou-a. Tentou possuí-la, mas ela se transformou numa corça. Brahma então se transformou em cervo. Segundo uma versão da história, a filha de Brahma ainda assim não consentiu no acasalamento; ele espalhou no chão o seu sêmen e este deu origem ao primeiro homem e à primeira mulher. Em outra versão do mito, o casal copulou várias vezes e mudou constantemente de forma para que seus filhos se tornassem os primeiros seres de cada espécie animal no planeta. Quando a Criação se completou, Brahma foi morar no cimo do monte Meru, embora digam que ele também está em toda a parte. Ele continua a meditar para dar força ao universo.

**Deuses e outros personagens** da mitologia hindu num templo na Índia. A maioria dos deuses vedas antigos simbolizava as forças naturais.

# A FONTE DA FORÇA DE SHIVA

Guerra entre os deuses — *Mahabharata (ver também p. 168–9)*
Índia
O cosmo

Segundo deus da Trimurti hindu, ou trindade de deuses, Shiva é tido como "o destruidor". Seu poder destrutivo é equilibrado pelo de criação, assim como sua dança selvagem é contrabalançada pelo amor à meditação, e seu julgamento rápido pela misericórdia. Shiva sempre teve grande força e muitas armas, mas aumentava seu poder enganando os outros deuses quando eles estavam sob o ataque de demônios e precisavam de sua ajuda.

**PERSONAGENS-CHAVE**

**BRAHMA** • *o criador, o primeiro deus da Trimurti*
**SHIVA** • *o destruidor, o segundo deus da Trimurtii*
**UM GRUPO DE DEMÔNIOS**

## ENREDO

### OS DEUSES CONTRA OS DEMÔNIOS

Um grupo de demônios, ávidos de poder, convenceu Brahma a lhes dar três dos mais fortificados castelos já construídos. Eles só poderiam ser tomados por um deus, usando apenas uma flecha. Assim que os demônios ocuparam os castelos, os deuses perceberam que nenhum deles tinha uma flecha tão poderosa, capaz de destruir tais fortalezas. Os demônios também tinham ciência disso e logo começaram a atacar os deuses. Shiva, o destruidor, era o mais forte dentre os deuses, e, assim, as outras divindades pediram a sua ajuda. Ele lhes emprestou metade de sua força, o que não funcionou. Para ser uma arma eficaz, a força precisa ser equilibrada pelo controle, e nenhum dos outros deuses era capaz de controlar sequer metade da força de Shiva

**Adoradores fazem** oferendas votivas durante o festival Shivaratri, a comemoração mais importante no calendário hindu.

### ESTRATAGEMA DE SHIVA

Por isso, Shiva elaborou um plano diferente. Se os deuses unissem suas forças e depois lhe emprestassem metade dela, ele ficaria muito mais forte e ainda seria capaz de controlar essa força enorme. Assim eles derrotariam os demônios. Os deuses concordaram, e Shiva concentrou toda aquela nova força, atirando uma única flecha, que derrotou os demônios. Finda a guerra, os deuses pediram suas forças de volta, o que Shiva recusou. Tornara-se assim o mais poderoso dos deuses e como tal permaneceu.

# SHIVA E DAKSHA

Amores e guerras entre os deuses
Índia
O cosmo

*Devibhagavata Purana*

Um dos mais famosos mitos sobre Shiva está relacionado à inimizade com a família de Brahma. Tudo começou quando Shiva cortou uma das cabeças de Brahma e foi banido do céu. A seguir, ele criou problemas para Daksha, o filho de Brahma, e forçou o seu casamento com a filha de Daksha. Longe de trazer a reconciliação, o casamento piorou o mau relacionamento entre eles. Apenas a intervenção de Vishnu evitou a tragédia.

**PERSONAGENS-CHAVE**

**BRAHMA** • *o criador, o primeiro deus da Trimurti*
**SHIVA** • *o destruidor, o segundo deus da Trimurti*
**VISHNU** • *o preservador, o terceiro deus da Trimurti*
**DAKSHA** • *filho de Brahma*
**SATI** • *filha de Daksha*

## ENREDO

### O ESTRATAGEMA DE SHIVA

Quando Shiva cortou uma das cabeças de Brahma, os outros deuses baniram-no do céu. Então, quando Daksha organizou a festa de noivado a filha Sati, Shiva não foi convidado. No auge da festa, Daksha pediu a Sati para jogar a guirlanda e conhecer o marido escolhido dentre os deuses reunidos. Quando Sati lançou-a no ar, Shiva apareceu e a arrebatou. Assim, para desgosto de Daksha, os dois tiveram de casar, mas Shiva e ele continuaram as brigas.

**Shiva dança** para a destruição cósmica rodeado de fogo e batendo o pé sobre um pequeno homem, que representa a ignorância

### MORTE E DESTRUIÇÃO

Sati odiava a disputa entre Shiva e Daksha e sentia-se cada vez mais infeliz. Finalmente, como os dois continuavam a se insultar, ela se jogou no fogo sacrificial. Shiva culpou Daksha e o atacou furioso, cortando-lhe a cabeça. Depois, mandou os demônios procurarem o corpo de Sati no céu e, quando eles a trouxeram de volta, Shiva dançou o Tandav – a dança da morte – com o corpo dela. O objetivo dessa dança era trazer o fim do cosmos e Shiva, devido à intensa dor pela perda da esposa, a executava antes do tempo certo.

### SATI TORNA-SE PARVATI

Os deuses ficaram muito preocupados, e Vishnu (o preservador), ao ver o que acontecia, interferiu. Fez a esposa de Shiva renascer como Parvati, uma deusa ainda mais bela que Sati e esposa perfeita.

Recuperada a esposa, Shiva decidiu reaver a vida de Daksha, mas descobriu que não poderia devolver ao sogro a sua cabeça, pois os demônios a tinham roubado. Então usou a cabeça de um bode, a criatura mais à mão. Isto tampouco ajudou a que Daksha passasse a apreciar Shiva, e eles permaneceram inimigos para sempre.

# A DEUSA GENTIL

Amores dos deuses
Índia
Monte Meru
*Markandeya Purana*

Assim como os muitos deuses hindus são aspectos de uma única verdade absoluta a (*Brahman*), assim também todas as deusas se condensam em apenas uma figura, a da grande-deusa Devi. Nos seus vários papéis, ela também é conhecida como a pacífica deusa-mãe Uma e a brilhante Jagadgauri (Luz do mundo). Todavia é mais conhecida como Parvati, esposa de Shiva, a deusa que equilibra o caráter destrutivo do marido com sua natureza doce, trazendo paz e harmonia ao mundo.

**PERSONAGENS-CHAVE**

**SHIVA** • *o destruidor*
**PARVATI** • *a grande-deusa (também conhecida como Devi, Sati, Uma e Jagadgauri)*
**SKANDA** • *filho de Shiva*
**GANESHA** • *filho de Parvati*

## ENREDO

### A ESPOSA DE SHIVA

Quando Sati, a primeira esposa de Shiva, imolou-se (*p. 159*), ela reencarnou na forma da gentil Parvati. O relacionamento do casal nem sempre foi fácil, devido ao temperamento de Shiva e ao jeito brincalhão de Parvati. Certa vez, Parvati cobriu os olhos de Shiva com suas mãos, mas este simples gesto trouxe a escuridão ao mundo e deixou furioso o marido – que rapidamente fez outro olho aparecer no meio da testa.

**Parvati e Siva** simbolizam o poder da felicidade conjugal e o seu potencial como uma força civilizadora.

Outros mitos contam como Parvati certa vez irritou Shiva por ter adormecido enquanto ele lhe explicava as escrituras, e como o casal brigou por causa de um jogo de dados. Mas a esposa de Shiva geralmente conseguia acalmá-lo.

### SKANDA, O MATADOR DE DEMÔNIOS

Os deuses, a temer que os filhos de Shiva e Parvati pudessem ser terrivelmente poderosos, interromperam o casal durante o ato amoroso, e o sêmen de Shiva jorrou no Ganges, onde fecundou. Nasceu Skanda, o deus da guerra, que surgiu para derrotar Taraka, um demônio que ameaçava destruir o mundo. Sua coragem foi recompensada pelos deuses, que o aceitaram como seu general, e por Parvati, que o reconheceu como filho.

### GANESHA, O DEUS-ELEFANTE

O nascimento do outro filho de Parvati, Ganesha, também foi incomum. Desejando um filho para protegê-la, a deusa, enquanto se banhava, criou-o do óleo do banho e de escaras de seu corpo. Então, agindo como protetor de Parvati, Ganesha impediu Shiva de entrar no quarto da esposa, e em um acesso de fúria o deus cortou-lhe a cabeça. Parvati ficou desolada, e Shiva então substituiu a antiga cabeça pela que estava mais à mão: a de um elefante. Desde então, Ganesha tem a cabeça do animal e, como deus, é sempre invocado como o "removedor de obstáculos".

# DURGA, A GUERREIRA

- Guerra entre os deuses
- *Markandeya Purana*
- Índia
- O cosmo

Em seu papel de guerreira, a grande-deusa Devi é conhecida como Durga (a Inacessível). Sob essa forma, comanda o poder cósmico, personificando toda a energia guerreira do universo num ser mais aterrador que qualquer outro deus. Na maior parte do tempo ela parece calma e serena, mas Durga consegue se transformar, usar qualquer arma, e mesmo tornar-se um exército poderoso a fim de livrar o mundo dos demônios mais ameaçadores.

**PERSONAGENS-CHAVE**

**DURGA** • *a inacessível (uma das formas da grande-deusa)*

**DURGA** • *o rei-demônio*

## ENREDO

### DURGA E OS DEMÔNIOS

Durga derrotou muitos demônios. Um dos mais terríveis foi um rei-demônio – curiosamente também chamado Durga –, que tinha conquistado todo o cosmo e expulsado os deuses de seus palácios.

**AS MÚLTIPLAS FORMAS DE DEVI**

A grande-deusa tem várias formas benéficas que são populares na Índia, especialmente entre as devotas femininas. Como a deusa do rio mais sagrado desse subcontinente, ela é Ganga e abençoa todos os que se banham no Ganges. Como esposa de Brahma, ela é chamada Sarasvati, criadora do sânscrito e deusa das artes e dos idiomas. Talvez a mais popular de todas as suas formas seja Lakshmi, deusa da boa fortuna, que dizem trazer prosperidade a todos que a veneram.

**Os dançarinos se alinham** para representar uma das muitas faces de Durga, desenvolvendo uma infinidade de braços para combater um demônio.

Em desespero eles pediram o auxílio de Durga, oferecendo-lhe suas forças e várias armas. Ela combateu o demônio sozinha, enfrentando seus exércitos de milhões, compostos por cavaleiros, aurigas, guerreiros montados em elefantes e pela infantaria, transformando-se por sua vez em outro exército de milhões e dizimando as hostes do demônio. A seguir, ela o enfrentou num combate singular, desenvolvendo mil braços e conseguindo derrubá-lo e esfaqueá-lo até a morte.

# OS AVATARES DE VISHNU

Vishnu, o protetor, é o terceiro deus da trindade hindu. Mitos primitivos afirmam que ele participou da criação do mundo. Um conta como um lótus contendo Brahma cresce do seu umbigo; outro, como três passadas suas definiram os mundos dos homens e dos deuses. Os mitos mais famosos descrevem seus dez avatares, as formas sob as quais ele vem à Terra para protegê-la do perigo e do mal.

## PROTETORES E GUERREIROS

Os avatares são formas terrenas do deus Vishnu. Em seus três primeiros avatares, ele visitou a Terra para proteger o mundo de uma série de desastres naturais.

**Vishnu cercado de avatares** dentro de uma flor de lótus: alusão ao nascimento de Brahma (*p.156*).

Como Matsia, o peixe, ele avisou Manu, o primeiro homem, do Grande Dilúvio, para que Manu pudesse construir um barco e sobreviver. Como Kurma, a tartaruga, Vishnu tomou o monte Mandara nas costas, quando os deuses agitaram o oceano para produzir o elixir da vida. Como Varana, o javali, ergueu a Terra acima da água, para que ela sobrevivesse a outra inundação. Os três avatares seguintes, Narasimha (o homem-leão), Vamana (o anão) e Parashurama (o brâmane), salvaram o mundo derrotando vários inimigos, inclusive demônios e guerreiros.

**Vishnu,** o deus supremo e preservador da Terra, deleita-se com a música tocada por um dos músicos reais.

## RAMA E KRISHNA

O sétimo avatar, Rama, o Senhor, é um dos maiores heróis da mitologia hindu, um guerreiro que destrói o cruel rei de Lanka. Sua história é narrada no grande épico hindu, o *Ramayana* (*p.164-7*). Em seguida, Vishnu veio à Terra como Krishna, destinado a derrotar os demônios do mal e adorado como um deus. Krishna também é famoso pelas amantes, especialmente a fiel Radha, cuja veneração é vista como um exemplo perfeito de como um adorador deveria amar a um deus.

## OS AVATARES MÍSTICOS

Os dois últimos avatares de Vishnu têm um aspecto mais espiritual. O primeiro é Buda, o grande líder religioso e mestre, que abandonou uma vida de riquezas e privilégios para encontrar a satisfação espiritual. Ele mostra às pessoas o caminho para a iluminação, e, esperto, engana os malfeitores para que eles sejam punidos.

O último avatar ainda não surgiu. Seu nome é Kalkin. Dizem que ele aparecerá montado num cavalo branco, banirá o mal e dará início a uma nova idade do ouro.

**Quando o mundo foi criado,** uma serpente enorme, chamada Shesha, surgiu da água e se tornou o lugar predileto de repouso de Vishnu.

*"Um dia durou a batalha, mas infinitas foram as histórias a narrar..."*

O *Ramayana*

# O RAMAYANA

- Aventuras de heróis
- Índia
- Índia, Sri Lanka
- O *Ramayana*

**As aventuras de Rama,** a sétima encarnação de Vishnu, são o tema do épico *Ramayana*. Ao lado, está retratado o guerreiro-macaco Hanuman, um importante aliado de Rama nessa busca para socorrer a esposa das garras do malvado gigante Ravana.

## POR TRÁS DO MITO

Um dos dois grandes épicos hindus, o *Ramayana* é um poema de mais de 50 mil linhas, escrito em sânscrito e compilado por volta de 200 a.C. Dizem que foi obra do poeta Valmiki, que reuniu muitos mitos e personagens diferentes – alguns da tradição oral e outros de escritos anteriores, como os *Vedas* – e os moldou num só.

O *Ramayana* narra a vida terrena de Rama, o sétimo avatar do deus Vishnu (*p.162-3*). Cada um dos sete livros de poemas foca um aspecto da vida de Rama, mas a história central é a de seu amor pela bela e virtuosa princesa Sita. Inclui seu rapto pelo demônio Ravana e seu resgate, quando Rama o derrota.

### UM DEUS COM FALHAS HUMANAS

Os personagens principais desta narrativa são todos exemplos perfeitos de virtude. Mas como todos os heróis mais interessantes, Rama tem seus defeitos. Seus ciúmes infundados e sua desconfiança de Sita são o foco de alguns dos acontecimentos principais da narrativa. Ele tende a ser pretensioso e, às vezes, preocupa-se mais com a aparência que com a sua própria felicidade e a de Sita. Apenas no fim do poema, quando se reúne com Sita no céu, ele compreende totalmente sua condição como deus e o valor verdadeiro de seu relacionamento com a esposa.

Condizente com sua natureza tanto de aventura quanto de obra de seriedade moral, o *Ramayana* tem uma importância enorme para o hinduísmo. Rama é amplamente respeitado como o marido que, diferentemente de tantos outros deuses hindus, permanece fiel a apenas uma esposa.

### PERSONAGENS-CHAVE

**RAMA** • *o sétimo avatar de Vishnu*
**SITA** • *esposa de Rama*
**LAKSHMAN** • *irmão de Rama*
**SURPANAKHA** • *um demônio-fêmea*
**RAVANA** • *irmão de Surpanakha, um demônio*
**SUGRIVA** • *rei dos macacos*
**HANUMAN** • *um herói-macaco*

## ENREDO

Rama era o filho mais velho do rei Dasharata de Ayodhya. Ele crescia feliz na corte do pai, mas, quando jovem, viajou para a corte do rei Janaka, onde conheceu a filha do rei, Sita, e se apaixonou por ela. O rei Janaka organizou uma competição de arco-e-flecha para ajudar Sita a escolher um marido e Rama venceu. Ele foi o único que conseguiu erguer o pesado arco, uma arma que fora do deus Shiva. Rama pediu a mão da noiva. No início, o casamento foi um mar de rosas e de felicidade.

**HANUMAN, O GENERAL-MACACO**

O macaco Hanuman, uma mistura de herói e trapaceiro, é um dos personagens mais populares do *Ramayana*, em parte por sua devoção a Rama. Ele encontra ervas medicinais quando Rama se fere e em determinado ponto abre sua pele para revelar Rama e Sita assentados em seu coração. Hanuman também é admirado porque consegue fazer o feitiço virar contra o feiticeiro. Quando o demônio Ravana coloca fogo em sua cauda, ele sacode o rabo, incendiando a fortaleza de Ravana e a cidade de Lanka.

"VERDADEIRAMENTE QUIETA EM ATOS E PALAVRAS, SITA, EM SEU SILENCIOSO SOFRIMENTO, LAMENTA A AUSÊNCIA DE SEU SENHOR."

O *Ramayana*

### O RAPTO DA ESPOSA DE RAMA

Após algum tempo, sem motivo, Rama começou a suspeitar da fidelidade de Sita e o casal brigou. Em conseqüência, eles foram banidos para a floresta, onde se reuniram ao fiel irmão de Rama, Lakshman. Enquanto moravam na floresta, um demônio-fêmea chamado Surpanakha viu Rama e se apaixonou por ele. Rama rejeitou suas investidas e ela, num acesso de raiva, atacou Sita. Lakshman veio em socorro e, na luta, feriu Surpanakha. Agravando a situação, Surpanakha foi reclamar com o irmão Ravana, o mais poderoso de todos os demônios, e este urdiu um plano para raptar Sita e derrotar de vez Rama. Ravana sabia da paixão de Rama pela caça; metamorfoseou um de seus demônios em cervo e, enquanto Rama saiu no encalço do animal-demônio, Ravana atacou Sita e a levou para o seu palácio em Lanka. De volta da caçada, Rama descobriu que a esposa fora raptada e ficou desolado. Entretanto, um espírito a quem ele ajudara antes aconselhou-o a procurar auxílio com o rei-macaco Sugriva. Este buscava um aliado para conseguir de volta o seu reino, que fora tomado por Balin, seu meio-irmão. Rama ajudou o rei Sugriva a combater Balin e a recuperar o seu trono. Em troca, Sugriva

**Rama foi auxiliado** por seu irmão predileto, Lakshman, na sua luta contra os demônios.

ofereceu a Rama os serviços de seu general Hanuman para acompanhá-lo até Lanka e resgatar Sita. Hanuman era um macaco cujos poderes mágicos incluíam a capacidade de voar, o que lhe permitiu encontrar Sita rapidamente. Então, o exército de macacos de Hanuman construiu uma ponte sobre o mar até Lanka e atacou o palácio. Rama matou Ravana, Sita foi resgatada, e o casal retornou ao lar.

**Rama e o irmão** Lakshman recebem enviados, numa cena do *Ramayana* que reflete a dívida dele para com o exército de macacos por terem recuperado Sita das mãos de Ravana.

## O EXÍLIO E A MORTE DE SITA

Depois que Sita e Rama voltaram ao reino de Ayodhya, houve rumores infundados de que Sita fora infiel ao marido enquanto estava cativa. Rama suspeitou dela e por fim decidiu exilá-la. Exilada, Sita encontrou o sábio Valmiki (o reputado autor do Ramayana), em cujo abrigo deu à luz seus filhos gêmeos.

Rama não viu os meninos até ficarem adultos, quando imediatamente os reconheceu como seus próprios filhos e chamou a esposa de volta ao palácio. Sita voltou, mas, ainda infeliz e para provar sua fidelidade, conclamou a mãe-terra a levá-la ao seu seio. Assim que pronunciou as palavras, a terra abriu-se diante dela, e Sita caiu no abismo. Rama, entristecido por seu ciúme ter provocado tal perda, jogou-se atrás dela. O casal se juntou no céu, onde viveram em paz.

# O MAHABHARATA

Guerras dos ancestrais
Índia
Bharata (Índia Superior)
*Mahabharata*

O *Mahabharata* é o segundo dos dois grandes poemas épicos indianos. Foi compilado por vários escritores anônimos, apesar de ser atribuído tanto ao sábio Vyasa quanto ao deus Ganesha. Compreende dezenas de histórias, mas seu enredo principal gira em torno da rivalidade entre duas famílias de governantes. O épico é precioso principalmente por incluir um poema chamado *Bhagavad Gita* ("Canção do Senhor"), que contém os ensinamentos de Krishna.

**PERSONAGENS-CHAVE**

**OS PANDAVAS** • *filhos do rei Pandu*
**OS KAURAVAS** • *filhos do rei Dhritarashtra*
**KRISHNA** • *avatar de Vishnu* (p.162–3)
**YUDHISTHIRA** • *líder dos Pandava*

## ENREDO

### RIVAIS PELO REINO

Quando Pandu, rei de Bharata, morreu, deixou o reino para o mais velho dos cinco filhos, Yudhisthira. Contudo, este rapaz e seus irmãos (que juntos são conhecidos como os Pandava) tinham como rivais pelo poder seus cem primos, os Kaurava, filhos de um rei cego chamado Dhritarashtra. Os Kaurava eram também encarnações de demônios inimigos dos deuses.

**Ganesha**, o deus da prosperidade, é tradicionalmente nomeado como o autor do *Mahabharata*.

Inicialmente eles tentaram conquistar o trono por estratagemas; enganaram Yudhisthira num jogo de dados, expulsando-o de seu reino e banindo também os Pandava. Estes acabaram retornando, mas os Kaurava não abriram mão do reino.

### KRISHNA E ARJUNA

Os dois lados se prepararam para lutar pelo reino. Nesse ponto, Krishna, o oitavo avatar do deus Vishnu, interferiu. Ele era ligado às duas famílias e se encontrou com os líderes militares dos dois lados: o irmão de Yudhisthira, Arjuna, e Duryodhana, líder dos Kaurava. Ele lhes deu duas opções: poderiam ter o apoio de seu enorme exército, ou sua ajuda pessoal. Duryodhana escolheu o exército, enquanto Arjuna pediu o apoio de Krishna em pessoa, que decidiu ser o condutor da carruagem de Arjuna. Este, um príncipe gentil, não queria guerrear. Para animá-lo, Krishna recitou o *Bhagavad Gita*. O poema explicava que tudo é resultado de um destino imutável. O soldado deve lutar e sua vítima, morrer: este era o seu destino. As palavras de Krishna mudaram a disposição de Arjuna para o combate.

**O CONCEITO DE MAYA**

"*Maya*" significa "ilusão" em hindu. Para os deuses, as coisas passageiras são *maya*; apenas o eterno é real. Savitri, um dos personagens do *Mahabharata*, perde o marido Satyavan para a Morte. Quando a Morte lhe oferece um favor, Savitri pede a vida para si mesma. No entanto, sua vida só é completa com Satyavan, portanto ele deve ser ressuscitado. Savitri conclui que, para uma pessoa realmente sábia, a Morte é *maya* e o espírito vivo é real.

**O mito de Savitri** (*dir.*) é uma das diversas narrativas inclusas no *Mahabharata* e ilustra a verdadeira devoção.

## A GRANDE BATALHA

Os Pandava lutaram uma longa e sangrenta batalha contra os Kaurava. O combate durou 18 dias e muitas pessoas foram mortas dos dois lados. Os Pandava venceram, pois contavam com o próprio Krishna a seu lado, mas mesmo assim perderam vários membros da família. Os Kaurava sobreviventes (incluindo Dhritarashtra) exilaram-se.

## PARTIDA DESTE MUNDO

Sentindo remorso por toda a matança, Yudhisthira decidiu fazer uma peregrinação ao palácio dos deuses no monte Meru. Os irmãos e sua "esposa comum", Draupadi, foram com ele. Com a benção de Krishna, fizeram de Parikshit, neto de Arjuna, o governante de Bharata, e partiram. A viagem quase os venceu. Apenas Yudhisthira chegou ao portal do céu sem ferimentos, e ele se recusou a ultrapassá-lo até ter certeza de que os irmãos e Draupadi poderiam também entrar.

**O *Mahabharata*,** escrito entre os sécs.IV e V d.C., ainda é representado no mundo todo, como nessa produção tailandesa.

# OS SENHORES DA TERRA

- Criação
- Baiga, Índia Central
- Colinas de Mandla, Madhya Pradesh, Índia
- Verrier Elwin, *The Baiga*; *Myths of Middle India*

Verrier Elwin, a grande autoridade sobre o povo baiga das colinas de Mandla, na Índia, escreveu: "De todas as tribos que conheço, eles são os mais imbuídos na sua mitologia." Essa mitologia coloca os baigas no cerne da criação da Terra e os torna senhores dos animais. Nanga Baiga e sua irmã Nanga Baigin ajudam o criador da Terra a estabilizar o planeta; em troca, seu povo recebe o poder sobre a Terra e sobre os animais para sempre.

**PERSONAGENS-CHAVE**

**BHAGAVAN** • *o criador*
**KARICAG** • *o corvo, filha de Bhagavan*
**NANGA BAIGA** • *o estabilizador da Terra, mais tarde o senhor da Terra*
**NANGA BAIGIN** • *a irmã e a ajudante de Nanga Baiga*

## ENREDO

### BHAGAVAN CRIA O MUNDO

No princípio, não havia nada além de água. O deus nada tinha a seu dispor: nem vento, nem terra, nem selva. Bhagavan flutuava na água sobre uma enorme folha de lótus, sozinho. Um dia ele esfregou o braço, e do resíduo que saiu fez um corvo, sua filha Karicag. Ele lhe disse: "Vá procurar alguma Terra para mim. Estou solitário. Quero criar um mundo."

Karicag voou muito, até que caiu sobre as costas de uma tartaruga enorme, Kekramal Chattri. Juntos, eles convenceram os 12 irmãos que primeiro fundiram o ferro a fazer-lhes uma gaiola de metal, na qual ambos foram baixados ao fundo do mar. Lá encontraram o verme Gichnaraja, que tinha engolido a Terra. Karicag e Kekramal Chattri assustaram o verme, fazendo-o vomitar a Terra.

**AGRICULTURA TRADICIONAL**

Nanga Baiga foi instruído a nunca rasgar o corpo da mãe-terra com um arado e, por isso, os baigas praticam uma forma sagrada de agricultura conhecida como *bewar*, que corta as plantas e as queima. Isso foi fonte de um sério conflito em meados do séc.XIX com os guardas florestais, que os forçaram a trocar os machados e enxadas pelo arado. Os direitos da floresta eram restritos e eles tinham permissão de praticar o *bewar* apenas na reserva Baiga Chak, onde a maioria dos baigas mora hoje.

## ESTICANDO A TERRA

Karicag levou a Terra para Bhagavan, que a abriu como um enorme *chapatti* (pão indiano achatado) e a espalhou sobre a superfície da água. Mas ela não era estável, e a Terra inclinava se alguém subisse nela. Mesmo o gigante Bhimsen não conseguiu ajudar Bhagavan a fixar a Terra de forma segura.

## O NASCIMENTO DOS BAIGAS

Enquanto isso, sob uma touceira de bambus na floresta, duas crianças nasceram do útero de Dharti Mata (mãe-terra): Nanga Baiga e Nanga Baigin. Já crescidos, Nanga Baiga foi espiar Nanga Baigin se banhando e eles se uniram entre as árvores na beira do lago.

## BHAGAVAN PEDE SOCORRO

Bhagavan enviou mensageiros para pedir aos dois baigas para ajudarem a segurar a Terra. Eles se recusaram, mas depois disseram que assumiriam a tarefa junto com o povo gondi, porque um membro dessa tribo fora a única pessoa disposta a se sentar com eles e a compartilhar o alimento. Vendo que os baigas não tinham roupas, o gondi foi ter com Bhagavan, que rasgou as próprias vestes para lhes dar.

**Os mágicos ou curandeiros baigas** – *gunia* – ainda são muito respeitados, em especial pela aptidão para controlar os tigres, herdada de Nanga Baiga.

## GUARDIÕES DA TERRA

Nanga Baiga e Nanga Baigin vestiram-se e começaram a viajar pelo mundo. Sacrificaram uma porca para Dharti Mata, que parou de oscilar quando a primeira gota de sangue caiu sobre ela. Em seguida, eles conseguiram quatro pregos enormes e com eles firmaram os quatro cantos do mundo.

Bhagavan conclamou todas as tribos a escolher um rei. Todos vieram vestidos com roupas finas, exceto Nanga Baiga, que estava coberto de folhas. Bhagavan queria torná-lo rei do mundo, mas Nanga Baiga recusou. Ele disse: "Faça o gondi rei, pois ele é meu irmão."

Então Bhagavan respondeu: "Os reis podem perder seus reinos, mas vocês nunca perderão a selva. Vocês são feitos de Terra e são os senhores da Terra e nunca a desampararão. Devem guardar a Terra e manter os pregos no lugar. Nunca rasguem o seio da sua mãe com um arado."

**MITOS RELACIONADOS** ▸ Izanagi e Izanami (*p.180–1*) • Ilha da Tartaruga (*p.194–7*)

# A CRIAÇÃO DE PAN GU E NÜ WA

Criação
China
O cosmo, a Terra

Hsu Chung (atrib.), *Sanwu liji* (*Registros Históricos das três divindades soberanas e dos cinco deuses*); Xujung (atrib.), *Wuyun linianji* (*Crônicas dos cinco ciclos do tempo*)

O mito cosmogônico mais corrente na China fala do criador primordial Pan Gu, que acorda de um longo sono e inicia o processo de criação golpeando os elementos caóticos com a mão. Antes de adormecer de novo, ele mantém a Terra e o céu separados e seu corpo se torna o resto do cosmo. A deusa Nü Wa aprova as glórias da criação de Pan Gu, mas ainda sente falta de alguma coisa e complementa essa necessidade com a criação da humanidade.

**PERSONAGENS-CHAVE**

**PAN GU** • *criador da Terra*
**NÜ WA** • *criadora da humanidade*

## ENREDO

**PAN GU DESPERTA**

Por milhares de anos Pan Gu, o criador, dormiu, economizando forças para o trabalho da criação. Ao despertar, olhou para tudo e zangou-se com o caos e a desordem dos elementos ao seu redor. Com raiva, saiu batendo em tudo e sua mão enorme chocou-se contra os elementos que giravam, com um estrondo poderoso.

O golpe de Pan Gu fez os elementos do universo se movimentarem em novas direções. Gradualmente, eles começaram a se ordenar – os elementos pesados afundaram, formando as rochas da Terra, os mais leves flutuaram fazendo o céu. A Terra e o céu cresceram e Pan Gu ficou entre eles, mantendo-os separados. Quando a Terra e o céu se expandiram, Pan Gu também cresceu e, enquanto o criador se tornava cada vez mais alto, a Terra e o céu também foram se distanciando. Por muitos anos Pan Gu manteve a Terra e o céu separados, até estar certo de que se ele se mexesse os elementos não voltariam novamente ao caos. Então ele se deitou, exausto, e dormiu profundamente.

**A deusa Nü Wa** é retratada como uma figura híbrida, com o corpo de serpente e a cabeça de uma jovem.

**O DESCANSO DE PAN GU**

Quando Pan Gu dormiu, seu corpo se transformou no resto do universo. Os olhos tornaram-se o sol e a lua, e os cabelos de sua barba se partiram em milhares de fragmentos, as estrelas. Partes de seu corpo viraram as cordilheiras e o resto da carne se tornou solo. Os cabelos enraizaram-se no solo e cresceram plantas e árvores. Foram alimentados pelo sangue de suas veias, transformado em rios, e pelo suor de sua testa, o orvalho matinal.

**UMA DEUSA SOLITÁRIA**

Os olhos aguçados de Nü Wa enxergaram muito além da Terra. Ela gostou da visão das montanhas e planícies, das flores e árvores que Pan Gu criara. Ela gostou de visitar a Terra e de se maravilhar com a bela paisagem. Contudo, sentiu-se solitária em suas visitas e decidiu fazer algo a respeito.

### NÜ WA CRIA AS PRIMEIRAS PESSOAS

Nü Wa percebeu que em algumas partes da superfície da Terra o solo era feito de barro macio, amarelado. Ela pegou um pouco dessa argila e começou a moldá-la. Logo fez uma figura, e quando a colocou no chão, ela viveu. Nü Wa fizera o primeiro homem. A deusa ficou satisfeita com a sua criação, especialmente quando ele começou a correr e dançar, e assim ela criou cada vez mais figuras pequenas. Após um tempo o mundo estava povoado de uma raça inteira de homens e mulheres feitos por Nü Wa.

### A PRÓXIMA GERAÇÃO

Os humanos viajaram para vários lugares da Terra e logo encontraram onde viver. Eram felizes. Nü Wa ficou satisfeita com a sua alegria e gostava de visitá-los quando vinha à Terra. Mas depois de um tempo ela percebeu que suas criações mostravam sinais de envelhecimento, e a deusa sabia que eles começariam a morrer. Assim, ela lhes deu o poder de terem filhos e mostrou-lhes como usá-lo para fazer amor e se multiplicarem.

### SUPERAÇÃO DA MORTE

As pessoas cuidavam dos filhos com carinho sabendo que por meio deles a raça humana como um todo superaria a morte do indivíduo. Tanto Nü Wa quanto os homens se alegraram ao saber que sempre haveria humanos vivendo na Terra.

# YI ATIRA NOS SÓIS

Desastre natural
China
A Terra

Liu An, *Huainanzi* (*Os mestres de Huainan*)

A China tem vários mitos sobre desastres naturais em que os imortais ajudam a raça humana durante uma crise ambiental. A história de Yu é sobre uma seca provocada por dez sóis que brilham juntos no céu. Yi, o arqueiro celestial, vem à Terra para derrubar nove sóis, mas é tão eficiente que parece poder dizimar todos os dez. A catástrofe é evitada pelo imperador Yao, que retira uma das flechas de Yi, para que a vida na Terra possa ter continuidade.

**PERSONAGENS-CHAVE**

**O IMPERADOR DO CÉU** • *criador dos dez sóis*

**YAO** • *o imperador da China*

**YI** • *um hábil arqueiro*

## ENREDO

### OS DEZ SÓIS

Há muito tempo não havia apenas um sol no céu, mas dez sóis diferentes. Eles se revezavam para brilhar no céu. Contanto que apenas um sol brilhasse em cada dia, a Terra era aquecida, as colheitas cresciam e todos no planeta ficavam felizes. Mas um dia os dez sóis se cansaram dessa rotina e decidiram brilhar todos ao mesmo tempo. Com o calor escaldante, as plantações minguaram e os rios e os lagos secaram – até mesmo as rochas derretiam. As pessoas começaram a sucumbir de fome. Parecia que a Terra estava morrendo. Desesperado, Yao, o imperador da China e um dos Três Augustos, decidiu orar ao Imperador do Céu, o pai dos dez sóis, por ajuda.

**Yi ganhou o título** de Arqueiro Celestial e a imortalidade por derrubar nove dos dez sóis da Terra.

### YI, O ARQUEIRO

O Imperador do Céu ouviu as orações de Yao e enviou Yi, seu arqueiro mais hábil, à Terra para alvejar nove dos sóis. Era noite quando Yi chegou. O imperador Yao olhou para o arco maravilhoso de Yi, mas duvidou que seria suficiente para derrotar os poderosos sóis. Os dois aguardaram até a aurora para ver se os dez sóis surgiriam. Foi o que aconteceu, e mais uma vez a Terra começou a rachar e a sofrer com o calor. Yi ergueu o arco, mirou e atirou no primeiro sol. Ele desapareceu e seu espírito, na forma de um corvo enorme, caiu ao chão.

### SUPERAÇÃO DA SECA

Um por um, Yi derrubou os sóis com seu arco poderoso. Quando seis já tinham sido atingidos, Yao percebeu que ainda sobravam quatro flechas. Yi era tão bom na sua tarefa que o imperador temeu que ele derrubasse todos os dez sóis e fizesse a Terra mergulhar em escuridão eterna. Assim, enquanto Yi se preparava para mirar, Yao discretamente retirou uma das flechas da aljava. Yi acertou todos os alvos, derrubando nove sóis, e assim o planeta começou a se recuperar da terrível seca.

# YU ACALMA OS DILÚVIOS

Desastre natural
China
China

*Chuci* (*Canções de Ch'u*)

Desde o início da civilização chinesa os rios são usados como meio de transporte e alimento. Em geral eles inundam, e um mito chinês narra um poderoso dilúvio provocado pelo Imperador do Céu em punição ao terrível comportamento dos humanos. Foi tarefa do dragão Yu, milagrosamente nascido do cadáver do neto do imperador, convencer o mesmo a deixá-lo consertar os prejuízos da inundação para que a vida na Terra pudesse prosseguir.

**PERSONAGENS-CHAVE**

**O IMPERADOR DO CÉU**

**GUN** • *o neto do Imperador do Céu*

**YU** • *um dragão*

## ENREDO

### O GRANDE DILÚVIO

Muito tempo atrás, o Imperador do Céu zangou-se com os homens por causa de seu comportamento pecaminoso e enviou um dilúvio terrível como castigo. Os rios transbordaram de seus leitos, casas foram destruídas e muitas pessoas se afogaram.

Gun, o neto do Imperador do Céu, teve pena do povo e desceu à Terra para restaurar as margens do rio, trazendo consigo terra do céu para absorver a água. Contudo, não disse ao avô o que faria, e quando o Imperador do Céu descobriu, zangou-se novamente e mandou matar Gun.

### A CHEGADA DE YU

O corpo de Gun não apodreceu como um cadáver humano. Em vez disso, o dragão Yu, uma nova forma de vida, cresceu de suas entranhas. Quando Yu viu o estrago do dilúvio, voou para o céu a fim de pedir piedade ao imperador para com os humanos. O imperador aquiesceu e permitiu que Yu consertasse o estrago.

Yu trabalhou muito, elevando novas colinas e montanhas, restaurando as margens dos rios e construindo novos canais para conduzir a água. Após 30 anos, as águas cederam e o planeta ficou a salvo novamente.

**MITOS RELACIONADOS** ▸ A filha de Sol (*p.198*)

**Os rios da China** foram formados por golpes da cauda de Yu, segundo algumas versões deste mito. Sua ação sobre o dilúvio permitiu que a agricultura fosse retomada.

## OS DEUSES CHINESES E A CORTE DA CHINA

As histórias sobre o vasto panteão de deuses chineses foram contadas em vários textos, alguns remontando ao séc.V a.C. Na época da dinastia Song (960-1279 d.C), acreditava-se que esses diversos mitos espelhavam a corte do imperador chinês. Assim como a corte e a burocracia imperial na Terra, o Céu tinha seu próprio imperador, ajudado por um vasto corpo de serviçais celestes.

### A CORTE CELESTIAL

O imperador do céu era conhecido como Yuhuang, o Imperador de Jade. Dizia-se que, como sua contraparte terrestre, ele morava num palácio cercado de serviçais. Os notáveis da corte incluíam a sua esposa Wang Mu e seu primeiro-ministro Dongyue Dadi, divindade que presidia mais de 75 seções diferentes do funcionalismo público celestial. Cada uma dessas divisões era governada por um deus próprio.

**Yuhuang, o Imperador de Jade,** era o regente do céu e o patrono da família imperial.

### MUITAS FÉS, MUITOS DEUSES

Esta multidão de deuses tem origens diversas. Alguns, vindos da religião taoísta, eram meros mortais que por estudo, discernimento ou instruções de um sábio encontraram a imortalidade por sua fé. Outros vieram da tradição confucionista e foram grandes estudiosos ou seguidores de Confúcio antes de se tornarem imortais. Outros ainda eram figuras reverenciadas do budismo que atingiram a iluminação e cujo auxílio sempre foi muito invocado pelo povo chinês. À frente de

todos esses imortais budistas estavam o próprio Buda e Guan Yin, a deusa da misericórdia, que ouve a todos que buscam seu auxílio.

As mitologias desses três sistemas de crenças – o taoísmo, o confucionismo e o budismo – começaram a se mesclar e, por isso, a mitologia chinesa contém elementos importantes dos três.

**O Templo do Céu,** o mais santo dos templos chineses, era usado pelo imperador em pessoa durante as cerimônias de colheita.

## LIGAÇÃO ENTRE O CÉU E A TERRA

Depois da dinastia Song, os imperadores terrestres afirmaram estar em contato direto com Yuhuang, mas que os outros mortais teriam de se comunicar com o céu orando a deuses menores. As pessoas também falavam com o céu por meio do mensageiro dos deuses, Zao Jun, o deus da cozinha e relator do comportamento humano. Todo ano as famílias chinesas queimavam a imagem de Zao Jun que estivera exposta em suas paredes ao longo do ano; a fumaça levaria seu relatório para o céu.

## PAPEL DOS DEUSES

Muitos imortais eram invocados por suas funções específicas. O rei-dragão Longwang, p.ex., guardião dos rios e mares, controlava as chuvas, e os agricultores o evocavam quando as colheitas careciam de água. Alguns deuses governavam fases específicas da vida. Dizia-se que Yue Lao, o velho homem da lua, usava um cordão para unir quem deveria se casar. Outros deuses protegiam a humanidade, como a imagem de Zhong Kui, que espantava os maus espíritos. Quando Zhong era mortal, saiu-se bem nos testes para o serviço civil, mas perdeu o título por sua aparência desleixada. Ele cometeu suicídio e foi imortalizado, tornando-se o deus dos exames.

**A Cidade Proibida,** em Pequim, foi o palácio imperial chinês e a sede do poder, de 1420 até a Revolução Chinesa de 1911-12.

**Representações do** dragão da sorte chinês remontam à era neolítica. Diz-se que o primeiro imperador Shi Huangdi (221-209 a.C.) foi imortalizado como dragão para ascender ao céu. A partir daí, o dragão tornou-se o símbolo do poder imperial e passou a tremular na bandeira chinesa.

# IZANAGUI E IZANAMI

Criação
Japão
Japão, o Mundo Subterrâneo

*Kojiki* (*Registro de Coisas Antigas*); *Nihonshoki* (*Crônicas do Japão*); Juliet Pigott, *Japanese Mythology*

Izanagui e Izanami foram o primeiro casal, que desceu do céu num arco-íris. Eles agitaram o oceano primordial com uma lança e criaram as ilhas do Japão. Depois procriaram, dando origem a outros deuses. Sua história termina de forma triste, quando Izanami morre ao dar à luz o deus do fogo. Embora Izanagui a siga até o Mundo Subterrâneo, como no mito grego de Orfeu, a experiência da morte faz com que Izanami se volte contra ele.

**PERSONAGENS-CHAVE**

**IZANAGUI** • *Aquele Que Convida, um deus criador*
**IZANAMI** • *Aquela Que Convida, uma deusa criadora*
**KAGUTSUCHI** • *deus do fogo*
**HIRUKO** • *uma criança-sanguessuga*

## ENREDO

### OS PRIMEIROS DEUSES

No princípio do Céu e da Terra, surgiram três deuses invisíveis: o Senhor do Centro Celestial, a Energia Vital Superior e a Energia Vital Divina. Eles foram os primeiros *kamis* ou deuses. Do lodo primordial saíram brotos de junco que se transformaram em mais dois deuses: o deus dos Excelentes-Brotos-de-Junco e o deus da Imobilidade Celestial. Juntos, esses cinco compõem as Divindades Independentes Celestiais.

### O MASCULINO E O FEMININO

Izanagui e Izanami eram da sétima geração de deuses. Representam o *yin* e o *yang*, os princípios masculino e feminino, e são os ancestrais de toda a criação.

**As "rochas casadas"** em Ise, Japão, foram nomeadas em homenagem a Izanami e Izanagui, o casal primordial da mitologia japonesa.

### CRIAÇÃO DA TERRA

Izanagui e Izanami desceram pela ponte do arco-íris e criaram Onogoro, a primeira ilha. Observando o acasalamento de duas aves, Izanagui e Izanami sentiram-se atraídos. Caminharam ao redor de um pilar, um pela direita e o outro pela esquerda, e quando se encontraram amaram-se (essa união inicial ficou maculada por Izanami ter tomado a palavra em primeiro lugar).

### OS FILHOS DE IZANAGUI E IZANAMI

A primeira criança foi Hiruko, o verme sanguessuga, que eles abandonaram flutuando sobre um junco. Os deuses aconselharam-nos a repetir a união, mas dessa vez Izanagui deveria falar primeiro. Assim fizeram, e então Izanami deu à luz todas as ilhas do Japão e os deuses dos mares, dos rios, dos ventos, das árvores, das montanhas e das planícies. Por fim, pariu o deus do fogo, Kagutsuchi, que a queimou, fazendo-a vomitar e expelir mais deuses ainda.

**Izanami e Izanagui** estão sobre a ponte do arco-íris e criam uma ilha usando a lança celestial cravejada de jóias.

### MORTE PELO FOGO

Izanami ficou tão queimada que morreu e desceu a Yömi, o Mundo Subterrâneo. Com raiva, Izanagui cortou a cabeça de Kagutsuchi, e mais deuses nasceram de seu sangue. Desconsolado, Izanagui desceu a Yömi e pediu a Izanami para retornar, mas ela lhe disse: "Você veio tarde demais. Eu já comi do fogão de Yömi." Ela lhe prometeu implorar aos deuses de Yömi permissão para retornar, e pediu a Izanagui que não fosse atrás dela. Mas ele a seguiu na escuridão e, ao quebrar uma haste de seu pente, para fazer dele uma tocha, iluminou Izanami. Viu então o corpo da esposa já uma massa putrefata cheia de vermes, que se transformavam em deuses do trovão.

### O VÔO DE IZANAGUI

Izanagui fugiu pelo longo túnel perseguido pelos guerreiros de Yömi. Conseguiu atrasá-los jogando objetos que magicamente se transformavam em comida. Mas Izanami também o seguia e não podia ser enganada tão facilmente. Ela estava quase no topo do túnel quando Izanagui saltou e vedou a saída com um rochedo enorme. Presa no Mundo Subterrâneo, Izanami gritou através da rocha que se vingaria da humilhação matando mil seres humanos por dia; Izanagui retrucou prometendo criar 1.500 crianças todos os dias.

**MITOS RELACIONADOS** ▸ Orfeu no Mundo Subterrâneo (*p.57*) • A filha de Sol (*p.198*)

**NATUREZA E ADORAÇÃO DOS ANTEPASSADOS**

A mitologia de deuses como Izanagui e Izanami pertence à religião xintoísta, que é conhecida como *Kami no Michi*, "o caminho do *kami*". A palavra "*kami*", muitas vezes traduzida como "alma", "espírito" e "divindade", é a essência da religião xintoísta. Os *kamis* maiores são os deuses, como Izanagui, Izanami e Amaterasu (*p.182*). Mas todos os seres vivos têm um *kami*, inclusive os homens, cujos *kamis* sobrevivem após a morte. Dessa forma, o xintoísmo combina a adoração dos poderes sagrados da natureza e dos ancestrais.

# A TEMPESTADE CONTRA O SOL

Guerras entre os deuses
Japão
Japão

*Kojiki* (*Registro de Assuntos Antigos*); *Nihonshoki* (*Crônicas do Japão*); Juliet Pigott, *Japanese Mythology*

Três das divindades mais importantes do Japão, o deus da lua Tsukiyomi, Susanoo, o deus das tempestades, e Amaterasu, a deusa do sol, surgiram quando o deus-criador Izanagui se purificou depois de ter abandonado a esposa e co-criadora Izanami no Mundo Subterrâneo (*p.180-1*). A rivalidade entre dois desses deuses ameaçou mergulhar o mundo nas trevas e destruí-lo. A engenhosidade dos outros deuses foi a salvação.

**PERSONAGENS-CHAVE**

**IZANAGUI** • *o deus criador*
**TSUKIYOMI** • *o deus da lua*
**AMATERASU** • *a deusa do sol*
**SUSANOO** • *o deus das tempestades e do mar*
**AMA-NO-UZUME** • *a deusa das profundezas*

## ENREDO

### PURIFICAÇÃO RITUAL

Izanagui emergiu do Mundo Subterrâneo poluto e imundo e ao se purificar num rio, e criou mais deuses. Quando lavou o olho esquerdo, surgiu a deusa do sol Amaterasu. Ao lavar o direito, o deus da lua Tsukiyomi veio à luz, e lavando o nariz ele criou o deus das tempestades, Susanoo.

### UMA CRIANÇA CHORONA

Susanoo não parava de chorar por Izanami, a "mãe" morta, que permanecia no Mundo Subterrâneo. Desejando unir-se à mãe, gritou de tristeza até sua barba ficar com oito palmos de comprimento, e Izanagui disse-lhe: "Nesse caso, você não pode ficar aqui." Susanoo respondeu: "Antes de ir, vou perturbar minha irmã Amaterasu." E partiu em tempestuosa ira.

### VIOLAÇÃO DOS SAGUÕES SAGRADOS

Susanoo acabou com as plantações de arroz de Amaterasu, defecou no Saguão dos Primeiros Frutos e maculou o Saguão de Tecelagem, onde a irmã e suas donzelas fiavam as vestes divinas. Amaterasu ficou tão assustada que chocou a genitália contra uma lançadeira do tear e se machucou.

### O DESAPARECIMENTO DO SOL

Amaterasu fugiu aterrorizada e escondeu-se numa caverna, vedando a entrada com uma enorme pedra. O mundo caiu na escuridão: nada crescia e os maus espíritos trouxeram distúrbios. Os deuses usaram vários estratagemas para convencê-la a sair da caverna, tal como o dos galos anunciarem uma falsa aurora. Mas nada funcionou, até que Omohikane, o deus sábio, que coordena o pensa-

**Muitos templos xintoístas** contêm um espelho sagrado, lembrando o momento em que Amaterasu é cegada pelo próprio reflexo.

**O JAPÃO E O SOL**

Amaterasu, a deusa do sol, era tida como a ancestral original da família imperial. Dizia-se que o primeiro imperador, Jimmu-tenno, era seu tataraneto. Dessa forma, ela se tornou a divindade mais importante. Seu templo em Ise vem sendo renovado a cada duas décadas desde os últimos dois mil anos; todos os japoneses tentam visitá-lo ao menos uma vez na vida. A palavra *Nippon* (Japão) significa "origem do sol".

**Durante a 2ª Guerra,** a bandeira japonesa ostentava os raios do sol.

mento, teve uma idéia. Omohikane pediu à deusa da aurora Ama-no-uzume para se despir numa banheira cheia de saquê. Em estado de possessão divina, a deusa expôs os seios e a genitália aos deuses, que caíram na gargalhada. Curiosa, Amaterasu entreabriu a porta da caverna para ver o que era tão engraçado e perguntou: "Que agitação é essa?"

## MAIOR QUE O SOL

"Estamos comemorando porque há uma deusa que ilumina ainda mais que você", Ama-no-uzume respondeu. Quando Amaterasu abriu a porta mais um pouco, os deuses ergueram um espelho e cegaram-na com o seu próprio reflexo. O deus Tajikawa-wo ("Divindade Masculina da Mão Forte") agarrou a porta e a abriu. Pegou Amaterasu pela mão e conduziu-a ainda tonta para fora da caverna. Então os deuses interditaram a entrada da caverna com uma corda sagrada para que ela nunca voltasse para lá.

## A EXPULSÃO DE SUSANOO

Para punir Susanoo, os deuses penalizaram-no, cortaram-lhe a barba e as unhas, exorcizaram-no e o baniram do céu para vagar pelo mundo como proscrito. Então ele encontrou a princesa do campo de arroz, Kusanada-pime, sob a ameaça de um dragão de oito cabeças. Susanoo transformou-a em um pente e colocou-a em segurança no seu cabelo. Depois, embebedou o dragão de saquê e o despedaçou com a espada. Dentro da cauda do dragão ele encontrou a espada conhecida como Kusanagi, o cortador de grama, que ele presenteou a Amaterasu como um pedido de desculpas. A seguir ele transformou a princesa do campo de arroz em uma jovem novamente e a desposou.

**MITOS RELACIONADOS** ▸ Deméter e Perséfone (*p.54*) • O deus que desaparece (*p.152*) • A filha de Sol (*p.198*)

# UM BANQUETE INDESEJADO

Fertilidade
Japão
Japão

*Kojiki* (*Registro de Coisas Antigas*); *Nihonshoki* (*Crônicas do Japão*); Juliet Pigott, *Japanese Mythology*

Neste mito sobre Ogetsu, a deusa do alimento, o deus da lua Tsukiyomi é tão violento quanto seu irmão Susanoo, o deus da tempestade (*p.182-3*). De fato, o texto *Kojiki* atribui os atos de Tsukiyomi a Susanoo. No mito, a morte da deusa é necessária para a produção dos alimentos básicos do Japão. Também explica por que o sol e a lua, embora irmão e irmã, em geral hesitam tanto em aparecer juntos no céu.

**PERSONAGENS-CHAVE**

**TSUKIYOMI** • *o deus da lua*
**OGETSU (ou UKE-MOCHI)** • *a deusa do alimento*
**AMATERASU** • *a deusa do sol*

## ENREDO

### UM DEUS FAMINTO

Amaterasu, a deusa do sol, sabendo que a deusa do alimento Ogetsu estava na Terra Central das Planícies de Junco, enviou Tsukiyomi, o deus da lua, para ver o que ela fazia. Tsukiyomi obedeceu, mas ele estava faminto e exigiu uma refeição de Ogetsu. Ofendida, a deusa vomitou e expeliu-lhe um lauto banquete: ao olhar os campos, o arroz cozido saiu em torrentes de sua boca; ao encarar o mar, vomitou peixe e algas-marinhas comestíveis; à vista das montanhas, gerou animais de caça.

**Um mito diz** que Ogetsu, a deusa japonesa do alimento, antes de morrer era casada com o deus do arroz Inari (*ver* O Deus dos Campos de Arroz, *p.185*).

### ALIMENTO A PARTIR DE UM CADÁVER

Por sua vez, Tsukiyomi ficou tão irritado com esse insulto que desembainhou a espada e matou Ogetsu. Do cadáver de Ogetsu surgiram todas as culturas de base do Japão: o arroz cresceu de seus olhos, o milhete das orelhas, feijões vermelhos do nariz, o trigo dos genitais e a soja de seu reto. As vacas e os cavalos surgiram de sua testa, e os bichos-da-seda, das sobrancelhas.

### O SOL E A LUA

Quando Tsukiyomi disse à irmã Amaterasu o que fizera, ela ficou tão horrorizada que fez votos de nunca mais olhar para ele novamente. É por isso que o sol e a lua cheia nunca são vistos juntos. Depois, Amaterasu enviou um mensageiro para coletar todas as coisas úteis que tinham saído do corpo de Ogetsu, para que ela pudesse distribuí-las entre os homens.

# O DEUS DOS CAMPOS DE ARROZ

Fertilidade
Japão
Japão

Juliet Pigott, *Japanese Mythology*; J.W. Robertson Scott, *The Foundations of Japan*

O arroz é o alimento básico do Japão, e há um deus especial para esse alimento: Inari. Esse deus aparece como um homem barbado, uma mulher e até mesmo uma raposa.

Inari sai de seu lar nas montanhas na primavera e retorna no outono, como a água dos montes que alimenta os campos cultivados. O arroz é símbolo de riqueza, e assim Inari também é o deus dos comerciantes.

O arroz a ser servido na coroação do imperador é plantado com ritos especiais para atrair as bênçãos dos deuses ao novo reinado. Um pequeno templo xintoísta foi construído diante dos campos de arroz e os utensílios usados – no preparo dos campos, na cultura, colheita e corte do arroz – são novos. Os homens e mulheres que se dedicam ao cultivo primeiro se banham, num ritual de purificação, numa casa de banhos construída especialmente para esse fim e depois entoam uma oração em honra de Inari.

# CASAMENTO COM A RAPOSA

Amores dos deuses
Japão
Japão

Juliet Pigott, *Japanese Mythology*; Yanagita Kunio, *Guide to the Japanese Folktale*; Carmen Blacker, *The Catalpa Bow*

Embora as raposas não tenham muito boa reputação no Japão, há um conto popular sobre uma mulher-raposa, que pode ser o deus do arroz Inari na forma humana.

Um agricultor casou-se com uma mulher de outra região e estava muito feliz, até que uma noite viu uma cauda de raposa pendendo de sob a colcha. Sua mulher era uma raposa em forma humana! (Em outra versão, a esposa-raposa é traída pelo filho, que diz ao pai que a mãe está varrendo o quintal com o rabo.) A maioria dos homens teria ficado decepcionada com isso, mas o agricultor amava a bondosa esposa, que o ajudava a enganar os coletores de impostos, mostrando a ele como semear os campos de arroz para que este crescesse de cabeça para baixo, escondendo a plantação de olhos intrometidos.

**As raposas** são associadas a Inari, o deus do arroz, na mitologia japonesa, e representadas em vários locais sagrados.

## OS MITOS DOS AINOS

Os ainos, que em grande parte vivem atualmente na ilha de Hokaido, são os aborígines do Japão. Culturalmente, eles têm afinidade com outros caçadores e coletores do Pacífico Norte, como os inuítes do Alasca e os chukchis da Sibéria, especialmente em sua reverência pelos espíritos do mundo natural. A mitologia aino está contida numa vasta literatura oral de épicos cantados, conhecida como *amuy ukar* – as canções dos deuses.

### CANÇÕES DOS DEUSES

Os famosos *kamuy yukar* cantam as interações entre deuses e homens. Os deuses são antropomórficos, mas às vezes também zoomórficos, se concebidos, p.ex., como urso ou baleia-assassina. Entoando as canções dos deuses, os homens (os ainos) se comunicam com os não-humanos (*kamuy*), com os quais compartilham o mundo físico. Os *kamuy yukar* são cantados em primeira pessoa, como se fossem os próprios deuses – uma forma de narrativa especial para os ainos. Os deuses também falam diretamente pelas bocas de xamãs femininas sob possessão divina.

**Os Ainos** acreditam que suas almas subirão ao *Kamuy Mosir* (a terra dos deuses).

### APAZIGUANDO OS DEUSES

Nas crenças animistas dos ainos, a baleia-assassina (*Repun Kamuy*) controla os peixes e o urso (*Kimun Kamuy*), os pássaros e os animais de caça. Com freqüência, os deuses visitam o mundo humano como animais para negociar com as pessoas, trocando o dom do disfarce animal por vinho, comida e esculturas em galhos de chorão, apreciadas em seu próprio mundo. Não surpreende que os rituais que acalmam esses deuses sejam centrais na cultura aino.

**A caça,** matança e consumo de ursos têm profundas implicações espirituais para os ainos.

**Os homens ainos** usam barbas compridas e as mulheres, tatuagens como se fossem bigodes.

## ENVIO DE ESPÍRITOS

Um dos *kamuy yukar*, "Canção de um urso", narra como o deus da montanha Kimun Kamuy segue a esposa até o mundo humano, com uma cria nas costas. Seu corpo de urso é morto por uma flecha de caçador envenenada com acônito, mas o próprio deus salta nas costas do caçador, conseguindo ser levado ao vilarejo, onde é bem-recebido e ganha presentes. Seu filho é mantido preso a fim de ser criado para a cerimônia *iyomante* – um ritual no qual o espírito de um deus visitante é enviado de volta ao céu. No *iyomante*, os filhotes de urso são criados para serem mortos e comidos no ritual do festival cerimonial de inverno, ao fim do qual o deus é enviado para casa coberto de presentes, inclusive saquê, salmão seco e *guiozas*. O deus aproveita a festa enquanto observa os ainos dançarem e os ouve cantar o *kamuy yukar*. Os moradores do vilarejo interrompem o canto abruptamente a fim de que o deus retorne para ouvir como termina a história.

## O FOGO SAGRADO

Fuchi, a deusa do fogo, é importante nos rituais ainos porque eles acreditam que ela leva as orações até os deuses – o que ocorre quando, no ritual, aspergem vinho sobre o fogo. Um mito narra como Fuchi se envolve num concurso mágico com a deusa da água, que roubara o seu marido. Fuchi vence e o marido volta para o lar, obediente, assustado e submisso.

# FOGO EM TROCA DE ARROZ

Heróis da cultura
Cultura ifugao, Filipinas
Cordilheira Central, ilha de Luzon

Roy Franklin Barton, *The Mythology of the Ifugaos*; *The Religion of the Ifugaos* (como contado por Ngidulu)

A cultura dos ifugaos, tribo das montanhas das Filipinas, está centrada no cultivo do arroz, e seus enormes terraços de plantações já foram chamados de oitava maravilha do mundo. Eles contam que aprenderam a construí-los com ancestrais-heróis conhecidos como os Fazedores de Campos. O mito a seguir narra como os Fazedores de Campos ganharam arroz dos deuses do Mundo do Céu em troca do poder do fogo.

**PERSONAGENS-CHAVE**

**WIGAN** • *um caçador e o primeiro fazedor de campos*
**KABIGAT** • *um caçador*
**BUGAN** • *a esposa de Wigan*
**LIDUM E HINUMBÍAN** • *deuses do Mundo do Céu*
**DINIPAAN** • *um deus-ferreiro*

## ENREDO

### CAÇA AO PORCO

Certa vez, dois caçadores de Kayang, Wigan e seu irmão Kabigat, sacrificaram uma galinha para ver se teriam sorte na caçada do dia. Invocaram a ajuda dos deuses, como os Cansados da Região Rio Acima, e os deuses de Alabat, que moram nas montanhas e a quem toda a caça pertence.

Os presságios foram bons e, assim, os caçadores partiram com suas lanças e cachorros na busca de porcos selvagens. Eles encontraram um e o perseguiram pela floresta e depois montanha acima. O porco subiu cada vez mais alto, até chegar ao Mundo do Céu, onde os dois caçadores o alcançaram e o mataram.

### CHEGADA DOS DEUSES FURIOSOS

Os deuses Lidum e Hinumbian apareceram e acusaram os homens de terem matado um dos porcos do Mundo do Céu. "Este porco não é dos seus", Wigan protestou. "Nossos cachorros o perseguiram desde Kayang." Depois de contar os porcos, os deuses aceitaram isso como verdade. Então, Wigan cortou o porco para compartilhar a carne com os deuses. Estes cortaram pequenos nacos de carne das peças maiores, misturaram com arroz e ofereceram as porções para Wigan comer. Mas ele respondeu: "Não vou comer com vocês, pois a carne está crua."

**Os ifugaos** encontraram usos múltiplos para pedaços de bambu, inclusive carregar água, fazer instrumentos musicais e acender o fogo.

### TROCA PELO FOGO

Wigan pegou um pedaço de bambu e se pôs a prepará-lo para fazer fogo. Primeiro cortou-o ao meio. Depois fez um buraco na lateral de um dos pedaços de bambu e colocou dentro dele uma pequena pilha de folhas secas amassadas. Quando começou a esfregar o segundo pedaço de bambu na transversal do buraco, surgiram faíscas que atearam fogo nas folhas secas de dentro do bambu. Com cuidado, Wigan transportou as folhas incandescentes para uma pilha maior e

**Os terraços Ifugao** nas Filipinas são hoje Patrimônio Mundial. Chegam a 1,5 metro de altura e há mais de 2.000 anos produzem arroz e trigo.

fez uma fogueira, onde cozinhou a carne e o arroz para os deuses. Estes ficaram tão impressionados que ofereceram a Wigan qualquer coisa em troca do poder do fogo. Ele recusou jóias e pediu o delicioso arroz que crescia no Mundo do Céu, e assim os deuses ensinaram-lhe como fazer os campos de arroz em terraços. Tudo que ele tinha de fazer era espetar uma enxada no chão das encostas íngremes das montanhas, e elas se transformariam num campo. O processo poderia durar por tanto tempo quanto sua esposa fosse capaz de permanecer estática.

### O PREPARO DOS CAMPOS DE ARROZ

De volta ao mundo da Terra, Wigan começou a fazer os campos de arroz. Quando já havia preparado oito deles, sua esposa se mexeu ligeiramente, e então nada mais aconteceu quando ele espetava a enxada na Terra.

"Tudo bem", Bugan falou. "Já temos o suficiente."

Assim, Wigan espetou a enxada na margem acima dos campos, e a água se espalhou irrigando o arroz, carregando consigo os nenúfares que florescem na superfície dos campos.

### A PRIMEIRA COLHEITA

Quando o arroz amadureceu, as pessoas precisavam de ferramentas para fazer a colheita. Dinipaan, o deus-ferreiro, preparou os foles e forjou o ferro em facas. Foi até Kayang e ofereceu ao povo as facas em troca de cestos com frangos. No dia seguinte, Wigan supervisionou a primeira colheita e o armazenamento do arroz no celeiro, com todos os rituais e sacrifícios necessários aos deuses do Mundo do Céu, aos do Mundo Subterrâneo, aos da Região Rio Acima e aos deuses do celeiro. Finalmente, ele recitou esta mesma história e invocou os deuses novamente, para que o arroz sempre aumente e floresça em sua Kayangin.

### OS DEUSES DO ARROZ

No seu complexo ciclo anual de rituais e cerimônias, os ifugaos evocam cerca de 1.500 deuses e suas esposas, com freqüência altamente especializados. P.ex. os Bulols (ou Bululs), as divindades dos celeiros de arroz, representados por efígies de madeira e evocados num festival ritualístico em que os sacerdotes são "possuídos" pelos deuses Bulol e correm de quatro por toda a casa, dançando com a efígie, gritando e gemendo. Às efígies dão-se vinho e bolinhos de arroz para chamar os deuses de volta à imagem; em troca, acredita-se, os Bulols ajudam no cultivo do arroz. Há 25 deuses Bulol, entre eles Balulung, o "Bulol de canga", que está preso como um porco para não escapar. A efígie de Bulol o Mudo relembra o mito do primeiro Bulol, filho do deus do Mundo Subterrâneo Tinukud, que ficou mudo e depois foi miraculosamente curado.

**Efígies Bulol** como esta são esculpidas em madeira narra da Região Rio Abaixo, na forma de um homem ou de um porco.

# AS AMÉRICAS

A MITOLOGIA DAS AMÉRICAS é tão variada quanto as culturas deste continente, embora alguns temas sejam comuns a todas elas. Dos inuítes no Ártico aos Yamama da Terra do Fogo, reverenciam-se os homens-animais, seres do tempo da Criação, a energia que une os seres vivos e as tradições míticas que permeiam o mundo natural.

A mitologia americana é muito variada e bem fluida. Numa tradição essencialmente oral, as diferentes versões de um mito podem evoluir conforme o narrador ou a época. Os mitos, suscetíveis às circunstâncias, podem absorver novas informações. P.ex., entre duas versões canônicas da mitologia hopi, o deus Taiowa, considerado um deus-sol menor na primeira, torna-se o "Criador" na segunda. Variantes míticas podem surgir também entre versões conhecidas por todos os membros de uma cultura e aquelas restritas aos iniciados, como xamãs e sacerdotes. Assim, para os índios lakotas, o Grande Espírito é uma entidade única, Wakan Tanka, mas para os homens sagrados lakotas, Wakan Tanka não é um só espírito, mas dezesseis, o "Quatro-vezes-Quatro".

**O tambor** é uma ferramenta espiritual poderosa nos rituais da América do Norte e em geral é usado para induzir o transe xamâmico.

## O EXTREMO NORTE

Os inuítes do Círculo Ártico acreditam que todos os seres vivos possuem uma alma, ou *inua*, a força da vida. Logo, um sentido de potencialidade mítica impregna o mundo inteiro. Os mitos expressam a verdade da vida; a vida expressa a verdade do mito. A identidade cultural do povo tikigaq do Alasca está codificada no mito do Corvo e da Baleia. Tikigaq era o nome da primeira baleia, que, arpoada pelo Corvo, transformou-se na terra que habitam. O iglu tikigaq, cujo portal de entrada é um osso de baleia, representa a baleia. Quando caçam este animal, os homens, com disfarce de corvo, encenam o papel do Corvo, enquanto as mulheres dentro do iglu representam *inua*, a baleia.

**Os índios taos** encenam a dança da águia sagrada no Novo México. A águia é considerada uma ligação entre o céu e a Terra em muitas mitologias.

## AMÉRICA DO NORTE

As primeiras palavras do mito da Criação da tribo maricopa, do Arizona, dizem: "A Terra era a mãe e o Céu, o pai." Muitas nações indígenas concordam com isso. Na crença dos nativos americanos, o mundo todo é sagrado e unido por um misterioso poder invisível, o espírito vivo do Grande Mistério. Os mitos mostram esse poder operando por meio de deuses, animais e homens. Muitos deles remetem ao tempo da Criação e aos feitos dos ancestrais e mestres da humanidade, e aos homens-animais; outros, aos alimentos básicos da vida, como o milho, o búfalo ou o salmão.

## MÉXICO E AMÉRICA CENTRAL

Nas mitologias do México e da América Central dominam as culturas asteca e maia, cujos elaborados mitos refletem a crença na dívida de sangue da humanidade para com os deuses. Os heróis Gêmeos dos maias possuem reflexos na mitologia norte-americana, em especial na do sudoeste dos EUA. Os mitos maias e o seu complexo calendário persistem até hoje entre os maias do altiplano, como os zinacantecas, falantes do tzotzil, que crêem ser este mundo um cubo em repouso nos ombros dos deuses dos Quatro-cantos e ser o umbigo do mundo um monte de terra, local de oferendas, no centro cerimonial de Zinacantán.

## AMÉRICA DO SUL

Os mitos dos incas e seus temas são apenas um dos aspectos da mitologia sul-americana, que se estende dos waraos, no delta do Orenoco, à cultural extinta dos yamanas, no extremo sul da Terra do Fogo. Cada tribo tem sua própria e complexa mitologia, em geral intimamente vinculada ao meio-ambiente em que vivem. Mais uma vez, o foco de muitos mitos são os homens-animais da época da Criação.

**Conhecida anteriormente** apenas por alguns agricultores locais, a cidade inca de Machu Picchu foi descoberta quase por acaso em 1912 e ainda é um lugar misterioso, cujo real propósito nunca foi revelado.

*"Foi determinado que o solo do fundo do oceano primitivo deveria ser trazido à tona e colocado sobre o casco firme e amplo da Tartaruga..."*

Jeremiah Curtin e J.N.B. Hewitt, *Legends, and Myths*

# ILHA DA TARTARUGA

Criação
Nordeste dos EUA
Nordeste dos EUA

J.N.B. Hewitt, *Iroquoian Cosmology*; Jeremiah Curtin e J.N.B. Hewitt, *Seneca Fiction, Legends, and Myths*

**O rosto de Hadu'i** (o Redemoinho iroquês), um ser primitivo da doença e da morte, esculpido em um tronco de árvore. Hadu'i foi vencido por Aquele-que-Segura-o-Céu, neto da Mulher Velha. Mesmo com o nariz quebrado, Hadu'i prometeu sanar o envenenamento da Terra, ajudando os homens.

## POR TRÁS DO MITO

Muitos mitos dos iroqueses e algonquinos do nordeste dos EUA possuem temas e padrões narrativos comuns. Um dos mais famosos é o mito da Criação, que dá nome à América do Norte na linguagem dos nativos americanos: Ilha da Tartaruga. Como diz Cath Johnson, da nação wyandot, do Kansas: "Hoje todos vivemos sobre o casco da Tartaruga. Quando ela se move, provoca terremotos."

### A MÃE-PRIMEVA

A maioria das tribos possui sua própria versão deste mito, no qual Mulher Velha é expulsa do céu e se torna a Mãe-Primeva. Uma das melhores versões é a dos senecas – o "povo da Colina Grande", que tradicionalmente vivia na atual Nova York. Uma versão de John Arthur Gibson, chefe seneca, cobre 138 páginas. Os senecas chamavam a Mãe-Primeva de Eagentci, que significa "mulher velha" e, em essência, é a própria Terra, fonte de todo alimento. Os penobscotes, do Maine, dizem que a Mãe-Primeva se sacrifica para salvar os primeiros humanos da fome e morre para que "o seu poder seja sentido pelo mundo inteiro, e para que todos os homens a amem".

São os netos da Mulher Velha que completam a Criação. Para os senecas, eles são conhecidos como Aquele-que-Segura-o-Céu e Sílex, ou Boa Mente e Mente Má. Como os nomes sugerem, Boa Mente é benévolo e torna a Terra aprazível para o homem, enquanto Mente Má é malévolo e tenta danificar o trabalho da Criação.

**PERSONAGENS-CHAVE**

**O ANCIÃO/AQUELE-QUE-SEGURA-A-TERRA** • *o líder do céu*

**MULHER VELHA/PRIMEIRA-MÃE** • *esposa do Ancião*

**A FILHA DA MULHER VELHA**

**AQUELE QUE SEGURA O CÉU/ BOA MENTE E SÍLEX/MENTE MÁ** • *filhos da filha da Mulher Velha e do Vento*

## ENREDO

### O ANCIÃO E A MULHER VELHA

Aquele-que-Segura-a-Terra, o Ancião, morava no mundo do céu, em cujo centro crescia uma árvore enorme, que sustentava a todos que lá viviam com suas flores e frutas. Aquele-que-Segura-a-Terra tomou a Mulher Velha como esposa e ela engravidou ao inspirar o hálito do marido. Mas Aquele-que-Segura-a-Terra suspeitou da mulher e começou a se consumir de ciúme.

Ele sonhou que a solução para os seus problemas seria derrubar a enorme árvore e, assim, arrancou-a do solo, abrindo uma passagem no chão do mundo do céu. Chamou a Mulher Velha para espiar e, quando ela se aproximou, empurrou-a. Enquanto caía, ela agarrou sementes da árvore com uma das mãos e uma raiz com aroma de tabaco com a outra. A Mulher Velha caiu em direção à água que então cobria a Terra. Os patos viram sua queda e juntaram as asas para apará-la. E foi então que a Grande Tartaruga, erguendo-se do Mundo Subterrâneo, criou-lhe um abrigo acima das águas em seu curvo casco.

**O rato-almiscarado** cobriu o casco da tartaruga com lama para a Mulher Velha se deitar.

### UM MUNDO NOVO

Um rato-almiscarado escavou sob a água e trouxe lama para cima, com a qual ele cobriu o casco da Tartaruga. Conforme a superfície começou a se expandir, a Mulher Velha liberou as sementes e a raiz que segurava. A Terra logo se cobriu de plantas e uma nova árvore nasceu da raiz. A Mulher Velha construiu um abrigo para si sob a árvore e lá deu à luz uma filha, que por sua vez engravidou do Vento. A filha ouviu duas vozes dentro de si, brigando sobre quem deveria nascer primeiro; uma era suave,

## OS TAMBORES E OS CHOCALHOS

O casco da tartaruga e sua associação com a Criação têm um papel relevante nos rituais dos povos nativos dos EUA. Os iroqueses fazem chocalhos com o casco inteiro da tartaruga, sendo os cabos a cabeça e o pescoço. Eles são usados pelos curandeiros para exorcizar as doenças. Os mandans das Grandes Planícies usavam quatro tambores – representando tartarugas – na sua cerimônia central, a Okeepa, "a dança para chamar búfalo".

**Com pequenas pedras** nos cascos de tartaruga, o povo chumash fazia chocalhos, e com eles música para curar doenças e ensinar as crianças.

a outra bruta. "Se você não me deixar sair primeiro, vou abrir caminho." E com isso a criança com a voz desagradável irrompeu da axila da mãe.

## O NASCIMENTO DAQUELE QUE SEGURA O CÉU

A filha da Mulher Velha mal teve forças para dar à luz o segundo filho antes de morrer. Ela foi a primeira a caminhar deste mundo de volta para o mundo do céu. O filho que nasceu de sua axila foi chamado Sílex, e seu coração era frio e duro. O outro, Aquele-que-Segura-o-Céu, era caloroso e carinhoso.

**Do túmulo** da filha da Mulher Velha nasceram as Três Irmãs – o milho, o feijão e a abóbora –, além de tabaco, cuja fumaça sobe como incenso ao céu.

## OS PRIMEIROS HUMANOS

Quando os meninos cresceram, decidiram alargar a Ilha da Tartaruga. Sílex criou as montanhas e as colinas a oeste, enquanto Aquele-que-Segura-o-Céu fez os vales e as campinas a leste. "Você está deixando tudo muito confortável", disse Sílex, e tudo fez para estragar a nova terra. Chegou até a roubar o sol e a escondê-lo no sudoeste criando o inverno, embora Aquele-que-Segura-o-Céu o tenha reconquistado. Vendo seu reflexo num lago, Aquele-que-Segura-o-Céu, com um pouco de barro, fez seis pares de humanos à sua própria imagem – os primeiros casais das seis nações iroquesas.

## IRMÃOS EM CONFLITO

Aquele-que-Segura-o-Céu ensinou os homens a viver, mas a cada dádiva sua correspondia um mal doado por Sílex. Se o primeiro criava uma planta medicinal, Sílex criava uma venenosa. Por fim, Aquele-que-Segura-o-Céu desafiou e venceu o irmão, prendendo-o numa caverna. Ele ainda derrotou outros inimigos dos homens: o Redemoinho, o Vento e a Besta do Fogo, e criou as estrelas, o sol e a lua. Finda a criação, seguiu o caminho do céu como a mãe.

# A FILHA DE SOL

📖 A origem da morte
Cherokee (Anyunwiya), sudeste dos EUA
Território cherokee na Geórgia, Carolina do Sul e do Norte e Tennessee
J. Mooney, *Myths of the Cherokee*, contado pelo Nadador

Segundo a lenda cherokee, certa vez o calor de Sol, entidade feminina, ficou tão intenso que os homens decidiram matá-la, mas acabaram matando sua filha por engano. Sol, desesperada com a perda, decidiu esconder-se; e o mundo ficou escuro e frio. Temendo pela vida da Terra, as pessoas resolveram resgatar-lhe a filha de entre os mortos. Estavam prestes a consegui-lo quando, no último momento, ela escapou.

**PERSONAGENS-CHAVE**

**SOL**
**LUA** • *seu irmão e amante*
**A FILHA DE SOL**
**CABEÇA DE COBRE, HETERODON, CASCAVEL E UKTENA** • *quatro homens convertidos em serpentes*

## ENREDO

### SOL E A FILHA

Quando jovem, Sol tinha um amante que a visitava apenas à noite e se recusava a deixá-la ver o seu rosto. Uma noite ela esfregou cinzas no rosto do amante para tentar identificá-lo depois. Na noite seguinte, quando o seu irmão, Lua, surgiu no céu, Sol, horrorizada, viu-lhe o rosto manchado. Lua ficou tão envergonhado que, daí em diante, ficou o mais distante possível da irmã. Sol brilhava tão intensamente que as pessoas não podiam mais olhar para ela sem franzir o rosto, mas podiam sorrir para Lua. Ciumenta e zangada, Sol começou a brilhar cada vez mais forte, até que o povo começou a morrer de calor. As pessoas ficaram tão desesperadas que decidiram matá-la.

Sol morava no lado leste da abóbada celeste, e sua filha vivia no centro. Todos os dias, conforme Sol escalava o céu e se movia em direção ao oeste,

**O GAVIÃO CRIA A TERRA CHEROKEE**

No princípio, o mundo era apenas água e céu. Todos os animais viviam no céu, mas este ficou superlotado, e assim o besouro d'água mergulhou para ver o que havia sob a água. Ele trouxe um pouco de barro, que aumentou até se tornar a Terra. O formato das montanhas e dos vales foi forjado pelo bater das asas de um gavião. A Terra ainda permanece presa por quatro cordas à abóbada celeste de cristal, e, quando essas cordas se desgastarem, dizem que a Terra afundará novamente na água.

parava para a refeição do meio do dia na casa da filha amada. Todos sabiam disso, e decidiu-se então usar esta rotina como parte do plano para matá-la. Dois homens se transformaram em cobras – Heterodon e Cabeça de Cobre – e ficaram deitados esperando Sol na porta da casa da filha. Mas, ao chegar no dia seguinte, sua luz foi tão ofuscante que Heterodon só conseguiu cuspir uma secreção amarela ao tentar mordê-la, e Cabeça de Cobre rastejou para longe.

**Os cherokees** acreditam que Sol ainda chora pela filha e que suas lágrimas se precipitam como chuva.

## A MORTE DA FILHA

Os humanos não desistiram. Um terceiro homem se transformou em Cascavel e um quarto numa enorme serpente, Uktena. O sangue de Uktena era venenoso e só o seu olhar já era mortal. Assim, ele parecia o candidato perfeito para matar Sol.

As duas cobras foram à casa da filha de Sol e lá ficaram à espreita. Quando a porta se abriu, a Cascavel se adiantou às cegas e acertou quem tinha diante de si – a filha, que morreu instantaneamente.

## O APELO DE UM FANTASMA

Cheia de tristeza pela morte da filha, Sol escondeu-se, e o mundo perdeu sua luz e calor. Os homens, então, resolveram buscar a filha de Sol no Mundo das Trevas. Lá chegando, encontraram-na dançando com fantasmas. Capturaram-na e colocaram-na numa caixa, que, como lhes foi dito, não deveriam abrir de modo algum. No caminho de volta, a jovem rogava que a soltassem, alegando primeiro fome, depois sede e, por fim, falta de ar. Os homens, então, entreabriram um pouco a tampa da caixa, e um som vibrante, um chilreio de pássaro, fez-se ouvir, e algo voou: um pássaro cardeal – a filha de Sol, que voara para longe.

## O PODER CURATIVO DO RISO

Quando viu os homens retornarem sem sua filha, a dor de Sol foi tão intensa que seu pranto inundou a Terra. Os homens tentaram animá-la, mas só voltou a sorrir, e o mundo a se encher de luz, quando ouviu o som alegre do tambor às mãos de um hábil ritmista. Desde então, Sol nunca mais alterou seu calor, mas os homens ainda não podem olhá-la sem franzir o cenho.

**MITOS RELACIONADOS** ▸ Deméter e Perséfone (*p.54*) • Yi atira nos sóis (*p.174*)

**Menino kiowa** numa cerimônia de dança do milho no Novo México. Dançar tornava os espíritos das presas, p.ex. búfalos, propícios aos caçadores, e também os das "três irmãs": milho, feijão e abóbora. Na famosa Dança da Cabaça kiowa, os chocalhos são feitos de cabaças secas.

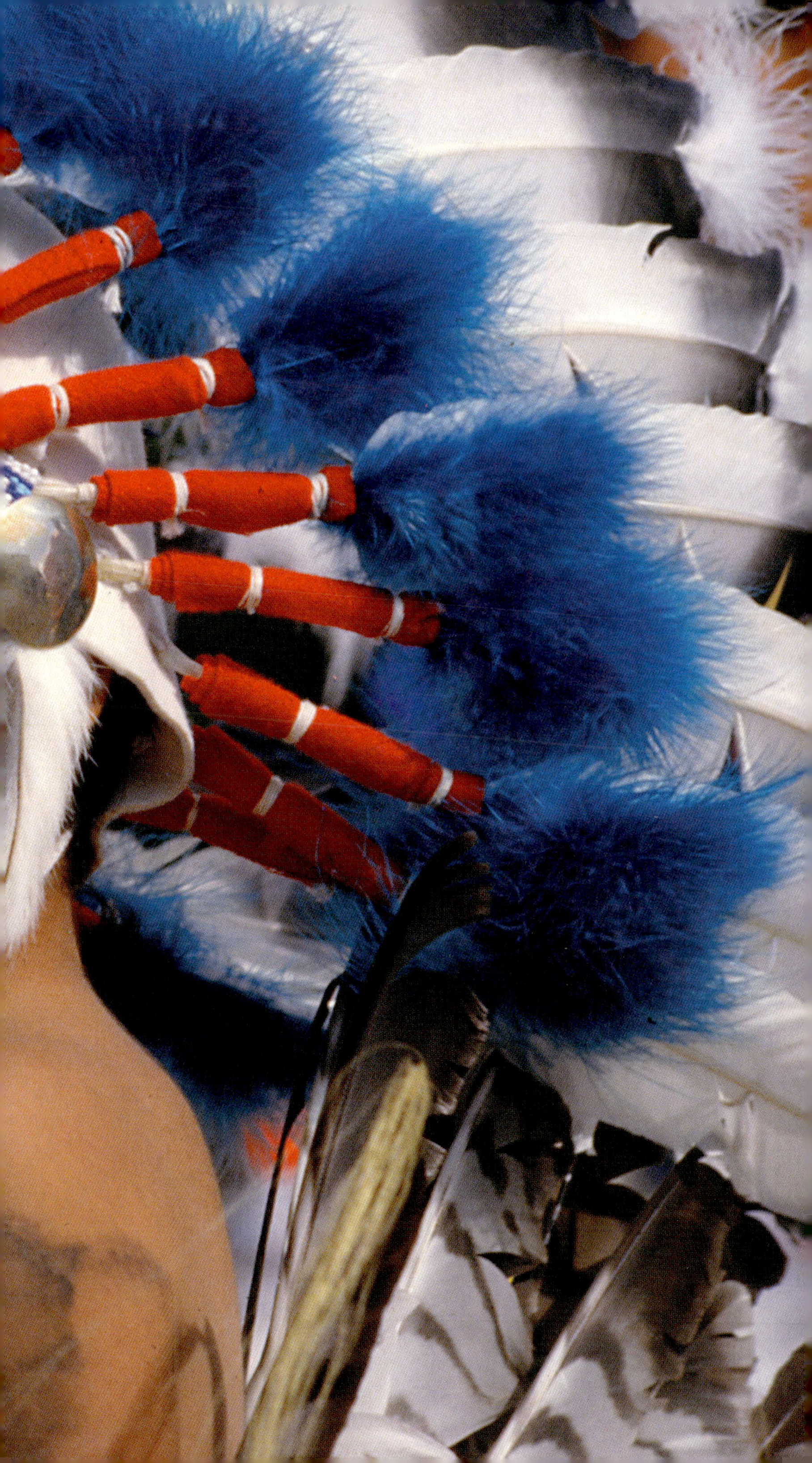

# MULHER PENSADORA

Criação
Keres
Sudoeste dos EUA

Franz Boas, *Keresan Texts*; Matilda Coxe Stevenson, *The Sia*; Matthew W. Stirling, *Origin Myth of Acoma*; Ruth Benedict, *Tales of the Cochiti Indians*

Vários povos Pueblo consideram a Criação uma obra feminina. Entre os keres dizem, às vezes, que o Criador original era feminino e outras vezes (talvez sob influência do cristianismo) que era masculino. Este primeiro Criador pôde fazer o mundo de um coágulo de sangue ou simplesmente usar o poder da imaginação. Dizem que a Mulher Pensadora, a aranha, criou o universo a partir da teia de seus próprios pensamentos.

**PERSONAGENS-CHAVE**

**SUS'SISTINAKO** • *Mulher Pensadora, a criadora*
**IATIKU** • *a Mãe-Milho*
**IATIKU** • *filha de Iatiku, mãe dos povos indígenas*
**NAUTSITI** • *filha de Iatiku, mãe dos povos brancos*

## ENREDO

### A CRIAÇÃO

No princípio havia apenas um ser, uma aranha chamada Sus'sistinako, que significa Mulher Pensadora. Sus'sistinako remeteu seus pensamentos ao espaço e os usou para tecer o universo. Abaixo da Terra, ela colocou Iatiku, a Mãe-Milho, também conhecida como "o sopro da vida". Foi Iatiku quem criou todos os elementos que compõem o mundo – até mesmo a diversão, na forma do palhaço Koshare, a quem ela moldou de pedaços de sua pele, para fazer as pessoas rirem. Iatiku tinha dois aspectos: um que permanecia subterrâneo e para o qual os mortos retornavam; e outro que viajava pelo mundo, levando o dom da vida. Ela teve duas filhas, a quem deu cestas repletas de sementes e imagens, que deveriam ser usadas para trazer vida ao mundo.

### O SURGIMENTO

A primeira filha foi chamada Iatiku, como a mãe, pois elas se pareciam muito. A segunda filha não recebeu um nome.

## A TECELAGEM EM MITOLOGIAS DO SUDOESTE

A Mulher-Aranha desempenha, em geral, o papel de Criadora nas mitologias de outros povos do sudoeste dos EUA. Os hopis acreditam que ela teceu a lua com algodão branco e moldou os primeiros homens do barro. Para os dinés (navajos), ela teceu a escada de cordas pela qual os homens subiam a este mundo, e a tecelagem foi uma dádiva sua. Os dinés nunca matam as aranhas, pois livram os seres humanos de insetos, mosquitos e moscas.

**As moças dinés** esfregam teias de aranha nos braços para se tornarem tecelãs incansáveis.

As duas irmãs subiram à Terra e, quando emergiram, o mundo ainda estava escuro. Decidiram, então, criar a luz. Entoaram a canção da Criação, formando o sol de conchas e pedras vermelhas. Depois, viajando para o leste, levaram o sol até o cume de uma alta montanha e deixaram-no cair do outro lado. Na manhã seguinte, o sol se ergueu pela primeira vez.

### CESTOS DE VIDA

Iatiku e a irmã continuaram a espalhar as sementes e as imagens de seus cestos e cada coisa ganhava vida assim que caía. Fizeram a lua e depois as estrelas, todas perfeitamente agrupadas, até que uma menininha, ao espiar o feixe de estrelas, deixou-as escapar, espalhando-as desordenadamente pelo céu.

### COMPETIÇÃO ENTRE AS IRMÃS

Iatiku percebeu que o cesto da irmã continha mais coisas preciosas que o dela e resolveu chamar a irmã de Nautsiti, que significa "mais de tudo no seu cesto". As duas irmãs competiram para ver qual delas comandaria o mundo. Iatiku venceu, pois a Mulher Pensadora sentou-se no seu ombro sob forma de aranha e cochichou-lhe as respostas. Como vencedora, Iatiku ficou sendo a mãe dos índios, enquanto Nautsiti partiu e tornou-se a mãe dos brancos.

**Os povos pueblos** do Arizona e do Novo México tomaram esse nome da palavra que os espanhóis usavam para designar suas antigas colonizações.

# O CORVO ROUBA O SOL

Herói da cultura
Tsimshian, Canadá
Colúmbia Britânica

Franz Boas, *Tsimshian Texts* e *Tsimshian Mythology* (como registrado por Henry W. Tate); Marius Barbeau, *Tsimsyan Myths*; Barbeau e Beynon, *Tsimshian Narratives*

Houve um tempo em que o mundo era completamente escuro e os seres podiam tomar forma humana ou animal. O filho de um chefe tribal morreu, mas retornou como um jovem que brilhava e se recusava a comer, até que lhe deram sangue coagulado para beber e ele ficou faminto. Ele foi mandado embora, na forma de um corvo, e semeou a terra e os rios. Depois voou para o céu e roubou a luz do dia do Chefe-dos-Céus.

**PERSONAGENS-CHAVE**

**O CHEFE DOS KUNGALAS E SUA ESPOSA**

**O CORVO** • *seu filho*

**O CHEFE-DOS-CÉUS** • *o Criador*

**A FILHA DO CHEFE-DOS-CÉUS** • *a segunda mãe do Corvo*

## ENREDO

### UM FILHO AMADO

O chefe dos kungalas e sua esposa tiveram um filho muito amado, que morreu. Eles e a tribo choravam o corpo todas as manhãs. Um dia, a mãe descobriu um jovem tão brilhante quanto o fogo no lugar do corpo do filho, e disse ao marido: "Nosso filho voltou à vida." O chefe perguntou ao jovem se ele era seu filho, e o jovem brilhante respondeu afirmativamente.

**O Corvo** é um conhecido deus-trapaceiro em várias tribos do noroeste dos EUA.

### O JOVEM BRILHANTE

O chefe e a esposa amaram o renascido ainda mais. Só lhes preocupava o filho não aceitar nenhum alimento. Então, um dia, o escravo Boca-em-Cada-Extremo deu-lhe um pedaço de carne de baleia envolto em sangue coagulado do osso da barbatana. Imediatamente ele se tornou insaciável, e sua voracidade levou o chefe a decidir-se pelo banimento do filho. Deu-lhe um escalpo de corvo, mais frutos silvestres e ovas de peixe a serem espalhados por terras e águas, a fim de nunca passar fome.

### O ROUBO DA LUZ

O jovem vestiu a pele de corvo e voou ao claro mundo do céu, e esperou perto de uma fonte até a filha do Chefe-dos-Céus aparecer.

**TOTENS**

Os nativos americanos da costa noroeste têm uma complexa estrutura de parentesco, visualmente codificada em totens. Estes não são artefatos religiosos, mas expressões de orgulho familiar, que traçam a linhagem até os homens-animais do tempo da Criação. As esculturas destes ancestrais-animais em geral descrevem mitos. O Corvo, p. ex., pode ser visto com a lua no bico. A quem passava num vilarejo estranho, bastava olhar para o totem de cada casa para ver que famílias compartilhavam os símbolos de seu clã e, assim, lhe ofereceriam acolhida. Os totens também têm um significado mitológico enquanto representações da Árvore do Mundo – "a coluna que segura o céu".

Transformou-se, então, numa folha de cedro a flutuar na correnteza. A jovem bebeu da água com a folha e, no tempo devido, deu à luz um menino. Todos no mundo do céu amavam a criança, mas não sabiam o porquê de seu choro ininterrupto. Quando descobriram que a razão era a bola que continha a luz do dia, deram-na para ele. Por muito tempo, o menino brincou com a bola, mas um dia colocou-a no ombro e correu até a passagem do céu, onde jogou a pele de corvo sobre si e voou de volta à Terra com a luz.

**O MUNDO SE ILUMINA**

O mundo ainda estava escuro quando o Corvo desceu perto do rio Nass. Os homenss estavam reunidos, comendo *olachen* (peixe-vela). O Corvo, mais faminto que nunca, gritou: "Joguem-me uma dessas coisas que vocês estão comendo." Os homens responderam-lhe com insultos. "Eu lhes trouxe a luz dentro de uma bola", disse o Corvo, "e se não me derem um peixe, vou quebrá-la." Eles apenas riram, e então o Corvo cumpriu sua palavra. Foi assim que a luz do dia se espalhou pelo mundo inteiro.

# KAYAK, O FALCÃO-PEREGRINO

Herói cultural
Inuíte
Alasca

Knud Rasmussen, *The Eagle's Gift: Alaska Eskimo Tales*, como contado por; Lela Kiana Oman, *The Epic of Qayaq: The Longest Story Ever Told By My People*

O ciclo épico dos inuítes do Alasca inclui um herói, que transita na paisagem da época da Criação: Kayak. Assumindo a forma de todos os tipos de animais, inclusive pássaros e peixes, sua jornada é a da descoberta e domínio dos segredos do mundo natural: um processo de aprendizado prático. No triste final, Kayak retorna à casa e encontra os pais já mortos. Ocorre então sua metamorfose final em falcão-peregrino.

**PERSONAGENS-CHAVE**

**KAYAK (FALCÃO-PEREGRINO)** • *o herói mutante dos inuítes do Alasca*

**O HOMEM DA FLORESTA** • *o pai de Kayak*

## ENREDO

### O HOMEM DA FLORESTA

Um dia, um homem apareceu caminhando pela costa de Selawik. Não se sabia exatamente de onde vinha, apenas que nascera no centro do país. O homem era um grande caçador e armador de armadilhas e foi chamado de Homem da Floresta. Ele se casou e teve quatro filhos que, um após o outro, foram caçar e nunca voltaram. Os pais, consternados, foram à praia onde o Homem da Floresta com um pedaço de sílex produziu faíscas enquanto entoava palavras mágicas. Depois disse: "Agora teremos um filho."

**A mitologia inuíte** não tem deuses. Em vez disso, há os grandes espíritos das criaturas que caçavam.

Quando a criança – um menino – nasceu, o Homem da Floresta lavou-lhe o corpo com a pele de um falcão, que foi também o primeiro amuleto da criança.

### FALCÃO-PEREGRINO

Deram à criança o nome de Falcão-Peregrino, embora seu nome também fosse Qajartuarungnertoq, "Aquele que sempre sentirá falta de remar em seu caiaque", e, por isso, passou a ser chamado simplesmente de Kayak. O Homem da Floresta criou-o para ser um grande caçador e, para que ele não

tivesse o destino dos irmãos, protegeu-o com mais amuletos, cuja eficácia mágica testava todos os dias.

Já aos primeiros passos de Kayak, o Homem da Floresta jogou uma faca contra ele, mas ele se esquivou. Enquanto dormia, alvejou-o com um flecha, mas Kayak de novo se esquivou. Assim veio a ser o maior caçador de todos os tempos e, ao atingir a idade certa, partiu para vingar os irmãos.

## AS AVENTURAS DE KAYAK

Ao vaguear pela terra, Kayak encontrou vários homens que eram na verdade animais. Chegou a casar-se com uma jovem, de fato uma coruja, mas logo que a viu grávida de um filho, que poderia caçar para ela, Kayak retomou sua peregrinação.

Venceu todo tipo de inimigos e também encontrou vários "amigos da humanidade", como o homem que lançava num rio lascas de abetos vermelhos, que se transformavam em salmão. Kayak assumiu a forma de truta, arminho, larva e outras criaturas. Por vezes foi pego e devorado, mas voltava à vida graças à mágica de seus amuletos.

## O RETORNO DE KAYAK

Depois de viajar pelo mundo, ao longo de Selawak, Kobuk, Noatak e Yucon, e de vingar a morte dos irmãos matando os monstros que atacavam os humanos, ele retornou à sua terra natal. Mas seus pais não estavam mais lá: haviam morrido há muito tempo. Mesmo a grande árvore que crescera nas ruínas da casa não era mais que um cepo. Kayak se transformou num falcão-peregrino, pousou no cepo e chorou. Depois, abrindo as asas, desapareceu voando nas florestas de onde seu pai surgira tantos anos antes.

### SEDNA, O ANIMAL MARINHO

Sedna, a senhora dos animais marinhos, mora no fundo do mar. Ela era uma órfã, que fora jogada no mar por não ter quem olhasse por ela. A menina tentou se segurar no caiaque, mas cortaram-lhe os dedos, que se transformaram nas primeiras focas. Por não ter dedos, Sedna não conseguia pentear os cabelos, e os xamãs deviam, a nado, driblar o cão que a guarda para lhe desembaraçar e trançar o cabelo.

*"...e quando a bola foi derrubada novamente,*
*foi a cabeça de Hunahpú*
*que rolou no campo..."*

Denis Tedlock, *The Popol Vuh*

# OS GÊMEOS HERÓIS

Heróis culturais
Maias
Reino quiché, Guatemala

Dennis Tedlock, *The Popol Vuh*; Schele e Miller, *The Blood of the Kings*; Karl Taube, *Aztec and Maya Myths*

**Hun Hunahpú,** pai dos Gêmeos heróis, foi morto e decapitado pelos senhores de Xibalba. Seus filhos tentaram compô-lo novamente, mas ele não conseguiu nomear todas as partes de seu corpo e teve de permanecer no Mundo Subterrâneo. Os maias vêem-no como o deus do milho, e com freqüência ele é representado portando espigas de milho.

## POR TRÁS DO MITO

*Popol Vuh* é o livro sagrado dos maias quiché, transcrito em meados do séc.XVI a partir de um antigo original hieroglífico. Contém os seus mitos não só de Criação e fundação, mas também sua história.

Como em muitas mitologias, nos primórdios maias, o deus-criador do mar, Gugumatz, e o deus-criador do sol, Coração do Céu, tentaram criar a raça humana várias vezes. Mas seus primeiros seres eram incapazes de pronunciar os nomes dos deuses; eles grasnavam, uivavam e chilreavam e se transformavam em animais. A segunda raça, feita de barro, também sem dominar a fala, diluiu-se na água. Consultados os adivinhos Xpiyacoc e Xmucané, seres ancestrais, os deuses criaram então uma nova raça, moldando os homens da madeira e as mulheres do junco. Mas esses proto-humanos não tinham alma e se negavam a adorar os deuses, e assim Coração do Céu enviou um dilúvio para os destruir.

### JORNADA AO MUNDO SUBTERRÂNEO

Ao final foram os netos dos dois adivinhos que, superando a morte, abriram o caminho para a criação bem-sucedida dos humanos. Esses dois irmãos, os Gêmeos heróis, se aventuram no Mundo Subterrâneo para vingar a humilhação e o assassinato do pai e do tio pelos terríveis senhores de Xibalba. Essa é uma das partes mais repleta de aventura do *Popol Vuh*. A forma com que os espertos gêmeos retornaram à vida depois de seus ossos terem sido transformados em pó inspira a avó deles, Xmucané, a criar os quatro primeiros humanos, ancestrais das quatro linhagens paternas quichés, de massa de farinha e água.

### PERSONAGENS-CHAVE

**XPIYACOC E XMUCANÉ** • *adivinhos: o casamenteiro e a parteira da humanidade*

**HUN HUNAHPÚ E VUCUB HUNAHPÚ** • *filhos de Xpiyacoc e Xmucané*

**XQUIC** • *uma donzela do Mundo Subterrâneo*

**XBALANQUE E HUNAHPÚ** • *Gêmeos heróis, filhos de Hun Hunahpú e Xquic*

**HUN CAME E VUCUB CAME** • *senhores de Xibalba, o Mundo Subterrâneo*

## ENREDO

### OS JOGADORES DE BOLA

Xpiyacoc e Xmucané tiveram dois filhos, Hun Hunahpú e Vucub Hunahpú. Os meninos nada faziam o dia inteiro além de brincar com dados e jogar bola. O barulho que faziam perturbou Hun Came e Vucub Came, os senhores de Xibalba, o Mundo Subterrâneo, que lhes enviaram, por mensageiros-corujas, o desafio de um jogo de bola no mundo da morte.

### RIDICULARIZADOS E MORTOS

Quando Hun Hunahpú e Vucub Hunahpú chegaram a Xibalba, Hun Came e Vucub Came convidaram-nos a se sentar; eles aceitaram, mas logo deram um salto, pois o banco fervia de calor, o que levou os senhores de Xibalba às gargalhadas. A seguir, conduziram-nos até a Casa da Escuridão, só com uma tocha e dois charutos como lume e com ordem de mantê-los sempre acesos. No dia seguinte, Hun Came e Vucub Came exigiram a tocha e os charutos de volta Como tinham se consumido, e os senhores então ordenaram a morte dos meninos, que foram sacrificados e enterrados no Local de Sacrifício dos Jogos de Bola. A cabeça de Hun Hunahpú foi cortada e presa a uma árvore, que deu frutos: as primeiras cabaças.

**O jogo de bola** sagrado dos maias originou-se das histórias dos irmãos heróicos. O anel circular acima é o gol usado nesse jogo.

### A CHEGADA DOS GÊMEOS HERÓIS

Xquic, uma donzela de Xibalba, foi ver a árvore de cabaças. Quando ela apanhou um fruto, a cabeça de Hun Hunahpú cuspiu na palma de sua mão. Ela engravidou e deu à luz os Gêmeos heróis, Hunahpú e Xbalanque. Eles gostavam tanto de jogar bola quanto o pai e o tio, e seus gritos também perturbaram os senhores de Xibalba, e assim um novo desafio foi proposto.

Hunahpú e Xbalanque cruzaram o rio de Pus e o rio de Sangue e entraram em Xibalba. Todas as noites, eles eram forçados a ficar numa das terríveis casas de Xibalba: a Casa Escura, a Casa da Navalha, a Casa Fria, a Casa do Jaguar e a Casa do Fogo. Eles sempre conseguiam

**O Mundo Subterrâneo maia** espelha a sua civilização acima da terra, com uma classe de elite – os senhores de Xibalba –, templos e complexos de quadras de jogos de bola similares aos centros maias como o de Chichén Itzáltzá.

sobreviver aos testes e tornavam a jogar bola contra os senhores de Xibalba. Na Casa da Escuridão, por exemplo, eles evitaram que os charutos queimassem colocando vagalumes na ponta em vez de acendê-los. Na Casa dos Morcegos, os Gêmeos dormiram dentro de suas zarabatanas por segurança, mas quando Hunahpú colocou a cabeça para fora para ver se já tinha amanhecido, um morcego decepou-lhe a cabeça e a arremessou pela quadra de jogo.

Xbalanque esculpiu uma cabeça nova para Hunahpú de uma abóbora e, quando amanheceu, os Gêmeos saíram. O jogo de bola começou com a cabeça de Hunahpú como bola; Xbalanque bateu-a para fora do campo, onde um coelho aguardava para pegá-la e secretamente devolvê-la a Xbalanque. Enquanto os senhores de Xibalba procuravam a bola, ele recolocou a cabeça do irmão no lugar, e assim os Gêmeos mais uma vez venceram os senhores de Xibalba no jogo.

## A MORTE TERRÍVEL

Os senhores de Xibalba não conseguiram suportar essa derrota. Eles queimaram os Gêmeos num forno, torraram os ossos como farinha e espalharam o pó no rio. Porém, após seis dias os Gêmeos retornaram a Xibalba, mais lindos que nunca e a gabar-se de conseguir trazer os mortos de volta à vida. Os senhores de Xibalba exigiram a prova. Assim, Xbalanque colocou Hunahpú de braços abertos e retirou-lhe o coração. Depois disse: "Levante-se!", e Hunahpú reviveu. Hun Came e Vucub Came ficaram tão animados que gritaram: "Faça o mesmo em nós! Faça o mesmo em nós." Hunahpú e Xbalanque cortaram os corações dos senhores da morte, mas não os trouxeram de volta. O poder da morte fora rompido e diminuído. Findo o trabalho, os Gêmeos subiram ao céu, onde se tornaram o sol e a lua.

### OS NOMES NO CALENDÁRIO MAIA

Os prefixos "hun" e "vucub" significam "um" e "sete". Hun Hunahpú é traduzido como "um soprador de zarabatana" e Vucub Came como "sétima morte". Entre os maias, muitos personagens míticos têm nomes contendo números que se relacionam aos complexos ciclos do seu calendário, que observava o ano solar, o ano lunar e o ciclo de Vênus em uma série de linhas de tempo interligadas, sobre uma base de 260 dias, de aproximadamente nove meses, o período da gestação humana.

PEDRA DO CALENDÁRIO MAIA

# A SERPENTE EMPLUMADA

Criação
Astecas
México

John Bierhorst, *History and Mythology of the Aztecs*; Díaz e Rodgers, *The Codex Borgia*; Bernadino de Sahagún, *Florentine Codex*; Karl Taube, *Aztec and Maya Myths*

Os astecas acreditavam que nosso mundo era o quinto sol, ou quinta-criação. Os outros teriam sido destruídos respectivamente por jaguares, ventos, chuva de fogo e um grande dilúvio. O mundo foi então recriado pelos irmãos Quetzalcoatl e Tezcatlipoca, que se transformaram em serpentes para esquartejar a deusa da terra Tlaltecuhtli e criar a Terra e os céus. Quetzalcoatl resgatou os ossos da raça anterior para criar novos humanos.

**PERSONAGENS-CHAVE**

**QUETZALCOATL** • *o deus do vento*

**TEZCATLIPOCA** • *o deus trapaceiro, irmão de Quetzalcoatl*

**MICTLANTECUHTLI** • *o regente de Mictlan, o Mundo Subterrâneo*

**CIHUACOATL** • *a deusa da fertilidade*

## ENREDO

### DESCIDA AO MUNDO SUBTERRÂNEO

Quetzalcoatl foi até Mictlantecuhtli, regente do Mundo Subterrâneo, pedir os ossos da última raça de humanos, para com eles povoar a Terra. O chefe concordou desde que Quetzalcoatl cavalgasse quatro vezes ao redor da terra morta tocando sua corneta de concha. Mas a concha não tinha furos. Por isso, Quetzalcoatl conclamou os vermes para fazer os furos, e as abelhas, para nela se aninhar e amplificar-lhe o som.

**PROFECIA CUMPRIDA**

Nos meses antes da chegada de Cortés e os espanhóis ao México em 1519, o reino asteca estava repleto de profecias lúgubres. Os caçadores trouxeram ao rei Montezuma um pássaro com um espelho na cabeça, no qual se via o céu. No espelho o rei viu homens armados e julgou, quando Cortés aportou, que Quetzalcoatl retornara.

**HERNÁN CORTÉS**

**Quetzalcoatl porta um colar** ou um leque de penas do Resplandecente Quetzal, um pássaro espetacular, com plumagem furta-cor vermelha e verde.

### QUETZALCOATL PORTA UM COLAR

Quetzalcoalt recebeu as duas preciosas pilhas de ossos de homens e mulheres que lhe eram devidas, sob a condição de não levá-los consigo. Ao concordar, mentiu, e os espíritos perceberam. Enquanto fugia, fizeram-no tropeçar e espalhar os ossos, que foram bicados por uma codorna. Quetzalcoatl entregou-os a Cihuacoatl, que os moeu para serem aspergidos com o sangue dos deuses, do que resultou o renascimento da humanidade. Mas como os ossos haviam sido bicados pela codorna, os homens têm tamanhos diferentes e estão destinados a morrer.

# O ESPELHO ENFUMAÇADO

Herói da cultura
Astecas
México

John Bierhorst, *History and Mythology of the Aztecs: The Codex Chimalpopoca*; Bernadino de Sahagún, *Florentine Codex: General History of the Things of New Spain*

Os relatos da mitologia asteca pós-conquista falam de Quetzalcoatl tanto como deus quanto como o rei humano de Tollan. Topiltzin Ce Acatl Quetzalcoatl (817-95 d.C.) foi modelo para todos os reis astecas. Sob encarnação humana, diz-se que introduziu o calendário asteca e muitos ritos. Recusava-se a praticar o sacrifício humano e, por isso, Tezcatlipoca (seu cruel irmão) desgraçou-o por meio de trapaça, levando-o a abdicar do reinado.

**PERSONAGENS-CHAVE**

**TOPILTZIN CE ACATL QUETZALCOATL** • *rei de Tollan, forma humana do deus Quetzalcoatl*
**TEZCATLIPOCA** • *um trapaceiro, irmão de Quetzalcoatl*
**QUETZALPETLATL** • *irmã de Quetzalcoatl*

## ENREDO

### UMA VIDA DE ORAÇÕES

Tezcatlipoca, irmão de Topiltzin, era um feiticeiro, dono de um espelho mágico, que emitia fumaça e matava seus inimigos. Favorável a sacrifícios humanos, vivia em rixa com o irmão, Topiltzin, que se recusava a pagar tributo aos deuses com corações humanos. Em vez disso, ele se fechava em sua casa de orações, confinado em autossacrifício (oferecia o próprio sangue, orações e imolava cobras, pássaros e borboletas). Como Topiltzin nada fazia além de orar, seu corpo definhou, suas órbitas afundaram no crânio e os olhos saltaram.

Tezcatlipoca, então, enviou-lhe um espelho e Topiltzin horrorizou-se com a própria visão. Por isso, pediu a Coyotlinahual, o artesão de penas, que lhe fizesse uma máscara de turquesa com presas de serpente e um cocar com franjas de penas dos pássaros quetzal e colhereiro. Quando Topiltzin se viu no espelho tão bem ornamentado, deixou a casa de orações aliviado e feliz.

**A escultura de um crânio** decorado representa o terrível Tezcatlipoca, deus do "espelho enfumaçado".

### INCESTO E EXÍLIO

A felicidade fez Topiltzin beber pulque até se embriagar. Ele chamou Quetzalpetlatl, a irmã, que também se embebedou, e os irmãos dormiram juntos. Ao acordar, encheram-se de tristeza e vergonha. Mortificado, Topiltzin partiu para o leste numa jangada de serpentes, prometendo retornar algum dia. Em outra versão do mito, ele se joga numa pira funerária de tanto remorso, apenas para ressurgir novamente como o Senhor da Aurora – a estrela d'alva, ou Tlahuizcalpantecuhtli. As duas versões do mito prometem seu retorno final.

**MITOS RELACIONADOS** ▸ Inana no Mundo Subterrâneo (*p.149*) • Gêmeos heróis (*p.208–11*)

## O SACRIFÍCIO ASTECA

Os astecas acreditavam ter uma dívida com os deuses, pois estes recriaram a humanidade com o próprio sangue e ofertaram seus corações para movimentar o novo Sol. Por isso, o sacrifício humano tornou-se o cerne da cultura asteca, e seus sacerdotes oficiavam rituais sangrentos em que imolavam grande número de prisioneiros, cujos corações eram oferecidos aos deuses ainda pulsando.

### A DÍVIDA PARA COM OS DEUSES

No início do Quinto Sol (ciclo da Criação), Quetzalcoatl, deus do vento, e Tezcatlipoca, o deus trapaceiro, verteram o próprio sangue sobre os ossos da primitiva raça humana para recriá-la (*p.212*), o que os deixou sedentos de sangue e ávidos pelos corações ainda pulsantes dos sacrificados. Também Tlaltecuhtli, deusa que os dois irmãos haviam rasgado ao meio para criar a Terra e os céus, e de cujo corpo nasceram todas as plantas que alimentam a humanidade, clamava à noite por corações humanos – um alto custo a ser pago pelas dádivas divinas.

**As vítimas** eram atiradas escada abaixo, representando o deus do fogo asteca matando uma deusa má.

### SACRIFÍCIO NO TEMPLO

Os corações eram arrancados das vítimas com lâminas sacrificiais feitas de obsidiana e ofertados aos deuses num recipiente chamado cuauhxicalli, "uma cabaça de águia". Retirado o coração, as vítimas eram esfoladas e decapitadas, e os crânios expostos sobre patamares votivos.

### RITOS DO CALENDÁRIO

O ano ritual asteca incluía sacrifícios a deuses e deusas em datas fixas, segundo a evolução dos vários ciclos do calendário desse povo. P.ex., a cada 260 dias um homem, representando Mictlantecuhtli, o deus do Mundo Subterrâneo, era sacrificado

à noite no templo de Tlalxicco, "o umbigo do mundo". Acredita-se que depois a vítima era ingerida pelos sacerdotes. Os celebrantes menos importantes comiam *izoalli*, figuras feitas de massa de grãos misturada com sangue. Partir o *izoalli* e consumi-lo era comungar com os deuses.

## XIPE TOTEC, O DEUS ESFOLADO

Para o festival de Tlacaxipehualiztli, os homens que representavam o deus Xipe Totec usavam a pele esfolada de um sacrificado. Conforme a pele apodrecia, a pessoa que a usava emergia de dentro dela como um broto fresco de uma semente. É assim que Xipe Totec é representado, como um homem dentro da pele de outro. Além de ser a divindade da fertilidade, ele também é patrono dos joalheiros.

**Uma máscara de ouro** de Xipe Totec, o esfolado, cujas estátuas eram recobertas com pele humana de verdade.

## ENCONTRAR VÍTIMAS

Para assegurar um suprimento constante de vítimas para o sacrifício, os astecas praticavam um tipo de guerra conhecido como "Guerra Florida", em que o objetivo era capturar o inimigo, não matá-lo. Ideal na cultura asteca, essa técnica de luta mostrou-se totalmente inadequada contra os conquistadores espanhóis liderados por Cortés. Em 80 anos após a sua chegada, em 1519, as derrotas e as doenças européias reduziram a população asteca de 20-25 milhões para apenas um milhão.

## AUTO-SACRIFÍCIO

Nem todas as oferendas rituais envolviam a morte de inimigos. Aos deuses também eram oferecidos incenso, tabaco, alimentos e objetos preciosos. O deus-serpente de plumas Quetzalcoatl apreciava o sacrifício de borboletas e beija-flores. Os astecas também costumavam sangrar-se na língua, nos lóbulos da orelha ou no pênis, com lâminas de obsidiana ou comagaves. Esse sangramento, ou autosacrifício, nutria os deuses e honrava especialmente Nanahuitzin, que vencera os demais ao oferecer espinhos de agave aspergidos com o próprio sangue na disputa para tornar-se o Sol da Quinta Era. Seu tributo foi considerado mais valioso que quaisquer jóias preciosas oferecidas pelos outros deuses.

**Muitos templos astecas** eram decorados com pedras representando o *tzompantlin*, a prancha usada para dispor os crânios das vítimas sacrificadas.

# OS FILHOS DO SOL

Criação
Incas
Lago Titicaca e Cuzco (Peru)

Bernabé Cobo, *Inca Religion and Customs*; Juan de Betanzos, *Narrative of the Incas*; Gary Urton, *Inca Myths*

O império inca de Tawantinsuyu foi fundado na cidade de Cuzco por volta de 1200, e em 1532 o domínio inca se estendia pelo Peru, Equador, Chile e partes da Bolívia e Argentina. Os incas acreditavam ser filhos do Sol. Inti, o deus-sol, era adorado no Templo do Sol; sua imagem era um rosto dourado cercado de raios solares. Mas o criador era Viracocha, que moldou os homens a partir de pedra, ainda maleável na época da Criação.

**PERSONAGENS-CHAVE**

**VIRACOCHA** • *o deus criador*
**INTI** • *o deus-sol*
**ATAHUALLPA** • *o último imperador inca*

## ENREDO

### SURGIMENTO DE UM LAGO

Viracocha emergiu no escuro primitivo das águas sagradas do lago Titicaca. Ele criou uma raça de gigantes, mas eles despertaram sua ira e, por isso, ele os afogou, transformando-os em pedras. A seguir, convocou o sol, a lua e as estrelas da Ilha do Sol no centro do lago. Pegou pedras da beira da margem e com elas moldou os primeiros homens e mulheres. Pintou-os com roupas e deu a cada tribo sua própria linguagem, música e alimentos. Viracocha e os filhos viajaram entre os povos, ensinando-os a viver, antes de se afastarem caminhando pelo oceano Pacífico.

### UM FALSO RETORNO

Os incas, acreditando que o sol e as estrelas estavam em guerra, tentaram amarrá-los por meio de rituais no Intihuatana (pilar onde se prende o sol) em Machu Picchu. Eles pediam a Viracocha que o mundo não findasse e ansiosamente aguardavam o seu prometido retorno. Atahualpa, o último imperador inca, acreditou que o invasor espanhol Pizarro fosse Viracocha retornando; quando percebeu o erro, já era prisioneiro de Pizarro e o império inca estava sendo saqueado.

**Inti Raymi,** o Festival do Sol, que marca o início do ano novo, ainda é um grande evento em Cuzco.

# O CRIADOR MENDICANTE

Criação; herói da cultura
Yauyos
Huarochiri, Peru

Frank Salomon e George L. Urioste, *The Huarochirí Manuscript*; Gary Urton, *Inca Myths*

Dentre os índios yauyos dos altiplanos andinos, os mitos de fundação do Estado governante inca foram menos relevantes que os mitos indígenas locais. O longínquo deus criador inca Viracocha (*p.216*) era para eles uma outra divindade terrestre chamada Coniraya Viracocha. Mais trapaceiro que criador, ele tinha poder sobre o reino animal e, com freqüência, visitava a Terra disfarçado de índio pobre, com roupas maltrapilhas.

### PERSONAGENS-CHAVE

**CONIRAYA VIRACOCHA** • *um herói cultural trapaceiro da cultura*
**CAVILLACA** • *uma deusa*
**O FILHO DE CAVILLACA**
**PACHACAMAC** • *criador da Terra e do tempo*

## ENREDO

Coniraya Viracocha vagava pela Terra como um mendigo. Rejeitado pela bela Cavillaca, espalhou seu sêmen numa fruta, que ela comeu. Um ano após o nascimento misterioso de seu bebê, ela convocou todos os deuses homens, em suas melhores vestes; Coniraya, veio em andrajos. Quando Cavillaca pôs o filho no chão, ele subiu no colo do pai, identificando-o. Aterrorizada, ela fugiu com o bebê para o litoral, morada de Pachacamac, criador da Terra e do tempo.

**As ruínas de Pachacamac,** construídas pelo deus de mesmo nome.

Coniraya os perseguiu. No caminho, encontrou todos os animais e lhes deu características boas ou más, conforme respondiam às suas perguntas. O condor o incentivou, e Coniraya deu-lhe vida longa; o gambá não fez o mesmo, daí seu horrível cheiro. Chegando ao litoral, Coniraya encontrou Cavillaca e o filho transformados em pedra – e então uniu-se à filha mais velha de Pachacamac.

### MITOS DOS POVOS CONFEDERADOS

Os *hatunruna* (povos confederados) do império inca, como os yauyos, acreditavam que a natureza era animada pelos espíritos dos *huacas*, ou lugares sagrados. Além de venerar essas personificações da paisagem sagrada, eles adoravam os corpos mumificados de seus antepassados. Algumas dessas múmias ainda sobrevivem, e o povo quíchua de hoje acredita que eles sejam os primeiros seres, ou o povo antigo.

***Huaca* é o nome dado a** um local sagrado, em geral um templo, ponte ou montanha. Mas uma múmia, especialmente de um inca de alto-escalão, também pode ser um *huaca*.

**Rituais celebrando** as vidas dos antepassados são tradicionais em várias culturas antigas americanas, incluindo a asteca. Um dos mais festivos é o Dia dos Mortos no México, no qual cravos-de-defunto alaranjados, denominados *cempaxochitl* na língua asteca, são usados para decorar os túmulos.

# MÃE DA FLORESTA

Herói cultural
Cultura warao
Delta do Orenoco, Venezuela

Johannes Wilbert, *Folk Literature of the Warao Indians*; *Mystic Endowment: Religious Ethnography of the Warao Indians*

A história de Dauarani, a Mãe da Floresta, surge do mito de Haburi e sua fuga de uma mulher-rã. O pai de Haburi, um caçador chamado Tostador, era casado com duas irmãs. Certa vez, um espírito perverso matou o Tostador e perseguiu as irmãs e Haburi até a casa de uma velha mulher-rã chamada Wauta. Na tentativa de escapar, Haburi inventou a canoa escavada em tronco e o remo, que se autotransformaram em Dauarani e seu amante.

**PERSONAGENS-CHAVE**

**O TOSTADOR** • *um caçador*
**DUAS IRMÃS** • *mulheres-lontras, esposas do Tostador*
**HABURI** • *filho da irmã mais nova*
**WAUTA** • *uma mulher-rã*
**DAUARANI** • *Mãe da Floresta*

## ENREDO

**TRANSFORMAÇÃO DA CANOA E DO REMO**
Quando as mulheres e a criança chegaram à casa de Wauta, uma mulher-rã, ela transformou o bebê em homem, que cometeu incesto com as mulheres. Em seguida, Haburi inventou a canoa escavada em tronco e o remo, para que os três pudessem escapar de Wauta. Remaram até a montanha do mundo do norte, onde vivia o deus da água Nabarima.

Agora desnecessários, a canoa de jacareúba se transformou em uma gigantesca mulher-serpente e o remo num homem, seu amante. Eles voltaram ao centro da Terra, onde a mulher-serpente se tornou Dauarani, a Mãe da Floresta. O povo warao, espiando por um vão do céu onde vivia, viu o mundo abundante de comida e desceu para a Terra por uma corda. Dauarani se tornou a primeira das xamãs-sacerdotisas (chamadas Wishiratu, nome que significa “Mestres da Dor”).

**CANOAS ESCAVADAS**

*Warao* significa “povo das canoas”. Os waraos literalmente vivem em suas canoas escavadas em troncos, e quando morrem são enterrados nelas. As canoas são feitas da árvore jacareúba, como a que se transformou em Dauarani. Cada uma é a recriação da canoa original, e a sua construção não é vista apenas como arte, mas como um exercício espiritual no qual o artesão se torna o amante da própria Dauarani.

**A construção de canoas** é um processo espiritual e sexual para os waraos, que consideram a canoa o símbolo da vulva da grande deusa Dauarani.

# A CHEGADA DA NOITE

Criação
Cultura yekuana (Makiritare)
Alto Orenoco, Venezuela

Marc de Civrieux, *Watunna: An Orinoco Creation Cycle*; David M. Guss, *To Weave and to Sing*

Wanadi, o Criador, enviou para a Terra, que na época estava mergulhada em constante luz diurna, o seu espírito mensageiro, também chamado Wanadi. Ele criou as primeiras pessoas e enterrou a sua própria placenta, que brotou da Terra como Odosha, um homem mau. Este convenceu as pessoas a matarem Wanadi, e como castigo elas foram transformadas em animais. Outros dois Wanadi foram enviados para a Terra, mas apenas o quarto destruirá Odosha.

**PERSONAGENS-CHAVE**

**WANADI** • *o criador e suas encarnações*
**ODOSHA** • *o espírito do mal*
**KUMARIAWA** • *mãe de Wanadi*
**IARAKARU** • *sobrinho de Wanadi*
**KUDEWA** • *um papagaio*

## ENREDO

### WANADI BRINCA COM A MORTE

A segunda encarnação de Wanadi estava determinada a provar às pessoas que a morte era uma ilusão. Ficou sentado em silêncio, fumando e sonhando. Sonhou com a própria mãe sob a forma de uma mulher adulta chamada Kumariawa. Quando Wanadi pensou "vida", ela nasceu; quando ele pensou "morte", ela morreu, e assim ele demonstrou seu poder a Odosha.

Wanadi enterrou Kumariawa na terra e deixou Kudewa, o papagaio, tomando conta do túmulo, dizendo: "Ela retornará em breve. Não deixe Odosha se aproximar." Também deixou a sua *chakara* (bolsa de xamã com remédios) com o sobrinho Iarakaru e lhe disse para não a abrir de jeito algum, ou a noite escaparia. Em seguida, Wanadi foi caçar.

### NASCE A NOITE

Subitamente, o braço de Kumariawa saiu da terra, Kudewa deu o alerta e Wanadi retornou correndo. Enquanto corria, o escuro da noite caiu sobre ele pela primeira vez: Odosha cochichara no ouvido de Iarakaru e ele abrira a *chakara*, deixando a noite escapar. Iarakaru ficou tão assustado que se transformou num macaco branco (o primeiro dos macacos caiararas). À medida que a mãe de Wanadi saía do solo, Odosha jogava sobre ela sua urina, um veneno terrível que queimou o corpo da mulher, deixando apenas os ossos. Kudewa gritou, mas quando Wanadi chegou havia apenas escuridão, cinzas e ossos.

**Os macacos caiararas** são chamados *iarakarus* na região do Orenoco, Venezuela, porque o sobrinho de Wanadi transformou-se em macaco após deixar a noite escapar.

"Não há luz. O mundo não é mais meu", Wanadi disse. "Todas as pessoas morrerão, agora." Ele voltou ao mundo do céu, carregando consigo os ossos da mãe, e lá devolveu-lhe a vida, deixando a Terra para Odosha. Mas este não viverá para sempre: morrerá quando o mal desaparecer, e então uma nova raça de homens bons e sábios nascerá na Terra.

# ÁFRICA

Os mitos da África, perpetuados por tradição oral em mais de mil idiomas, não são muito conhecidos mundialmente. Contêm a essência do que a África é, foi e pode ser. Os deuses, espíritos e ancestrais se congregam numa dimensão sobrenatural que se desdobra no mundo visível. Gêmeos, p.ex., são especiais, representando o equilíbrio entre forças opostas do mundo natural.

As crenças na África subsaariana tendem a não ser rigidamente organizadas, e tentativas de separar as divindades por categoria em panteões não ajudam muito. Mesmo no Benin, onde a família real fez um esforço deliberado para organizar a tradicional religião dos fons, não foi possível listar todos os deuses e cultos. No Mali, a mitologia dos dogons dá a todos os aspectos da vida um significado espiritual, e é tão complexa que levaria uma vida inteira para ser completamente entendida.

**Um bosquímano** do Kalahari examina pinturas do antigo povo san representando animais e divindades.

Tais complexidade e riqueza também estão refletidas numa mitologia escrita da África: a do Egito Antigo. No entanto, mesmo nesse caso geralmente só sobreviveram fragmentos de mitos.

## OS DEUSES DO EGITO

Os textos egípcios mencionam tantos deuses que seria impossível contá-los. Esses deuses são aspectos da infinitude do Criador, "o Oculto, aquele cuja forma eterna é desconhecida". Cada um existia inicialmente como um tipo de poder abstrato, um estado de ser em potencial, que podia tomar uma forma individual, o mais das vezes de natureza animal.

Essa multiplicidade de deuses vê-se quer nas várias formas animais que podiam assumir (Anúbis podia ser chacal, serpente ou falcão), quer no sincretismo de forças em divindades mistas, como Ra-Horakhty (Rá e Hórus) ou Isermithis (Ísis e Renenutet).

Os egípcios não adoravam os animais em si, mas reverenciavam as formas animais nas quais os deuses se manifestavam. Animais ligados a determinados deuses – como o crocodilo de Sebek, o gato de Bast, o falcão de Hórus e a íbis sagrada de Thoth – eram criados nos santuários dos templos. Num ato de piedade, os adoradores pagavam pela mumificação e enterro dos animais do templo, para que eles pudessem voltar à vida no outro mundo e agir como intermediários entre os deuses e a humanidade

## MITOS SUBSAARIANOS

Contar histórias permanece uma tradição viva na África subsaariana. Como um xamã dos sans colocou: "Uma história é como o vento: vem de um local distante, e nós a sentimos." Um mito famoso dos ashantis de Gana narra como as próprias histórias – os mitos que descrevem a cosmologia e a criação e definem a ordem social – foram recebidas do exigente deus do céu Onyankopon pela aranha-vilã,

**As esfinges egípcias** são híbridos míticos com corpo de leão e cabeça de homem ou de carneiro

Anansi. No início, o deus do céu recusou-se a dar as histórias para Anansi; quando a aranha insistiu que ele fizesse seu preço, Onyankopon pediu a Anansi para lhe trazer a píton Onini, o leopardo Osebo, o enxame de vespões Mmboro, e o espírito Mmoatia – uma tarefa impossível. Mas, com a ajuda da esposa, Anansi prendeu todas essas criaturas e, por via das dúvidas, incluiu ainda sua própria mãe na lista. Isso impressionou Onyankopon, que achou graça e cedeu as histórias para Anansi. Os escravos levaram seus mitos e deuses para o Novo Mundo, e agora essas histórias comumente são narradas tanto em Gana quanto no Caribe.

**A tribo dogon** de Mali acredita que a dança cria uma ponte com o mundo sobrenatural.

# A CRIAÇÃO

Criação
Egito Antigo
Vale do Nilo, Egito

E.A. Wallis Budge, *The Gods of the Egyptians*; Miriam Lichtheim, *Ancient Egyptian Literature*; D. Meeks and C. Favard-Meeks, *The Daily Life of the Egyptian Gods*

A mitologia altamente complexa do Egito Antigo possui várias histórias sobre a Criação, todas com um tema central: a luta entre ordem e caos e entre criação e destruição. No oceano primevo, antes do início do tempo, o Criador descansava sob a forma de um uróboro, uma serpente cósmica, símbolo da eternidade e da renovação infinita do tempo. Ele se manifestava como Rá, o deus-sol, que também é conhecido como Atum, "o tudo", e Nebertcher, "o senhor sem limites".

**PERSONAGENS-CHAVE**

**RÁ** • *o deus-sol e Criador*
**CHU** • *deus do ar seco*
**TEFNUT** • *deusa do ar úmido*
**GEB** • *o deus da Terra*
**NUT** • *a deusa do céu*
**THOTH** • *o deus da lua*

## ENREDO

### O ALVORESCER DA CONSCIÊNCIA

No grande oceano de Nun, "não-ser", Rá, o deus-sol e Criador, tomou consciência de si. Ele criou os outros deuses a partir de si mesmo, masturbando-se. De suas narinas veio Chu, o deus do ar seco, e da boca ele cuspiu Tefnut, a deusa do ar úmido.

### OS ELEMENTOS DA CRIAÇÃO

Rá usou três forças inatas para dar existência ao mundo – forças que mais tarde se tornariam os próprios deuses e que o acompanham em sua barca solar (sua nave do céu). Essas forças eram Heka (poder criativo ou mágica), Sia (percepção) e Hu (afirmação). Usando-as, ele conclamou todos os elementos da Criação, trazendo-os à vida conforme os nomeava. A seguir, criou um quarto poder, Ma'at, a deusa da verdade e da harmonia cósmica, para regular sua criação.

### CRIAÇÃO DO MUNDO

Rá enviou Chu e Tefnut por sobre as águas e fez o oceano primitivo de Nun se retrair até surgir uma ilha onde ele pudesse se firmar; esse monte primitivo foi chamado de Pedra Benben, e se tornaria modelo para as pirâmides. Rá "pensou com o seu coração" como

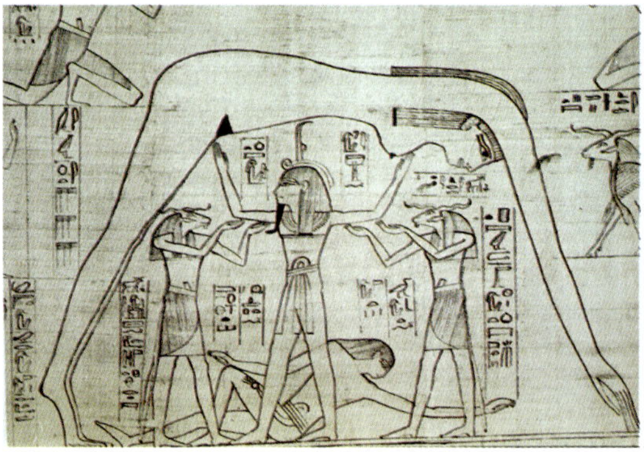

**Nut, a deusa do céu,** e a abóbada celeste, sustentada por seu pai Chu, o deus do ar seco.

as coisas deveriam ser, e depois fez surgir de Nun todas as plantas, aves e outros animais da Terra. Ele pronunciou os seus nomes e eles passaram a existir.

### O OLHO DE RÁ

Rá enviou seu olho, a deusa Hathor, à procura de Chu e Tefnut. Ao voltar e ver que um outro olho havia tomado seu lugar na face de Rá, ela ficou irada, e suas lágrimas se transformaram nos primeiros seres humanos. Rá, então, colocou-a na testa, sob a forma de uma cobra enraivecida, para tê-la consigo até o final dos tempos, quando, após seu governo, toda a Criação desaparecerá, e o mundo será mais uma vez coberto pelo dilúvio infinito de Nun.

### TERRA E CÉU

Os filhos de Chu e Tefnut eram Geb, a terra seca, e Nut, o céu úmido. Nut e Geb, unidos em cópula, geraram as estrelas, e o pai Chut, consumido pelo ciúme, separou o casal, suspendendo o céu com as mãos e apoiando os pés na Terra.

### ENÉADA

Depois do nascimento das estrelas, Chu amaldiçoou a filha para que ela nunca mais desse à luz. Mas Nut fez uma aposta com Thoth, o deus da lua e calculador do tempo, e ganhou cinco dias dele para serem acrescidos ao calendário lunar de 12 meses com 30 dias cada. Nesses dias, ela deu à luz cinco filhos: o Hórus Cego, Osíris, Set, Ísis e Néftis (*p.232*). Destes, os últimos quatro se juntaram a Rá, Chu, Tefnut, Geb e Nut formando a Enéada – os nove deuses maiores do Egito.

**O lago sagrado** em Karnak, Egito, simbolizava Nun, as águas primitivas do caos, das quais Rá surgiu para criar o mundo e seus habitantes.

# A BARCA NOTURNA DE RÁ

Renovação do mundo
Egito Antigo
Vale do Nilo, Egito

E.A. Wallis Budge, *The Gods of the Egyptians*; Miriam Lichtheim, *Ancient Egyptian Literature*

"Salve Rá, perfeito todos os dias!" Assim começa um hino egípcio ao deus-sol, o Criador não-criado que "atravessa a eternidade" e para quem cada dia não passa de um momento. Todas as noites, Rá navega pelo Mundo Subterrâneo com a sua barca noturna e é atacado pela serpente do caos, Apófis. Se um dia Apófis derrotar Rá, o sol não nascerá mais. Para prevenir isso, os egípcios representam elaborados rituais contra a serpente.

**PERSONAGENS-CHAVE**

**RÁ** • *o deus-sol*
**NUT** • *a deusa do céu*
**APÓFIS** • *a serpente do caos*
**SET** • *o deus do caos e da revolta*
**MEHEN** • *o deus-serpente*

## ENREDO

### AS FORMAS DO SOL

Eram três as principais formas assumidas por Rá: Khepri (o escaravelho, que era o sol nascente), Áton (o disco solar, que era o sol do meio-dia) e Atum (o sol poente, em geral representado como um velho cansado apoiando-se num cajado).

### ENGOLIDO PELO CÉU

Todas as noites, quando o sol atingia o pico mais distante a oeste do monte Manu, a deusa do céu Nut o engolia. Todas as manhãs, ela novamente dava o Sol à luz no leste. Esse ciclo diário de morte e renascimento veio a simbolizar o ciclo de vida da humanidade, que esperava após a morte encontrar um renascer, "o nascimento de Rá no Oriente".

**RÁ E TUTANCÂMON**

O fanático faraó do Novo Império, Akhenaton, tentou estabelecer Áton, o Disco do Sol do meio-dia, como deus único. Abandonou a velha capital Tebas, onde Rá era adorado como Amon, o deus-oculto, e construiu uma nova cidade, el-Amarna, em honra a Áton. Ele chegou a batizar o filho de Tutankhaton, "imagem viva de Áton". Mas com o abandono da cidade de Akhenaton e as reformas, o menino tomou o nome pelo qual é conhecido historicamente: Tutancâmon, "imagem viva de Amon".

**O deus egípcio** Rá e sua viagem noturna representam as clássicas e eternas batalhas entre luz e trevas, bem e mal, vida e morte.

### A SERPENTE DO CAOS

Durante o dia, Rá navegava pelo céu em sua barca solar. À noite, usava outra barca, junto com Set, o deus do caos (*p.232*), e Mehen, o deus-serpente, que enroscava o corpo ao redor da embarcação. Enquanto navegavam pelo Mundo Subterrâneo, Rá e seus companheiros eram atacados por demônios, liderados pela monstruosa serpente Apófis. Na hora mais escura antes do amanhecer, Apófis atacava com mais força. Todas as noites, Set atirava uma lança contra Apófis, e Rá, sob a forma de um gato, cortava sua cabeça. Assim, todos os dias o sol tornava a nascer.

# O NOME SECRETO DE RÁ

Rivalidade entre os deuses
Egito Antigo
Vale do Nilo, Egito

E.A. Wallis Budge, *The Gods of the Egyptians*; Miriam Lichtheim, *Ancient Egyptian Literature*

Rá tinha tantos nomes que nem mesmo os deuses conheciam todos. Os nomes completos dos deuses eram tão longos que alguns demandariam anos para pronunciá-los. Os egípcios consideravam que o nome de alguém era uma parte essencial da pessoa; apagar um nome de uma sepultura era literalmente apagar a pessoa, destruí-la no Mundo Subterrâneo. Daí a relevância do empenho de Ísis em descobrir o nome secreto de Rá.

**PERSONAGENS-CHAVE**

**RÁ** • *o deus-sol*
**ÍSIS** • *a deusa da maternidade*
**HÓRUS** • *o deus do poder real, filho de Ísis e Osíris*

## ENREDO

### PICADO POR UMA COBRA

Rá envelhecia todas as noites, e sua boca murcha deixava escorrer a saliva. Ísis, a deusa da magia, transformou a saliva em serpente. Picado pela serpente, Rá foi acometido de horríveis dores e tremores causados pelo veneno que fluía em seu corpo como as águas do Nilo em tempo de cheia. Consciente de que fora atingido por um ser não criado por ele, dizia: "Desde antes de meu nascimento, oculto meu nome secreto para proteger-me de maldições. Ainda assim algo me picou, e meu coração ferve e meu corpo agita-se como as ondas do mar."

### ÍSIS ROUBA O NOME DE RÁ

Ísis, radiante em poder, disse que expurgaria o veneno desde que Rá lhe revelasse seu nome secreto. Com as entranhas em fogo pelo efeito da toxina, ele consentiu em passar seu nome secreto para o corpo de Ísis. Proferindo fórmulas mágicas, a deusa ordenou que o veneno saísse do corpo de Rá e fosse vertido para o chão. Rá foi curado, mas Ísis ficou sabendo seu nome secreto.

**Ísis herdou o poder de Rá** ao saber o seu nome, e passou esse poder ao filho Hórus, como mostra o templo de Ísis em FilaePhilae.

**A Pirâmide de Quéops,** em Gisé, perto do Cairo, única remanescente das Sete Maravilhas do Mundo Antigo. O primeiro degrau de seu túmulo foi construído para o faraó Djoser, da Terceira dinastia, por Imhotep, depois reverenciado como o deus da sabedoria, escrita e medicina.

# RIVALIDADE ENTRE IRMÃOS

Rivalidade entre os deuses
Egito Antigo
Vale do Nilo

Plutarco, *Ísis e Osíris*; E.A. Wallis Budge, *The Gods of the Egyptians*; Miriam Lichtheim, *Ancient Egyptian Literature*

A rivalidade entre os irmãos Osíris, Set e Hórus Cego reflete a luta entre a ordem e o caos no mito de Criação egípcio. Assim como os reis egípcios, Osíris e Set casaram-se com duas de suas irmãs, mas cobiçaram a esposa um do outro. Essa rivalidade repleta de ciúme resultou em assassinato. Set matou Hórus Cego, e depois Osíris, mas Ísis deu à luz uma criança que os vingaria.

**PERSONAGENS-CHAVE**

**OSÍRIS** • *o primeiro rei do Egito*
**SET** • *irmão de Osíris, deus do caos e da confusão*
**HÓRUS CEGO** • *irmão de Osíris*
**ÍSIS** • *irmã e esposa de Osíris*
**NÉFTIS** • *irmã de Osíris, esposa e irmã de Set*

## ENREDO

### O PRIMEIRO REI

Osíris, o primeiro rei do mundo superior, recebeu o nome Wennefer, "eternamente bom". Sua irmã Ísis também era querida, pelas aptidões que passou às mulheres. Mas Osíris tinha um violento irmão, Set, que já matara um terceiro irmão, Hórus Cego, e agora decidira assassiná-lo. Ele enganou Osíris e o fez entrar em uma caixa de madeira, que vedou com chumbo derretido e jogou no Nilo. Ísis, a esposa de Osíris, resgatou o corpo, mas Set o encontrou, o retalhou e espalhou os pedaços por todo o Egito.

**Em geral, Osíris** é representado carregando um látego e um cajado, que simbolizam autoridade divina.

### A PRIMEIRA MÚMIA

Ísis e sua irmã Néfti recolheram os pedaços e, com a ajuda de Anúbis (o deus-chacal dos mortos) e Thoth (o deus-lua), recompuseram o corpo para fazer a primeira múmia. A seguir Ísis transformou-se em milhafre e, sobrevoando o corpo de Osíris, conseguiu com o vento de suas asas restituir-lhe o sopro vital e engravidar. Acompanhada de sete escorpiões, ela fugiu de Set. Na fuga, uma mulher rica recusou-se a abrigá-la, e os escorpiões picaram seu filho, mas Ísis salvou-o. Mais tarde, quando o seu filho Hórus foi picado por um

## OS MISTÉRIOS DE OSÍRIS

A história da morte, mumificação e ressurreição de Osíris foi o mito que ofereceu aos egípcios a esperança de vida após a morte no reino de Osíris. O centro do culto ao deus era Abidos, onde por mais de dois mil anos os seus mistérios foram celebrados todos os anos. O festival público envolvia a representação da história do assassinato de Osíris por Set, mas os rituais sagrados nunca foram revelados.

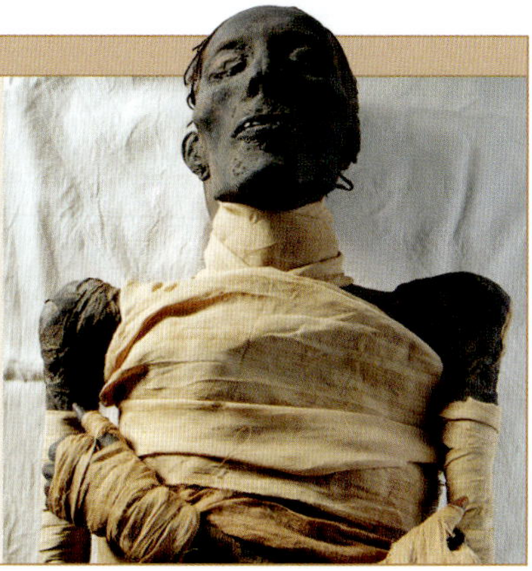

**Quando Anúbis mumificou** Osíris, seu pai, deu início a uma longa tradição funerária. Com freqüência, escreviam-se orações nas bandagens de linho.

escorpião, Ísis não conseguiu salvá-lo, pois já tinha usado o seu poder. Sua angústia foi tamanha que Rá, o deus-sol, interrompeu sua jornada pelo mundo. Ele recuperou o dia – e o mundo – enviando Thoth para curar Hórus.

## OITENTA ANOS DE CONTENDAS

Hórus cresceu e exigiu o trono como herdeiro legítimo. Por oitenta anos ele o disputou com Set, numa série de batalhas ferozes e por vezes cômicas. Certa vez, Set surpreendeu Hórus adormecido num oásis e arrancou-lhe os olhos. Mas Ísis, ao encontrar o filho cego, chorando no deserto, devolveu-lhe a visão.

## ESTUPRO E VINGANÇA

Set convidou Hórus para uma festa e à noite tentou violentá-lo, mas seu sêmen atingiu a mão de Hórus. Ísis, ao ver o ocorrido, decepou a mão do filho e jogou-a no Nilo. Após dotar Hórus de uma nova mão, Ísis recolheu o sêmen de Hórus e espargiu-o sobre uma alface da horta de Set, a fim de que ele o injerisse.

## O TRIBUNAL DOS DEUSES

Set declarou aos deuses que desonrara Hórus, o que o tornava indigno do trono. Hórus negou e contra-atacou. O tribunal pediu ao sêmen de Set que se manifestasse, e ele se pronunciou do rio. Em seguida, pediram que o sêmen de Hórus se manifestasse, e ele se pronunciou de dentro de Set: saiu de sua testa como um disco de sol dourado, que Toth perseguiu e colocou na própria cabeça.

## NAVIOS DE PEDRA

Então, Set desafiou Hórus para uma corrida de navios feitos de pedra. Mas este passou gesso sobre um navio feito de pinheiro, enquanto Set fez o seu do pico da montanha, e ele afundou. Set ficou tão furioso que se transformou num hipopótamo e destruiu o navio de Hórus. Depois disso, Hórus finalmente assumiu o trono, enquanto Set foi banido para o deserto.

**MITOS RELACIONADOS** ▸ Deméter e Perséfone (*p.54*) • O deus desaparecido (*p.152*) • Tempestade contra o sol (*p.182*) • Filha do Sol (*p.198*)

## A VIDA PÓS-MORTE DOS EGÍPCIOS

Os egípcios não tinham obsessão pela morte, mas pela vida. Todos os seus rituais de morte – a mumificação, o sepultamento e as oferendas rituais – visavam a garantir uma nova vida após a morte. Eles queriam viver como seres perfeitos no Campo de Juncos, domínio de Osíris, onde os mortos abençoados se reuniam em meio a ricas plantações de cevada e trigo.

**Urnas com o nome do morto** na tampa guardavam os órgãos retirados durante a mumificação, com o fito de reintegrarem o corpo após a morte.

### PRESERVAÇÃO DA PESSOA COMO UM TODO

Os egípcios acreditavam que para assegurar essa vida nova todos os elementos que formam uma pessoa deveriam ser cuidados: o corpo físico, o nome e a sombra. O corpo tinha de ser preservado porque era para ele que o *ka* – a sua força vital – retornaria por sustento material. Se o corpo apodrecesse, o *ka* morreria e não poderia se unir ao *ba*, a alma ou personalidade, para criar o *akh*, o espírito perfeito que poderia aproveitar a vida no Campo de Juncos.

A mumificação permitia aos mortos identificar-se com Osíris, por meio de uma cerimônia que encenava a morte e ressurreição do deus, e trazia o dom da vida eterna. O prior dos sacerdotes funerários e oficiador dos Mistérios, representava o papel de Anúbis, o deus-chacal protetor dos mortos.

**O ser alado,** ou o pássaro *ba*, representa um dos componentes da alma que partiu e que deve se reunir com o corpo mumificado todas as noites.

O processo de mumificação levava 70 dias. Começava com a cerimônia da Abertura da Boca, uma série de 75 rituais que preparavam o cadáver para receber o *ka* do morto. Todas as partes do corpo, necessárias na nova vida, começando pela boca, eram tocados com instrumentos especiais a fim de ter suas funções restauradas.

**O deus-chacal Anúbis,** deus dos mortos, era considerado o inventor da arte do embalsamamento.

## AS DUAS VERDADES

Depois, o morto negociava o caminho deste mundo para o próximo, evitando perigos tais como o deus com cabeça de cachorro que engolia as sombras e arrancava os corações. A seguir, eram conduzidos por Anúbis ao Pavilhão das Duas Verdades. Lá o coração do morto era posto numa balança com a pluma de Ma'at, ou a Verdade. Se o coração, repleto de vergonha e pecado, fosse mais pesado que a pluma, seria engolido por Ammut, a devoradora dos mortos. Se a pluma superasse o coração, Hórus conduziria o morto à presença de Osíris e dos 42 deuses que atuavam como juízes do Mundo Subterrâneo.

## O JULGAMENTO FINAL

O Mundo Subterrâneo era um vale estreito pelo qual corria um rio. Era separado do mundo dos vivos por uma cordilheira, onde o sol nascia e se punha. No Mundo Subterrâneo, os maus sofriam uma segunda morte da qual não havia retorno; os mortais normais serviam a Osíris, enquanto os bons aproveitavam uma vida eterna feliz. Uma antiga canção egípcia dizia: "A vida terrena é apenas um sonho passageiro. Quando chegares à terra dos mortos, serás bem recebido, a salvo, em casa."

# O ANTÍLOPE DE /KAGGEN

Criação
Sans, sul da África
Deserto do Kalahari

D.F. Bleek, *The Mantis and His Friends*;
J.D. Lewis-Williams, *Stories that Float from Afar*

A cultura dos bosquímanos sans, aborígines do deserto do Kalahari no sul da África, remonta a 30 mil anos, fazendo deste povo um dos mais antigos do mundo. Os "cliques" de sua língua, representados aqui pela barra (/), são traços das falas humanas mais primitivas. O Criador san, /Kaggen, é um trapaceiro, que aparece em muitos mitos com disfarces diversos de personalidade: bobo, sábio, solícito ou brincalhão.

**PERSONAGENS-CHAVE**

**/KAGGEN** • *Criador dos sans, que pode tomar a forma humana ou a de vários animais, como louva-a-deus, antílope ou lebre*
**KWAMMANG-A** • *o arco-íris*
**/NI-OPWA** • *o mangusto africano (Ichneumon)*

## ENREDO

### A CRIAÇÃO DO ANTÍLOPE

Kwammang-a, o arco-íris, perdeu um sapato, que seu sogro /Kaggen, o Louva-a-deus, encontrou e jogou numa poça d'água. O sapato se transformou no primeiro antílope, embora pequeno. /Kaggen foi atrás do antílope, chamando-o por uns trinados que significavam "sapato de Kwammang-a".

Toda vez que ele chamava, o antílope vinha /Kaggen esfregou-o com cera de abelha para que brilhasse e o alimentou com mel até ele ter o tamanho certo. Quando viu como o animal ficou bonito, cantou de alegria.

**Para os bosquímanos sans,** pinturas nas rochas eram mais que representações da vida: quando os xamãs pintavam um antílope, aprisionavam sua essência.

### A MORTE DO ANTÍLOPE

Kwammang-a e seu filho /Ni-opwa, o mangusto, pensavam sobre o que /Kaggen fazia com tanto mel. Por isso, certa vez, /Ni-opwa espiou o avô e viu o antílope. Kwammang-a ficou de tocaia e o matou enquanto ele bebia água na poça. /Kaggen chorou quando viu Kwammang-a esquartejando o animal.

### A CHEGADA DA NOITE

/Kaggen pegou a vesícula do antílope e a perfurou com um galho. De lá saíram as trevas, cobrindo o mundo. Para que houvesse um pouco de luz, /Kaggen jogou o próprio sapato no céu, e ele se tornou a lua.

### O LEGADO DO MITO

Até hoje, o antílope é o animal que condensa a maior carga da espiritualidade san, e é a figura central em quatro ritos básicos dos bosquímanos: na primeira caçada do menino, na puberdade da menina, no casamento e na dança de transe, em que os xamãs sans (*box p.237*) tentam adquirir a força desse animal.

# A ORIGEM DA MORTE

- Origem da morte
- Sans, sul da África
- Deserto de Kalahari

W.H.I. Bleek e L.C. Lloyd, *Specimens of Bushman Folklore*; Janette Deacon e Thomas A. Dowson, *Voices from the Past*

Na mitologia dos sans, a lua caminha pelo céu da noite como o sapato que um dia foi (*p.236*). Quando está cheia, o sol a perfura com sua faca e, assim, ela apodrece, deixando apenas a sua espinha. Então, seguindo a promessa do criador /Kaggen, a lua renasce vagarosamente, até se sentir de novo viva. Antes de ser incomodada pela lebre, a lua queria que as homens-animais da época da Criação dos sans tivessem o mesmo privilégio.

### PERSONAGENS-CHAVE

**/KAGGEN** • *o Criador san, que sonhou e fez o mundo*
**A LUA** • *formada a partir do sapato de /Kaggen*
**A LEBRE** • *um humano em forma de lebre*

## ENREDO

### O TEMPO ANTES DA MORTE

A lua, por morrer e renascer, desejava o mesmo para os seres humanos, pois disso lhes adviria grande alegria.

### O PERIGO DO DESESPERO

Um humano em forma de lebre chorava a morte da mãe. "Minha mãe morreu e nunca mais vai voltar", lamentava. A lua disse: "Não chore, ela vai retornar." "Não", disse a lebre, "ela está morta e nunca voltará." A lua se enfureceu por a lebre discordar dela. Bateu no animal, deixando-lhe uma cicatriz no lábio, e o amaldiçoou. Zangada, disse: "Quanto aos homens, agora eles morrerão e nunca retornarão" – e com essas palavras a morte passou a existir.

### O XAMANISMO DOS SANS

Para os sans, os mundos natural e sobrenatural estão intrinsecamente ligados, e as suas pinturas em rochas, encontradas por todo o sul da África, testemunham a importância central do xamanismo nessa cultura. Eles dizem que /Kaggen sonhou com o mundo que viria a ser, e os xamãs sans conseguem entrar num estado de vigília criativa similar para exercer seus poderes, como atrair a chuva, curar e fazer a mágica da caça. Quando nesse estado, diz-se que um xamã está morto e que o seu coração se tornou uma estrela. Uma das fontes principais da mitologia san era o /Xam shaman /Kabbo, cujo nome se traduz como "Sonho", e cujos poderes, diz-se, foram herdados diretamente de /Kaggen. Acredita-se que os xamãs sans sejam capazes de se transformar, especialmente em leões.

ỌṢU ỌLA-LE

**No vodu iorubá,** os dançarinos no festival gelede usam máscaras esculpidas como "um segundo rosto". Eles se vêem como representantes de um espírito, a "Grande-mãe Ancestral". Os iniciados na sociedade gelede são vistos como guardiães da moralidade e da ordem.

# A SERPENTE ARCO-ÍRIS

Criação, o fim do mundo
A cultura fon de Daomé, Benin
Benin, oeste da África

Melville J. Herskovits e Frances S. Herskovits, *Dahomean Narrative*; Melville J. Herskovits, *Dahomey*

Mawu-Lisa é um deus com dois rostos. O primeiro é o de uma mulher, Mawu, cujos olhos são a lua; o segundo é o de um homem, Lisa, cujos olhos são o sol. Mawu rege a noite e Lisa, o dia. O rosto feminino tem um servo, a serpente Aido-Hwedo, que a ajudou a criar o mundo. Como Mawu-Lisa, Aido-Hwedo é uma forma híbrida macho-fêmea; metade mora no céu e a outra, no oceano. Na segunda metade repousa a segurança do mundo.

**PERSONAGENS-CHAVE**

**MAWU-LISA** • *o deus-criador macho e fêmea*
**AIDO-HWEDO** • *serpente arco-íris*
**ADANHU** • *o primeiro homem*
**YEWA** • *a primeira mulher*

## ENREDO

### CRIAÇÃO DO MUNDO

Quando Mawu estava criando o mundo, Aido-Hwedo, a serpente arco-íris, era sua serva. Dizem que ela surgiu com o primeiro homem, Adanhu, e a primeira mulher, Yewa. Aido-Hwedo carregava Mawu na boca aonde quer que ela quisesse ir. Por isso há curvas e ventos na Terra, esculpidos a partir dos movimentos sinuosos da serpente. Onde quer que descansassem, surgiam montanhas, que são os excrementos de Aido-Hwedo. É por esse motivo, dizem, que grandes riquezas podem ser encontradas no interior das montanhas atualmente.

### COISAS DEMAIS

Quando Mawu terminou o trabalho da Criação, viu que fizera coisas demais: muitas árvores, montanhas, um exagero de tudo. A Terra não suportaria o peso. Assim, ela disse a Aido-Hwedo para se enrolar sob a Terra, para apoiá-la. Aido-Hwedo não gosta de calor e, portanto, Mawu fez do oceano frio um lar para ela. Quando a Terra a incomoda, Aido-Hwedo se mexe, provocando terremotos. Ela come ferro, forjado para ela por macacos vermelhos que habitam o oceano. Quando acabar o ferro, Aido-Hwedo começará a definhar de fome. Em desespero, terá convulsões, e a Terra e tudo o que ela contém cairão no mar.

**MITOS RELACIONADOS** ▸ Deuses africanos no Mundo Novo (*p.242*) • A serpente arco-íris (*p.249*)

**O povo da tribo fon** faz oferendas anuais para assegurar a proteção e a benevolência dos deuses.

# O MACACO QUASE VIRA HOMEM

- Criação dos animais
- A cultura fon de Daomé, Benin
- Benin, oeste da África
- Melville J. Herskovits e Frances S. Herskovits, *Dahomean Narrative*

Mawu-Lisa, o deus criador hermafrodita, ficou grávido e deu à luz sete filhos, incluindo Da Zodji (deus da Terra), So (deus do trovão), Agbé (deus do mar) e Gu (deus do ferro e da guerra). Mawu, a metade feminina do deus, povoou a Terra e enviou a sua metade masculina, Lisa, com Gu, para ensinar às pessoas como viver. Em seguida, Mawu criou os animais – e descobriu que um deles também precisava de uma lição de bom comportamento.

**PERSONAGENS-CHAVE**

**MAWU-LISA** • *o deus criador hermafrodita*

**GU** • *o deus do ferro e da guerra*

**MACACO** • *um dos animais criados por Mawu*

## ENREDO

### MAWU FAZ OS ANIMAIS

Depois de criar os homens, Mawu começou a criar todos os animais. Disse-lhes que daria seus nomes após completar a tarefa, mas primeiro deveriam ajudá-la no trabalho, moldando mais animais.

Todos os animais começaram a sovar o barro, amaciando-o para deixá-lo pronto para as mãos criativas de Mawu. Ela observou o macaco que criara e disse: "Como tens cinco dedos em cada mão, se trabalhares bem, eu te colocarei entre os homens, não entre os animais."

O macaco ficou animado com essa possibilidade. Dirigiu-se a todos os animais, um a um – ao leão, ao elefante, à hiena e a todos os outros –, gabando-se de ser melhor que eles. "Amanhã, não estarei entre os animais, serei um homem", dizia o convencido macaco.

### O ORGULHO PRECEDE A QUEDA

O macaco de tanto exibir-se diante dos outros animais não trabalhou nada. Quando Mawu voltou, viu-o batendo palmas e cantando: "Amanhã serei homem." Ela ficou tão zangada que chutou a tola criatura dizendo-lhe: "Sempre serás macaco e nunca caminharás ereto."

**Em certas versões do mito,** ao apregoar que tinha o dom da vida, o macaco desagradou Mawu, que o matou envenenando o seu mingau.

**O ADIVINHO DE FA**

A mitologia dos fons possui um deus trapaceiro chamado Legba, que é a entidade da adivinhação (ou Fa). Legba tem uma irmã hermafrodita chamada Gbadu, que tem 16 olhos e mora em cima de uma palmeira, observando o mundo todo. É tarefa de Legba subir na palmeira todos os dias e abrir os olhos de Gbadu; ele lhe pergunta quais olhos ela quer abertos, e ela se comunica com ele colocando coquinhos em suas mãos. Um adivinho humano seguidor de Fa também conhece os desejos de Mawu ao jogar coquinhos para abrir os olhos de Gbadu.

## OS DEUSES AFRICANOS NO NOVO MUNDO

Entre os sécs. XVI e XIX, mais de 12 milhões de pessoas – muitas das tribos fon, iorubá e jeje, da costa oeste da África, a famosa "costa dos escravos" – foram transportadas para o Caribe e para as Américas. Na cruel experiência da escravidão, seus mitos e rituais plasmaram-se em novas religiões – o candomblé do Brasil, a *santería* de Cuba, o *obeah* da Jamaica e o vodu da América do Norte e do Haiti.

### PRESERVAÇÃO DAS RAÍZES

As novas religiões híbridas ajudaram os escravos a exaltar sua identidade do oeste da África, além de servir como foco de resistência e rebelião. Não surpreende que os donos dos escravos tentassem abafar essas crenças e, por esse motivo, os devotos do vodu adotavam a iconografia do cristianismo. Cada um dos deuses vodus, os *iwas*, tem a identidade de um santo católico. P.ex., a serpente arco-íris Dambalah Wèdo, o *iwa* da sorte e da felicidade, era associado a são Patrício; Ezili, o *iwa* do amor, à Virgem Maria e Legba, o mantenedor da ligação entre os mundos terreno e sobrenatural, a são Pedro e santo André.

O vodu, em suas várias manifestações, é uma religião sem qualquer estrutura formal que repousa na crença da possessão divina. Os crentes dan-

**Uma cerimônia vodu** nas calçadas de Porto Príncipe, Haiti. A palavra "vodu" se origina de "*vodun*", palavra do oeste africano para "espírito".

## GEDÉ

No Haiti, Gedé é um *iwa*, senhor tanto da vida quanto da morte. Mais que um mero *iwa* com muitos aspectos, alguns consideram Gedé a família de espíritos dos mortos, com o Barão Samedi como líder. Gedé pode ser reconhecido pelos óculos escuros, cartola ou chapéu coco, roupas de coveiro, voz anasalada e fala e comportamento obscenos, gulosos e lascivos.

**A maquiagem de Barão Samedi** enfatiza sua natureza dupla. Com o olho esquerdo, ele supervisiona o universo e com o direito, vigia sua comida.

çam em êxtase ao redor de uma coluna que liga a terra e o céu, "tomados" pelos espíritos dos *iwas*. A relação entre o devoto e o *iwa* é altamente pessoal e alguns iniciados chegam a se "casar" com o *iwa* escolhido.

## REVOLTA DOS VODUS

No Haiti, os *iwas* vodus estão fundidos à cultura e à política, especialmente na emancipação. Em 14 de agosto de 1791, uma cerimônia vodu marcou o início da primeira revolta bem-sucedida de escravos. Conduzidos pelo líder vodu Boukman Dutty, os adoradores juraram preferir morrer a viver como escravos. Enquanto Boukman invocava a ajuda de Dambalah Wèdo, a serpente arco-íris, uma sacerdotisa sacrificou um porco preto e untou os rebeldes com o sangue do animal. Boukman foi morto na revolta, mas seu lugar de líder foi ocupado pelo estrategista Toussaint Louverture, que declarou a independência do Haiti e o fim da escravidão em 1801. O vodu permaneceu uma ferramenta política durante todo o séc.XX: François Duvalier, o "Papa Doc", adotou os óculos escuros e o chapéu preto do iwa Gedé e nomeou a sua polícia secreta de Tonton Macoute em homenagem a um espírito do mal da mitologia haitiana.

**Um fiel de candomblé** no Brasil veste-se como Obaluaiê – um orixá que equivale a são Lázaro.

# OCEANIA

OS MITOS DA OCEANIA estão dentre os mais ricos do mundo. Os elaborados cantos da Criação polinésios, assim como o *Kumulipo* havaiano, que descreve como a noite deu à luz toda a criação, são obras-primas da literatura mundial. A Austrália, lar dos aborígines há mais de 40 mil anos, tem seu passado, presente e futuro simultaneamente codificados nos mitos do Sonho.

As culturas das ilhas dos Mares do Sul, que compreendem a Polinésia, a Melanésia e a Micronésia, permanecem vivas com os mitos. Esta última, uma área que reúne mais de 600 ilhas no Pacífico Norte, usa mitos divertidos para personificar a cultura de seus povos. A Melanésia, outro vasto agrupamento de ilhas ao sul da Micronésia, é o lar do povo mais antigo da região, os papuas, que lá vivem há mais de 40 mil anos. Os melanésios mesclam habilidosamente os conceitos de sexualidade e organização social de maneira a moldar, definir e expressar a sua identidade cultural.

**A arte aborígine nas rochas** inclui intricados padrões que são códigos visuais para recontar os mitos.

## AUSTRÁLIA ANTIGA

O Sonho Aborígine da Austrália fala de um mundo com começo e sem fim, e de eternos seres míticos que podem morrer apenas para se transformar em partes da paisagem. O Sonho existe e é mantido vivo por meio de histórias, danças, rituais e pinturas – na areia, no corpo humano e, mais recentemente, em telas.

**Os aborígines australianos** acreditam que podem se comunicar com os espíritos do Sonho e liberar seus poderes e conhecimentos por meio de rituais.

## SONHOS VIVOS

Os sonhos estão intimamente ligados à terra, de forma que o que pode parecer um deserto sem graça para um estranho é, na realidade, um tipo de mito vivo em que cada monte, rocha, riacho ou poço revela os caminhos dos seres ancestrais do Sonho. Os acidentes geográficos são vistos como os corpos reais desses ancestrais. Dotados de um poder espiritual, chamado *djang*, o lugar com mais *djang* de todos é Uluru (também conhecida como Rocha Ayers), que se situa no centro de um emaranhado de trilhas do Sonho, as quais se entrecruzam por todo o continente.

## CRENÇAS MELANÉSIAS

Na Melanésia, os mitos da Nova Guiné e do estreito de Torres têm semelhanças óbvias com os da Austrália aborígine. Os mitos de povos como os marind-anins de Irian Jaya também validam todos os aspectos de seu sistema de clãs: os costumes, as crenças, os rituais religiosos e a sexualidade. Um mito essencial dos marind-anins narra a origem do fogo ("*rapa*"). Uaba e Ualiwamb ficaram presos um ao outro durante o ato sexual. Quando Aramemb, o deus dos curandeiros, separou-os, o primeiro fogo disparou dos genitais de Ualiwamb. Toda a vida ritual dos marind-anins baseia-se nas contínuas e penosas cerimônias Otiv-Bombari, que são ritos de iniciação sexual.

Outra característica dos mitos melanésios é a do culto à "carga" que surgiu após o primeiro contato dos ilhéus com os europeus. Por esses cultos, um ancestral ou deus aparecerá trazendo consigo "carga" ou riqueza semelhante à dos europeus. Na ilha Tanna, em Vanuatu, o príncipe Philip, da família real britânica, é tema de um culto à "carga".

## MITOS MICRONÉSIOS

Os atóis da Micronésia abrigam algumas das mais cativantes, equilibradas, pacíficas e cooperativas sociedades humanas. Os mitos do atol Ifaluk são poéticos e repletos de louvor aos deuses benevolentes, que legaram ao povo toda a sabedoria necessária para a navegação dos mares e para a sobrevivência.

**Com freqüência,** estátuas polinésias mostram os deuses com cabeças grandes e desproporcionais, já que a cabeça era considerada altamente sagrada.

## LENDAS POLINÉSIAS

Na Polinésia, castas de sacerdotes e governantes de poder hereditário deram forma e estrutura aos mitos, especialmente no Havaí e na Nova Zelândia. Uma vasta literatura oral foi recolhida, grande parte relacionada ao panteão que aceita deuses como Rangi e Papa, o céu e a terra, como líderes. Há muitas variações – Tangaroa, p.ex., é o criador taitiano, mas é o deus do mar para os maori. Mas há também um notável grau de coesão: Tangaroa está presente até nos extremos da região polinésia, p.ex. Rapa Nui (ilha de Páscoa), como um rei que se transforma em foca. Na mitologia, ele chega a Rapa Nui apenas para ser morto e cozinhado por ilhéus descrentes.

**As sociedades das ilhas** melanésias reconhecem como parte do cotidiano os espíritos ancestrais e mágicos, que mantêm os mares tranqüilos e os vulcões adormecidos.

# LUMALUMA

Herói da cultura
Gunwinggus (Kunwinjkus), Austrália
Terra de Arnhem, Austrália

Ronald M. Berndt e Catherine H. Berndt, *This Speaking Land*; *Man, Land & Myth in Northern Australia*

Lumaluma, o ancestral sagrado do povo gunwinggu, trouxe-lhes o conhecimento religioso e cultural. Ele era uma baleia que saiu do mar na forma de homem para ensinar os ritos sagrados. Mas ele era voraz e, sempre que desejava comer algo, declarava o alimento tabu, a fim de tê-lo só para si. As pessoas famintas acabaram por matá-lo, mas mesmo enquanto morria ele continuou a ensinar os ritos sagrados.

**PERSONAGENS-CHAVE**

**LUMALUMA** • *uma baleia que se transforma em homem*

**AS DUAS ESPOSAS DE LUMALUMA**

**HOMENS E MULHERES DO POVO GUNWINGGU**

## ENREDO

### TRAZENDO OS RITUAIS

A baleia Lumaluma emergiu do mar sob forma humana e roubou duas esposas cujos maridos estavam fora pescando. Viajou para o oeste, levando os rituais sagrados consigo. Quando via homens colhendo mel ou inhames deliciosos, ou caçando cangurus, logo declarava o alimento *mareiin*, sagrado, e de seu consumo exclusivo.

Onde quer que parasse, Lumaluma ensinava os rituais *mareiin* ao povo. Ensinou aos homens como se transformar, e as esposas que tomara para si ensinaram seus ritos às mulheres. O povo escondia a comida de Lumaluma, que continuava faminto e começou a comer os corpos das crianças mortas. Temendo ser devorada, a população cercou-o na praia e atacou-o.

### LUMALUMA RETORNA AO MAR

"Matem-me devagar", ele disse, "ainda tenho o que ensinar." Enquanto morria, perguntou: "Entenderam todas as informações sagradas que passei? Contem-me!"

E os homens responderam: "Sim, entendemos tudo." Então Lumaluma morreu. Eles não o enterraram, senão estaria morto para sempre. Deixado à beira-mar, seu corpo foi arrastado pelas ondas e transformado novamente em baleia.

**Os seres mitológicos do Sonho** estão "em repouso", não mortos. Vivem na paisagem, em canções e em desenhos.

# A SERPENTE ARCO-ÍRIS

Herói contra monstro
Ngulugwongga (nanggiomeris), Austrália
Terra de Arnhem, Austrália
Ronald M. Berndt e Catherine H. Berndt, *This Speaking Land*

As serpentes arco-íris são figuras poderosas na mitologia aborígine. Hermafroditas, mamíferos e répteis ao mesmo tempo, elas são forças criativas do Sonho. Enquanto viajavam pelo país, seus movimentos criaram as colinas, os vales e os cursos d'água na paisagem ancestral. As serpentes arco-íris são criaturas perigosas se irritadas – a desta lenda zanga-se com o choro de uma criança. Mas Gabad tem sorte em matá-la com um só golpe.

**PERSONAGENS-CHAVE**

**BULALOYI ("ARCO-ÍRIS")** • *uma serpente arco-íris*
**GABAD** • *uma mãe*
**OUTRA MULHER**
**WULGUL** • *uma coruja-feiticeira*

## ENREDO

### UMA CRIANÇA CHOROSA

Bulaloyi, uma serpente arco-íris, vivia na baía Anson. Um dia ouviu uma criança chorando em deg-Dilg, território dos ngulugwonggas, e pensou: "Vou comer essa criança." Enquanto Bulaloyi viajava, seu enorme corpo formou montanhas, rios, córregos e poços, enquanto com sua cauda fez o arco-íris.

Em deg-Dilg, duas mulheres, ajoelhadas, trançavam fibras para fazer sacolas e coletar alimentos das savanas. Uma era Gabad, e era o seu filho que chorava. Enquanto ela vigiava a criança, Wulgul, a coruja, copulava com a outra mulher por trás.

**Hoje a serpente arco-íris** é associada à fertilidade, abundância, comunidade e paz. Ela tem o poder de dar a vida, mas pune os infratores da lei.

### A SERPENTE ATACA

Bulaloyi usou o corpo para abrir caminho através da montanha em deg-Dilg e deslizou até onde as duas mulheres faziam as sacolas. Então ela ergueu a cabeça e engoliu o menino chorão. "Ai! A Arco-Ìris está aqui!", disse Gabad.

Enquanto a cobra esticava o pescoço para a frente, Gabad golpeou Bulaloyi com a vara da sacola, quebrando-lhe o pescoço. A serpente arco-íris, Gabad, seu filho, a outra mulher e Wulgul ainda estão lá, nas rochas de deg-Dilg, em Ngulugwongga.

**PODERES XAMÂNICOS**

Os poderes xamânicos dos "homens sábios" aborígines foram obtidos da serpente arco-íris. Dizem que os candidatos a xamã são engolidos pela cobra, reduzidos ao tamanho de uma criança e levados ao mundo do céu e mortos antes de serem trazidos novamente à vida com poderes de cura e a capacidade de visitar aquele mundo.

**Xamãs aborígines** usam um espantador de moscas em seus rituais de morte e renascimento.

**MITOS RELACIONADOS** ▸ A serpente arco-íris (*p.240*) • Deuses africanos no Novo Mundo (*p.242*)

# O DEUS DÉMA DO SOL

Criação
Marind-anins, Nova Guiné
Irian Jaya, Nova Guiné Ocidental

J. Van Baal, *Déma*

Os espíritos conhecidos como *démas* são os ancestrais dos clãs dos marind-anins, tribo da Nova Guiné Ocidental. De várias formas, o mundo invisível é mais importante para os marind-anins que o mundo visível habitado por eles. No início havia apenas dois *démas*: Nubog, a terra fêmea, e Dinadin, o céu macho. Eles tiveram dois filhos, Geb e Sami. Mesmo quando os homens se voltaram contra Geb, ele continuou a sustentá-los.

**PERSONAGENS-CHAVE**

**NUBOG** • *a terra*
**DINADIN** • *o céu*
**GEB** • *o sol, antepassado dos marind-anins*
**SAMI (MAHU)** • *antepassado dos marind-anins*

## ENREDO

### A PUNIÇÃO DE GEB

Geb vivia num formigueiro que irradiava um calor insuportável. Ele não conseguia uma esposa e tinha de se contentar com um caule de bambu – que todavia lhe deu vários filhos. Geb também raptava crianças, em especial meninos de pele acobreada, e os levava a seu lar infernal, onde os decapitava. Decidiu-se que algo tinha de ser feito. Os homens relutavam em se aproximar do formigueiro, mas as mulheres insistiram e jogaram a água no formigueiro para reduzir o calor. Quando Geb apareceu, os homens cortaram sua cabeça.

### O SOL E A TERRA

A cabeça de Geb fugiu para o leste por baixo da terra e emergiu em Kondo. Ali, escalou um broto de inhame e chegou ao céu, tornando-se o Sol, e Kondo passou a ser o local do nascente. A cabeça viajou pelo céu para o oeste, mergulhando de volta na Terra e retornando a Kondo pelo subsolo. Desde então, repete essa viagem diariamente. O corpo de Geb foi dividido entre os vários clãs e se tornou a terra.

**MITOS RELACIONADOS** ▸ A barca noturna de Rá (*p.228*) • A origem da morte (*p.237*)

# A ORIGEM DA HUMANIDADE

Criação
Marind-anins, Nova Guiné
Irian Jaya, Nova Guiné Ocidental

J. Van Baal, *Déma*

Os *démas* da tribo marind-anim da Nova Guiné Ocidental são espíritos do tempo da Criação, que produziram o mundo e foram os ancestrais dos clãs. Podem assumir forma humana ou animal. O mito dos marind-anins sobre a origem da humanidade conta que os primeiros humanos emergiram de um poço como peixes e receberam a forma humana de Aramemb, o *déma* dos curandeiros.

**PERSONAGENS-CHAVE**

**GIRUI** • *um cão-*déma
**UMA GARÇA-*DÉMA***
**ARAMEMB** • *o* déma *dos curandeiros*
**GEB AND SAMI** • *os antepassados dos marind-anins*
**BRAGAI** • *o ancestral* déma *dos clãs bragai-zé*

## ENREDO

### UMA FESTA SUBTERRÂNEA

Certa vez os *démas* deram uma grande festa subterrânea no extremo oeste do território dos marinds. Enquanto festejavam, rumaram para o leste por baixo da terra. Na superfície, Girui, um cão-*déma*, ouviu o burburinho e, curioso, começou a seguir os *démas* enquanto eles se moviam sob a terra.

### HOMENS-PEIXES

Girui seguiu o barulho até chegar a Kondo, onde o sol nascia. Ali os ruídos se tornaram muito altos, e Girui sentiu que a fonte do barulho estava perto. Cavou a margem de um riacho e a água brotou, trazendo vários seres estranhos, que pareciam bagres. Eram humanos, mas suas feições eram achatadas e os braços, pernas e dedos não estavam separados de seus torsos. Uma garça-*déma* começou a bicá-los, mas eles eram duros demais e, por isso, o bico da garça é torto até hoje.

Aramemb, o *déma* dos curandeiros, afugentou o cão e a garça e fez uma fogueira com bambu para secar os homens-peixes.

### DIVISÃO DOS CLÃS

Cada vez que os talos de bambu estalavam, as orelhas, olhos, narizes e bocas dos homens-peixes tomavam forma em seus rostos com um "pop!". A seguir, Aramemb pegou sua faca de bambu e libertou os braços, as pernas e os dedos de seus troncos. Ele jogou fora os restos, que se transformaram em sanguessugas.

Geb e Sami chegaram em suas canoas para levar os novos humanos. Eles foram divididos em dois grupos: Geb e Aramemb levaram os que formaram os clãs Geb-zé e Aramemb, enquanto Sami e outro *déma*, Bragai, se responsabilizaram pelos homens dos clãs Mahu-zé e Bragai-zé.

**O mito dos homens-bagres** pode ter sido inspirado por variedades anfíbias desse peixe que "caminham" ou serpenteiam na água.

# O NASCIMENTO DOS DEUSES

Criação
Polinésia
Taiti

Antony Alpers, *Legends of the South Seas*

Na Nova Zelândia, Tangaroa é o deus do mar, mas em várias ilhas polinésias ele é o Criador de todas as coisas. Esta versão do mito vem do Taiti, e lendas similares, com variações do nome Tangaroa, foram coletadas nas ilhas de Samoa, Tonga, Tuvalu, entre outros lugares. Nessas histórias, Tangaroa emerge do ovo primordial para criar o mundo e dar à luz os outros deuses.

**PERSONAGENS-CHAVE**

**TANGAROA (TANGALOA, TA'AROA, A'A)** • *o deus Criador*

**TU (KU)** • *o deus da guerra e mestre artesão*

## ENREDO

### CRIAÇÃO DO MUNDO

Por um longo tempo, Tangaroa permaneceu no escuro dentro de uma casca denominada Rumia, que tinha a forma de um ovo. Nada mais existia, apenas a casca e o vazio. Foi um período de escuridão constante e impenetrável.

Por fim Tangaroa rompeu a casca. "Tem alguém aí?", perguntou, mas não houve resposta da amplidão vazia. Da casca rompida ele fez a abóbada celeste; de sua coluna vertebral, uma cordilheira, e de suas entranhas criou as nuvens. A Terra foi feita de sua carne. De fato, Tangaroa fez tudo que existe a partir de seu corpo e da casca do ovo. Chegou a usar as unhas das mãos e dos pés para fazer as escamas e as conchas dos seres do mar. De dentro de si Tangaroa conclamou os outros deuses. Com a ajuda de Tu, o grande deus artesão, ele criou os homens e as mulheres e convenceu-os a se aproximar uns dos outros.

**De acordo com** a tradição maori, Tangaroa era filho de Ranginui (o pai do céu) e Papatuanuku (a mãe-terra).

### TUDO TEM UMA CASCA

Assim como Tangaroa tinha uma casca, tudo o mais também tem. O céu é uma casca que contém o sol, a lua e as estrelas. A Terra é uma casca com as rochas, a água, a terra e as plantas. O útero da mulher é uma casca da qual surge a nova vida. As cascas do mundo são tantas que seria impossível enumerá-las todas.

**MITOS DE CRIAÇÃO POLINÉSIOS**

Há diversos mitos polinésios sobre a Criação, alguns bastante longos e complexos. Muitos registram detalhadamente uma série de uniões sexuais por meio das quais todas as coisas são criadas, começando com a união do claro e do escuro. Em tábuas de madeira rongorongo de Rapa Nui (Ilha de Páscoa) há hieróglifos ainda não totalmente decifrados que parecem registrar listas de tais uniões e os filhos gerados. Uma canção da Ilha de Páscoa narra que "a Coisa Pequena ao se deitar com a Coisa Imperceptível criou a Poeira Fina no Ar".

**MITOS RELACIONADOS** ▸ O ovo primordial (*p.36*) • A criação de Pan Gu e Nü Wa (*p.172–3*)

# A ORIGEM DA MORTE

Origem da morte
Maoris
Nova Zelândia

Katharine Luomala, *Voices on the Wind*; Roslyn Poignant, *Oceanic Mythology*

O nome Tane significa "homem" e, dentre todos os deuses polinésios, talvez Tane seja o mais próximo dos humanos. Ele era o deus da floresta maori e, criando as árvores, deu aos homens o presente da madeira e das fibras de plantas, que permitiram ao povo fazer várias coisas, inclusive os equipamentos de pesca. Isso acabou provocando a inimizade de seu irmão, deus do mar. Infelizmente, apesar de ser amigo dos homens, foi Tane que trouxe a morte ao mundo.

**PERSONAGENS-CHAVE**

**TANE** • *deus da floresta*
**HINE-HAU-ONE** • *a esposa de Tane*
**HINE-TITAMA** • *a filha de Tane*

## ENREDO

**UM DEUS SOLITÁRIO**

Tane, deus da floresta, era solitário e queria uma parceira sexual. Sua mãe o rejeitou e suas outras parceiras produziam apenas coisas inadequadas como os córregos, o capim e as pedras. Por fim, ele foi à praia em Hawaiki, misturou um pouco de lama e areia e moldou uma mulher. Insuflou-lhe a vida e a chamou de Hine-hau-one, "a donzela feita de terra".

**Num rito, o alto guerreiro maori** identificado pelas tatuagens agradece a Tane por fornecer a madeira para fazer a *taiaha*, sua arma.

**PAI E FILHA**

Hine-hau-one deu à luz uma filha, Hine-titama, "a donzela da aurora". Não sabendo que Tane era seu pai, Hine-titama também se tornou sua esposa. Um dia, ela foi até o vilarejo e perguntou inocentemente quem era o seu pai. Quando ouviu a resposta, fugiu para a escuridão do Mundo Subterrâneo.

**A CHEGADA DA MORTE**

Quando Tane percebeu que Hine-titama desaparecera, foi procurá-la. Ao ouvir a canção triste que ela entoava, "És Tane, meu pai?", ele a chamou, mas não podia entrar em Po, o Mundo Subterrâneo.

Ela lhe disse: "Fique no mundo da luz e crie nossos filhos. Deixe-me ficar no mundo das trevas a lamentá-los."

Seu nome foi mudado para Hine-nui-te-po, "a grande deusa da escuridão". Antes disso a morte não existia, mas agora todos os seres vivos devem morrer, sendo sugados ao Mundo Subterrâneo por Hine-nui-te-po.

# MAUI DOS MIL TRUQUES

Criação, deus trapaceiro
Polinésia
Polinésia

Katharine Luomala,
*Maui-of-a-Thousand-Tricks*

Maui é o grande herói trapaceiro da mitologia polinésia. Segundo uma importante lenda, ele pescou as ilhas da Polinésia usando um anzol enorme. Alguns dizem que o anzol pertencia a Kuula, o deus da pesca, e outros que veio do osso do maxilar da sua bisavó, Muri-ranga-whenua. Maui forçou o céu para cima, roubou o fogo do Mundo Subterrâneo e até enganou o Sol para fazê-lo ir mais devagar. Ele podia fazer qualquer coisa, menos superar a morte.

**PERSONAGENS-CHAVE**

**MAUI** • *o trapaceiro*
**HINA** • *a mãe de Maui*
**MURI-RANGA-WHENUA** • *a bisavó de Maui*
**KUULA** • *o deus da pesca*
**HINA-NUI-TE-PO** • *a deusa da morte*

## ENREDO

### PESCA DE ILHAS

Maui recebeu um anzol mágico da mãe Hina. Ao jogar a linha, o "peixe" que pegou era tão enorme que ele não conseguiu tirá-lo do mar: era a massa de terra da Polinésia, que permaneceu para sempre ligeiramente submersa, aparecendo como um grupo de ilhas.

### O LOGRO DO SOL

Maui acreditava que o Sol se movia rápido demais no céu e queria fazê-lo ir mais devagar. Ele o laçou com uma corda de fibra de coco, mas o Sol a queimou. Então ele fez outra corda, do cabelo de sua irmã, e capturou o sol que despontava no céu. Maui se recusou a libertá-lo até ele concordar em brilhar por mais tempo no verão e restringir os dias curtos ao inverno.

### SEMI-APAIXONADO PELA MORTE

Maui queria conquistar a morte. Desceu ao Mundo Subterrâneo e tentou estuprar a deusa da morte, Hune-nui-te-po, enquanto ela dormia: engatinhou para dentro dela, querendo atravessá-la e sair por sua boca. Quando somente as pernas de Maui se agitavam do lado de fora, os pássaros nas árvores acharam a visão tão engraçada que se puseram a gargalhar e acordaram a deusa – que fechou as coxas e esmagou-o até a morte.

**Em algumas versões** do mito, Maui engana o sol sobre o vulcão de Haleakala ("morada do Sol") na ilha Maui e dá o seu nome à ilha.

# DEUSA DO VULCÃO

Amor e vingança
Polinésia
Havaí, Estados Unidos

Martha Beckwith, *Hawaiian Mythology*; Nathaniel B. Emerson, *Unwritten Literature of the Hula*

Pele é uma deusa polinésia que lidera diversos deuses do fogo no vulcão Kilauea, no Havaí. Ela é filha da deusa-mãe Haumea, e seu caráter tempestuoso a torna a deusa perfeita para o vulcão. Só ela controla o fluxo de lava. Pele deixou o Taiti buscando um novo lar, e escolheu o Havaí. Ela se apaixonou por um jovem chefe de outra ilha, e seu amor ciumento a levou ao assassinato.

**PERSONAGENS-CHAVE**

**PELE** • *a deusa do fogo*
**HI'IAKA** • *sua irmã mais nova*
**HOPOE** • *amiga de Hi'iaka*
**LOHIAU** • *um chefe*
**HAUMEA** • *a deusa-mãe, mãe de Pele*
**KANE** • *o deus-pai protetor das criaturas vivas*

## ENREDO

### NA DANÇA

Pele viu o belo e jovem chefe Lohiau pela primeira vez numa dança de hula em uma ilha próxima e decidiu tê-lo. Pediu à irmã Hi'iaka para buscá-lo, e ela concordou, sob a condição de que Pele garantisse que nenhum mal aconteceria às suas florestas e à amiga Hopoe enquanto ela estivesse fora.

### DE VOLTA À VIDA

Quando Hi'iaka finalmente conseguiu encontrar Lohiau, descobriu que ele morrera de desilusão. Mas ela capturou seu espírito e usou seus poderes mágicos para restaurar-lhe a vida. Enquanto isso, Pele, suspeitando da demora da irmã, foi tomada por um ciúme incontrolável.

**O vulcão Kilauea** no Havaí, suposta morada da impetuosa deusa Pele, que provoca erupções com sua *pa'oe*, vara mágica.

**A MALDIÇÃO DE LONO**

Lono é o deus havaiano da chuva, da fertilidade, da música e da paz. Ele desceu à Terra num arco-íris para se casar com uma mortal. Convencido por engano de que ela era infiel, espancou-a até a morte e deixou a ilha arrasado, prometendo voltar um dia. Por coincidência, o capitão Cook visitou o Havaí pela primeira vez no dia da celebração anual desse mito, sendo tratado como se fosse o deus retornado. Mais tarde, ele voltou à ilha numa época dedicada a Ku, o deus da guerra, e foi morto.

### O MUNDO ENTRA EM ERUPÇÃO

Pele regurgitou fogo, devastando as florestas de Hi'iaka e matando a bela Hopoe. Quando Hi'iaka retornou e viu o que Pele fizera, voltou-se para Lohiau, a quem começara a amar. Pele os viu abraçados e ficou furiosa. Entrou em erupção, lançando lava, transformou Lohiau em pedra e fez a terra e o mar tremerem. Apenas a intervenção do deus Kane pôde salvar o mundo da ruína final.

**Os extraordinários *moais*** de Rapa Nui (Ilha de Páscoa) são pedras enormes, monumentos a chefes do passado. Um *moai* extraído do local sagrado de Orongo encontra-se no Museu Britânico, em Londres. Os ilhéus o chamam de Hoa Hakananai'a (amigo roubado) e ainda aguardam o seu retorno um dia.

# MAKEMAKE E HAUA

Fundação, herói da cultura
Rapa Nui (Ilha de Páscoa), Polinésia
Rapa Nui (Ilha de Páscoa), Polinésia
Alfred Métraux, *Easter Island*

Rapa Nui – a Ilha de Páscoa – é o mais distante povoado da Polinésia; seu nome é traduzido tanto como "o umbigo do mundo" quanto como "o fim da Terra". Seu fundador mitológico é o grande-pai, Hoto Matu'a, que navegou para lá depois que seu tatuador Haumaka sonhou com uma terra que ficava na direção leste, do outro lado do oceano. O deus criador de Rapa Nui é Makemake, que é virtualmente idêntico ao deus polinésio Tane (ou Kane, no Havaí).

**PERSONAGENS-CHAVE**

**MAKEMAKE** • *o Criador e deus dos pássaros marinhos*
**HAUA** • *deusa esposa de Makemake*
**UMA SACERDOTISA**
**HOTO MATU'A** • *o grande pai*
**HAUMAKA** • *o tatuador*

## ENREDO

### A SACERDOTISA E O CRÂNIO

Na praia da baía de Tonga-riki, uma sacerdotisa guardava um crânio que ficava sobre um rochedo. Um dia, uma onda enorme quebrou na praia e levou o crânio. A sacerdotisa mergulhou no mar para procurá-lo, mas não o recuperou. Três dias depois, ela apareceu na praia de uma ilha. A deusa Haua surgiu e perguntou-lhe o que fazia ali.

"Estou procurando o meu crânio, que o mar levou", ela respondeu. "Não era um crânio, era o deus Makemake", Haua lhe disse.

### A MUDANÇA PARA RAPA NUI

Certo dia, Makemake, o deus-criador e deus dos pássaros marinhos disse: "Vamos enviar todos os pássaros marinhos para Rapa Nui." Haua concordou e acrescentou: "A sacerdotisa deverá vir conosco. Ela deve revelar os nossos nomes aos habitantes e ensinar-lhes os ritos com que devem nos adorar."

Assim Makemake e Haua conduziram os pássaros pelo mar até Rapa Nui, estabelecendo-os nas ilhotas rochosas ao longo da costa de Orongo.

### ADORAÇÃO AOS DEUSES

A sacerdotisa ensinou ao povo de Rapa Nui como adorar os deuses. Quando eles plantassem, deveriam colocar um crânio no chão e dizer: "*Ka to ma Haua, ma Makemake*" ("Plante para Haua, para Makemake"). Quando se sentassem para comer da colheita, deveriam separar uma porção dizendo: "Makemake e Haua, isto vosso."

**Os olhos ovais dos *moais*,** as estátuas da Ilha de Páscoa, mostram que elas representam humanos e não deuses. São monumentos aos grandes chefes, os *matato'a*.

# O CULTO AO HOMEM-PÁSSARO

- Fundação, herói da cultura
- Rapa Nui (Ilha de Páscoa), Polinésia
- Rapa Nui (Ilha de Páscoa), Polinésia

Alfred Métraux, *Easter Island*; John Flenley e Paul Bahn, *The Enigmas of Easter Island*

No local sagrado de Orongo em Rapa Nui há, esculpidas em rochas, as imagens de um homem com cabeça e bico de pássaro, segurando um ovo: é o Homem-Pássaro, representante vivo do deus Makemake. Um novo Homem-Pássaro era escolhido todos os anos, após vários desafios em busca do primeiro ovo da estação. O ovo era pendurado em sua cabana, pois acreditava-se que geraria alimentos, e reverenciado por um povo quase sempre à beira da inanição.

### PERSONAGENS-CHAVE

**MAKEMAKE** • *o Criador e deus dos pássaros marinhos*

**VIE-KANA** • *o deus do pássaro tesourão*

**O HOMEM-PÁSSARO** • *o representante vivo de Makemake*

## ENREDO

### REUNIÃO DOS CLÃS

Todo mês de julho, os clãs se reuniam em Orongo para aguardar a ninhada dos pássaros-marinhos. Os *matato'a* (chefes) competiam pelo título indicando *hopu* (servos) para nadar por eles no mar repleto de tubarões até a ilhota Moto Nui, para observar os pássaros. Os nadadores podiam ser hábeis e ousados, mas só encontrariam o ovo de pássaro se o *matato'a* que eles representavam fosse favorecido por Makemake. Caso contrário, um *hopu* não perceberia o primeiro ovo mesmo se tropeçasse nele.

### SEGREDOS DOS *MOAIS*

Quando o capitão Cook visitou Rapa Nui (1774), as "guerras de derrubar estátuas" já haviam destruído muitos moais. Desmoralizado e faminto, o povo vendeu seus objetos mais sagrados – as estátuas de Makemake, Haua, Vie-kana e uma mão de madeira (o Homem-Pássaro) – ao intérprete de Cook, Mahine.

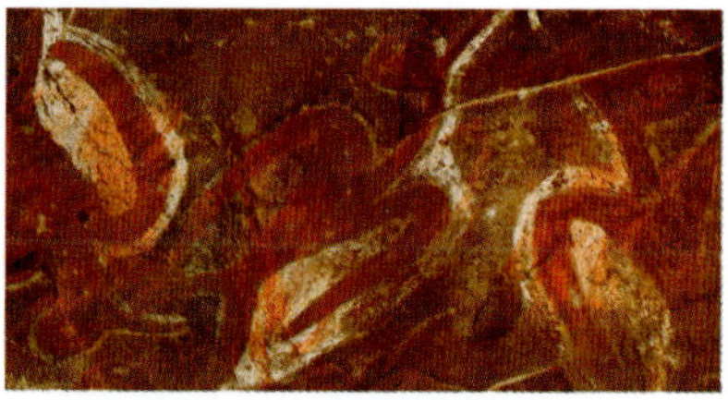

**O Homem-Pássaro** era a representação viva do deus Makemake na Terra, e seu culto assegurava o suprimento de batata, frango e peixe da ilha.

### O ENCONTRO DO OVO

Ao encontrar o primeiro ovo, o *hopu* gritava "Raspe a cabeça!" ao seu chefe, o novo Homem-Pássaro. Com o ovo sagrado na palma da mão, o chefe ia até uma cabana especial, onde raspava a cabeça e se recolhia por um ano, orando e protegendo o ovo.

## O TRABALHO DOS DEUSES EM TIKOPIA

Tikopia, uma das ilhas Salomão, no sudoeste do Pacífico, possui uma das culturas mais estudadas no mundo, sendo assunto de vários livros de Raymond Firth, antropólogo neozelandês que escreveu na década de 1930. Um complexo ciclo ritual, que ele nomeou de Trabalho dos Deuses, era central na sociedade de Tikopia. Este ritual polinésio é comparável a ritos como o Makahiki do Havaí ou o Inasi de Tonga.

As instituições e os valores da sociedade de Tikopia eram modelados e sancionados pela vida ritual. O ciclo mais importante de ritos, o Trabalho dos Deuses, tinha por objetivo a satisfação dos *atuas* – espíritos ou deuses poderosos que assegurariam colheitas abundantes. Duas vezes ao ano, durante seis semanas, a sociedade de Tikopia se dedicava aos ritos, divididos entre o Trabalho dos Ventos Alísios e ao Trabalho das Monções.

**A *kava*, uma bebida** levemente narcótica à base de plantas, era servida em utensílios rituais.

### TROCAS COM OS DEUSES

O Trabalho dos Deuses era visto não tanto como um culto, mas como um sistema lógico de trocas entre os homens e os seres espirituais. Muitas das atividades envolvidas, p.ex. o conserto de canoas ou o preparo de esteiras, eram vitais à subsistência da tribo.

Como os *atuas* consumiam apenas uma pequena porção dos alimentos e *kava* que lhes eram oferecidos, o resto ficava disponível para o consumo humano.

**Tikopia era o lar** do temível Mapusia, também conhecido como Te Atua I Kafika ("o deus de Kafika") e Te Ariki Fakamataku ("o chefe que provoca o medo").

### ACALMANDO MAPUSIA

Diz-se que os ritos foram instituídos por Mapusia, o mais poderoso e temido *atua*, que também era o espírito principal do clã kafika. Seu chefe – Ariki Kafika – agia, portanto, como o sumo sacerdote nos ritos. Era ele que decidia quando "jogar o bastão de fogo" para dar início ao ritual.

Acredita-se que a cúrcuma, uma fragrância sagrada usada como corante e tinta corporal nos rituais, era o perfume de Mapusia, e a sua extração cerimonial ocorria durante vários dias na estação dos ventos alísios

### O DEUS VIVO

É difícil afirmar se a palavra *atua* é melhor traduzida como "espírito" ou como "deus", pois Mapusia era originalmente um homem, chamado Saku.

Este nome é sagrado e jamais pronunciado, e mesmo o nome Mapusia raramente era usado. Em sua vida enquanto homem, Saku era um herói cultural. Deu roupas ao povo, despertando-lhe a consciência humana e, assim, fornecendo-lhe as "mentes". Fez também os *adzes* sagrados (ferramentas para esculpir) e estabeleceu a Obra dos Deuses. Naquela época, tudo tinha voz, mesmo as árvores e as rochas, mas Saku pediu para que se calassem. Ele ordenou às pedras que se erguessem e formassem uma pilha, e que a terra as cobrisse, formando a plataforma onde o templo de Kafika foi erguido.

## SAKU SE TORNA IMORTAL

Quando Saku morreu, numa disputa territorial, ele voou para os deuses. Como ele se deixou matar, em vez de se erguer para assassinar o adversário, foi considerado "puro" e pôde pedir a cada um dos *atuas* os seus respectivos manas (poderes sagrados). Rebatizado Mapusia, tornou-se o *atua* mais temível. Caso fosse ofendido, era capaz de destruir vilarejos inteiros com a seca, a peste ou os ciclones tropicais.

**Quando Raymond Firth** fotografou o *taomatangi*, a dança para abrandar os ventos, o povo de Tikopia ficou surpreso ao não ver os deuses nas fotografias.

# MAPEAMENTO DO MAR

Herói cultural
Ifaluk, Micronésia
Ilhas Carolinas, Micronésia

Edwin G. Burrows e Melford E. Spiro, *An Atoll Culture*

Ifaluk, atol nas ilhas Carolina, abriga uma cultura pacífica e criativa, típica da Micronésia. Sendo a navegação essencial à vida em Ifaluk, os construtores de canoas e os navegantes são muito estimados. Suas artes foram estabelecidas por Aluluei e outras divindades do mar e da construção de barcos. Embora Aluluei fosse um mestre navegador, no início ele não conhecia todos os segredos do mar. Esse mito relata como ele adquiriu o primeiro mapa do oceano.

**PERSONAGENS-CHAVE**

**ALULUEI** • *deus da navegação*
**FILHA DE ALULUEI**
**VALUR** • *deus dos peixes*
**WERIENG** • *deus dos pássaros marinhos*
**SEGUR** • *deus dos navegantes*

## ENREDO

### O PARAÍSO NUMA ILHA

Aluluei se estabeleceu na ilha Bwennap, pequena ilha de areia com uma árvore e muitas pessoas, e se tornou seu chefe. Casou-se com uma mulher do local e o casal gerou dois filhos e uma filha.

### UMA CANOA REPLETA DE DEUSES

Certa vez, chegou à costa de Bwennap uma canoa com os três filhos de Aluluei de um relacionamento anterior: Valur, Werieng e Segur. A filha de Aluluei estava se banhando no mar, e os saudou. Eles continuaram a remar, mas ela nadou para perto deles com um coco pequeno, não maior que seu punho, dizendo: "Não estão com sede?" Os deuses riram do tamanho da fruta: "Não é suficiente para nós", disseram. Mas todos os três beberam à vontade, e ainda restou água no coco. Eles acharam graça de um coco tão pequeno conter tanta água e ficaram tão agradecidos que deram à jovem o primeiro mapa do mar, compilado pelos três.

A menina o levou para o pai, que ficou muito feliz ao ver que o mapa mostrava a posição de todas as ilhas, pássaros e peixes do mar. Ele passou todo esse conhecimento aos filhos, que o transmitiram ao seu povo.

**As extraordinárias viagens** marítimas dos povos micronésios dominam a sua mitologia. Aluluei e seu pai, Palulop, são os deuses patronos da navegação.

# WOLFAT TRAZ A TATUAGEM

Herói cultural, deus trapaceiro
Ifaluk, Micronésia
Ifaluk, Micronésia

Edwin Grant Burrows, *Flower in My Ear: Arts and Ethos of Ifaluk Atoll*

Quando o antropólogo Edwin Grant Burrows o estudou, no fim dos anos 1940, o povo do atol Ifaluk contava apenas 250 pessoas. No entanto, Burrows coletou um grande volume de belos poemas. Em vários deles, as mulheres ifaluks admiram as tatuagens de seus filhos e amantes. Este mito relata como a tatuagem foi trazida aos ifaluks pelo deus Wolfat, que descobriu ser extremamente desejável com elas.

**PERSONAGENS-CHAVE**

**WOLFAT** • *o deus trapaceiro*
**LUGWEILANG** • *o pai de Wolfat*
**ALUELAP** • *o senhor do céu, avô de Wolfat*
**ILOUMULIGERIOU** • *uma mulher*

## ENREDO

### O CÉU DE FLORES

Wolfat, o deus trapaceiro, vivia no céu de flores com os outros deuses, os *alusiang*. Seu pai, Lugweilang, visitava as ilhas todos os dias para passar um relatório sobre os feitos dos homens ao avô de Wolfat, Aluelap, o deus do céu. Wolfat foi o primeiro deus a "usar" uma tatuagem. Dada a sua condição divina, ele conseguia colocá-la e retirá-la novamente.

### WOLFAT ENSINA OS MORTAIS

Um dia Wolfat olhou para a Terra e viu uma bela mulher, Iloumuligeriou, que lhe agradou. Decidiu descer para visitá-la. A mulher acordou com o homem estranho na casa e acendeu o fogo para ver quem era. Quando olhou os desenhos escuros em seu corpo, ela se encheu de desejo. De manhã, Wolfat voltou ao céu, mas desejou a mulher de novo. Assim, retornou na noite seguinte, porém sem a tatuagem. Como a mulher o rejeitasse, saiu e voltou tatuado – então Iloumuligeriou deitou-se com ele.

Na manhã seguinte, Wolfat mostrou aos outros homens como tatuar o corpo e tornar-se mais atraente, usando fuligem preta e uma agulha feita com a asa de um tesourão.

**Por tradição,** os ilhéus dos mares do Sul cobrem o corpo com tatuagens. Cada desenho tem um sentido simbólico.

**CANÇÃO DE AMOR DE UMA MULHER IFALUK**

Os compositores deste poema e da canção dos ifaluks viam-se como as "canoas dos deuses". Aqui, uma esposa aguarda o regresso do marido que estava em alto mar e canta seus sentimentos:
"Meu coração anseia por ti,
Com a tua bela tatuagem,
As linhas descendo o teu dorso
E as curvas dos teus quadris
Não consigo esquecer."

# QUEM É QUEM NA MITOLOGIA

**OS MITOS DO MUNDO CONTÉM** milhares de deuses, que exercem centenas de funções variadas. Diferentes partes do globo têm divindades diversas regendo objetos e fenômenos, de rochas a furacões. Em muitas culturas, cada árvore, montanha ou vale está relacionada a uma divindade, e os deuses controlam todos os principais acontecimentos, da criação ao fim do mundo.

Como encontrar uma ordem comum a tantos deuses? Uma solução é classificar as divindades mais importantes pelas suas funções: o papel que desempenham na mitologia, do que realmente se ocupam e a importância que têm para os devotos.

Esta seção descreve várias das divindades mais relevantes e conhecidas nas mitologias do mundo. Inicia pelos criadores e as altas divindades, que ocupam o topo da hierarquia no panteão de seus povos. Algumas dessas figuras são vagas e desconhecidas, existindo desde o início dos tempos, envoltas em mistério. Outras, igualmente poderosas, são os deuses supremos, divindades que se encontram no cerne da mitologia de suas culturas, como o deus grego Zeus e o egípcio Rá. A maioria é do sexo masculino, e seus equivalentes femininos desempenham o papel de deusas-mães e divindades da Terra, como a hindu Devi.

**As divindades de uma cultura** podem ser tão numerosas que artistas posteriores por vezes incluíam legendas, como no caso destes deuses do Olimpo.

## UM DEUS PARA CADA FUNÇÃO

As categorias desta seção cobrem a maior parte das divindades cuja função primordial é reger áreas específicas do universo ou da atividade humana, abarcando tanto deuses do mar, do céu e do cosmo quanto divindades da caça, agricultura, nascimento e guerra. Embora muitas dessas figuras sejam menos poderosas em termos cósmicos que as altas divindades, também eram muito importantes para o cotidiano dos que as veneravam. Para os povos caçadores e coletores das áreas geladas árticas da América do Norte, ou de uma ilha do Pacífico, render homenagens aos deuses era uma forma de assegurar o sucesso na caça e, assim, garantir a sobrevivência. O mesmo vale para o culto de deidades agrícolas em sociedades agrárias. A parte final desta seção enfoca os deuses do Mundo Subterrâneo. Às vezes assustadores, a importância destes deuses residia na compreensão de uma vida após a morte, em que presidiam a um sistema de julgamento moral (um juízo final), com a promessa de uma vida confortável aos bons e aos devotos fiéis.

## TEMPLOS E CULTO

O que emerge dessas narrativas míticas é o sentido real que os fiéis atribuíam aos seus deuses. Os mitos que relatam suas vidas não eram apenas boas e interessantes histórias; os deuses eram entidades a quem se devia respeito, culto e preces, e eram tão essenciais à vida quanto as árvores, o gado, a carne e o sangue humano. Evidências do culto aos deuses sobrevivem em ruínas de templos, santuários, centros ritualísticos e em textos que mencionam rituais e cerimônias. Esta seção traz ainda quadros com informações adicionais sobre como e onde as divindades eram cultuadas.

**Muitas figuras** que claramente representam divindades ou seres espirituais são impossíveis de ser identificadas.

## O PANTEÃO

Se os deuses de diferentes culturas são diversos, apresentam também incríveis semelhanças entre si: deuses do sol que cruzam os céus, deuses do céu que produzem trovão, divindades que regem a mudança das estações. Assim, embora os panteões das várias culturas sejam bem diversos, também existem fortes paralelos. Do mesmo modo, há unidade dentro de alguns panteões; pois, embora as culturas possam ter centenas ou milhares de divindades, às vezes esses deuses são vistos como aspectos de um deus maior. Esse amálgama de deidades pode ser conceitual, como no hinduísmo, em que todos os deuses são tidos como aspectos da verdade absoluta, o Bhraman; mais literal, como no caso do mito polinésio do deus do mar, Tangaroa, que em algumas versões abriga todos os outros deuses em seu ventre. O estômago de Tangaroa tanto protege quanto é nutrido por todos os deuses, da mesma forma que suas histórias continuam a fornecer alimento espiritual e intelectual.

**Os símbolos** nas representações de deuses e outras figuras míticas permitem que sejam facilmente identificados.

# CRIADORES E DIVINDADES SUPERIORES

Todas as mitologias reservam um lugar especial para o Criador, o deus que cria a si mesmo e molda as características do universo. Contudo, também são muito respeitados os soberanos do panteão, figuras que não criaram o cosmo mas têm um papel preponderante tanto nos assuntos sobrenaturais como nos humanos.

Em geral, os criadores são figuras muito sombrias. Os chineses e os gregos produziram muitas estátuas e pinturas de seus deuses, mas poucas de divindades como o criador chinês Pan Gu ou a deusa primitiva grega Eurínome: o trabalho dessas deidades é considerado tão vasto e misterioso que é dificil representá-lo.

Mas isso não acontece com as altas divindades, de personalidades mais marcantes e conhecidas, como o lascivo grego Zeus ou o sábio Ahura Mazda da Pérsia.

**O deus hindu Vishnu** como Kurma, o avatar-tartaruga, o segundo dos dez avatares que criou para si mesmo.

## CORTES SAGRADAS

Divindades como essas foram mais facilmente aceitas por seus cultores, pois de certa forma assemelham-se a seus próprios reis e rainhas. Também têm papel relevante nas questões humanas, inspirando cultos que levaram à construção de enormes templos. Em geral, esses deuses personificavam forças poderosas que afetam o mundo dos homens: os deuses do sol, como os egípcios Rá e Áton, p.ex., ou os deuses do trovão, como Zeus. As divindades superiores chegam até mesmo a agir como regentes de cortes celestiais, a exemplo de um rei mortal. Podem ser cortes completas, com funcionários públicos celestiais (como a do Imperador do Jade chinês), ou menos intrincadas, com altas divindades cercadas por deuses menores. Nos dois casos, os mitos descrevem palácios em que a corte se reúne ao redor da divindade regente. A ligação entre o rei mortal e o regente celestial era mútua. Ao longo da história houve muitos reis que, para ampliar seu poder, retratavam-se como deuses, ou homens que, como os imperadores chineses ou faraós egípcios, esperavam se juntar aos imortais após a morte.

# Zeus

Grécia Júpiter (Roma)

O deus do céu Zeus era a divindade mais importante para os gregos antigos, reinando supremo no monte Olimpo. Na Terra, dizia-se que ele provocava fenômenos como o trovão e a chuva e interferia na vida de homens e mulheres.

Zeus era filho dos titãs Cronos e Réia e teve de combater a raça de seus pais pelo poder (*p.38-9*). Ao fim dessa guerra, quando os deuses dividiram o universo, Zeus se tornou o senhor dos céus, e recebeu também o controle geral do universo. Tornou-se famoso não apenas por seu enorme poder, mas também por seu apetite sexual e suas várias amantes (*p.42-3*). É pai de vários heróis e heroínas da mitologia grega.

## ZEUS E OS MORTAIS

Acreditava-se que Zeus moldava o caráter dos homens e mulheres, controlando a predominância do bem ou do mal neles. Nos umbrais de seu palácio havia dois jarros, um contendo o bem e o outro, o mal. Quando um mortal nascia, Zeus em geral dava-lhe um pouco de cada jarro, mas às vezes concedia apenas um dos atributos, e daí resultava haver homens de todo maus e de todo bons.

Zeus e os demais deuses do Olimpo influenciavam a vida adulta dos mortais. Durante a guerra de Tróia, por exemplo, vários heróis receberam o apoio de diferentes deuses e deusas, mas Zeus ocupou posição de destaque em momentos decisivos da guerra. Foi ele quem definiu o destino do herói troiano Heitor no embate com o líder grego Aquiles. Quando optou por Aquiles, também impediu que Apolo interferisse por Heitor.

**CULTO**

*O mais famoso templo dedicado a Zeus foi o oráculo de Dodona, no Épiro, noroeste da Grécia. Em geral, as profecias do oráculo eram interpretadas a partir do som de uma nascente que minava das raízes de um carvalho sagrado ou, às vezes, do farfalhar de suas folhas.*

# Júpiter

Roma Antiga    Zeus (Grécia)

Divindade suprema romana, Júpiter era o deus do céu e da luz do dia, o líder do conselho dos deuses e fonte de todo o poder.

Deus da cidade de Roma, Júpiter já era adorado ali séculos antes de os romanos estabelecerem o seu império. Quando eles conquistaram a Grécia, Júpiter incorporou muitas características de Zeus (*p.269*). Era adorado em templos por todo o império, e especialmente pelos generais, cônsules e imperadores, que o viam como seu protetor.

**Estátuas de Júpiter** (em geral ladeadas por outras duas divindades, Juno e Minerva) eram colocadas nos templos de muitas das principais províncias romanas.

**CULTO**

*O templo mais famoso de Júpiter foi construído no monte Capitólio em Roma. • Seus festivais aconteciam em 15 de março, 15 de maio e 15 de outubro, datas em que também ocorriam os Jogos Capitolinos em sua homenagem.*

# Eurínome

Grécia Antiga

Os mitos gregos mais antigos sobre a Criação, que sobrevivem apenas parcialmente, referem-se à Deusa de Todas as Coisas, conhecida como Eurínome ("eterna caminhante"). Essa deusa primitiva criou o Universo e deu à antiga raça dos Titãs o poder sobre várias partes do cosmo.

Eurínome emergiu nua do Caos, separou o mar do céu e então dançou sobre a água. Seus movimentos criaram o vento norte, que ela esfregou entre as mãos, criando uma serpente, Ofion. Enquanto elas copulavam, o cálido vento norte soprava sobre a deusa, tornando-a fértil. Ela tomou a forma de uma pomba e gerou um ovo, do qual surgiram os elementos do cosmo: as estrelas, os planetas, o sol, a lua e a Terra. Eurínome definiu a estrutura de poder do cosmo indicando um Titã e uma Titânida para reger cada planeta. A parte final do mito narra o surgimento da raça humana: Eurínome tornou o solo da Arcádia especialmente fértil, e dele surgiu o primeiro homem, Pelasgo, e seus companheiros. Pelasgo ensinou aos homens a construção de cabanas, a manufatura de roupas e os meios de subsistência.

# Odin

Nórdicos · Woden (anglos-saxões); Podan, Wotan (germânicos)

Odin, o deus nórdico da magia, da guerra, da sabedoria e da poesia, era poderoso e complexo. Mudava de forma, era o líder de todos os deuses e a divindade que recebia as almas dos heróis mortos em seu palácio, o Valhala.

Odin usava a sua habilidade de se transformar em vários seres e fenômenos extraordinários, de peixe a fogo e de serpentes a fumaça, para obter tudo o que desejasse. Após sacrificar um de seus olhos, bebeu do poço de Mimir, e assim adquiriu o conhecimento do passado, do presente e do futuro, e ainda conseguiu o hidromel da inspiração divina (*p.120, 123*). O imenso conhecimento, a inspiração e a experiência de vida sob todas as formas deram a Odin a sabedoria universal, e daí seu enorme poder. Ele era famoso por usar suas aptidões de forma volúvel, e seus apelidos incluem Svipall ("o volúvel") e Glapsvidir ("ágil trapaceiro rápido").

De bravura lendária em batalhas, Odin era conhecido por instigar guerras e definir o seu resultado. Ele era auxiliado não apenas pelos poderes sobrenaturais, mas também por dois atributos mágicos: sua lança e seu cavalo. Conhecida por Gungnir, a lança, feita por anões, nunca deixava de acertar o alvo; uma vez lançada, não podia ser detida e simbolizava o poder de Odin sobre o "ponto sem retorno", o momento em que a lança deixa a mão do lançador. O cavalo de Odin, Sleipnir, era filho do deus Loki e do cavalo Svadilfari. Suas oito pernas tornavam-no a montaria mais rápida do mundo e seu enorme poder permitia-lhe saltar os muros de Niflheim, o reino dos gigantes.

**CULTO**

*O grande templo dourado em Gamla Uppsala, na Suécia, mostra imagens de Odin, Tor e Freir. • Homens e animais eram sacrificados em rituais e pendurados em árvores, reatualizando a busca do conhecimento de Odin* (p.120).

**Nesta pintura do séc.XIX,** Odin observa o mundo em chamas durante a batalha de Ragnarok, que marca o fim do mundo.

## Ilnatar

Finlândia · Luonnotar

Também conhecida como "jovem do ar", Ilnatar é a deusa primitiva do épico finlandês *Kalevala* (*p.128-31*). Ela estava no mar quando uma pata botou ovos em seu joelho e, quando Ilnatar se mexeu, os ovos caíram e se partiram. Os pedaços formaram o cosmo: as cascas viraram a Terra e o céu; as gemas, o sol; e as claras, a lua.

**CULTO**

*Nos penhascos de Rauma, no sul da Finlândia, há cinco grandes mesas de pedra, que dizem ter sido usadas para oferendas aos deuses pagãos. • O dia de Ilnatar na Finlândia é 26 de agosto.*

## Väinämöinen

Finlândia

Filho de Ilnatar com o mar, Väinämöinen era o deus finlandês da canção e da poesia. Por ter ficado mais de 700 anos no útero da mãe, já nasceu velho, e foi logo reconhecido como um sábio. Mágico hábil, ele viajou até Tuonela, o Mundo Subterrâneo, para dominar os encantamentos mais poderosos. Possuía uma voz canora mágica com que encantava e transformava quase tudo, podendo mesmo controlar os elementos e comandar a Terra com suas canções. O épico nacional finlandês *Kalevala* narra várias de suas aventuras (*p.128-31*).

## O Daghda

Irlanda

Líder dos Tuatha Dé Danaan, a última raça do povo mágico que habitava a Irlanda, o Daghda era conhecido como o "deus bom", graças a seus vários poderes e aptidões, que iam da arte bélica à música. Um de seus papéis era o de deus da abundância. Possuía um caldeirão enorme (*p.100*), que se enchia de leite e carne para alimentar os seus seguidores. Possuía ainda um pomar com árvores sempre cobertas de frutas e dois porcos, que ressurgiam após cada abate. Como deus da guerra, sua arma era uma clava tão grande que tinha de ser movida sobre rodas. Um lado da clava tinha o poder de matar e o outro, de devolver a vida.

## Sucellus

Celtas

Rei dos deuses da Gália e Bretanha celtas, Sucellus ("o bom batedor") era uma figura forte, que usava barba e portava um martelo com um longo cabo, que podia usar de várias formas: batia no chão e fazia as plantas crescerem na primavera; golpeava os inimigos, mandando-os para o Mundo Subterrâneo; carregava-o como símbolo de sua grande força e importância. Também era uma ferramenta-símbolo, sugerindo a habilidade do deus em criar as coisas. Em geral, Sucellus é representado com a esposa, Nantosuelta, deusa da fertilidade, do convívio familiar e do lar.

**Sucellus** era um líder mágico e o equivalente gaulês de Daghda.

## Teutates

Celtic · Toutates

Divindade maior da Grã-Bretanha e Gália celtas, celebrado em diversos registros, Teutates era provavelmente o deus protetor de várias tribos celtas, embora pouco se saiba de fato a seu respeito. O escritor romano Lucano afirmou que os devotos de Teutates lhe ofereciam sacrifícios humanos, e segundo outro escritor Teutates preferia quando as vítimas eram afogadas. Isso levou à teoria de que alguns dos corpos da Idade do Ferro preservados em áreas pantanosas na europa eram vítimas de tais sacrifícios.

**Vitimas de sacrificios a Teutates** eram afogadas num tonel, provavelmente de cerveja.

## O Corvo e Tangen

Chukchis, Sibéria

O Corvo, Criador dos chukchis, excretou o mundo. Tomando a forma de um ancião e com a ajuda de seu filho, Tangen, criou os primeiros homens com punhados de barro, usando grama como cabelo, e lhes insuflou a vida. Tangen tentou dar-lhes a fala com a escrita, mas não teve sucesso. Então o Corvo se transformou numa ave; os homens imitaram seu som e, assim, descobriram que podiam falar. O Corvo roubou o sol do céu, escondendo-o na boca, mas Tangen fez-lhe cócegas e, ao rir, ele cuspiu o sol de volta ao céu para iluminar o mundo.

## Byelun e Cernobog

Eslavos · Bielobog e Tchernobog

Os eslavos acreditavam no eterno conflito entre o bem e o mal, o que se manifestou na própria mitologia sob a forma dos deuses gêmeos criadores conhecidos pelos eslavos ocidentais como Byelun e Cernobog (ou Chernobog). Byelun era a divindade do sol, da felicidade e da boa sorte; Cernobog era o deus das trevas e do mal. Essa dualidade foi comparada à do zoroastrismo, com os deuses antagônicos Ahura Mazda e Ahriman, e de fato os eslavos eram adeptos dos ensinamentos dos bogomilos e dos cátaros, seita religiosa medieval herética que enfatizava a dualidade bem/mal e que tinha ligações com o zoroastrismo.

## Perun

Rússia · Peroun, Perkun, Perkuna

Há só verstígios do mito relativo ao deus guerreiro Perun, o mais importante dos deuses pagãos eslavos. Num fragmento lituano, sob o nome de Perkun, ele corta a lua (um elemento masculino) com a espada, como punição por cortejar a estrela d'alva e trair a esposa, o sol. Em geral, Perun é identificado como o deus do trovão. Sua árvore sagrada era o carvalho, talvez porque os carvalhos freqüentemente são atingidos por raios.

**CULTO**

*Os sacerdotes de Perun mantinham o fogo eterno em seus templos. • A estátua de culto a Perun em Kiev, Ucrânia, tinha a cabeça de prata e o bigode de ouro. • Galos, animais domésticos e homens lhe eram sacrificados.*

## Enlil

Mesopotâmia — Ellil (Acádios)

O deus do ar Enlil era uma das divindades mais importantes nas mitologias suméria, babilônica e hitita. Separava o céu da Terra e era pai de vários outros deuses.

Acredita-se que Nippur, a cidade de Enlil, existia antes da criação do homem, sendo chamada "a ligação entre o céu e a Terra". De Enlil provinham a civilização e a agricultura. Um longo poema narra como ele inventou a picareta, outro como ele criou o deus do gado Lahar e a deusa do grão, Ashnan, para alimentar e vestir os deuses. Estes, então, criaram os homens para fazer uso total de tais dádivas. Enlil era casado com Ninlil (às vezes também chamada Sud ou Mullissu), uma deusa-mãe. O poema "Enlil e Ninlil" relata como ele a violenta e é banido para o Mundo Subterrâneo. Mas ela o segue até lá, e, disfarçados, unem-se mais três vezes.

**CULTO**

*O centro de adoração a Enlil era o templo de E-kur ("Casa da Montanha"), em Nippur, perto das montanhas Zagros, no atual Iraque. Às vezes, Enlil é chamado de "a grande montanha". • Diz-se que as cidades novas surgiam apenas com a benção de Enlil.*

## Marduc

Babilônia — Merodaque, Marduque

O filho do deus da Terra e da água, Marduc, o principal deus da Babilônia, era adorado no templo de Esagil junto com sua esposa, Sarpanitu, a deusa do nascimento. Seu poder cresceu quando a cidade da Babilônia se tornou a capital do império. O *Enûma Elish*, "Épica da criação", o saúda como o rei dos deuses. Marduc matou a dragoa Tiamat e de seu corpo criou a Terra e o céu. Apoderando-se das Tábuas do Destino de seu protetor Kingu, ele se tornou o soberano do cosmo.

## El

Canaã

El, freqüentemente chamado de Touro El, era o pai dos deuses na mitologia dos cananeus (ugaritas), casado com a deusa Astoré. Também chamado de El Elyon, "o deus superior", é tradicionalmente representado como um velho (às vezes com asas ou chifres de touro), sentado, com os braços ao alto. Os gregos identificavam-no com Cronos, rei dos Titãs.

Muitos mitos cananeus relatam uma contenda entre os deuses, em especial entre dois filhos de El: Baal, deus da tempestade, e Yam (Yam-Nahar), deus dos mares e dos rios. O soberano El favorece Yam em detrimento do rebelde Baal, que apesar disso triunfa. Embora uma divindade soberana, El aparecia mais ligado a deuses como Baal. Ele também não tinha templo em Ugarit, enquanto o de Baal era bastante suntuoso (*p.150-1*).

# Ahura Mazda

Pérsia (Irã) Ohrmazd

Ahura Mazda é o Criador onisciente, cujos planos para um universo perfeito são frustrados por Ahriman, seu irmão gêmeo e mau. Ahura Mazda representa a bondade e a luz, enquanto seu irmão espreita nas trevas, da Casa das Mentiras.

Ahura Mazda é um deus sábio e tolerante que dá aos homens a liberdade de escolher entre o bem e o mal, embora se diga que a Terra seja mais feliz quando um dos fiéis está no comando. A história do mundo é a história da batalha entre o Pensamento Santo (*Spenta Mainyu*) de Ahura Mazda e o Pensamento Perverso de Ahriman. O primeiro por fim vencerá com a ajuda do salvador Saoshyant (ou Soshans), que nascerá de uma virgem fecundada pelo esperma miraculosamente preservado do profeta Zoroastro (Zaratustra). Os ensinamentos de Ahura Mazda foram passados diretamente a Zoroastro e conservados num relicário de 17 hinos conhecidos como *Gathas*. Dizem que Zoroastro foi a única criança que riu ao nascer, em vez de chorar.

**Ahura Mazda,** o ser supremo da Pérsia Antiga, luta para separar as forças do bem e do mal, que mantêm o mundo criado por ele em constante tumulto.

**CULTO**

*No túmulo de Dario (*p.155*), o disco alado de Ahura Mazda paira sobre o rei. • Os zoroastristas expunham os mortos às aves de rapina. Eles não podem ser enterrados, pois são conspurcados por Ahriman; mas, como criações de Ahura Mazda, tampouco podem ser queimados.*

# Elagábalo

Síria; Itália Heliogábalo, El Gabal

Era adorado em Emesa (hoje Homs, na Síria), na forma de um meteorito negro. Seu nome em aramaico é Ilaha Gabal, "deus da montanha". Por um insólito fato histórico e por um breve período, quando seu sumo sacerdote tornou-se o imperador Bassiano de Roma, Elagábalo foi o deus supremo da cidade, conhecido por "o sol invencível". Elagábalo (ou ainda Baha Gabal) foi uma das divindades orientais a encontrar lugar no Império Romano, junto com o Baal de Balbeck (hoje no Líbano) e a trindade Bêl, Iarhibôl e Aglibôl, de Palmira.

# Zurvan

Pérsia (Irã)

Deus cósmico andrógino da Pérsia, que existiu no vazio primordial, Zurvan ("Tempo") deu à luz os princípios opostos do bem e do mal: Ahura Mazda (*acima*) e Ahriman. Zurvan deu, então, galhos da árvore símbolo do sacerdócio do zoroastrismo, a Ahura Mazda, indicando que ele era seu filho legítimo. O culto ao deus unificado Zurvan tornou-se uma heresia na fé de Zoroastro, que vê Ahura Mazda e Ahriman como uma dualidade desde o princípio dos tempos.

# Brahma, Vishnu e Shiva

Índia

Três deuses intimamente relacionados estão no centro da mitologia hindu: Brahma, criador do cosmo; Vishnu, seu protetor; e Shiva, que o destruirá.

Dizem que Brahma existe num plano e numa escala de tempo diferentes da vida mortal. Um dia de sua vida dura o equivalente a 4.320 milhões de anos humanos. Essa escala cósmica torna Brahma um deus distante. As outras duas divindades da trindade hindu têm mais contato com o mundo mortal e são mais cultuadas. Shiva é a personificação da força e do conhecimento e representa a união dos opostos. Vishnu vem ajudar a Terra quando ela corre perigo, tomando a forma de um dos dez avatares (*p. 162*).

**As quatro cabeças** de Brahma simbolizam os quatro Vedas e estão voltados para os quatro pontos cardeais.

**CULTO**

*Há muitos templos para Shiva e Vishnu na Índia, mas apenas um para Brahma – em Pushkar, Rajasthan. • Um brâmame (sacerdote) age como o intermediário entre os adoradores e o deus nos templos hindus.*

# Bhagavan

Baigas, Índia Central

O criador Bhagavan instituiu quase todos os aspectos da vida econômica, social e espiritual dos baigas. Vive "longe", num palácio numa ilha guardada por dois rios de fogo, onde recebe as almas dos mortos antes de devolvê-las à Terra para o renascimento. Não é de todo bom: enviou uma serpente para envenenar o primeiro homem – trazendo a morte ao mundo – por puro ciúme, e enganou os descendentes de Nanga Baiga com sua mágica. Essa ambivalência está refletida em seu palácio: metade brilha como a luz, metade apodrece.

# Phan-Ningsang

Singphos, nordeste da Índia

Phan-Ningsang é o maior dos deuses dos singphos, sendo o deus do céu Mathum-Matta seu ministro. Depois que o mundo foi criado, os dois decidiram explorá-lo. Encontraram uma cabaça na forma de homem, e quando a abriram várias pequenas criaturas saíram dela. Com o machado, Phan-Ningsang esculpiu seios nas mulheres, e Mathum-Matta esculpiu órgãos masculinos nos homens. Em seguida, com a magia de um cachimbo dourado, encantaram os humanos, que se espalharam pelo mundo e se amaram.

## Pan Gu

China Pan Ku

O criador do mundo de acordo com a mitologia chinesa, surgiu quando as duas forças primitivas, Yin e Yang, se combinaram no princípio dos tempos. Ficou inativo por 18 mil anos, enquanto o caos o rodeava, e depois levou mais 18 mil anos para crescer, finalmente forçando as duas partes de seu ovo primal até elas se tornarem a Terra e o céu (*p. 172*). Algumas versões do mito relatam que Pan Gu foi ajudado na criação do cosmo por um grupo de animais míticos (desde então vistos como poderosos ou de bom augúrio na mitologia chinesa: um dragão, uma fênix, um unicórnio, uma tartaruga e, às vezes, um tigre).

## Fuchi

China Fu Hsi, Pao Hsi, Mi Hsi

Na mitologia chinesa, o deus Fuchi é considerado uma espécie de imperador primevo e fundador da China. Ele se casou com a deusa Nü Wa, que criou os seres humanos, moldando-os a partir do barro, e mostrou aos homens as habilidades da civilização: a caça, a pesca, a metalurgia e a agricultura. Fuchi foi o mentor do regime da realeza ou do império e do cálculo do tempo, além de inventar uma série de símbolos chamada Ba Guá (oito trigramas). Estes símbolos, dotados de poderes mágicos, eram usados para prever o futuro.

**Fuchi criou** o Ba Guá, mais tarde usado no I Ching. Aqui ele segura um medalhão decorado com os trigramas.

## O Imperador do Jade

China O Imperador do Céu, o Supremo Regente

Na China Antiga, o Imperador do Céu, ou o Imperador do Jade (*p. 176-7*), era um ser de poder incrível. Ele liderava uma corte de deuses que espelhava a corte terrena do imperador da China.

Suprema divindade na mitologia chinesa, o Imperador do Jade, que já alcançara a iluminação por ter cultivado o Tao (o caminho), era o árbitro final de quaisquer disputas entre os deuses. Em geral, pensava-se ser este o seu maior papel, daí ele ser tão exaltado e tão distante e, ao contrário dos outros deuses, não poder ser adorado ou representado diretamente. Se retratado, vestia-se normalmente como um imperador mortal com a coroa imperial ou *mien*, de topo achatado e decorada com 13 pingentes, cada um deles entremeado com contas. Exercia seu amplo poder por meio de espíritos, capazes de destruir qualquer pessoa que o ofendesse. No entanto, sua forma corriqueira de controlar a vida humana era mais sutil. Ajudado por mensageiros que lhe narravam os acontecimentos terrenos, mantinha registros detalhados da vida de seus súditos – apto, portanto, para o julgamento final dos mesmos no Mundo Subterrâneo.

# Izanagi e Izanami

Japão

O casal primal do folclore japonês criou as ilhas do Japão, celebrou o primeiro casamento e deu origem aos deuses, ou *kamis*. Seus nomes podem ser traduzidos como o Nobre Homem e a Nobre Mulher.

Suas lendas estão registradas no *Kojiki* ("Registro de Coisas Antigas"), completado em 712 d.C., e em *Nihonshoki* ("Crônicas do Japão"), um texto posterior de 720 d.C. O mito narra como as divindades celestes independentes pediram para Izanagui e Izanami criarem a Terra, agitando o mar com uma lança mágica. Individualmente e juntos, os dois deram à luz muitos deuses, inclusive o deus do vento Fujin, que completou a criação do Japão soprando a névoa e revelando as ilhas.

Mais tarde, Izanami morreu ao dar à luz o deus do fogo. Depois de sua morte, Izanagui a seguiu até o Mundo Subterrâneo e tentou resgatá-la, mas não se saiu melhor do que Orfeu na mitologia grega (*p.57*). Apesar de instruções claras para resistir, Izanagui olhou para Izanami, que, como Perséfone, alimentara-se no Mundo Subterrâneo e lá ficou presa para sempre.

Izanagui, horrorizado após observar o corpo putrefato de Izanami, purificou-se banhando-se num rio. Por esse motivo, algumas pessoas vêem Izanagui como o fundador da prática *harae* – cerimônias de purificação xintoístas, quando o corpo é lavado, e preces são ditas para a retirada do pecado e do infortúnio. A purificação pode centrar-se no indivíduo, numa cidade ou num país inteiro.

**CULTO**

*No mar perto de Ise em Honshu (local do templo de Amaterasu) estão as "rochas unidas", que abrigam os espíritos de Izanami e Izanagui (*p.180*). A corda que une as rochas é trocada todos os anos. A rocha maior tem uma passagem sagrada para um templo xintoísta.*

# Kotan-kor-kamui

Japão

O povo aino de Hokaido diz que o mundo foi criado por Kotan-kor-kamui, "a divindade que faz a terra". Originalmente, a Terra era um brejo sem vida, com seis céus acima e seis mundos abaixo. Kotan-kor-kamui fez descer uma alveóla, que bateu sua cauda na água, como até hoje esse pássaro faz, fazendo surgir a terra, e Kotan-kor-kamui criou o primeiro aino para habitá-la. Esse povo primitivo tinha o corpo de barro, cabelo de capim e palhas no lugar da coluna, o que explica o fato de o ser humano curvar-se com a idade.

# Tohan

Chewong, Malásia — Allah Ta' Allah

Tohan, o deus supremo, doador do sopro de vida aos primeiros homens, é mais reverenciado como sobre-humano do que como deus. Tohan habita este mundo, que é conhecido como a Sétima Terra na cosmologia dos chewongs, e confiou à Nabi, sua serva, a respiração humana, mas Nabi deixou que um pouco se escapasse, e o hálito transformou-se em maus espíritos (bas). Quando o mundo se torna poluído por excesso de mortes, sangue e fezes, Tohan o vira e novamente começa a criar plantas, animais, montanhas e homens na superfície achatada inferior.

# Corvo

Nativos do noroeste dos EUA   Gralha

O Corvo é a personagem mais importante das mitologias do noroeste dos EUA e das regiões subárticas e árticas da América do Norte. Aparece em vários mitos nos papéis de criador, transformador, herói e trapaceiro.

Na costa noroeste dos EUA, o criador geralmente é uma figura remota, como o "Andarilho do Céu", do povo tsimshian, que criou as estrelas com centelhas que voaram de sua boca enquanto dormia. O Corvo é um criador muito mais presente. Seu nome entre os haidas significa "aquele que vai ordenar as coisas", e sua tarefa principal era organizar o mundo, o que fez quando transformou as primeiras coisas existentes, para depois estabelecer as leis da natureza.

As lendas dos tsimshians sobre o Corvo relatam como ele roubou o sol do mundo do céu, e também como desposou a Mulher Nuvem Brilhante, uma mulher-salmão, que criava mais salmões só ao mergulhar os dedos na água.

## NASCIDO DE UMA VAGEM DE ERVILHA

No Alasca, os mitos dos inuítes (esquimós) unalits dizem que depois que a Terra foi criada pelo Corvo ainda não existiam homens. Mas o primeiro homem já estava lá, encolhido na vagem de uma ervilha. Um dia, ela se rompeu e ele se ergueu, já adulto. O Corvo pousou perto dele, forçou seu bico contra a sua testa e transformou-se em homem. Quando este contou ao Corvo que viera de uma vagem de ervilha, o deus disse: "Criei essa planta, mas nunca pensei que algo semelhante a ti sairia dela."

## CURA PARA A SOLIDÃO

Quando o homem sentiu fome, o Corvo transformou-se de novo em pássaro e foi buscar-lhe frutos. Depois voltou a ser homem, moldou algumas ovelhas e renas de barro e deu-lhes vida, dizendo ao homem: "Te sentirás solitário, sozinho." Por isso, tomou mais barro e fez uma mulher usando capim aquático fino como cabelo. Quando ele bateu as asas, ela ganhou vida, tornando-se uma bela companheira para o homem da vagem de ervilha.

**CULTO**

*A entrada da casa cerimonial do povo kwa-kwa-ka'wakw (Canadá) tinha forma de bico do corvo. A parte mais baixa abria-se com um movimento brusco e com o peso do pé na parte interna ela se fechava, "engolindo" quem chegava.*

**Em algumas versões** do mito, o Corvo encontra muitas pessoas saindo de uma concha na praia.

## Wakan Tanka

Lakotas, América do Norte (Planícies)

É referido, em geral, como uma entidade onisciente. Os lakotas (sioux) chamam tudo o que é sagrado ou misterioso de *wakan*. Uma prece típica desse povo pode ser simplesmente "Wakan Tanka, tenha piedade de mim". Wakan Tanka ("o grande mistério") também é um grupo de 16 espíritos, o quatro-vezes-quatro. Esses poderes positivos incluem o Sol, a Rocha, o Trovão e a Terra, que juntos controlam o mundo. Dentre os omahas, é definido mais como uma força intrínseca, Wakon'da, que como deus.

## Awonawilona

Zunis, sudoeste dos EUA

Relatos antigos da mitologia dos zuñis mencionam um criador andrógino, Awonawilona, mas sabe-se hoje que o termo designa um grupo de poderosos "seres-rudes", homens-animais da época da Criação que podem assumir qualquer forma. Esse conjunto inclui o Pai-Sol (Yatokka Taccu) e a Mãe do luar. (Yaonakka Citta). O Pai-Sol tem duas moradas, uma no leste e outra no oeste. A Mãe do luar é sua esposa, mas está sempre separada dele. Sua irmã é a Anciã do Sal.

## Quetzalcoatl

Astecas, México · Ehécatl, Ce Acatl Topiltzin, Kukulcan, Gucumatz

O nome Quetzalcoatl significa "serpente emplumada". Esse bom deus da América Central toma a forma híbrida de um pássaro quetzal e de uma cascavel.

Um dos mais relevantes deuses astecas, que remonta a c.1000 a.C. Como co-criador da presente era, com o irmão e rival Tezcatlipoca, foi ele quem desceu ao Mundo Subterrâneo para recuperar os ossos de uma raça anterior e recriar a humanidade atual. É conhecido por usar outras formas também, principalmente Ehécatl, deus do vento. Sob esse aspecto, também era um herói cultural que ensinou aos humanos como deveriam viver. Tornou-se intimamente identificado com Topiltzin Ce Acatl Quetzalcoatl, o rei humano da lendária cidade de Tollan. Diz-se que este rei navegou para o leste numa jangada de serpentes, envergonhado por ter sido enganado por Tezcatlipoca e dormido com a própria irmã. Alguns acreditam que Quetzalcoatl reencarnou como o planeta Vênus.

**Cabeça em pedra de Quetzalcoatl,** como a serpente emplumada, num templo dedicado a ele em Teotihuácan, a Cidade dos Deuses, no México.

**CULTO**

*A pirâmide de Quetzalcoatl, parte do complexo de Teotihuácan, que fica ao norte da cidade do México, possui as representações mais antigas de Quetzalcoatl como a serpente emplumada. Seus devotos faziam peregrinações a Cholula, um templo dedicado a ele.*

# Viracocha

Incas, Peru — Con Ticci Viracocha, Coniraya Viracocha

Viracocha, criador e herói cultural dos Andes, era a divindade máxima do antigo Peru. Uma oração inca se refere a ele como o "Senhor do Universo" e sugere que este deus podia ser visto como homem ou como mulher.

Viracocha invocou o sol, a lua e as estrelas a partir da ilha do Sol no lago Titicaca, criando, logo após, os primeiros humanos. Embora os incas venerassem este deus, também se consideravam "filhos do sol", ou do deus-sol Inti. O oitavo rei da dinastia inca é Viracocha Inca. Esse rei humano foi assim denominado por afirmar que o Criador lhe aparecera certa noite. As histórias sobre o deus Viracocha e o rei Viracocha Inca estão profundamente ligadas.

Na versão dos povos do altiplano andino, esse deus era chamado Coniraya Viracocha, um criador-trapaceiro, que viajava como mendigo. Como tal (*p.217*), procurou sua amante, a deusa Cavillaca, e seus filhos. Coniraya viajou até a costa, chegando à casa do deus Criador Pachacamac ("aquele que anima a Terra"). Ali ele seduziu uma das filhas do deus e Urpay Huachac, e acidentalmente semeou o oceano com peixes do lago desta última, que ficou conhecida como a mãe dos peixes marinhos.

**CULTO**

*A estátua de Viracocha no seu santuário em Cuzco era feita de ouro e o representava como um homem branco barbado com uma longa túnica. Na forma de Con Ticci Viracocha, ele viajou pelos altiplanos do Peru curando os doentes e devolvendo a visão aos cegos.*

# Aquele que Segura o Céu

Iroqueses, América do Norte — Teharonhyawágon, Boa Mente, Árvore Nova, Broto

Para as tribos iroquesas do nordeste da América do Norte, Aquele que Segura o Céu é o Criador, uma figura que se mescla com o herói cultural e mestre da vida, Hawenniyo. Ele tem um irmão gêmeo perverso, Sílex, que forçou sua passagem para o mundo através da axila da mãe, e com isso a matou.

Aquele que Segura o Céu e Sílex são gêmeos nascidos da filha da Mulher Velha, que caiu do céu e veio repousar nas costas da Grande Tartaruga (*p.194-7*). A filha engravidou do vento (numa versão, a personificação do vento simplesmente pôs ao lado dela uma flecha simples e uma com ponta de sílex). Os gêmeos eram antagônicos em suas ações. P.ex., Aquele que segura o Céu ("mente boa") criou os rios fluindo em ambos os sentidos, para que sempre fosse fácil remar, mas Sílex ("mente má") os fez fluir num só sentido. Também tornou o tamanho do mosquito tão desmesurado, a ponto de poder derrubar os brotos das árvores, mas Aquele que Segura o Céu reduziu o tamanho do inseto a fim de minimizar o mal que poderia causar.

**CULTO**

*Em 1799 o profeta iroquês Lago Formoso fundou uma religião: em suas visões, o Mestre da Vida lhe dissera que o povo seneca deveria continuar seus rituais ou o mundo seria consumido pelo fogo.*

## Olodumaré

Iorubás, Nigéria · Olorun

"Olodumaré" significa "a grande majestade eterna". Também chamado Olorum, "o dono do céu", criou a Terra a partir de um brejo primitivo e insuflou vida nos primeiros homens, seres feitos de argila pelo deus Obatalá (alguns falhos, pois o trapaceiro Exu deu muito vinho de palma a Obatalá enquanto este trabalhava). Olodumaré ouve e vê tudo que acontece na Terra, mesmo à distância – antes o céu era tão próximo que os deuses podiam ir e vir numa teia de aranha, mas os homens perturbaram Olodumaré limpando as mãos sujas no céu, que por isso foi erguido mais alto.

## Mawu-Lisa

Fons, Benin · Segbo

Mawu-Lisa, o criador andrógino, é uma divindade do céu que abarca a feminina lua (Mawu) e o masculino sol (Lisa). Mawu-Lisa viajou na boca da serpente cósmica Aido-Hwedo enquanto moldava o mundo e, misturando o barro com a água, como se prepara o material para construir uma casa, criou os primeiros homens. O primeiro homem e a primeira mulher, às vezes chamados Adanhu e Yewa, estabeleceram o culto a Mawu-Lisa e aos deuses menores que ele/ela deu à luz. Na mitologia dos fons, que veneravam o céu, o mundo foi criado inicialmente por outra divindade andrógina, Nana-Buluku, mas esse criador raramente é lembrado hoje.

## Amma

Dogon, Mali

Na complexa cosmologia dos dogons, Amma é o criador, que primeiro existiu na forma de um ovo cósmico contendo todas as sementes do universo físico e espiritual. Estas ganharam vida pelo impulso de vibrações internas que, desdobrando-se em forma de hélice, quebraram o ovo e, suspensas no espaço, criaram o cosmo. Uma raça de seres gêmeos divinos, os Nommo, também estava no ovo. Um deles, Yurugu, libertou-se e tentou criar um universo rival, mas falhou sem sua contraparte feminina. A Terra foi feita de sua placenta. Um outro Nommo plantou as sementes que criaram os homens, os animais e as plantas e levaram a Terra a frutificar com a chuva.

**Esta escultura dogon** de um Nommo mostra-o "fisgando" as nuvens de chuva necessárias às plantações.

## Juok

Shilluks, Sudão · Jok, Jwok, Joagh

"Juok" é usado em todas as línguas nilóticas significando o divino. O conceito de Juok engloba todo o mundo sobrenatural, e tanto o bem quanto o mal. O fato levou alguns missionários a traduzirem a palavra como "deus", enquanto outros a interpretam como "diabo". Dentre os shilluks, grupo étnico do sul do Sudão, Juok é concebido como um espírito universal, sem forma e invisível. Como Criador do mundo, está presente em tudo e controla os destinos de todos os homens, plantas e animais. Só é possível dirigir-se a ele por meio de Nyikang, um intermediário e ancestral mítico dos shilluks, que reencarna nos reis desse povo. Nos sacrifícios a Nyikang, pede-se que ele influencie Juok a enviar chuva, curar doenças ou trazer boa sorte.

# Rá

Egito · Re, Khepri, Aten, Áton, Nebertcher, Amon-Rá, Ptá

Rá, o deus-sol, era a forma visível do criador e era conhecido também por Nebertcher ("o senhor sem limites") e Áton ("o todo"). Tinha ainda um nome secreto, cujo conhecimento traria imenso poder (*p.229*)

Rá podia assumir formas diversas: como Khepri (o escaravelho) era o sol nascente, como Atem (o disco solar), o sol do meio-dia e como Áton (um ancião apoiado num cajado), o sol poente. A cada entardecer, o sol era engolido pela deusa do céu, Nut, e Rá navegava o Outro Mundo em sua barca noturna. Ali, era atacado pela serpente do caos, Apófis. Após o deus Set atingir a serpente com uma lança, Rá assumia a forma de um gato para decepar sua cabeça. Então Rá podia continuar seu trajeto, para renascer novamente ao raiar do sol. Ele também possuía diferentes aspectos. Um hino nos conta: "Deus é três deuses, acima de tudo: Amon, Rá e Ptá. Sua natureza como Amon está oculta, não pode ser conhecida. Ele é Rá em suas características e Ptá em seu corpo." Todos os três fundem-se na mesma divindade criadora, "o grande deus que ouve as preces, atende ao apelo o dos pobres e desamparados, dá alento aos desditosos".

**CULTO**

*O templo mais importante de Rá ficava em Heliópolis ("cidade do sol", em grego), no delta do Nilo. Ele também era venerado no grande complexo do templo de Karnak, em Tebas (hoje, Luxor), como Amon ou Amon-Rá, o deus oculto.*

**O deus-sol Rá** é representado com as asas abertas e a cabeça de carneiro neste mural sobre o ciclo solar, da tumba da rainha Tausert (c. 1190 a.C.).

# Áton

Egito Antigo — Aten, Yati

Originariamente, Áton era apenas um nome do deus-sol Rá, representado como o disco solar ou um sol alado. Entretanto, durante o Novo Império (1550-1069 a.C.), Áton passou a ter um culto em separado.

Já antes do reinado do faraó Amenotep IV (1352-1336 a.C.), Áton tornara-se uma forma distinta de deus-sol. Mas o faraó, que mudou de nome para Akhenaton ("servo de Áton"), fez de Áton o deus-sol supremo, tornando o seu culto a religião oficial. Os nomes dos outros deuses foram cortados das paredes dos templos, numa tentativa de destruí-los pela negação de sua existência. Akhenaton construiu uma nova capital, chamada Akhetaton ("o horizonte de Áton"), em El-Amarna, na margem leste do rio Nilo, onde Áton era cultuado como deus único. Um "hino a Áton", supostamente escrito pelo próprio Akhenaton, tem vários paralelos com o salmo bíblico 104. O hino se dirige a Áton como "o deus único", dizendo: "Criastes sozinho a Terra, de acordo com o teu desejo."

**CULTO**

*Em Akhetaton construiu-se o Grande Templo de Aten. • Há evidências de sacerdotes de Áton em Heliópolis (centro de culto a Rá). • Parece que havia templos em sua honra em Mênfis, no Egito, e em Sasebi, na Núbia.*

# Hapi

Egito Antigo — Hapy, Hep, Hap

O Nilo era simplesmente *itew*, "o rio", mas sua inundação era um deus, Hapi, também conhecido como "o senhor dos peixes e pássaros dos pântanos". A civilização egípcia como um todo dependia da inundação e do limo novo e fértil para o plantio de culturas ao longo das margens do Nilo.

Representado como um homem barrigudo de enormes seios femininos (possivelmente indicando fertilidade), vivia numa caverna na altura da primeira catarata do Nilo, em Assuã, de onde vinham as inundações todos os anos. A inundação fluía de dentro de sua caverna como uma dádiva infinita "que fazia as campinas sorrirem". Não foram erigidos templos para Hapi, embora possuísse centros de culto em Gebel el-Silsila e Assuã. No "Hino a Hapi" diz-se que o deus-sol Rá é seu filho, igualando Hapi a Nun, as águas primordiais das quais Rá emergiu. Hapi também tomava a forma de uma serpente cósmica, símbolo da eterna renovação do tempo.

**Deus do Baixo e Alto Egito,** Hapi era quase sempre representado como gêmeos, um coroado com o papiro do norte (*esq.*) e o outro (*dir.*), com o lótus do sul.

# Tangaroa

Polinésia | Kanaloa, Tangaloa, Ta'aroa, A'a

Tangaroa é o nome maori para o deus polinésio do oceano, cuja respiração cria as marés. Na Polinésia ocidental, era o criador preexistente, sob o nome de A'a, Tangaloa e Ta'aroa, que vivia sozinho no vazio primordial e que deu origem a todas as coisas.

No Taiti, como Tangaloa, adquiriu primeiro a consciência dentro de uma concha "como um ovo a girar no espaço infinito", quebrando-a e emergindo para criar o mundo. Uma lenda da ilha de Samoa narra como Tangaloa criou a ilha Manu'a (pertencente a Samoa) deixando cair uma rocha no oceano e a seguir fez as outras ilhas, inclusive Tonga e Fiji. Para dar sombra a seu pássaro Tuli, criou a Videira da Povoação, que se espalhou por toda terra. Quando ela murchou, Tangaloa fez das larvas que se nutriam da vegetação putrefata os primeiros humanos, dando-lhes coração e alma.

**CULTO**

*A estátua de culto de Tangaloa como A'a, no Museu Britânico, em Londres, mostra outros deuses engatinhando sobre seu corpo-concha; uma cavidade na estátua continha figuras de madeira de deuses diversos.*

**Nos mitos maoris,** Tangaroa, deus dos mares, é irmão de Tane, deus das florestas. Na mitologia havaiana, ele era conhecido como Kanaloa.

# Baiame

Austrália | Bunjil, Nooralie

Baiame, o deus criador, pai de tudo e de todos, talvez seja o mais importante no sudeste da Austrália. De certa forma, sua mitologia foi influenciada pelo cristianismo. Baiame vivia no céu e criou os animais e os homens. Juntou todos os animais descontentes (os animais tinham autoconsciência durante o Sonho) e os deu de presente aos homens. Birrahgnooloo, a mãe de todos, é sua esposa, e Daramulun, seu filho, foi enviado à Terra para ensinar aos homens as leis sob as quais viver.

# Serpente Arco-íris

Austrália

Figura importante na mitologia e religião aborígine, a serpente arco-íris emergiu de um poço durante o Sonho, ou a época da Criação. Conforme ela viajou pelo país, seus movimentos criaram os montes, montanhas, vales e cursos d'água da paisagem ancestral. Muitas lendas falam do perigo de se irritar uma serpente arco-íris ou de danificarar seus ovos, o que a levaria a enviar uma inundação. Hoje a serpente está curvada e suspensa acima da Terra, como um arco-íris no céu, podendo ser vista no cintilar da luz na água.

# DEUSAS-MÃES E DIVINDADES DA TERRA

Em muitas mitologias há uma deusa suprema, figura geralmente benevolente, mas por vezes destrutiva, que cuida da Terra e é vista como um tipo de mãe cósmica. Seu papel abarca a concepção e o nascimento da própria Terra. Assim, figuras como Gaia, da Grécia Antiga, e a deusa maori Rangi representam a “Mãe-Terra”.

A figura da Mãe-Terra ajudava a explicar a criação do mundo e a existência humana. Em muitos casos, fecundada por seu parceiro (em geral um deus celeste) gerava, então, o hábitat da humanidade. O nascimento da Terra e o parto humano eram assim considerados análogos.

## DEUSES PESSOAIS

Embora muitas das deusas-mães fossem figuras distantes, outras, como as do parto ou do casamento, eram muito próximas a seus fiéis. Deusas importantes, ocupam às vezes o topo da hierarquia sagrada, tal como a romana Juno, uma das três principais divindades de Roma. No panteão hindu, Devi (que significa simplesmente “deusa”) é uma espécie de essência das demais deusas e pode assumir todos os aspectos, de nutriz a destruidora.

**Hera, a rainha das deusas gregas,** vivia no Olimpo. Seu ciúme em relação à infidelidade de Zeus era notório.

## RITOS SECRETOS

Tal como o parto, o culto à deusa-mãe ou à deusa da Terra era em geral restrito a mulheres, que oficiavam seus ritos em segredo dos homens, cujo acesso aos templos ou santuários era proibido. No caso da deusa romana Bona Dea, até o seu nome próprio era desconhecido dos não-iniciados, o que reforça o mistério e a importância tanto da deusa em si quanto da fertilidade e da abundância, dádivas suas.

# Bona Dea

Roma Antiga

Importante deusa romana da terra, Bona Dea, a "boa deusa" é uma figura misteriosa, que jamais teve seu nome próprio revelado publicamente e era cultuada por mulheres em ritos secretos sem registros.

Há muitas hipóteses quanto à identidade de Bona Dea, e é possível tratar-se de uma das deusas da natureza, conhecidas pelos romanos sob outros nomes. Uma candidata é Maia, deusa a quem era consagrado o mês de maio e associada a Vulcano. Outra é Ops, a deusa sabina da plenitude; esposa de Saturno, Ops presidia as colheitas, o que a aproxima da terra e de sua abundância. A mais provável, porém, é a deusa Fauna, popular entre as mulheres, irmã e esposa de Fauno (deus dos pastores e um antigo e mítico rei do Lácio).

## CULTO PARA MULHERES

Os devotos de Bona Dea diziam que ela possuía o dom da profecia e consideravam-na casta, tanto que seus ritos eram oficiados pelas virgens Vestais em cerimônias exclusivas a mulheres. Comumente cultuada num templo, honravam-na ainda com um festival anual. Bona Dea era evocada para promover a saúde, a castidade e a fertilidade. Era popular entre os libertos e entre os escravos que esperavam tornar-se libertos um dia.

Consta que nos ritos de Bona Dea as mulheres ofereciam-lhe flores, vinho (referido como "leite") e um porco. A cerimônia era acompanhada de música, o que, segundo um relato específico, levaria as devotas a um estado de transe.

**CULTO**

*Seu principal templo ficava no monte Aventino, Roma, e apenas mulheres eram admitidas. • O principal festival em sua honra ocorria em dezembro. As palavras "vinho" e "murta" eram proibidas, pois certa vez Bona Dea embebedara-se e fora açoitada com ramos de murta.*

**O festival de Bona Dea,** restrito a mulheres, tornou-se público depois que um homem disfarçado. (crê-se que Clodius Pulcher, em 62 a.C.) se infiltrou.

## Cibele

Roma e Grécia Antigas — Kybele

A deusa Cibele é originária da Frígia (atual Turquia), e acredita-se que os gregos tenham adotado seu culto após a Guerra de Tróia. Reverenciada em todo o mundo grego e, mais tarde, também no romano, ficou conhecida como a "Grande-Mãe". Seus sacerdotes, os Galos, castravam-se para servi-la.

**Os devotos de Cibele,** que dançavam até o transe extático, eram conhecidos como Coribantes.

## Gaia

Grécia Antiga — Ge

Gaia era a deusa da Terra na Grécia Antiga. Ela emergiu do caos primitivo do universo e desempenhou um papel essencial na criação da primeira raça de seres, os Titãs (*p.36*). Também foi mãe de diversas outras raças míticas, como a dos Ciclopes, de um só olho, a dos Hecatônquiros (ou "gigantes de cem mãos") e a das Eumênides, deusas temíveis que puniam a traição familiar.

## Hera

Grécia Antiga — Juno (Roma)

Hera, por ser irmã e esposa de Zeus, era a rainha do Monte Olimpo.

Entre seus filhos estão os deuses Ares e Hefesto e a deusa Hebe. Reverenciada pelas mulheres, era a protetora das esposas e tinha o dom da profecia. Festivais comemorando sua união com Zeus eram organizados regularmente na Grécia. Existia, entretanto, um lado ruim em sua personalidade: quando Zeus, Posídon e Hades dividiram o universo, Hera foi deixada de lado, e isso, somado aos muitos casos amorosos de Zeus (*p.42-3*), tornou-a rancorosa. Seu ciúme nutrido contra suas rivais e contra os filhos de Zeus com outras parceiras tornou-se seu traço dominante e contribuiu para alguns dos mais dramáticos episódios da mitologia grega. Hera participou da rebelião contra seu marido e, ressentida por ter perdido um concurso de beleza entre as deusas (*p.70*), provocou o conflito que culminaria com a Guerra de Tróia.

## Juno

Roma Antiga — Hera (Grécia)

Protetora das mulheres, Juno tinha vários outros nomes, que enfatizavam os diferentes aspectos de sua personalidade. Como Juno Lucina, era a deusa do parto. Como Juno Moneta, advertia as pessoas dos perigos. Por ocasião da invasão gaulesa, os gansos de seu santuário grasnaram tanto que alertaram o exército para a presença dos inimigos, e Roma foi salva.

**Júpiter tentou imortalizar** seu filho semimortal, Hércules, colocando-o ao seio de Juno. Um jorro do leite para o alto formou as estrelas.

## Nerto

Germânicos

O historiador romano Tácito descreve a deusa Nerto como Mãe-Terra. Ela seria a deusa das tribos de uma ilha báltica e apareceria entre o povo num carro puxado por vacas que ninguém, além de seu sacerdote, podia tocar. Enquanto estava entre o povo, todos baixavam as armas, e a paz prevalecia. Depois retornava a seu bosque, onde escravos lavavam seu carro e em seguida eram sacrificados, para preservar seus segredos.

## Mokosha

Eslavos · Mocosz

A deusa pagã da Terra, Mokosha, sobreviveu na religião popular russa como a *mat' syraia zemlia*, "Mãe-Terra úmida". Era a deusa da fertilidade e da prosperidade, e respeitavam-na como a uma mãe; o costume de pedir desculpas à Terra antes da morte durou até tempos recentes. Associada também à tecelagem e à fiação, representam-na em bordados tradicionais russos como uma figura feminina com os braços erguidos, ladeada por dois cavaleiros.

## Friga

Nórdicos · Fréia, Frigg

Como filha e esposa de Odin, Friga estava entre os deuses nórdicos mais poderosos. Era a deusa do céu, descrita como vestindo-se com roupas de nuvens, que escureciam quando ela se enfurecia.

Friga era associada a casamento, amor, fertilidade, nascimento e vida familiar. Sentada ao lado de Odin, assim como ele, intervinha nas questões humanas, embora em geral tomasse partido contrário ao marido, sendo esta uma das fontes de conflito entre o casal. Embora fosse a deusa do casamento, era amante dos dois irmãos de Odin, os deuses criadores Vili e Vê, e há registro de que se envolveu também com um escravo. Seu relacionamento com o filho, Balder, era conturbado. Sua participação involuntária na trágica morte de Balder (*p.124*), levou-a a enviar o irmão deste, Hermod, ao Mundo Subterrâneo para suplicar por seu perdão.

**CULTO**

*Em Asgard, Fensalir ("região pantanosa") era o lar de Friga, o que sugere que possa ter sido adorada em riachos e lagos. • Friga era identificada com a deusa romana Vênus, e seu dia veio a ser a sexta-feira (Friday), dia de Friga.*

## Devi

Índia — Uma, Sati, Parvati, Lakshmi, Durga, Kali, Gauri

A palavra "devi" significa "deusa" e designa a principal divindade feminina no hinduísmo. Ela personifica todas as deusas: criativas e destrutivas, pacíficas e guerreiras. Sua característica mais importante é a de ser a esposa do deus Shiva.

Assim como todas as deusas se juntam na figura de Devi, todos os poderes divinos, tanto masculinos quanto femininos, se unem no casamento de Shiva e sua esposa. As famosas matadoras de demônios Kali e Durga representam a parte destrutiva da esposa de Shiva; já a carinhosa e gentil Parvati é a sua contraparte benevolente. Devi pode ainda ser vista como consorte de Vishnu, e então é denominada Lakshmi, reinando como a deusa da riqueza, que traz a sorte.

**Devi, a mãe de tudo,** é a deusa da natureza e da vida. Na mão direita, ela segura a alegria e a dor, e com a esquerda distribui a vida e a morte.

## Kwannon

Japão — Guan Yin (China)

Kwannon é a deusa da misericórdia, fonte de piedade. Originariamente, era um *bodhisattva* masculino (no budismo, um ser iluminado), Avalokitesvara, "Senhor que observa com piedade". Suspenso à beira do nirvana, Avalokitesvara fora incapaz de ir além do mundo temporal, pois ainda havia dor a ser aliviada, e então se transformou numa deusa que redime e ampara. Assim, Kwannon é representada à vezes sob forma masculina; outras, como a deusa de muitos braços, a "Kwannon das Mil Mãos".

**Muitas vezes, Kwannon é** representada olhando para baixo, a indicar que zela pelo mundo.

## Pachamama

Inca, Peru — Pacha Mama

Pachamama é a deusa-terra da região andina, cujo culto data da época do império inca. Os agricultores erguiam altas pedras-altares no centro de seus campos em honra à Mãe-Terra e, com preces, pediam-lhe um solo fértil e boa colheita. Na área de Cuzco, quíchuas atuais ainda veneram Pachamama como a deusa da agricultura a viver no interior da terra. Divindade essencialmente feminina, as mulheres chamam-na de "companheira" em suas preces. Para os povos andinos, toda a paisagem é um ser vivo, dotado de poder sobrenatural, acessível em locais sagrados, conhecidos como *huacas*.

## Dauarani

Waraos, Venezuela

Na mitologia do povo warao do delta do Orinoco, a Mãe da Floresta (*p.220*), Dauarani, originou-se da primeira canoa, criada pelo deus Haburi. Os artesãos waraos dão às canoas um formato que representa a vulva de Dauarani; os aprendizes devem viajar através do corpo da grande serpente do céu até chegar ao lar de Dauarani na sua montanha-mundo, a sudeste. Lá, sob uma luz brilhante, conhecem os segredos da fabricação de canoas, numa experiência extática que se repete durante a construção de cada nova canoa.

## Mulher-que-sempre-muda

O Dinés (navajos), sudoeste dos EUA

Mulher-que-sempre-muda é a deusa mais importante da tribo diné. Filha dos jovens Vida Longa e Felicidade, foi trazida à vida pelo Deus Falante, a partir de uma imagem de turquesa, e acolhida pelo Primeiro Homem e pela Primeira Mulher. A Mulher-que-sempre-muda representa a essência da vida: envelhece e rejuvenesce ao longo do eterno ciclo das estações. Deu à luz os gêmeos heróis Matador de Monstros e Nascido-em busca-de-água. Mudou-se para o oeste, mas, ao sentir-se solitária, criou os dinés, a partir de escaras de sua pele.

## Geb

Egito Antigo

Geb (à esq., com o deus-falcão Hórus) era o deus da Terra. Em geral, é representado deitado de costas, com o falo ereto, por ter sido separado à força de Nut, o céu; às vezes, pintam-no de verde, a cor da vegetação.

Louvado como o "senhor de milhões de anos", era filho de Shu, o deus do ar seco, e de Tefnut, a deusa do ar úmido. Geb, a terra seca, e sua irmã Nut, a vasta abóbada celeste, deram à luz os principais deuses egípcios: Osíris, Hórus Cego, Set, Ísis e Néftis. Geb ainda foi o juiz das reivindicações dos rivais Set e Hórus pelo trono, disputa em que favoreceu o último.

Inscrita numa estela do período ptolomaico, uma lenda conta que o pai de Geb, Shu, já fraco e doente, ascendeu ao céu, após ter sido rei do Egito por muitos anos. Por nove dias, a escuridão cobriu o mundo e o vento uivava pela terra. Geb aproveitou a ocasião para ir ao palácio de Shu em Mênfis e violentar sua mãe, Tefnut, que cobiçava. Longe de ser punido por seu ato, ao cabo dos nove dias, Geb subiu ao trono do Egito, enquanto Shu ficou junto a Rá, o deus-sol.

Na mitologia, Geb distingue-se por ser um deus-Terra masculino. Consta que, na aurora dos tempos, ele pôs o Grande Ovo, do qual nasceu o pássaro Benu (*p.304*). Por isso, um de seus nomes é o de Grande Cacarejador. O animal consagrado a Geb era o ganso, forma animal sob a qual era comumente representado.

**CULTO**

*Em seu templo em Iunu (perto do Cairo), era cultuado como um deus bissexuado. • A Casa da Vida, em Ábidos, era uma réplica sagrada do Universo, cujo chão era Geb. • Em textos funerários, é citado como uma ameaça por tentar aprisionar o morto no corpo.*

# DIVINDADES DO MAR, DO CÉU E DO COSMO

Para os povos antigos, a Terra parecia estar circundada por forças – como o mar, o céu e as estrelas – de imensos poder e tamanho. O movimento do Sol e o ir e vir das marés sugeriam poderes além do entendimento humano, que eram explicados como movimentos do mais poderoso dos deuses.

Certas divindades personificam a vastidão dos céus, como An, da Mesopotâmia, e podem ser remotos e distantes, mas representam o grande potencial de criação celeste. P.ex. o deus maori Rangi, uma figura enorme e pai dos primeiros deuses. Nut, antiga deusa egípcia do céu, é outro exemplo da capacidade de expansão celeste: seu corpo, que se estende em curva pelo céu, forma um arco sobre o qual o deus-sol Rá viaja diariamente em sua barca celeste.

**Os Tritões,** filhos "sereios" de Posídon, sopravam conchas retorcidas acalmando ou agitando as ondas.

## FORÇAS CÓSMICAS

As forças cósmicas do mar e do céu são contraditórias. O mar pode trazer tanto tempestades ameaçadoras quanto fartura de peixes. O Sol aquece a Terra, mas também pode secar os rios e transformar o solo fértil em pó. Alguns antigos deuses do mar e do céu personificam esta imprevisibilidade: o grego Posídon conclamava tempestades com seu tridente; o nórdico Thor comandava o trovão com seu martelo e o hindu Indra, Senhor da água, trazia o trovão e a chuva.

## O BEM E O MAL

As divindades eram personificações de reais ansiedades humanas em relação às forças cósmicas, e, assim, reverenciar os deuses de certo modo ajudava a apaziguar o poder de destruição de tais forças. Mas o poder destrutivo dos deuses também implicava a força criativa que personificavam. Esses dois poderes antagônicos mas complementares – destruição e criação – são em geral representados por deuses irmãos. Na mitologia japonesa, p.ex., o deus do mar tempestuoso e da tormenta, Susanoo, é complementado por sua gentil irmã, Amaterasu, deusa do Sol.

# Cronos

Grécia Antiga — Kronos, Cronos; Saturno (Roma)

Cronos, deus do céu, era filho de Gaia e Úrano e um dos Titãs, primeira raça a habitar o cosmo. O relacionamento difícil com os seus filhos, os deuses do Olimpo, gerou uma guerra (*p.38-9*).

A guerra entre Titãs e Olímpicos foi vencida pelos últimos. No mito tradicional, os Titãs derrotados foram confinados no Tártaro, região sombria do Mundo Subterrâneo. A tradição órfica, porém, relata uma outra versão, em que, feitas as pazes com Zeus, Cronos torna-se o primeiro soberano do céu e da Terra, ao receber de Zeus a Ilha dos Bem-Aventurados, uma bela região, situada no extremo Ocidente, além das estrelas. Junto à esposa Réia, Cronos lá governou com paz e tamanha fartura que o período de seu reinado ficou conhecido como a Idade de Ouro.

**Cronos devorou cinco** de seus filhos, tentando reverter o oráculo de que seria deposto por um deles.

**CULTO**

*Dizia-se que o Omphalós de Delfos seria exatamente a pedra que Cronos engolira, acreditando ser seu filho caçula, Zeus. • A pedra do Omphalós era untada com óleo e depois coberta com lã durante os rituais.*

# Posídon

Grécia Antiga

O domínio de Posídon (*p.50*), deus do mar, abarcava também nascentes e lagos. Surgia em seu carro, com um séquito de criaturas e ninfas marinhas, podendo desencadear tormentas e terremotos. Ajudou os troianos na construção das muralhas da cidade, mas enviou-lhes o terror de um monstro marinho por discordar quanto ao pagamento pelo serviço prestado. Na Guerra de Tróia, posicionou-se a favor dos gregos.

# Úrano

Grécia Antiga — Ouranos, Uranus

Úrano era filho de Gaia (ou, segundo alguns, de Éter, o céu superior). Era a personificação grega do céu e pai dos Titãs (*p.36*). Diz-se que foi castrado e deposto pelo filho Cronos, a pedido de Gaia. Segundo outra tradição, foi um rei humano, que ensinou a astronomia e as artes da civilização a seu povo antes de morrer e ascender ao céu.

# Thor

Nórdicos Tor, Thunor (anglo-saxões); Donar (germânicos)

De olhar penetrante, barba ruiva e com um martelo amedrontador, Thor era o mais forte dos deuses nórdicos. Ao cruzar o céu em seu carro, produzia o trovão. Prestava auxílio aos deuses quando ameaçados pelos gigantes.

Muitos mitos se referem a vários gigantes mortos por Thor. Nesses feitos, o deus conta com a ajuda não só de seu poderoso martelo, Mjöllnir (que nunca errava o alvo e sempre retornava à mão de Thor), mas também das luvas de ferro e do cinto que duplicava sua força. A temida serpente Midgard foi um dos poucos inimigos que Thor não conseguiu aniquilar (embora exista a profecia de que ele há de matá-la na batalha final de Ragnarok).

Apesar de seu notório e descomunal apetite e de seu feroz temperamento, Thor era o deus mais popular entre os povos do norte da Europa. Há muitas pedras votivas e esculturas de seu machado na Dinamarca e na Suécia, e amuletos em forma de martelo, como o mostrado acima, foram encontrados em sepulcros.

Na poesia nórdica há descrições de diferentess templos em honra a Thor, mas em todos havia o recipiente para colher o sangue de animais sacrificiais, e, ocupando o centro, uma enorme estátua dourada do deus, sentado em seu carro puxado por dois bodes.

**CULTO**

*Em templos como os de Dublin, Upsala e Thrandheim, as esculturas de Thor ocupavam o lugar de honra. No primeiro sua imagem era negra; no segundo, aparecia em pé, segurando o martelo; e no terceiro, com adornos de ouro e prata, sentado em seu carro.*

**Thor, mais conhecido** como o matador de gigantes, executava os inimigos com um só golpe de seu martelo.

# Manannán mac Lir

Irlandeses/Celtas — Manannan, Manandan, Monanaun; Manawydan (galeses)

Contam que o deus irlandês do mar, Manannán mac Lir ("filho do mar"), vivia em Emain Ablach, ilha da costa da Escócia. De lá, singrava as ondas em seu carro puxado por cavalos, viajando para ajudar outros deuses em suas batalhas e juntar-se a jornadas de outros heróis irlandeses.

Figura impressionante, Manannán mac Lir era belo e poderoso com seu manto de cor cambiante como a do mar, capaz de mudar o destino de quem o vestisse e agitasse no ar. Carregava uma bolsa mágica com todas as suas posses e uma espada que podia perfurar qualquer armadura. Se necessário, Manannán também podia recorrer a diversos encantamentos, os quais ensinou aos druidas, e ainda usar outro feitiço: um denso nevoeiro que o ocultava dos inimigos ou supreendia seus adversários.

**Diz-se que Manannán mac Lir** singra as ondas num carro ou a cavalo, mas que também pode usar um barco mágico sem remos nem velas.

## Nanna

Mesopotâmia — Sin (acádios)

Deus da lua, Nanna nasceu da donzela Ninlil e do deus do ar Enlil. Sua esposa era a deusa Ningal e seus filhos, o deus do sol Utu (Shamash) e a grande deusa Inana (*p.315*). Seus principais templos situavam-se em Ur e Harran, no norte da Síria. O número 30 também designava Nanna, por ser essa a quantidade de dias em um mês lunar.

**Luas crescentes** ladeiam o deus lunar, Nanna, neste alto-relevo assírio em pedra.

## Enki

Mesopotâmia — Ea (acádios)

Deus do oceano de água doce subterrâneo, chamado Abzu. O centro de seu culto, situado em Eridu, era E-abzu ("casa de Abzu"). Deus da sabedoria e da magia, na lenda de Inana e Enki (*p.140*), possui o *me*, poderes sagrados que controlam a ordem do mundo, mas o perdem para Inana, por estar embriagado. No mito do grande dilúvio, é Enki quem fica a favor dos homens e contra os deuses. Sua esposa era a deusa Damgalnuna.

## An

Mesopotâmia · Anu, Anus

An, cujo nome significa "céu" em sumério, era filho de Ansar e Kisar, o céu e a Terra, e tornou-se o deus-céu supremo após a separação entre Terra e céu. Apesar de importante, era uma divindade remota e, como tal, pouco representado na arte mesopotâmica. Nos mitos hititas é Anu, deus que usurpa o poder do pai, o Criador Alalu, e por sua vez tem seu poder usurpado pelo filho Kumarbi, que o mata, arrancando-lhe a genitália com os dentes.

## Utu

Mesopotâmia · Shamash

Utu, deus-sol sumério, era filho de Nanna, o deus-lua, e irmão de Inana, a deusa do amor e da guerra. Segundo um mito, Utu e Inana desejavam-se mutuamente, e consta que foi Utu quem providenciou o casamento da irmã. Ele se casou com Sherida (Aya), uma deusa da luz, associada à sexualidade e ao amor; o casal era venerado em templos de Sippar e Larsa, e a cada manhã o deus surgia das portas do paraíso para cruzar o céu.

## Indra

Índia

Indra, antigo deus-céu hindu, com seu relâmpago e arco, trazia chuvas refrescantes à Índia, banindo Vritra, o deus da seca e da morte. O dom de trazer a vida valeu a Indra a afeição do povo, e muitos hinos do *Rig Veda*, antigos textos religiosos indianos, enaltecem-lhe o poder e o auxílio prestado aos homens. Com seu raio, Indra tanto anunciava a chuva quanto vencia inimigos; com seus mil olhos, via o cosmo inteiro; com seus longos braços, abarcava os céus. O céu de Indra era Svarga, onde vivia com Indrani, sua esposa, e de onde só de tempos em tempos se ausen-tava para combater os demônios.

**Este entalhe** do templo de Hoysalesvara mostra Indra matando o demônio-serpente Vritra.

## Susanoo

Japão · Susano, Susano'o, Susanowo

O ambivalente Susanoo é o deus das tempestades. Em sua ira, desonrou o céu e levou a irmã, a deusa do sol Amaterasu, a se esconder numa caverna, mergulhando o mundo na escuridão (*p.182-3*). Uma vez banido do céu, sua ira se desvaneceu, e Susanoo tornou-se um deus benevolente. Salvou a Princesa dos Campos de Arroz de um terrível dragão, matou-o usando de trapaças e descobriu em sua cauda um dos três grandes tesouros da realeza imperial japonesa: a espada Kusanagui ("ceifadora de grama"), que hoje se encontra no templo Atsuta, perto de Nagóia. A tendência de Susanoo ao descontrole, à violência e à destruição tanto reflete a natureza das tempestades quanto representa, em termos psicológicos, a interiorização da perda da "mãe", Izanani.

## Amaterasu

Japão

A deusa-sol é a divindade protetora do Japão e a ancestral da família imperial. Desde os primórdios, é venerada como a Grande Divindade Brilhante do Céu em seu santuário, uma estrutura simples de palha, renovada a cada 20 anos, em Ise, na ilha Honshu. Uma prece a Amaterasu, propiciatória de colheitas, afirma: "Assim como tu abençoaste o reino do soberano e o tornaste longo e duradouro, assim eu também curvo meu pescoço, tal um mergulhão em busca de peixe, para adorar-te e venerar-te."

## Di Jun

China   Dijun, Ti Chün

A divindade chinesa do céu oriental, Di Jun, tinha por consorte Xi He, que ora é enunciada como uma deusa-Sol, ora como um deus-Sol, mas sob ambos os gêneros cruza o céu em seu carro como divindade portadora da luz. Segundo uma versão do mito, os filhos do casal eram dez sóis que se revezavam no céu, até o dia em que brilharam juntos, provocando calor e seca insuportáveis. O imperador Yao então pediu a intervenção de Di Jun, que deu ao herói e arqueiro Yi um poderoso arco com que pudesse alvejar nove sóis e restaurar o clima à normalidade (*p.174*). Di Jun também era famoso por sua família, da qual constam vários heróis culturais que, em suas viagens pelo mundo, descobriram muitos países e difundiram as artes da civilização.

**Amaterasu** é incitada pelos deuses a sair da caverna na qual se escondera após se zangar com Susanoo (*p.296*), deixando o mundo nas trevas.

## Inti

Inca, Peru

O deus-sol Inti era o progenitor mítico da dinastia real inca. Seu templo em Cuzco ostentava um disco solar de ouro maciço, com formato de rosto humano, circundado por raios. Inti era servido por sacerdotes e por "virgens do sol" juradas à castidade, e suas sumo sacerdotisas eram consideradas esposas do sol, embora a consorte divina de Inti fosse a deusa-lua Mamaquilla (Mama Kilya).

## Coyolxauhqui

Astecas, México

Quando a deusa-mãe Coatlicue engravidou de Huitzilopochtli, sua ciumenta filha Coyolxauhqui e seus 400 filhos (as estrelas) mataram-na. Huitzilopochtli vingou-a: esquartejou a irmã, cuja cabeça, lançada ao céu, tornou-se a lua, que é "morta" pelo sol todos os meses.

**As práticas sacrificiais astecas** reproduzem o esquartejamento de Coyoalxauhqui.

# Horus

Egito Antigo — Horemakhet, Rá-Horakhty

Havia dois deuses com o nome Hórus. O primeiro, Hórus Cego, foi morto por Set, deus do caos. Renascido como o filho de Ísis e Osíris, Hórus passou a ser identificado com os faraós e a ser venerado de várias formas.

O céu – e Hórus – era concebido como um falcão de asas abertas, cujos olhos eram o sol e a lua. Em sua primeira encarnação, Hórus, o mais velho, ou Hórus Cego, recebeu tal nome por não enxergar em noite sem luar. Hórus Cego era um deus guerreiro, armado com uma espada e particularmente perigoso durante os períodos de cegueira. Foi a primeira vítima do ciúme do deus do caos, Set, seu irmão, que o atacou e o matou, auxiliado pelas sete estrelas da constelação da Ursa Maior.

## O DEUS RENASCIDO

Hórus renasceu como filho de Ísis e Osíris, e os seus mitos, em sua maioria, relatam a longa batalha que travou com Set pelo trono, após este último ter matado Osíris. Num confronto, Set arrancou um olho de Hórus (a lua), mas a deusa Hator (que nas narrativas é tanto sua noiva quanto sua irmã) curou-o. Esse olho, *wedjal*, restaurado tornou-se o mais comum dos amuletos egípcios (*acima*), símbolo de integridade, proteção, força e perfeição. No Egito Antigo, acreditava-se que o faraó detivesse poder divino para governar e fosse a encarnação viva do deus Hórus.

**CULTO**

*O templo de Hórus em Edfu é um dos vários consagrados a esse deus. • Sacerdotes vestiam-se como Hórus, para purificar ritualisticamente o caminho de um sarcófago • O nome do faraó – o serekh – era escrito de forma a representar um falcão.*

**A parte branca** da coroa de Hórus representa o Alto Egito e a parte vermelha, o Baixo Egito.

## Thoth

Egito Antigo — Djehuty

Deus da escrita, do conhecimento, do tempo e das fases da lua, era representado como um babuíno ou uma íbis, e achava-se que a curva do bico desse pássaro assemelhava-se tanto à lua crescente quanto a uma pena de junco. Estima-se que quatro milhões de íbis sagradas tenham sido sacrificadas, mumificadas e colocadas em jarros de cerâmica, durante rituais no templo de Thoth, em Sakkara, e mais alguns milhões em Tuna al-Gebel.

Os antigos egípcios acreditavam que, após a morte, Thoth elencava suas ações em voz alta, no Salão Subterrâneo das Duas Verdades, a fim de que os 45 deuses-juízes pudessem determinar o destino eterno do morto.

**Thoth** (*à dir.*) e sua consorte, Nehmetaway, eram cultuados na cidade de Khmun, no Egito.

## Nut

Egito Antigo

Nut era a deusa egípcia do céu, uma dos Enéadas, os nove grandes deuses. Seu corpo era a abóbada celeste e suas mãos e pés, os quatro pontos cardeais da astrologia clássica do Egito Antigo: o horizonte oriental, onde o sol nasce; o horizonte ocidental, onde se põe; e os pontos mais alto e mais baixo do céu. Todas as noites, Nut engolia o deus-sol Rá, dando-o à luz na manhã seguinte.

Nut era filha de Shu, deus do ar seco, e de Tefnut, deusa do ar úmido; unida a seu irmão Geb, a Terra, gerou as estrelas. Shu suspendeu Nut no ar para separá-la do corpo de Geb, ato que definiu a criação, por separar o céu da Terra. Nut também foi mãe de Osíris, Hórus Cego, Set, Ísis e Néftis. Os faraós acreditavam que, ao morrer, entravam no corpo de Nut, do qual mais tarde seriam ressuscitados. O plátano de Nut (árvore mitológica) ficava em Heliópolis.

## Mujaji

Lovedus, África do Sul — Modjadji

Mujaji é o título da rainha da chuva dos lovedus, encarnação viva da deusa da chuva e das nuvens, Khifidolamaru-a-Daja. A rainha da chuva, líder de uma dinastia matriarcal de 400 anos, controla as chuvas e o ciclo das estações. Quando morre, a seca é certa; por isso, ela deve escolher com muito cuidado o momento de sua morte por suicídio. Mujaji V, porém, recusou-se a cometer suicídio e morreu naturalmente, o que abriu um novo precedente.

## Rangi

Polinésia — Langi, Langit, Lagi, Atea

Na mitologia maori, Rangi, o deus-céu, faz parte do casal primordial, e estava preso em eterna cópula com Papa, a deusa-Terra. O casal foi separado pelo crescimento de seu filho Tane, o deus da floresta, que os empurrou, apartando-os e permitindo que a luz chegasse ao mundo. As lágrimas de amor do casal separado ainda se mesclam à névoa e ao orvalho. Na Polinésia Oriental, Rangi era conhecido como Atea (espaço sem limites). Um nome maori mais longo, Hanui-o-Rangi, significa "pai dos ventos".

# DIVINDADES DOS ANIMAIS E DA CAÇA

De pássaros e criaturas poderosas que vagam nas florestas até enormes serpentes que habitam o espaço subterrâneo, nas mitologias de todos os continentes há divindades animais, e também deuses que trazem sorte aos caçadores – uma demonstração do quanto as sociedades humanas dependem do mundo natural.

Deuses-animais geralmente se originam de religiões animistas. Essas crenças fazem parte de diversas sociedades tradicionais, mesmo que muito distantes umas das outras. Segundo elas, cada objeto e ser, de um seixo a um besouro, é um elo vital na cadeia da vida, e que uma coisa pode se transformar em outra. Todos os animais têm um espírito, e deuses-animais abundam, especialmente na África, Oceania e América.

## RELAÇÕES ESPECIAIS

Muitos deuses mantêm um relacionamento especial com divindades animais e criaturas mágicas. Vários deuses nórdicos e hindus possuíam poderosos corcéis que os carregavam pelo cosmo, e um dos personagens mais populares da mitologia hindu é o macaco Hanuman, cujos poderes e sagacidade auxiliaram Rama e Sitá no *Ramayana*.

**Ártemis, a deusa grega da caça,** também era a protetora divina de todas as crias animais.

## PODERES ANIMAIS

Os animais mantêm um forte vínculo com muitas forças naturais. O antigo deus egípcio do rio Nilo, Sebek, tomava a forma de um crocodilo. Em muitos mitos dos nativos americanos, o relâmpago, o trovão, o fogo e a chuva são controlados por aves; o deus criador de algumas tribos norte-americanas é o corvo. Histórias sobre tais divindades explicam fenômenos imprevisíveis, e seus cultos ajudam a proteger o povo de perigos.

## VÍNCULOS ANIMAIS

Por vezes é a caça o que aproxima homens de deuses-animais, e então a presa inspira profundo respeito; por outras, um animal é o vínculo entre um povo e seus ancestrais, compondo uma relação central em sua mitologia.

## Ártemis

Grécia Antiga    Diana (Roma)

Ártemis, filha de Zeus e Leto, e irmã gêmea de Apolo, era a deusa grega da caça. Jovem e virgem, é em geral representada portando seu arco, arma usada tanto em caçadas quanto contra seus inimigos – que são muitos, dada a sua natureza vingativa. P.ex., quando Níobe, mãe de muitos filhos, insultou Leto, que tinha só dois, Ártemis e Apolo vingaram a mãe matando todos os filhos de Níobe a flechadas. O caçador Órion foi outra vítima de Ártemis, pois tentara violentar a deusa ou uma de suas ninfas. Cultuada principalmente em locais distantes e montanhosos da Grécia, a rebelde Ártemis nem sempre era vingativa e violenta: era também a protetora de crianças e crias indefesas.

## Diana

Roma Antiga    Ártemis (Grécia)

Diana era a deusa virginal da caça e da luz, e seu nome provém do mesmo radical que *dies*, "dia". Na Itália Antiga, associada aos bosques, Diana possuía uma floresta sagrada em Arícia, no Lácio, mas tornou-se uma divindade mais significativa junto aos romanos, que lhe erigiram imponentes templos por todo o Império e na própria Roma. Muitos de seus festivais eram vedados a homens, e conta-se que seus cães de caça estraçalhavam todo aquele que tentasse entrar em seu santuário durante os ritos. O veado era o animal consagrado a Diana, e em Cápua, num dos seus santuários, viveu por muitos anos uma corça; os habitantes diziam que, enquanto o animal estivesse vivo, a cidade estaria a salvo.

**Diana também era** a deusa protetora dos escravos, que podiam pedir asilo em seu templo.

## Cernunnos

Celtas

Cernunnos, que significa literalmente "o cornudo", tinha corpo de homem e chifres de veado, e era um dos principais deuses da Europa celta. Deus dos animais, das frutas e do milho, suas várias atribuições sugerem que ele era venerado como fonte de fertilidade e como provedor de alimentos. Sua surpreendente figura tem sido encontrada em muitos locais da Europa.

## Lahar

Sumérios, Mesopotâmia

Antes de Lahar, os deuses não tinham roupas nem alimento, e assim Enlil, o deus sumério, criou Lahar como o deus do gado e das ovelhas, a fim de que houvesse couro e leite, e criou Ashnam, sua irmã, como a deusa do grão. No início, os dois irmãos trabalharam em harmonia, mas quando se embriagaram, discutiram tão violentamente que os deuses tiveram de intervir. Não se conhece, contudo, o final de suas histórias.

# Prajapati

Índia · Brahmarishi, Brahmaputra

Prajapati, "Senhor dos animais" ou "Senhor da criação", é o termo que em geral designa o deus criador hindu. É mais um epíteto que o nome de uma divindade específica, e também se aplica a Indra, Brahma e os "nascidos do mental de Brahma".

Prajapati é um dos deuses hindus mais antigos e, no hinduísmo tardio, identificou-se com o deus Brahma. Um relato sobre Prajapati narra como, por puro desejo, ele se autocriou das águas do mar primitivo. Ao olhar em volta de si e ver o cosmo tão vazio, entristeceu-se e chorou. Algumas de suas lágrimas caíram no mar e tornaram-se ilhas; outras, ele limpou de sua face, e estas viraram as estrelas. Com o tempo, Prajapati deu continuidade à Criação, fazendo demônios, deuses, homens e todos os animais surgirem de partes de seu corpo.

## O IMPULSO CRIATIVO

Prajapati deu forma e nome a todos os deuses e a todas as criaturas vivas. Mas, para os hindus atuais, ele representava apenas metade do impulso criativo e o deus Vishvakarman, a outra. Este último, um arquiteto divino mais prático, usando lascas de sol, forjava em seu torno armas e carros para os deuses. Ele era o artesão; Prajapati, por sua vez, representava a mais profunda necessidade de criar, demonstrada em seu forte poder de gerar deuses e outras criaturas tão somente por meio da meditação.

**Nesta rara representação** de Prajapati, ele tem três rostos e está sentado na posição de lótus da ioga. Às vezes, aparece de chifres (*no alto da pág.*).

**CULTO**

*Prajapati criou Agni, o deus do fogo, que o teria devorado se ele de imediato não tivesse criado a manteiga sacrifícial, que ofereceu a Agni com a palavra Svaha ("a grandeza falou"), ainda dita com reverência a cada oferenda de fogo aos deuses.*

# Sedna

Inuítes, América do Norte — Nuliayuk; Samn

Sedna é a senhora dos animais marinhos dos inuítes (esquimós), expulsa de seu vilarejo por ter se casado com um amante misterioso – um cachorro ou pássaro marinho – ou por ser indesejada, segundo a versão dos netsiliks. Da Groenlândia ao Ártico canadense, Sedna era a entidade espiritual mais importante.

Um mito inuíte explica a origem dos animais marinhos narrando que o pai de Sedna a jogara para fora de um caiaque; em algumas versões, Sedna era uma vítima inocente; em outras, merecedora da punição. A desesperada jovem agarrara-se ao bote, mas o pai cortara-lhe os dedos, que se transformaram em mamíferos marinhos conforme afundaram no mar. A própria jovem torna-se um espírito marinho e senhora dos mares, responsável por tanger baleias e elefantes-marinhos ao encontro dos caçadores inuítes. Quando os homens quebram os tabus, Sedna, em retaliação, prende os mamíferos marinhos, e o povo passa fome. Se a escassez de alimento perdura muito, um xamã nada até a morada de Sedna para pentear-lhe os cabelos, o que suas mãos sem dedos não lhe permitem fazer.

**Os inuítes** dependem da boa vontade de Sedna para um suprimento regular de animais de caça.

## Senhor dos Animais

Nativos americanos

Nas Américas, os caçadores crêem num Senhor ou Senhora dos Animais, com o poder de soltar ou ocultar a caça, a quem devem fazer oferendas propiciatórias, além de tratar o animal caçado com respeito tanto antes quanto depois de morto. Em 1762, Neolin, um homem santo de Delaware, consultou o Senhor da Vida, com poder sobre as almas de homens e de animais, e dele ouviu que os índios estavam se corrompendo com os costumes dos brancos; por isso, ele retirara os animais de caça. Essa visão uniu muitas tribos, sob o comando do chefe Pontiac, no levante de 1763-66 contra os britânicos.

## Mulher-Búfala e Mulher-Milho

Nativos americanos

A Mulher-Búfala e a Mulher-Milho são consideradas as principais provedoras dos arikaras e de outras tribos das planícies da América do Norte, como a dos pawnees. A primeira nunca come carne, apenas milho; a segunda, o oposto. A Mulher-Búfala conclama os búfalos pelo mundo inteiro, mas o faz no mundo em miniatura do Pavilhão da Cura, onde, em sua caminhada ritual de posto a posto, troca seus mocassins a cada parada, pois estão rotos de tantas viagens. O povo de Hidatsa chama a Mulher-Milho de "Velha-que-nunca-morre", tamanha é a importância do plantio em suas vidas.

## O pássaro Benu

Egito Antigo — Sobek

O pássaro Benu é representado na arte egípcia como uma garça gigante. Mais tarde, os gregos o chamaram de fênix, reconhecendo seu papel como uma outra faceta do deus-sol. Acredita-se que o pássaro Benu voou pelas águas escuras de Nun antes do primeiro amanhecer e pousou numa pirâmide rochosa chamada Pedra Benben. Lá ele soltou um grito áspero que abalou o silêncio eterno e lançou luz e vida sobre o mundo. No grande templo de Amon em Karnak (agora Luxor), um pato era solto nas águas do lago sagrado todas as manhãs, numa imitação do pássaro Benu.

## Sebek

Egito Antigo

Sebek era o deus-crocodilo egípcio. Seu templo principal em Medinet el-Fayum era conhecido como Crocodilópolis. Seus templos, construídos por todo o Egito, tinham tanques contendo crocodilos sagrados. Sebek era filho da deusa da guerra Neith, e como Sebek-Rá era adorado enquanto uma manifestação do deus-sol. Vários mitos narram seu apetite insaciável: era tão guloso que chegou a engolir parte do corpo esquartejado de Osíris, motivo pelo qual sofreu a punição de ter a língua cortada.

**Sebek também era chamado** "senhor de Faium". Ele era adorado como o controlador das águas do Nilo.

## Bast

Egito Antigo — Bastet, Ubasti, Ailuros

Bast era a deusa egípcia do amor e do riso. Com cabeça de gato, era uma forma mais branda da violenta leoa Secmet, que, por sua vez, é também uma manifestação da deusa Hator. O centro de culto a Bast era em Bubastis, no Nilo.

Bast era a deusa dos gatos domésticos, e esses animais eram sacrificados a ela. Quando um gato de estimação morria, todos da casa raspavam as sobrancelhas em sinal de luto. O nome Bastet significa "a oriunda de Bast", e o templo da deusa em Bast foi denominado Per-Bastet ("Casa de Bastet"). Os gregos modificaram o nome da cidade para Bubastis (agora conhecida como Tell Basta).

Os devotos iam ao festival de Basted, na cidade de Bast em barcaças. As mulheres a bordo levantavam as saias e se expunham, repetindo o comportamento de Hator, que uma vez levantou as próprias saias para alegrar Rá.

# Makemake e Haua

Rapa Nui (Ilha de Páscoa)

Makemake é o deus supremo de Rapa Nui (Ilha de Páscoa). Criador do povo, provê o alimento a cada ano ao guiar para a ilha os pássaros marinhos que lá nidificam. Ano a ano um dos chefes tornava-se o representante vivo de Makemake.

Desde o primeiro assentamento, sob o rei da Polinésia Hoto Matu'a, a falta de alimento era um problema em Rapa Nui. Os colonizadores supostamente trouxeram fruta-pão, inhame, coco e outros espécimes para o plantio, mas logo descobriram não haver água doce na ilha. A deseperadora falta de alimento e água logo se tornou um constante pesadelo para o povo, que buscou amenizar a situação com a introdução do culto ao Homem-Pássaro, sob a liderança do deus criador Makemake. Numa complexa cerimônia, um chefe da ilha tornava-se o representante desse deus na Terra – o Homem-Pássaro – por um ano, e a ele cabia velar pelo ovo sagrado. Ele o pendurava em sua cabana e, de cabeça raspada, enunciava preces propiciatórias a Makemake, estimulando o ovo a gerar alimentos.

No santuário de Orongo, entalhes em várias rochas das cavernas mostram a máscara-esqueleto de Makemake, a vulva de sua esposa Haua (símbolo de fertilidade), o deus fragata Vie-kana e o sagrado Homem-Pássaro.

**CULTO**

*Os clãs reuniam-se em Orongo aguardando os pássaros marinhos que todos os anos faziam seus ninhos nas ilhotas. Nadadores corajosos buscavam o primeiro ovo da estação para seu chefe; outros entoavam as grandes lendas da criação, dizendo-se simples "barcos" dos deuses.*

# Tinirau

Polinésia — Sinilau, Kinilau, Timirau, Tinilau

Tinirau, supostamente o filho do deus do mar Tangaroa, continuamente reabastece o mar com peixes das lagoas de água salgada de sua ilha, no centro do oceano. No mar, ele toma a forma de tubarão ou baleia; no ar, a de um pássaro fragata ou tesourão; na terra, a de um homem atraente.

Tinirau é chamado o Engolfador, pois suas ondas podem engolir uma canoa repleta de homens. Existem muitos relatos sobre o amor entre este deus e sua esposa Hina. Em alguns, ela é uma deusa-lua; já em outros, ambos são nobres humanos. Em todos, Hina acha o belo Tinirau irresistível e desconhece sua natureza ambivalente (os taitianos costumavam chamá-lo "Tinirau de duas caras"). Um mito de Mangaia (ilhas Cook) narra que Hina, ao mergulhar no mar em busca de Tinirau, foi levada à sua ilha por Tekea, rei dos tubarões. Esta versão tem um final feliz, mas em outras Tinirau é cruel com Hina, a ponto de ela ter de ser socorrida pelo irmão-pombo Rupe.

**CULTO**

*Antes de cerimônias importantes, os sacerdo-tes taitianos viravam a noite recitando os nomes dos deuses convidados a participar do ritual. Depois, convocavam as nuvens da manhã a se elevarem do mar, onde haviam passado a noite com Tinirau, Senhor do Oceano.*

# DIVINDADES DA FERTILIDADE E DA AGRICULTURA

Quando os povos se tornaram sedentários e agricultores, logo passsaram a ter deuses da agricultura – figuras cuja função era assegurar colheitas abundantes e animais sadios. Todas as comunidades agrárias dependiam dessas divindades, vitais para sua sobrevivência.

Assegurar o alimento é das necessidades humanas mais básicas; logo, é provável que algumas das deusas pré-históricas mais antigas, representadas em estatuetas de pedra encontradas por toda a Europa (*p.98-9*), cuidassem da abundância e da fertilidade. Quando as civilizações primitivas começaram a escrever seus mitos, as divindades da agricultura e da fertilidade já eram proeminentes, da mesopotâmica Ashnan a Deméter e Perséfone, duas das deusas mais populares da Grécia Antiga.

**A farta figura** da Vênus de Willendof (c.24.000 a.C.) faz dela um poderoso símbolo da fertilidade.

## AJUDA NA FERTILIDADE

Em geral, a principal tarefa dos deuses ligados à agricultura e à subsistência era ensinar aos povos como produzir alimento. Técnicas como o plantio de trigo e a irrigação dos campos eram vistas como dádivas dos deuses, que, responsáveis pela fertilidade em geral, ainda ajudavam animais e homens a se reproduzir.

## PROTEÇÃO DUPLA

Em algumas sociedades antigas, diferentes deuses protegiam cultivos e aspectos distintos da agricultura. P.ex., havia vários deuses agrários romanos, o que se explica pela extensão do império, com muitos deuses locais, e pela necessidade constante de alimentar as cidades e os exércitos sempre em movimento. Fauno, Pã, Pales e Aristaios, protegiam os pastores. Flora, deusa das nascentes, auxiliava na frutificação das árvores, assim como Pomona. Ops era a deusa dos grãos, também guardados por Robigo. Vertumno, deus da mudança das estações, ajudava as flores a se transformarem em frutas. Para os romanos, como para muitos povos, os processos da agricultura, que evidenciam a dádiva da vida, eram literalmente milagrosos.

# Deméter

Grécia Antiga — Ceres (Roma)

A deusa grega da agricultura era venerada junto com a filha Perséfone, que, levada à força para o Mundo Subterrâneo (*p.54*), pôde depois voltar à Terra na primavera e no verão para promover o crescimento das colheitas.

Deméter era uma das deusas mais importantes da Grécia Antiga. Filha de Cronos e Réia, reis dos Titãs, era responsável pela agricultura, um dos pilares da vida grega. Esse laço se estabeleceu quando Deméter percorreu vários lugares da Grécia em busca de Perséfone, sua filha raptada: sempre que o povo local lhe oferecia hospitalidade, a deusa, em troca, ensinava-lhes a arte do plantio do trigo.

Diversos festivais eram dedicados a Deméter em vários templos, durante o ano inteiro. Além dos famosos Mistérios estabelecidos pela deusa em Elêusis (p.54), ela também era homenageada nas Tesmofórias, um festival de outono especialmente para mulheres casadas, oficiado à época da semeadura do grão. Acreditava-se que seus ritos promoviam o crescimento das searas.

**CULTO**

*Os gregos de Elêusis (agora Elefsina, um subúrbio de Atenas) continuaram a cultuar a deusa Deméter como santa Dimitra, após converterem-se ao cristianismo. Em 1801, Edward Clarke provocou uma revolta quando roubou a estátua da santa e a levou para a Inglaterra.*

**Deméter, abatida,** cansou-se de tornar a Terra fecunda enquanto a filha estava no Mundo Subterrâneo.

# Líber

Roma Antiga | Liber Pater

Antigo deus itálico, Líber tornou-se o deus romano da fertilidade e do vinho. Sua boa aparência, aliada à sua influência sobre a agricultura e a provisão de alimentos, tornou-o muito popular.

Líber era especialmente honrado no seu dia, 17 de março, quando se realizavam as Liberálias, um festival dedicado a ele e a Líbera, sua parceira. Seu símbolo, um falo enorme, era carregado em procissões pelos campos até chegar a Roma. Durante a passagem da procissão cantavam-se músicas licenciosas, lembrando a todos o poder do deus sobre a fertilidade das plantações, do gado e dos homens. Os rapazes que completavam 14 anos tradicionalmente vestiam sua primeira toga de adulto neste dia, uma indicação, talvez, de que Líber presidia a transição para a vida madura.

## Ceres

Roma Antiga | Deméter (Grécia)

Deusa da Terra e da vegetação, Ceres era uma primitiva divindade itálica adotada pelos romanos. Ela e a filha Prosérpina foram identificadas com as gregas Deméter e Perséfone. Relata-se que foi Ceres quem ensinou a agricultura aos homens, fazendo o sol aquecer a terra para que as plantações crescessem e induzindo os bois a baixarem a cabeça para que os homens pudessem cangá-los e fazê-los puxar o arado. Na época da colheita e assistido só por mulheres, um festival honrava Ceres com oferendas de trigo.

**Ceres era identificada** com o trigo e boas colheitas – vitais para uma nação próspera.

## Perséfone

Grécia Antiga | Prosérpina (Roma)

A bela Perséfone tornou-se a deusa do Mundo Subterrâneo. Após ter sido raptada por Hades, foi forçada a descer ao reino das trevas e lá passar uma parte do ano; na outra subia à Terra para anunciar os meses de primavera e verão (*p.54*). Geralmente é retratada segurando um feixe de trigo, símbolo de sua importância para a colheita, ou uma tocha, símbolo de sua estadia no sombrio Mundo Subterrâneo. O mais renomado de todos os cultos a Perséfone era o que prestavam a ela e a sua mãe, Deméter, nos Mistérios de Elêusis. (*ver box p.54*)

# Freir e Fréia

Nórdicos | Freyr e Fréya

Freir, além de ser deus do sol e da chuva, era o principal deus nórdico da fertilidade. Fréia, sua irmã, era a deusa do amor, do nascimento e da colheita. Eram filhos do deus do mar Njörd e faziam parte da tribo dos deuses vanires.

**O queixo protuberante de Freir** era um símbolo fálico e de fertilidade.

Inicialmente amantes, Freir e Fréia passeavam juntos em suas montarias: Freir montado no javali dourado Gullinborsti; a irmã montada em Hildisvini, um javali de batalha. Após a guerra entre os dois clãs de deuses nórdicos (*p.116*), o casal se separou. Freir desposou a gigante Gerd e Fréia casou-se com Od, deus do sol. Od, porém, desapareceu, e a deusa verteu lágrimas de ouro, que se transmutaram em férteis sementes de trigo e criaram raízes em Asgard. Diz-se que os irmãos tinham o poder de inculcar o desejo sexual em qualquer um. O poder de Fréia era ainda maior por usar um colar mágico, o Brisingamen (presente de quatro anões com os quais se deitara), e por ter um manto de penas que lhe permitia transformar-se num falcão. Fréia ainda presidia à magia, protegia as mulheres no parto e liderava as Valquírias – mulheres que levavam os mortos para o salão de Odin, o Valhala. Freir era também deus da prosperidade e da paz, conhecido por sua ajuda e conselhos. A ampla esfera de influência dos deuses irmãos assegurava o seu culto por toda a Escandinávia.

**CULTO**

*No inverno, uma imagem de Freir ia de carroça para povoados remotos. • Os cavalos sagrados do santuário em Thrandheim eram sacrificados "para o deus comer". • Rochas esculpidas na Idade do Bronze em Östergötland, Suécia, parecem representar este deus.*

# Volos

Eslavos | Veles

Volos era o deus eslavo do gado e do comércio. Com o advento do cristianismo, muitas de suas características foram assumidas por são Vlasii, o santo patrono do gado. No folclore, Volos sobreviveu como protetor do grão. E o costume de "fazer tranças na barba de Volos" – tecer palhas de cereais no campo para obter proteção sobrenatural – sobreviveu até o séc.XX. Num texto do séc.XII, o famoso trovador Boyan, o sábio, é chamado de "neto de Volos", indício de que Volos também pode ter sido o deus da música e dos músicos.

# Matres

Celtas | As triplíces mães, Matronas

Por todo o mundo celta, foram encontradas inúmeras esculturas de uma tríade de deusas. As figuras usam vestidos longos – em geral revelando um seio nu – e portam objetos como cornucópias, cestos repletos de frutas, ou crianças. São as tríplices mães, ou Matres, deusas associadas à fertilidade. Eram veneradas de várias formas: como deidades da casa e do lar, como divindades da cura e como entidades promotoras tanto da fertilidade dos campos quanto da fecundidade das mães.

## Ashnan

Suméria, Mesopotâmia

Deusa dos grãos, Ashnan foi criada com o irmão Lahar, deus do gado e das ovelhas, para fornecer alimento e vestimentas aos deuses.
Os dois eram filhos de Enlil, o deus supremo mesopotâmico. Um poema sumério sobre eles diz: "Ao povo, eles trouxeram a abundância; à terra, o sopro da vida. Dirigem os decretos de deus, multiplicam os bens das despensas e enchem os paióis." O poema prossegue descrevendo a intervenção dos deuses Enki e Enlil a fim de evitar uma briga do casal. A história está incompleta, pois a parte final do poema perdeu-se.

## Telepino

Hititas    Telepinus

Deus do cultivo e da fertilidade, seu mito fala de uma maldição catastrófica que cai sobre o mundo quando o deus fica furioso. Perdido na estepe, Telepino adormece, e o mundo se torna estéril. Seu pai, o deus Teshub, procura-o sem sucesso e finalmente a deusa Hannahannah envia uma abelha para encontrá-lo e ferroá-lo, acordando-o. Infelizmente, isso apenas o enfurece ainda mais. A deusa da cura Kamrusepa acalma Telepino com a ajuda de alguns homens, que cumprem um ritual obscuro com a asa de uma águia. Por fim, Telepino consegue livrar-se de seu mau-humor.

## Shen Nong

China    Shen Nung

Um dos heróis da cultura chinesa, um imperador que, segundo dizem, ensinou os segredos da agricultura e da medicina tradicional chinesa ao povo. Um mito narra que morreu envenenado por testar ervas medicinais em si mesmo, tornando-se um dos imortais. Como deus dos agricultores e da fertilidade, acredita-se que tenha introduzido na China culturas básicas como as do arroz e do trigo, e ervas que se prestavam tanto à culinária quanto à medicina. Também há mitos que atribuem a Chen Nong invenções agrícolas importantes como o arado, o machado e a rotação de culturas.

**Diziam que** Chen Nong (*à dir.*) falou exatamente três dias após ter nascido.

## Ogetsu

Japão    Uke-Mochi

Muitos povos explicam a origem de seus alimentos básicos a partir do corpo de uma deusa (*ver mitos da Ilha da Tartaruga, p.194-7, e de Pan Gu, p.172, para as variantes dos nativos americanos e dos chineses*). De início, Ogetzu fornecia alimentos vomitando-os. Quando ela é morta – pelo deus-lua Tsukiyomi ou pelo deus da tempestade, Susanoo, segundo versões distintas do mito –, de seu corpo saem vários alimentos: um boi e um cavalo saltam de sua cabeça; o milhete surge da testa; o arroz, do ventre, e o trigo e o feijão, dos genitais. Depois disso, o seu papel como deusa do arroz foi assumido pelo deus Inari.

## Tane

Polinésia | Kane

O deus da floresta Tane (conhecido como Kane no Havaí) também é o deus da beleza artística e da luz, pois trouxe a luz ao mundo separando Rangi (Pai do céu) de Papa (Mãe-Terra). Dentre os deuses, só Tane poderia ter feito isso, por ser sua a força inegável do crescimento dos seres vivos. O principal mito do deus conta como, a partir de lama e areia, ele criou para si uma esposa, Hine-hau-one ("donzela feita de terra"). Sua filha, Hine-titama, tornou-se a deusa da noite.

**CULTO**

*Tane é o patrono dos carpinteiros. Nas ilhas Sociedade, os construtores de canoas oravam ao deus enquanto punham os machados para "dormir" durante a noite no templo, "acordando-os" no mar, na manhã seguinte.*

## Wigan

Ifugaos, Filipinas

Na mitologia dos ifugaos, Wigan pertence à classe divina dos Matungulan, "os capazes de vingar". Deus do vilarejo Kaiyang, é um ancestral herói cultural, que em troca do fogo recebeu o arroz dos deuses do mundo do Céu. Sendo a cultura ifugao centrada no cultivo do arroz, Wigan era um deus de extrema importância. Ele e a irmã Bugan, filhos dos deuses do Mundo do Céu Kabigat e Bugan (todas as esposas dos 1.500 deuses ifugaos se chamam Bugan), foram arrastados para a Terra por uma forte chuva. A fim de procriar, infringiram as leis de consangüinidade e casaram-se; suas quatro filhas casaram-se com quatro de seus filhos, mas o quinto casou-se com uma porca, gerando vários demônios que assolam a humanidade, como a Esterilidade e a Insônia.

## Rongo

Polinésia | Lono (Havaí); Ono (ilhas Marquesas); Lo'o (Samoa)

Rongo é o deus polinésio da agricultura e dos alimentos cultivados, especialmente associado à kumara (batata-doce). Rongo é o seu nome maori.

Rongo era um dos grandes deuses nascidos do casal primitivo Rangi (Pai do céu) e Papa (Mãe-Terra). Quando o povo da Ilha do Sul, Nova Zelândia, trouxe a *kumara* de Hawaiki (local da criação), esta não se desenvolvia por causa do frio extremo. Assim, Rongo partiu de Hawaiki com novos tipos do vegetal, que poderiam crescer. No entanto, sua canoa virou devido a ondas enormes que se transformaram nos montes Pakihiwitahi em Otago do Norte, enquanto as *kumaras* que caíram da canoa tornaram-se os rochedos enormes conhecidos como Pedras Moeraki. A canoa de Rongo se transformou num recife em Matakaea. Nas ilhas Gambier, o símbolo do deus era o arco-íris. No Havaí, com o nome de Lono, dizia-se que ele instituíra o festival da colheita de cinco dias em Makahiki. Durante esse período, o alimento era balançado numa rede conhecida como a Rede de Maoleha: se nada restasse na rede, as provisões seriam fartas no ano seguinte.

**CULTO**

*Na época de cultivo na Nova Zelândia, imagens esculpidas, conhecidas como bastões de deus, presas com cordas sagradas, eram golpeadas contra o chão, enquanto os sacerdotes maoris pediam uma boa colheita a Rongo.*

# DIVINDADES DO AMOR, DO NASCIMENTO E DO LAR

O amor, que pode chegar ao acaso e despertar uma gama de emoções – do êxtase ao desespero, da ansiedade à alegria –, com freqüência é atribuído à natureza caprichosa e à influência poderosa dos deuses. Por isso, as divindades do amor são cultuadas com fervor e muito temidas. Deidades mais protetoras eram convocadas para cuidar da lareira e do lar.

Em geral, as divindades do amor começaram como deuses da fertilidade, que incentivavam o crescimento de plantas e animais e o desejo entre os homens. As mitologias das civilizações primitivas, como a da antiga Mesopotâmia, produziam figuras complexas como a suméria Inana, deusa da fertilidade, do amor e da guerra. Numa sociedade bélica, a deusa do amor poderia ter um papel mais amplo. A asteca Xochiquetzal acolhia no seu paraíso qualquer mulher que morresse ao dar à luz meninos (futuros guerreiros). Era comum o papel da deusa ser ajustado às necessidades de uma sociedade em particular.

**As casas romanas** em geral exibiam um Lar (deus doméstico), a quem se orava por proteção.

## AMOR CAPRICHOSO

Os deuses do amor podem inspirar o desejo ou o amor instantânea e imprevisivelmente. P.ex. flechando suas vítimas, como fazem o grego Eros, seu equivalente romano, Cupido, e o hindu Kama. Muitos mitos relatam o caos e o turbilhão emocional que essas divindades provocaram entre os deuses. Os homens faziam-lhes oferendas na esperança de realizar seus próprios desejos.

## AMOR AO LAR

Menos problemáticas são as deidades do amor como as que ajudam as mulheres a enfrentar a hora perigosa do parto e as que guardam o lar. Em geral, ficam ligeiramente à parte do resto do panteão, por receberem oferendas tanto nos pequenos altares domésticos quanto nos grandes templos. Bes, p.ex., o deus egípcio do lar, que se parece com um anão, era encontrado em vários lugares das casas – entalhado em camas, batentes de portas ou onde seus poderes protetores fossem necessários.

# Vesta

Roma Antiga · Héstia (Grécia)

Deusa da lareira e do lar, Vesta era uma divindade importante na Itália antiga. Em Roma tornou-se significativamente mais importante como guardiã da cidade, e era venerada num templo estatal.

Os romanos acreditavam que o culto a Vesta fora introduzido na cidade por Rômulo, o fundador de Roma. O seu altar principal situava-se no Fórum Romano, abrigado num templo redondo. Diz-se que essa forma circular lembrava as cabanas onde os primeiros colonizadores viveram, refletindo o papel de Vesta como deusa do lar. Diferindo de outros santuários clássicos, o seu templo não continha uma estátua da deusa. Em vez disso, havia um fogo sagrado, símbolo da sua presença. As assistentes do templo, as virgens vestais, deviam manter a chama permanentemente acesa, caso contrário desastres adviriam para Roma. O templo continha ainda vários objetos de culto, inclusive a escultura de um falo, que se dizia espantar o mal. Como a sua ancestral grega Héstia, Vesta era considerada virgem, embora representasse o lar e a responsabilidade familiar. O culto à deusa era muito importante para os romanos, por acreditarem que a cidade pereceria caso ele fosse interrompido. Dezesseis anos após o fechamento do templo em 394 d.C., os invasores bárbaros saquearam Roma.

**CULTO**

*Se o fogo sagrado de Vesta se apagasse, as Vestais eram chicoteadas pelo sumo sacerdote e forçadas a reacendê-lo por meio do calor dos raios solares. • Uma virgem vestal que quebrasse os votos de castidade era enterrada viva.*

**As virgens vestais** eram escolhidas quando jovens, e serviam à deusa por 30 anos pelo menos (*ver box p.86*).

# Afrodite

Grécia Antiga — Vênus (Roma)

A deusa do amor erótico e da fertilidade da Grécia Antiga era conhecida não apenas por sua imensa beleza, mas também por sua crueldade e caprichos. Teve muitos casos amorosos tanto com deuses quanto com mortais.

O nascimento incomum de Afrodite ocorreu após a guerra travada entre deuses e Titãs (*p.38*), quando o falo seccionado de Úrano ou uma gota de seu sangue caiu no mar. Quando isto aconteceu, o mar se encheu de espuma (*aphrós*), em meio à qual surgiu Afrodite. Com seus casos amorosos, seu apoio a várias uniões entre os homens, sua vaidade e seu rancor, a deusa causou todo tipo de conflitos. Subornou Páris para nomeá-la a mais linda deusa do Olimpo, o que acabou levando à Guerra de Tróia (*p.70-1*). E era implacável: quando as mulheres de Lemnos negligenciaram seu culto, puniu-as ordenando que matassem os maridos.

# Héstia

Grécia Antiga — Vesta (Rome)

Héstia, filha dos Titãs Cronos e Réia, era uma dos Olímpicos e a deusa da lareira, do lar e da família. Ao contrário dos outros deuses gregos, manteve-se virgem, rejeitando as investidas de Apolo e Posídon. Preferindo permanecer no Olimpo, ao invés de percorrer o cosmo como os outros deuses, sua arraigada estabilidade valeu-lhe a distinção de ser considerada o *focus* ("lar"; "fogo") sagrado no Olimpo e, conseqüentemente, passou a ser cultuada em todos os templos. As lareiras e fogões eram tratados como seus santuários domésticos nos lares gregos.

# Cupido

Roma Antiga — Eros (Grécia), Cupidor

O Cupido romano equivale ao Eros grego, e os nomes dos dois deuses significam o mesmo: desejo. Os romanos quase sempre retratavam-no como uma criança pequena, e os gregos, como um menino ou um jovem. A mãe de Cupido, Vênus, enciumada de uma bela mortal, Psiquê, mandou o filho incutir na jovem a paixão por uma horrenda criatura; todavia, Cupido e Psiquê se apaixonaram. Na *Eneida* de Virgílio, Vênus manda Cupido inspirar em Dido a paixão por Enéias, com trágicas conseqüências.

## Eros

Grécia Antiga Cupido (Roma)

Há diferentes relatos sobre Eros, o deus do desejo dos gregos. Um mito muito antigo coloca-o no início da criação, junto a Caos, na geração do ovo primal do qual se originou o cosmo. Porém a lenda mais conhecida retrata-o como o filho de Afrodite e de um deus do Olimpo (Hermes, Ares ou Zeus). Jovem alado charmoso e igualmente perverso, Eros carregava arco e flechas, e quem quer que alvejasse apaixonava-se de imediato. Os outros deuses muitas vezes o convenciam a alvejar seus objetos de desejo.

## Kamrusepa

Hititas Kamrusepas

Deusa da cura e dos encantamentos, desempenha um papel essencial no mito hitita de Telepino, o deus da agricultura, que, irado, desaparecera, tornando o mundo estéril. Com a ajuda de um mortal, Kamrusepa executa um complexo ritual para curar Telepino de sua ira. Enquanto entoa o encantamento, abranda o deus com essência de cedro, seiva, palha, grãos, gergelim, figos, azeitonas, uvas, ungüento, malte, mel, creme e azeite. A seguir, sacrifica 12 carneiros do deus sol e encaminha a ira de Telepino para o Mundo Subterrâneo.

# Inanna

Mesopotâmia Inana, Ishtar, Astoré

Inana era a mais importante deusa da Mesopotâmia, venerada em toda a área que constitui hoje o Oriente Médio. Seu templo principal – diz-se, construído pelo predecessor do herói Gilgamesh – se localizava na Suméria, mais tarde Babilônia, na cidade de Uruk (sudeste do Iraque).

**Escultura de marfim,** possivelmente de Inana, encontrada no palácio assírio em Nimrud.

Em geral, para simplificar, Inana é referida como deusa do amor, por ser esta arte um de seus atributos sagrados. Mas ela é também a deusa da guerra e a soberana da Terra e do céu. Num mito (*p. 149*), desce ao Mundo Subterrâneo, governado por sua irmã Ereshkigal, morre e revive para voltar ao mundo e reinvidicar o poder que é seu por direito. Como resultado, torna-se a deusa psicologicamente mais completa e poderosa do panteão mesopotâmico.

As lendas não são unânimes quanto à sua paternidade, citando An (Anu), Nanna, Enlil e Enki. Inana tem participação destacada na história de Gilgamesh (*p. 144-7*), a quem pune, por ter rejeitado seus avanços sexuais, soltando Gugalanna, o touro do paraíso e marido de Ereshkigal. O casamento da própria Inana com o deus-pastor Dumuzi (Tammuz) é assaz erótico e simbólico. Ao final, quando Dumuzi não se humilha perante a poderosa deusa, esta permite que demônios o arrastem para o Mundo Subterrâneo.

**CULTO**

*De acordo com Heródoto, exigia-se que toda mulher babilônica se prostituísse pelo menos uma vez no templo de Inana. Algumas devotavam suas vidas ao serviço sagrado da deusa, como prostitutas permanentes do templo.*

## Kama

Índia · Kamadeva

Kama é o deus hindu do amor e do desejo. Uma versão de sua história relata que ele existia desde o início dos tempos, quando o desejo era necessário para dar início ao processo da criação. Outra variante faz dele o filho de Lakshmi, a deusa da boa sorte. Ao se apaixonar, uma divindade muitas vezes enviava Kama com a missão de despertar o desejo no objeto de sua paixão. A deusa enviou-o para inspirar desejo em Shiva, mas este estava meditando e, quando saiu do transe, focou seu poderoso "terceiro olho" em Kama. O fogo do olhar de Shiva queimou-o e reduziu seu corpo a cinzas, mas o deus do amor e do desejo continuou a existir num estado invisível e incorpóreo.

**Assim como Cupido,** Kama dispara flechas de desejo com o seu arco decorado com flores.

## Zao Jun

China · Tao Chün, Tsao Jun

Seu culto era bastante difundido na China, pois, sendo o mensageiro dos deuses, cabia a ele entregar ao Imperador do Céu um relatório anual sobre a conduta de cada ser humano. No início de cada ano, as famílias penduravam uma imagem de Zao Jun acima do fogão, na cozinha, o que o fez conhecido também como o deus da cozinha. Em alguns lares, "alimentavam" sua imagem com bolinhos viscosos ou mel, na esperança de que isso adoçasse seu relatório. No fim do ano, seguindo o ritual, o dono da casa retirava a imagem e queimava-a. Por vezes, adicionavam-se palha e um pouco de álcool ao fogo; a primeira para o cavalo, o segundo, para obter o bom humor do deus. A fumaça que subia ao céu levava consigo o relatório de Zao Jun.

## Xochiquetzal

Astecas, México

Xochiquetzal, a "flor Quetzal", era a deusa da sexualidade feminina, das flores e do prazer, além de cuidar das mulheres durante a gravidez e o parto. Sempre representada com vestes luxuosas e jóias de ouro, tornou-se a protetora de tecelãs, bordadeiras, joalheiros e de outros artesãos. Durante seu festival, uma jovem era sacrificada e, a seguir, um homem "vestia" a pele esfolada da vítima e suas roupas e fingia estar trabalhando ao tear, enquanto os artesãos-mestres, fantasiados de animais, dançavam ao seu redor.

## Chalchiuhtlicue

Astecas, México

Chalchiuhtlicue, "Aquela da saia de jade", era a deusa asteca dos lagos e riachos. Pela analogia entre água e líquido amniótico, também era considerada a deusa do parto, e é usualmente representada parindo um casal de gêmeos em meio ao líquido do parto. A água consagrada a ela também era usada nos rituais de banhos lustrais dos recém-nascidos, livrando-os de qualquer polução herdada dos pais. Nesses rituais, a criança recebia nome e, de presente, ferramentas, símbolos do que deveria ser sua vida futura.

## Hator

Egito Antigo — Secmet

Os egípcios associavam a deusa-vaca Hator à música, à sexualidade e à maternidade; consideravam os faraós "filhos de Hator" e representavam-nos sugando seu úbere. Em Edfu, consideravam Hator tanto a noiva quanto a mãe de Hórus. Deusa-céu em sua origem, seu nome significa "casa de Hórus", por ser o céu o espaço de vôo do deus-falcão.

## Bes

Egito Antigo

Com Taweret, sua consorte hipopótamo, protegia as mulheres no parto, e tornou-se também protetor e amigo das crianças. De aparência exótica, era representado como um feio anão com juba de leão, quase sempre a mostrar a língua e fazer caretas. Acreditava-se que espantava demônios, cobras e animais nocivos. Protetor do lar, sua imagem integrava a decoração e a mobília domésticas. Seu longo falo indicava que também era o deus da sexualidade. As paredes das câmaras de Bes em Sakkarah ostentam figuras do anão e de uma deusa nua. Peregrinos ali pernoitavam, esperando renovar sua potência sexual.

## Ísis

Egito Antigo

Ísis, mulher de Osíris e principal deusa da mitologia egípcia, era venerada como mãe e esposa ideais. Também era a senhora da magia e, com sua irmã Néftis, guardiã dos mortos.

O principal mito de Ísis relata sua busca por Osíris após Set tê-lo matado. Ajudada por Néftis (sua irmã), conseguiu reunir os pedaços do corpo de Osíris e reanimá-lo com sua mágica por um tempo, o bastante para conceber Hórus. Viúva, Ísis então vagou pela terra em sua dor e, a certa altura, tornou-se ama de leite de uma família real. Expôs a criança de que cuidava ao fogo, na tentativa de queimar suas partes mortais e torná-lo um ser imortal; interrompida durante esse ritual, seu intento falhou, mas ela logrou encontrar o corpo de Osíris escondido no palácio, o que a fez soltar um grito tão terrível que o filho dos reis morreu de imediato.

**CULTO**

*O principal santuário de Ísis ficava em Filae, perto de Assuã, mas ela ainda era venerada com cultos importantes em Dendera e Biblos. • Ísis foi cultuada em Filae até o séc.VI d.C. e também no mundo greco-romano.*

# DIVINDADES DO DESTINO E DA SORTE

Certos mitos existem para explicar o inexplicável e para fornecer um sistema de crenças que justifique acontecimentos de efeitos profundos, mas sem causa óbvia. Na Antigüidade, reviravoltas e fatos estranhos da vida humana difíceis de prever ou de entender geralmente eram atribuídos aos deuses do destino e da fortuna.

Detentoras de um grande poder sobre a vida humana, as divindades do destino às vezes podiam ser comovidas por preces e oferendas. Na mitologia chinesa, a deusa Guan Yin ouvia as súplicas dos devotos e ajudava-os a superar suas dificuldades; por isso, consideravam-na a mais piedosa das divindades chinesas. Na Índia, todos aqueles que pretendiam iniciar um empreendimento ou precisavam solucionar algum problema recorriam a Ganesha, o deus de cabeça de elefante, ou a Lakshmi, a deusa da boa sorte.

**Apenas uma vez** as Moiras concordaram em adiar a hora prevista para a morte de um homem, levando em troca a sua esposa (*p.56*).

## DESTINO CRUEL

Nem todos os deuses do destino e da fortuna atendiam aos desejos de meros mortais. Representam, em geral, forças implacáveis e imparciais no controle do curso da vida humana, surdas a qualquer apelo. Um exemplo são as Moiras gregas, a tríade de deusas tecelãs do fio da vida, o qual cortavam uma vez esgotado o tempo do homem na Terra; ou as Nornas, a tríade de deusas do destino nórdicas. Essas figuras ofereciam uma razão palpável para a natureza aparentemente arbitrária do destino humano. Mas se um mortal não podia alterar as ações dos deuses, podia ser prevenido por profecias, e a divinação desempenhava uma função vital em muitas culturas, tais como as dos astecas, etruscos, gregos e romanos. As profecias, porém, podiam ser de difícil interpretação, e os que buscavam esses videntes – sacerdotes, oráculos ou profetizas como as Sibilas gregas – quase sempre não se tornavam mais sábios.

# Apolo

Grécia e Roma Antigas

O deus Apolo, filho de Zeus e Leto, sempre era retratado como um belo jovem de porte atlético. Diversas funções lhe eram atribuídas como deus do sol, da medicina, da música, da poesia e da filosofia.

Divindade poderosa, a influência de Apolo podia ser benéfica ou maléfica. Como deus da profecia e da cura, era capaz de fazer o bem e influir no destino humano. Infeliz, contudo, em seus casos amorosos, quase sempre acarretava problemas aos que o circundavam. Ao se apaixonar por Cassandra, p.ex., concedeu-lhe o dom de prever o futuro; todavia, ao ser desprezado pela jovem, lançou-lhe a maldição de ninguém dar crédito às suas profecias. Associado à natureza, algumas de suas parceiras acabaram transformadas em animais ou plantas.

**Deus da música,** Apolo muitas vezes é representado com a lira, presente de Zeus (*p.49*), a qual tocava com lendária aptidão e resultados.

**CULTO**

*Delfos, o principal oráculo grego, foi fundado pelo próprio Apolo. • As Pítias, sacerdotisas de seu oráculo, profetizavam por meio de enigmas, numa câmara subterrânea na qual os vapores naturais de etileno se acumulavam e induziam ao transe profético.*

# As Moiras

Grécia Antiga — Parcas (Roma)

Tríade divina, as Moiras eram filhas de Zeus e Têmis e, juntas, controlavam o destino humano ao tecer um fio para cada homem na Terra. A primeira, Cloto, fiava; a segunda, Láquesis media e enrolava o fio; a terceira, Átropos, cortava-o, determinando a hora e a forma da morte de seu dono. Nenhum deus influenciava as Moiras ou Parcas.

# As Sibilas

Grécia Antiga, Roma Antiga

As Sibilas, sacerdotisas com o dom profético, eram ou mortais ou filhas de um mortal com uma ninfa, e eram em geral bastante longevas. Duas das Sibilas mais famosas são a da Eritréia, consagrada a Apolo pelos pais, cujo tempo de vida foi igual ao de nove homens; e a de Cumas, na Itália, cuja velhice foi longa e agonizante após Apolo tê-la amaldiçoado (*p.88*).

# As Nornas

Nórdicos

As Nornas eram figuras femininas que moldavam o destino dos homens, como as Moiras da Grécia Antiga. Os escandinavos concebiam-nas de duas formas: como um trio de deusas individuais chamadas Urd, Verdandi e Skuld ("passado, presente e futuro") e como classes de seres sobrenaturais que controlavam o destino.

As três Nornas viviam num salão abaixo de Yggdrasil, a árvore do mundo, cujas raízes regavam para mantê-la saudável. Teciam a enorme tapeçaria do destino, interminável, uma vez que Skuld sempre a despedaçava e o trabalho tinha de ser recomeçado. Nornas, elfos e anões designavam classes mais amplas de seres sobrenaturais, descendentes de deuses, que visitavam os recém-nascidos para determinar o curso de suas vidas. Todos os pais esperavam que uma Norna gentil visitasse o filho e lhe concedesse uma boa vida.

**CULTO**

*Conta-se que o templo viking em Upsala (Suécia), centro de culto nórdico, possuía uma sempre-viva enorme e um lago sagrado, simbolizando Yggdrasil e o poço de Urd. Os homens sacrificados eram jogados no poço: se afundassem, era sinal de aprovação dos deuses.*

**No *Crepúsculo dos deuses*,** de Wagner, as três Nornas tecem a corda do destino, que se rompe enquanto cantam o destino dos deuses, e elas então desaparecem.

## Gefion

Nórdicos — Gefjon, Gefjun

A deusa Gefion, divindade patrona dos lavradores, podia prever o futuro, mas não modificá-lo. De sua relação com o rei Gylfi da Suécia, nasceram quatro filhos para os quais a deusa exigiu terras. A resposta do rei foi a de que poderia ter tantas quantas conseguisse arar num dia. Gefion, então, transformou os filhos em enormes bois e arou uma área imensa, que separou da Suécia e levou para a Dinamarca, onde esta se tornou a província de Sjaeland. O buraco remanescente na Suécia transformou-se no lago Vänern.

## Brigite

Celtas — Brigid, Brighit, Brid, Briid

Filha de Daghda, Brigite era a deusa da fertilidade e, mais tarde, tornou-se a divindade patrona da província irlandesa de Leinster. Também se dizia que ela era membro de uma tríade de deusas semelhantes às da fortuna: três irmãs que tinham o mesmo nome Brigite e eram conhecidas pela capacidade de prever eventos futuros. Na era cristã, passou a ser identificada com santa Brígida. Seu dia festivo é 1º de fevereiro, o mesmo do festival celta em Imbolc que celebra a pagã Brigite.

# Lakshmi

Índia   Laksmi, Shri, Ksirabdhitanya, Lokamata, Padma

Uma das divindades mais populares na Índia, Lakshmi é a deusa da boa sorte. Sempre retratada como uma bela mulher, é a consorte de Vishnu e quase sempre aparece ao lado dele, em geral olhando-o com carinho.

Considerada a deusa da felicidade, do casamento, da família, da riqueza, da beleza e da saúde, Lakshmi é especialmente popular entre as mulheres. É quase sempre representada com um botão de lótus, símbolo de fertilidade, pureza e perfeição espiritual. Diz-se que Lakshmi tem o poder de assumir simultaneamente uma infinidade de formas, a fim de visitar e estar com cada ser humano. Às vezes, pode surgir na soleira de uma casa, trazendo boa sorte ao lar. Também pode se fixar no corpo de uma pessoa, e a parte do organismo que ela escolher habitar trará sorte para um aspecto específico da vida do indivíduo: se escolher suas coxas, trará riqueza; se escolher os genitais, trará sorte no amor e assim por diante.

# Ganesha

Índia   Ganesh, Ganapati, Gajanana

O deus com cabeça de elefante, é a divindade da boa sorte e o solucionador de problemas. Deidade doméstica popular, é muito visto em santuários domésticos e encruzilhadas.

Ganesha adquiriu sua impressionante cabeça de elefante devido a uma discussão com Shiva (*p.160*). Em geral, é representando apenas com uma presa. Uma explicação é que o sábio Vyasa, quando escrevia o poema épico *Mahabharata*, tomou Ganesha como seu escriba e retirou uma das presas do deus para usar como caneta. Assim, Ganesha é também o deus da literatura, além de ser a divindade a que todos os devotos se dirigem ao iniciar um projeto ou ao se deparar com um problema de difícil solução.

**CULTO**

*Chaturthi, festival dedicado a Ganesha, celebra o seu aniversário no mês hindu de Bhaadrapada todos os anos. • Dizem que em 1995, as estátuas de Ganesha em todos os seus templos beberam leite oferecido em colheres.*

**Ganesha é** um dos mais populares deuses hindus. Em geral, é representado na companhia de um camundongo, aqui assentado na base da estatueta.

# Os sete deuses da felicidade

Japão · Shichi Fukujin

Os sete deuses da felicidade ou da boa fortuna possuem origens no xintoísmo, budismo e hinduísmo. São eles Benzaiten (identificado com a deusa xintoísta Benten), Bishomonten, Hotei-Oshu, Fukurokuju, Jurojin, Daikoku e Ebisu.

Cada um dos sete deuses da felicidade tem sua área de influência. Benzaiten é a deusa também do amor e da música. Como deusa de tudo que flui, revela a sua origem na deusa hindu dos rios, Saraswati. Bishomonten é um guerreiro, protetor da retidão e figura de autoridade. Também de origem hindu, carrega uma lança e um pagode em miniatura. Hotei-Oshu é o deus da generosidade e das famílias numerosas. Representado como um monge budista gordo e sorridente, com freqüência é acompanhado por uma criança. Fukurokuju, deus da longevidade e sabedoria, é retratado com um longo cajado e uma garça e também possui origem budista chinesa. Jurojin é outro deus da longevidade e costuma vir acompanhado de várias pessoas. Também é representado com um veado ou uma tartaruga, símbolos de longa vida. Daikoku é o deus xintoísta da riqueza e do comércio; em geral aparece sobre dois sacos de arroz e segura um martelo, outro símbolo de riqueza. E Ebisu é o deus xintoísta do trabalho, retratado carregando um enorme peixe. Em geral, os sete deuses viajam em grupo a bordo de seu navio de tesouros, *Takarabune*.

**CULTO**

*Extremamente populares no Japão, são convocados a ajudar conforme a necessidade, especialmente no Ano-Novo. As preces a Benzaiten por dinheiro são fervorosas, pois ela é conhecida por favorecer os eloqüentes.*

## Benten

Japão · Benzaiten

Dizem que Benten, deusa do amor, da felicidade e do mar, era filha do rei-dragão Ryu-wo, que morava num palácio no fundo do mar. Como patrona de gueixas, dançarinos e músicos ela sempre carrega um instrumento de cordas chamado *biwa*, só aparecendo para músicos que tocam com a alma. Uma lenda narra que uma vez ela apelou a um rei-serpente que aterrorizava os campos. A repulsiva serpente envolveu Benten com palavras sedutoras; quando ele concordou em dar fim ao seu reinado de terror, ela aceitou se casar com ele.

## Guan Yin

China · Kuan Yin, Kwannon (Japão)

A piedosa deusa é a equivalente chinesa da Kwannon japonesa (*p.290*). É uma figura importante do budismo chinês, além de ser uma das divindades mais conhecidas na religião popular chinesa, em que é reverenciada especialmente pelas mulheres. Guan Yin é vista como a que provê filhos aos casais inférteis, consola os deprimidos, cura os doentes e protege marinheiros e viajantes.

**Guan Yin** geralmente é representada como uma bela mulher de vestes brancas fluidas, segurando uma garrafa de água pura.

# Exu

Iorubás, Nigéria — Eshu, Esu

Deus trapaceiro, de astúcia suprema, age também como mensageiro e mediador entre os deuses e os homens. Como a divindade da adivinhação Ifá (uma forma de prever o futuro dos iorubas), é mais importante para as questões humanas que o deus supremo Olodumaré ou o criador Obatalá. Na essência, é o deus do destino.

Exu está relacionado aos deuses benevolentes, os orixás, e aos perversos, os *ajoguns*, e por isso pode ser tanto bom quanto mau. Como um poema iorubá diz: "Exu transforma o certo em errado, e o errado em certo." Quando se irrita, Exu internaliza as emoções, chorando lágrimas de sangue ou batendo uma pedra até esta começar a sangrar. Oferendas são feitas a Exu antes do início de qualquer cerimônia, para agradá-lo.

## A APARÊNCIA DE EXU

Diz-se que Exu pode assumir 256 formas diferentes, aparecendo em momentos diversos como gigante, anão ou um rapaz sensual ou ainda um sábio ancião. Também sabe falar todos os idiomas. Entalhes de Exu, que os sacerdotes do deus usam presos nos ombros, em geral o representam com dois rostos: um olha para o mundo dos homens e o outro, para o dos espíritos.

## REMÉDIO MÁGICO

Os poderes mágicos de Exu permitiram ao deus do trovão Xangô cuspir relâmpagos. Ele pediu a Exu uma arma ainda mais poderosa que os seus raios. O deus então preparou um remédio que realizaria o desejo de Xangô, e este enviou a esposa Oya para buscá-lo. Duvidando de seu poder, ela o experimentou. Quando chegou em casa e foi cumprimentar Xangô, fogo saiu de sua boca, queimando o marido. O deus ficou furioso e tentou matá-la com seus raios, mas ela se escondeu dele. Xangô então experimentou o remédio, e tantas chamas saltaram de sua boca que a cidade de Oyo foi totalmente consumida.

**Uma figura iorubá** de Exu esculpida em madeira e decorada com fieiras de conchas de cauri.

**CULTO**

*As pessoas que são desviadas do caminho traçado tendem a culpar Exu, que assombra entradas e encruzilhadas a fim de desencaminhar os descuidados. • Durante as sessões de divinação Ifá – base da cultura iorubá –, Exu age como mediador entre os deuses bons e os maus.*

# DIVINDADES TRAPACEIRAS

Mesmo para os deuses, a vida pode ser imprevisível. Há algumas figuras mitológicas que existem para provocar confusão e discórdia nos céus. Esses trapaceiros participam dos mitos mais divertidos, iniciando polêmicas ou mesmo guerras entre os deuses. Contudo, também possuem características que os redimem e os tornam essenciais em muitas mitologias.

Em geral, os trapaceiros mudam de forma, o que também provoca transformações nas coisas que os cercam. Às vezes, usam este poder para participar da criação da humanidade, para gerar forças naturais como os ventos ou para resolver problemas, oriundos de suas próprias artimanhas. Em geral, os trapaceiros associam-se a fenômenos efêmeros ou instáveis: o fogo, p.ex. foi dádiva de Prometeu, na mitologia grega.

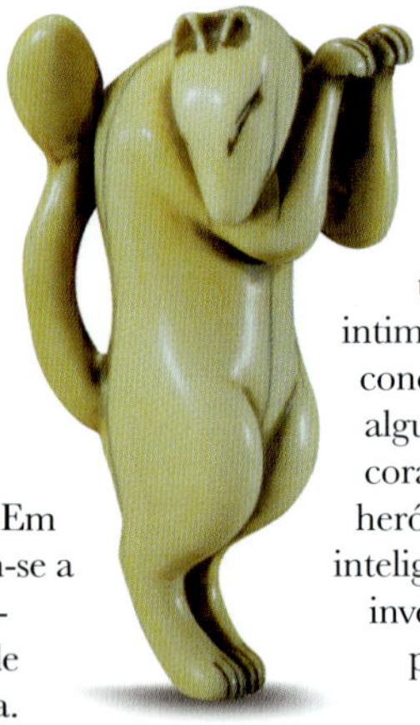

**No Japão,** em vários mitos os *kitsunes* (raposas) são trapaceiros. Em geral vivem mais de mil anos.

## TRAPACEIROS ANIMAIS

Os trapaceiros muitas vezes tomam a forma de animais, como o Coiote norte-americano ou a divindade-aranha africana, Anansi. Seus ofícios são diversos e variados. O Coiote, p.ex., é um criador, mas em alguns mitos também inventa o sofrimento e a morte. A capacidade dos trapaceiros de mudar de forma facilita-lhes o trânsito como mensageiros entre os mundos humano e divino.

## HERÓI OU VILÃO?

Os papéis de herói e de trapaceiro em geral estão intimamente relacionados. Hoje concebemos um herói como alguém que exibe força e coragem excepcionais. Mas heróis também necessitam de inteligência e malícia, e os que inventam planos engenhosos para lograr seus inimigos, tal como o herói grego Odisseu, também podem ser considerados trapaceiros. Ao contrário, personagens destrutivas, como o nórdico deus Loki, causador de várias contendas entre os deuses e que ainda há de causar a última batalha e o fim do mundo, não são necessariamente vistos como maus. Loki e seus similares são compreendidos como forças necessárias, sem as quais a ordem das coisas não se manteria.

# Prometeu

Grécia Antiga

Prometeu, um Titã primo de Zeus, liga-se às origens do fogo. Algumas tradições retratam-no como criador do homem; em outras, como trapaceiro-mor, que roubou o fogo de Zeus para os humanos.

Os mitos de Prometeu narram como ele enganou Zeus, levando-o a escolher a pior parte de uma oferenda, e como roubou o fogo dos deuses, trazendo-o no oco de uma férula, segundo costume dos ilhéus gregos, para doá-lo aos humanos (*p.37*). Em punição por seu ato, Zeus ordenou que Prometeu fosse acorrentado a uma rocha, onde uma águia constantemente bicava o seu fígado. O herói Héracles, filho de Zeus, resgatou Prometeu abatendo a águia e libertando o Titã. A reação de Zeus a esse resgate foi ambígua. Por um lado, ficou satisfeito que o filho fosse capaz de tal ato heróico; por outro, desejava que Prometeu sempre se lembrasse de seu erro. Assim, Zeus forçou o Titã a usar um anel feito do metal das suas correntes, e a sempre carregar consigo um pedaço da rocha.

Prometeu ainda foi pai de Deucalião, a quem advertiu como salvar-se do grande dilúvio enviado por Zeus (*p.26-7*), por meio da construção de uma arca de madeira.

## O LEGADO DE PROMETEU

O intelecto criativo de Prometeu, sua grande esperteza e coragem impressionaram vários escritores. Nas Metamorfoses de Ovídio, é-lhe tributada a criação da humanidade a partir do barro. Alguns escritores, como o dramaturgo grego Ésquilo, representaram-no como herói cultural, que legou aos homens importantes artes e desafiou a tirania de Zeus.

Mais tarde, escritores europeus, como Goethe e Shelley, retrataram-no como a personificação do sofrimento nobre, criativo e desafiador, apesar da terrível punição.

**Em geral, os trapaceiros** acarretam mudanças no mundo resultantes de seu desrespeito à lei e à ordem. A trapaça de Prometeu acabou por torná-lo um herói.

**CULTO**

*Em Atenas, na Grécia, Prometeu era venerado pelos oleiros, talvez por usarem do barro e fogo ao fazer suas vasilhas. Dedicavam-lhe uma corrida de revezamento de tochas.*

# Dioniso

Grécia Antiga · Dionísio, Baco, Líber Pater (Roma)

O deus grego do vinho e da videira também era famoso pelo arrebatamento extático que podia induzir a si próprio e aos seus seguidores, e pelos problemas que sua embriaguez muitas vezes provocava.

Dioniso era filho da mortal Sêmele e de Zeus. Sêmele quis que Zeus aparecesse para ela em todo seu esplendor divino, mas, ao ser atendida, caiu fulminada pela luz ofuscante que dele emanava. O deus resgatou Dioniso, ainda um feto, de seu útero e manteve-o costurado em sua coxa até que sua gestação se completasse. Algumas versões do mito relatam que ele cresceu aos cuidados de ninfas; outras, aos cuidados das mênades, grupo de mulheres selvagens que sempre o seguiam em suas viagens, oficiando ritos de êxtase frenético-alcoólico. Dioniso foi celebrizado pela peça de Eurípides *As Bacantes*.

**CULTO**

*O Teatro de Dioniso, construído no séc.V a.C., ficava no sopé da Acrópole de Atenas e serviu como protótipo dos teatros gregos. O assento central era reservado ao sumo sacerdote de Dioniso.*

# Kurent

Eslovênia · Korant

Kurent era o Dioniso esloveno, deus da folia, da embriaguez e do prazer irrestrito. Segundo o folclore, costumava viajar pelos vilarejos na primavera para espantar o inverno, saudar a nova estação e incentivar o despertar da terra. Kurentovanje, o festival de fertilidade da primavera, ainda é celebrado: grupos de homens trajando peles de carneiro e usando máscaras de Kurent vão de casa em casa espantando os maus espíritos. As pessoas quebram vasilhas de barro aos pés dos homens para trazer boa sorte e assegurar colheitas abundantes.

# Lemminkäinen

Finlândia

Um misto de deus da fertilidade e trapaceiro, Lemminkäinen é um dos heróis dos contos finlandeses coletados no *Kalevala* (*p.128-31*). É um feiticeiro com voz canora mágica, mais poderosa que qualquer arma convencional. Aventureiro e conquistador, Lemminkäinen estava sempre à procura do amor. Como um dos pretendentes da Donzela do Norte, teve de completar várias tarefas para conquistá-la, inclusive a de abater um cisne em Tuonela, o Mundo Subterrâneo finlandês. Foi lá, porém, que ele encontrou a sua morte.

# Loki

Nórdicos  Loke

O trapaceiro Loki é uma das figuras mais complexas da mitologia nórdica, uma personagem capaz de ações boas e más e de transitar entre o mundo dos deuses e o dos gigantes. Famoso por trapacear, às vezes maldosamente, os deuses, sempre imaginava meios criativos de pôr as coisas novamente no eixo.

Embora descrito como belo, Loki podia mudar de aparência a seu bel prazer, transmutando-se em chama, fumaça, inseto ou pássaro. Nos mitos é referido como um dos mais ou o mais antigo dos deuses nórdicos. Em algumas versões, é considerado herói; em outras, trapaceiro, mas quase sempre engraçado. Com o advento da cristandade, porém, Loki começou a ser representado como o Diabo.

**Loki com os lábios costurados,** uma punição dos anões por tê-los enganado (*p.124*).

# Ahriman

Pérsia  Angra Mainyu, Dregvant

O espírito destrutivo no dualismo zoroastra, gêmeo e oposto ao espírito criativo de Ahura Mazda. No início Ahriman fingiu ser Ahura Mazda, mas seu pai Zurvan o reconheceu e repudiou.

No zoroastrismo, a antiga religião pré-islâmica da Pérsia, Ahriman é a personificação do mal, da escuridão e da morte. Fez tudo a seu alcance para estragar a criação perfeita de Ahura Mazda, inclusive envenenar o primeiro homem, Gayomart ("Vida que se esvai"). Num dos textos sagrados do zoroastrismo, o *Gathas*, este deus é conhecido como *Dregvant* ("O traiçoeiro"). As pessoas más também são denominadas dregvant, enquanto as boas – seguidoras da verdade – são *ashavan*. Ahriman também matou o touro primitivo, de cujo sêmen nasceram novas plantas e vida. Foi auxilidado em suas maldades por vários demônios, como Az, a diaba da ambição e lascívia, e Azi Dahaka, o demônio da tempestade, de três cabeças e seis olhos. Ahriman criou o mal e repousa na sua própria Escuridão Infinita; é o soberano do Mundo Subterrâneo. Segundo os mitos, no final o mundo será redimido do mal de Ahriman pelo salvador Saoshyant, a purificação da humanidade, e por Frashokerti ou Frashgerd – a renovação do mundo.

# Coiote

Nativos americanos

O trapaceiro Coiote é tema de vários mitos das tribos americanas. Conhecido por sua curiosidade irresistível e apetite sexual voraz, está sempre em apuros, e escapa tão somente para cair em nova transgressão.

Segundo os relatos míticos, Coiote é um criador ou um co-Criador. No mito dos paiútes, ajuda o Lobo a criar o mundo; já nos mitos dos mandans, o Primeiro Criador transforma-se em Coiote logo que termina sua obra. Os pimas afirmam ser ele filho do sol e da lua e ter auxiliado o Feiticeiro-da-Terra e Irmão-mais-Velho na criação. Já os mitos dos maidus contam como Coiote sempre arruinava a criação perfeita do Criador-da-Terra. Herói transformador da cultura, em relatos apaches ele furta o fogo do Esquilo durante uma dança; em mitos wishrans, ele liberta os salmões.

**CULTO**

*A cerimônia de cura dos dinés (navajos) denominada Caminhos do Coiote dura nove dias. Nela, um cantor entoa cânticos mediando junto ao Povo Coiote celeste a recuperação de um doente que tenha ofendido o povo divino.*

**A palavra "coiote"** deriva do termo asteca *coyotl* e a figura (estampada aqui num escudo asteca) parece também fazer parte da mitologia deste povo.

# Os heróis gêmeos

Maias, América Central

Hunahpú e Xbalanque são os heróis gêmeos dos maias quíchuas (*p.209-11*). Usando de coragem e trapaças, destruíram o poder dos deuses da morte e aniquilaram o pássaro monstruoso Vucub Caquix, de olhos metálicos brilhantes e com jóias nos dentes, atirando nele enquanto estava pousado numa árvore frutífera. Ele perdeu os dentes, mas ainda decepou o braço de Hunahpú. Fingindo-se curandeiros, os dois substituíram-lhe os dentes por milho branco e limaram o metal de seus olhos. Sem forças, Vucub Caquix morreu, e Hunahpú recuperou o braço.

# Tezcatlipoca

Astecas, México — Deus K (maias)

Deus de chefes, feiticeiros e guerreiros. Os espelhos de obsidiana eram usados na feitiçaria asteca, e a superfície da Terra também era chamada de "espelho enfumaçado", Tezcatlipoca. Em suas representações costuma haver, no lugar do pé que perdeu na batalha contra o Monstro-Terra durante a criação, um espelho enfumaçado, do qual emerge um pé-serpente. Como deus da Terra, é inimigo do deus do vento Quetzalcoatl, e esta inimizade também grassou em suas encarnações humanas, quando foi rei e feiticeiro em Tollan, México.

## Anansi

Achântis, Gana — Nancy, Ture

Anansi, o homem-aranha, é o deus trapaceiro dos axântis (ou axantes). Com sua astúcia, conseguiu usurpar as histórias do mundo de Onyankopon (Nyame), o deus do céu, que desde então passaram a ser denominadas histórias-aranhas. No Caribe, o trapaceiro-aranha é comumente conhecido como Nancy; já entre os zandes é chamado Ture, um herói cultural e trapaceiro, que garantiu alimento, água e fogo para o povo.

## Maui

Polinésia

Esse trapaceiro, que fisgou as ilhas da Polinésia usando o anzol mágico Manai-a-ka-lani ("Vindo dos céus"), encontrou um adversário à altura quando tentou violentar a deusa da morte Hine-nui-te-po, que acordou e o esmagou. Maui teve um nascimento estranho: sua mãe engravidou ao vestir a tanga de um homem e deu à luz um feto que embrulhou em seu próprio turbante e enviou para o mar.

## Set

Egito Antigo — Seth, Seti

Set é um dos deuses egípcios mais antigos e complexos. Geralmente chamado deus do caos, é um trapaceiro, comparável ao asteca Tezcatlipoca ou ao japonês Susanoo. Mais ou menos a partir de 800 a.C., passou a ser considerado totalmente maligno, e muitas estátuas suas foram transformadas em estátuas de Amon.

Representado com a cabeça de um animal imaginário de focinho comprido e curvo, era o deus do deserto – a árida e perigosa Terra Vermelha, em oposição à fértil Terra Negra. Associado a tudo o que os egípcios temiam no deserto, inclusive o trovão e as tempestades, paradoxalmente também era o deus dos oásis, que possibilitam sobreviver a esses perigos. Set era casado com sua irmã Néftis, mas possuía ainda duas outras consortes, as deusas guerreiras semitas do Oriente, Anat e Astartéia. A natureza violenta e brutal desse deus é descrita em três mitos. No primeiro, ele mata o irmão, o deus-céu Hórus Cego, ajudado pelas sete principais estrelas que formam a Ursa Maior. No segundo, mata e esquarteja seu outro irmão, o sábio soberano Osíris. No terceiro, trava uma batalha tremenda com o filho de Osíris, o renascido Hórus, que representa a ordem. Set, todavia, era vital para a continuidade do mundo, pois era ele quem ficava em pé na proa da barca de Rá todas as noites e atirava uma lança contra a serpente do caos Apófis, para Rá conseguir erguer-se novamente e trazer a luz ao mundo a cada alvorada.

**CULTO**

*Seu centro de culto na era pré-dinástica ficava em Naqada, perto de Luxor. • Esculturas no templo de Hórus em Edfu mostram-no atirando uma lança em Set sob a forma de um hipopótamo.*

**Essa escultura** em basalto de Set com a esposa e irmã Néftis remonta a c.1200 a.C.

# DIVINDADES DA GUERRA

Os povos sempre invocaram seus deuses antes de partir para a guerra e confiaram na assistência divina durante as batalhas. Assim, não surpreende que tantos deuses superiores sejam também deuses da guerra. Essas divindades costumavam ser inspiradoras: Odin usava runas para estimular os guerreiros vikings; Zeus dava coragem aos heróis aqueus.

No entanto, muitas culturas possuíam deuses da guerra específicos, como o grego Ares e o romano Marte. No sul da Arábia, invocava-se Attar. Chamado "aquele que se destaca na batalha", a estrela d'alva era sua esposa. Vahagn era o deus-sol e da guerra armênio, com cabelos de fogo, a barba em chamas e os olhos como sóis. As deusas também tinham seu papel na guerra: na antiga Canaã, Anat era a divindade tanto da fertilidade quanto da guerra. Enfeitada com ruge e hena, matava os inimigos com alegria, cortando-lhes as cabeças e as mãos, antes de avançar em meio ao sangue inimigo, que lhe chegava até os joelhos.

## GUERRA E SACRIFÍCIO

Andraste, a invencível, era a deusa da vitória da tribo dos icênios, na Britânia celta. O líder Boudicca lhe sacrificava mulheres romanas num bosque sagrado. Antes do combate, evocava Andraste e soltava uma lebre, seu animal sagrado. Após a vitória, era celebrada com sacrifícios, festejos e liberação sexual. Os astecas desenvolveram um método de combate conhecido como "guerra florida", em que o objetivo era capturar os inimigos vivos, e não matá-los. Em seguida, sacrificavam-nos em rituais, e seus corações ainda pulsantes eram oferecidos ao deus Huitzilopochtli.

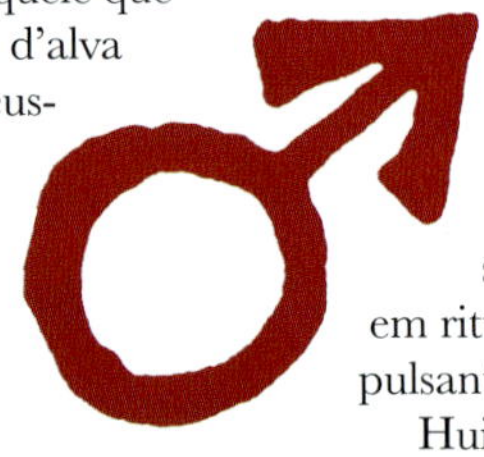

**O símbolo tradicional** do planeta Marte se origina da lança e do escudo de Marte, o deus da guerra.

## POVO DA PAZ

Poucas são as culturas a não ter em seu léxico palavras para "guerra" ou "briga" e cujos mitos reforcem um estilo de vida pacífico. Uma exceção notável é a do povo chewong da Malásia, cuja sociedade se funda sobre a não-violência. Seus mitos não narram combates, e sim reforçam os valores igualitários. Num deles, o herói da cultura Yinlugen Bud ensina a regra mais importante de todas: o alimento sempre deve ser compartilhado.

# Ares

Grécia Antiga

Filho do amor e ódio de Zeus e Hera, era o deus grego da guerra. Na *Ilíada*, porém, ele se alinha contra os gregos aqueus, encorajando os troianos; certa vez, chega a combater ao lado deles. Cruel e violento, até seu próprio pai o chamava de "o mais odioso dos deuses".

Por ser mais brutal e menos civilizado, o deus Ares é considerado similar mas não equivalente ao Marte romano. Ares era desprezado porque se comprazia em lutar pelo mero prazer de lutar. Seu infortunado amor pelo conflito não era acompanhado da sabedoria estratégica de Atená e, singularmente, apesar de um deus da guerra, muitas vezes Ares está do lado perdedor de um debate. Foi derrotado por Atená, Diomedes, Héracles e até pelos filhos de Posídon, Oto e Efialtes, que o prenderam num jarro de bronze por 13 meses, até ser libertado por Hermes, outro filho de Zeus.

## ASSASSINATO E TERROR

Ares foi o primeiro ente a ser julgado por homicídio, pois matara Halirrótio, o filho de Posídon, que lhe violentara a filha Alcipe. Foi julgado e absolvido por um júri de 12 deuses, reunidos numa colina a oeste da Acrópole de Atenas que ficou conhecida como Areópago, lugar em que os atenienses passaram a julgar todos os crimes de homicídio. Ares também foi pai de três filhos com Afrodite, esposa de seu irmão: Harmonia, Fobos ("Terror") e Deimos ("Temor"), mas mesmo esse amor era marcado pelo ciúme. Quando Afrodite gerou uma filha do cíprio Adônis, Ares, sob a forma de um javali, chifrou-o até a morte.

**CULTO**

*No bosque sagrado da estrada que partia de Aquéia, na Lacônia, havia um templo dedicado a Ares. • Uma estátua do deus em Tegéia celebrava a época em que as mulheres lutaram sozinhas para defender a cidade.*

**Ares era** um deus inconseqüente, que se lançava às batalhas indiferente ao lado vencedor ou perdedor, desde que houvesse derramamento de sangue.

# Marte

Roma Antiga    Mars Invictus, Mars Pater, Marspiter, Maris

O deus da guerra Marte, filho da deusa Juno, era importante no panteão romano. Como pai de Rômulo e Remo, fundadores de Roma, era um dos membros da tríade de deuses superiores adorados no monte Capitólio em Roma, junto com Júpiter e Quirino, o deus da guerra dos sabinos.

Marte era casado com a deusa Nério ("Força"), que, às vezes, é equiparada à deusa romana da guerra Belona. Deus pan-itálico, ao incorporar o deus etrusco Maris, cujo papel era mais agrícola que militar, Marte conservou a associação com a agricultura, especialmente quando cultuado como Mars Silvanus ou Mars Pater ("Pai Marte"). Como Mars Pater, protegia as plantações contra pragas e intempéries, possibilitando seu crescimento e amadurecimento.

**CULTO**

*O templo principal de Marte em Roma ficava na via Ápia. • O deus também possuía um altar no Campo de Marte, local de treinamento dos soldados romanos.*

**Marte evoluiu** de guardião da terra para uma divindade mais guerreira, assim como o próprio Estado romano cresceu em agressividade e ambição territorial.

# Os Mitras

Roma Antiga e Pérsia    Mithra, Sol Invictus

Mitra era o deus persa da luz, e a relação do Mitra persa com o Mitra romano é controversa. Mitra, como *kosmokrator* ("senhor do cosmo"), era popular entre os soldados romanos, que propagaram o seu culto, o mitraísmo.

Nos templos subterrâneos (parecidos com cavernas) chamados mitreos (*mithraea*), encontrados por todo o Império Romano nos lugares por onde passavam as Legiões, os adoradores sacrificavam touros a Mitra. O nome alternativo do deus, Sol Invictus, era a expressão atribuída ao deus-sol sírio, Elagábalo (*p.275*).

O mitraísmo era uma religião de Mistérios, cujos iniciados juravam manter os segredos que lhes eram revelados, cumpridos os sete graus de iniciação – Corvo, Esposo, Soldado, Leão, Persa, Corredor do Sol e Pai. Cada grau tinha sua própria divindade protetora e trajes especiais. Um Corvo (*Corax*) usava uma máscara de corvo e tinha a proteção do deus Mercúrio. O mitraísmo fez uso intenso da astrologia, e seus deuses protetores estão associados aos planetas. Em todos os templos a cena de sacrifício do touro (*p.95*) era uma representação codificada do céu noturno quando a constelação de Touro era visível no oeste pela última vez antes do equinócio da primavera.

## Atená

Grécia Antiga — Minerva (Roma)

Deusa da estratégia e da vitória, e também do artesanato. Zeus engoliu a mãe de Atená, Métis, ainda grávida, e a deusa nasceu, saltando da cabeça de Zeus, totalmente armada e gritando seu lema de guerra. Na guerra de Tróia, alinhou-se com os aqueus; mas também foi a protetora de heróis como Perseu, Belerofonte e, sobretudo, Héracles. "*Métis*" significa "inteligência", e Atená herdou a sabedoria da mãe. Sua ave sagrada era a coruja.

## Nique

Grécia Antiga — Atená Nique

Diziam que a deusa alada Nique era filha do Titã Palas e da oceânida Estige. Ela ajudou os deuses na batalha contra os Titãs, e, como recompensa, Zeus a converteu em deusa da vitória. Em Atenas, possuía templo próprio na Acrópole, onde era venerada como uma faceta de Atená. Em Olímpia, uma estátua colossal de Fídias representava-a como companheira de Zeus, a dançar a seus pés, e com o deus a segurar uma miniatura de Nique em marfim e ouro na palma da mão.

## Castor e Pólux

Roma e Grécia Antigas — Castor e Polydeuces (Grécia); os Castores, os Dióscuros

Castor e Pólux eram os nomes romanos dos gêmeos que têm origem na mitologia grega. Eles eram identificados com os Penates (deuses do lar) e com os Cabiros, deuses frígios da fertilidade e da proteção aos marinheiros.

Em geral, acredita-se que Castor e Pólux, os Dióscuros, foram gerados por Zeus (na forma de cisne) e Leda, a rainha de Esparta, e depois chocados num ovo. No entanto, algumas fontes alegam que Castor era de fato o filho de Tíndaro, rei de Esparta, sendo portanto mortal, ao contrário de Pólux. Após a morte, os irmãos dividiram a imortalidade de apenas um deles entre si, vivendo e morrendo em dias alternados. Famosos boxeadores e cavaleiros (geralmente representam-nos montados), os Dióscuros eram patronos da cavalaria romana. Suas irmãs eram Clitemnestra e Helena de Tróia.

**Os gêmeos** costumavam ser representados escoltando uma deusa. A tocha virada para baixo pode indicar que a pequena figura feminina seja Perséfone.

**CULTO**

*O templo dos Dióscuros em Roma (p.89) era usado não apenas para cerimônias religiosas, mas também para reuniões políticas e como depósito seguro para o dinheiro do tesouro público*

## Tyr

Nórdicos

Tyr era o deus nórdico da guerra. A palavra inglesa "*tuesday*" ("terça-feira") remete à sua encarnação anterior como o deus germânico da guerra, Tiw ou Tiwaz. Na mitologia nórdica, é eclipsado em importância por Odin, cujas valquírias (que escolhiam quem morreria em combate) entravam na batalha para conceder vitória ou derrota. Tyr era o único deus corajoso o bastante para alimentar o terrível lobo Fenrir, e sacrificou a mão com que segurava a espada para que o monstro pudesse ser amarrado.

**Esta ilustração medieval** mostra o abnegado Tyr perdendo a mão para o lobo Fenrir.

## Marte Celta

Celtas, Europa

Diversos povos celtas do Império Romano adoravam Marte, mas um Marte todavia distinto, menos guerreiro que o romano. O Marte celta era associado ao ganso, uma ave considerada protetora, devido ao seu chamado de alerta. Também era venerado como o deus da cura. Integrava um grupo de deidades nativas celtas que incluía o deus da caça Cocidius, o deus-cavalo Rudiobus e os deuses da cura Mullo, Nodons e Olloudius.

# Morrigan

Celtas, Irlanda — Morgan, Mor-Riogan, Morrigu

Morrigan era a antiga deusa irlandesa da guerra, que, em vez de participar da luta, mudava o resultado de um conflito apenas com sua aparição no campo de batalha, aterrorizando um ou outro lado com sua aparência temível ou com suas maldições. Suas qualidades guerreiras tinham fortes vínculos com sua sexualidade.

Morrigan era associada a várias deusas, incluindo as divindades da guerra Badb e Macha, que ora surgem como parte da tríade guerreira, ora como faces distintas da própria Morrigan. A sinistra feiticeira Morgana das lendas de Artur (*p.110-1*) também pode ser considerada um de seus aspectos, segundo algumas fontes. Hábil mutante, Morrigan geralmente se faz presente sob a forma de um corvo, que aparece para profetizar o resultado de uma guerra ou para bicar os cadáveres nos campos de batalha. A Banshee irlandesa, retratada como uma mulher nefasta que lava os trajes sangrentos na parte rasa de um rio, também deriva de Morrigan. Ela se aliou a lados diversos em diferentes guerras. P.ex., depois de dormir com Dagdha (*p.100*), concorda em tomar o partido de Tuatha Dé Danaan (povo mágico) na batalha Mag Tuired, proferindo encantamentos que lançaram os fomorianos ao mar. No entanto, num conflito posterior, apoiou os homens de Connaught.

**CULTO**

*Acredita-se que Morrigan tenha vivido numa caverna em Cruachain, no condado de Roscommon, Irlanda • Os montes duplos perto dos túmulos neolíticos de Newgrange na Irlanda são chamados de "os seios de Morrigan".*

# Durga

Índia

A grande deusa Devi em sua encarnação guerreira é chamada Durga, que significa "A impenetrável" ou "Difícil de ser abordada". Ela é retratada como uma mulher atraente, montada num gato enorme como sinal de que derrota os demônios.

Durga pode surgir da doce deusa Parvati, quando esta se zanga ou aparecer quando vários deuses combinam o seu poder, o que ocorre quando a estabilidade do cosmo é ameaçada por demônios. Em certa ocasião, um grupo de deuses chamados Devas foi perturbado por um demônio de nome Mahisha, que se disfarçou de búfalo. Quando os Devas contaram o problema a Shiva e Vishnu, estes ficaram irados, o que fez Durga surgir. Mahisha mudava de forma constantemente, de búfalo a homem, de leão a elefante, mas Durga conseguiu derrotá-lo. Com o pé em seu pescoço, ela forçou o espírito a sair pela boca e cortou-lhe a cabeça. Quando ele morreu, todos os deuses e criaturas do mundo gritaram "Vitória!".

**Durva, com suas várias mãos,** monta um tigre feroz e usa muitas armas para derrotar o demônio Mahisha, que assumira o disfarce de um búfalo de água.

## Skanda

Índia — Kartikeya, Senapati, Kumara

Skanda, com suas seis cabeças, é o deus hindu da guerra. Em textos vedas distintos surge como filho tanto de Agni quanto de Shiva. Ele foi criado pelos Krttikas – as seis estrelas das Plêiades. Com freqüência, recebia a incumbência de combater os maus demônios, como Taraka, a quem matou com armas feitas de raios solares.

**Skanda transformou** um Titã derrotado por ele num pavão, e depois passou a circular montado no mesmo.

## Guan Di

China — Kuan Ti, Guan Yu, Kuan Yu

Humilde vendedor de queijo de soja, acabou por se tornar um dos famosos Irmãos do Pomar de Pêssegos, um trio de aventureiros semelhante aos Três Mosqueteiros. Era considerado um herói militar tão importante que em 1594, na dinastia Ming, foi oficialmente elevado a deus da guerra. Os soldados, em especial, o veneravam, mas permaneceu patrono dos vendedores de queijo de soja.

# Hachiman

Japão

Hachiman era o deus da fertilidade, concedendo filhos aos devotos e incentivando o crescimento das plantações. Além de ser protetor da agricultura, também era o defensor do Japão, o que o tornou o deus da guerra.

Na religião xintoísta, nativa do Japão, é visto como uma personagem histórica que foi deificada: foi o imperador Ojin, morto c. 394 d.C., e ficou conhecido como líder militar; diziam mesmo que era capaz de influenciar a maré para tirar os navios invasores do curso correto. Quando Yoshiye, o herói do clã Minamoto, e seus soldados estavam morrendo de sede, ele orou para Hachiman antes de atirar uma flecha num rochedo e foi recompensado com uma fonte inesgotável de água. Um dos deuses mais populares do Japão, Hachiman também é uma divindade da crença budista.

**CULTO**

*O principal templo de Hachiman fica em Kamakura, Japão. • Metade dos templos xintoístas são dedicados a Hachiman. • Aos 20 anos, os rapazes japoneses celebram a maioridade num templo de Hachiman.*

# Zi-yu

China Ch'ih Yu

Um dos heróis da cultura chinesa, Zi-yu foi o primeiro ferreiro. Usava essa habilidade para transformar o metal nas primeiras armas e armaduras, tornando-se assim o primevo deus chinês da guerra. É retratado como uma criatura temível com cabeça, chifres e cascos de touro, tão fortes que parecem feitos de metal. Diziam que Zi-yu demonstrava sua força comendo seixos. Ele tendia a ter surtos violentos de raiva, durante os quais atacava os inimigos a chifradas.

# Huitzilopochtli

Astecas, México

Huitzilopochtli era o principal deus dos astecas, uma divindade do sol e do fogo, que exigia corações humanos como alimento. Levou os astecas à guerra para que pudessem capturar vítimas de sacrifício para saciar sua fome. Assim como Atená, nasceu totalmente armado, e sua primeira ação foi matar e esquartejar a irmã Coyolxauhqui, que planejava matar a mãe. Seu local de culto era Tenochtitlan, onde uma pirâmide dupla abrigava seu Grande Templo junto com o de Tlaloc, o deus da chuva e do relâmpago.

## Vésper

Nativos americanos

Vésper é o mais poderoso de todos os seres colocados no céu pelo criador Tirawahat (o sol). Veste-se como um guerreiro, pintado com pó vermelho e portando uma clava de guerra. Quando um chefe guerreiro pawnee era vestido por um sacerdote com as insígnias cerimoniais de guerra, ele imitava Vésper e lhe pedia a benção. No passado, no clímax de um ritual de quatro dias, os pawnees sacrificavam moças a Vésper. A jovem deveria olhar para o Leste (em direção a Vésper) e, em seguida, recebia várias flechadas.

## Secmet

Egito

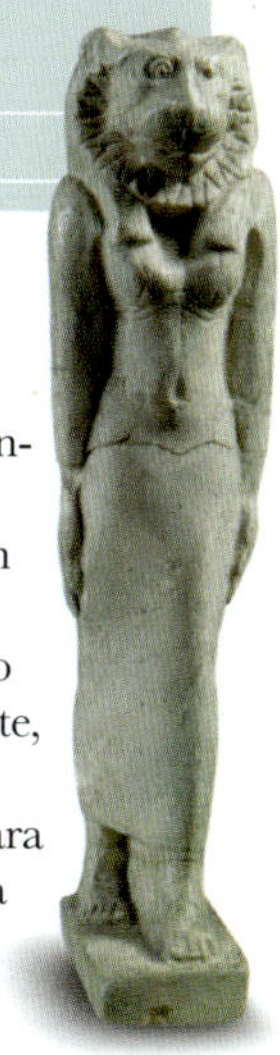

Quando os homens conspiraram contra o deus-sol Rá, ele enviou seu Olho na forma da deusa Hator para exigir vingança. A pacífica Hator transformou-se então em Secmet (com a cabeça de leão) e trouxe aos homens a devastação. Quando Secmet acordou no dia seguinte, Rá a embebedou com cerveja misturada a ocre vermelho, para parecer sangue, saciando a sua sede de sangue e salvando a humanidade.

## Tu

Polinésia    Ku, Tumatauenga

Tu (Ku no Havaí), um dos filhos de Rangi e Papa (Céu e Terra), é o deus polinésio da guerra, conhecido como Tu da Cara Zangada. Seu nome significa tanto "ficar em pé" quanto "bater". Sacrifícios humanos eram feitos a ele.

Em seu aspecto mais guerreiro, Tu/Ku era conhecido como Ku-kaili-moku. Dizem que a imagem de madeira deste deus, com o cocar de penas amarelas, quando levada para guerras, emitia gritos que sobressaíam no clamor das batalhas. A tradicional dança de guerra haka, na qual os dançarinos imitam Tu, foi adotada pelo time de rúgbi All Blacks e pelos soldados neozelandeses.

No mito maori, a natureza guerreira de Tu fica evidente em seu estágio inicial de desenvolvimento, quando sugere aos irmãos que matem os pais mesmo antes dele e dos irmãos nascerem. Seu irmão mais jovem Tawhirimatea decide ficar com a mãe Terra e é enterrado sob o estômago dela, tornando-se o deus dos terremotos e das tempestades. Tu é o único deus que resiste aos ataques de Tawhirimatea e, portanto, considera seus outros irmãos inferiores. Para demonstrar que não os respeita, passa a usar os filhos deles – peixes, pássaros e plantas que crescem na terra – como alimento e material, com isso permitindo aos homens fazerem o mesmo. Assim, ele se torna também o deus da criação e da abundância. Além disso, é ainda o deus da feitiçaria e da cura.

Tu/Ku é um deus complexo, e suas responsabilidades são amplas. No Havaí, Ku era o princípio do poder gerativo masculino, equivalente a Hina, o princípio da fecundidade feminina. Lá o sol nascente é conhecido como Ku, e o poente como Hina.

**CULTO**

*Como Ku da abundância dos mares, o deus habitava Mauí Oriental sob forma humana, num local conhecido como Leho-ula, nas encostas da colina Ka-iwi o-Pele. • Ora-se pelos doentes a Tu e Hina, pais da humanidade.*

# DIVINDADES DO MUNDO SUBTERRÂNEO

A idéia de Mundo Subterrâneo surgiu para explicar uma das questões essenciais da existência: o que acontece quando morremos? Na maioria das mitologias há um outro mundo, como morada das almas dos mortos, com suas próprias divindades – figuras sombrias que supervisionam nossa passagem da vida para a morte e regem os que já partiram.

Várias culturas tinham especial interesse na morte e na passagem da alma para o outro mundo. Seus mitos, p.ex. os do Egito Antigo, apresentam muitos deuses que presidem os ritos funerários, interrogam a alma sobre a vida na Terra e admitem-na no reino dos mortos. Os egípcios viam suas vidas inteiras como preparação para este processo; os chineses antigos consideravam o outro mundo até mesmo mais real que a nossa vida mortal e passageira na Terra.

## FIGURAS SOMBRIAS

O deus do Mundo Subterrâneo geralmente era uma figura sombria temida pelos homens. Hades, ao contrário de outras divindades gregas, nunca era representado pelos artistas: ele era invisível, o que aumentava o terror e o mistério que inspirava. Os romanos viam seu equivalente Plutão como um rei assistido em seu reino por deidades como as Fúrias. Essa tríade de deusas infligia os tormentos a que eram submetidos os que em vida haviam cometido atos terríveis.

**Um gato mumificado** do Egito Antigo, envolto em bandagens totalmente decoradas.

## COMPANHEIROS DESAGRADÁVEIS

Muitos mitos mencionam os desagradáveis assistentes do soberano do Mundo Subterrâneo. A entrada do Mundo Subterrâneo clássico era guardada por Cérbero, um cão de três cabeças. O rei celta do mundo dos mortos, Arawn, era seguido por um séquito de demônios; e um bando de crianças pavorosas, doenças e monstros acompanhava Tuoni, soberano do mundo do além finlandês. As regiões dos mortos nos mitos das civilizações orientais também eram habitadas por demônios. Embora esses mitos ajudem a explicar o que pode acontecer após a vida terrena, não fornecem muito consolo.

# Hades

Grécia — O outro Zeus, o Deus de Baixo, Plutão

O sinistro Hades, sombrio irmão de Zeus e Posídon, era o soberano do Mundo Subterrâneo grego, reino das trevas e destino das almas segundo a crença dos mortais. Muito temido, Hades celebrizou-se por raptar a jovem que tomou por esposa, Perséfone (*p.54*).

A invisibilidade de Hades deve-se seja à escuridão de seu reino, seja a seu capacete, que tornava invisível quem o usasse. Hades inspirava tal terror que muitos nem ousavam pronunciar seu nome: chamavam-no de "o outro Zeus" ou simplesmente de "Senhor". Diziam-no indiferente a preces, mas seu caráter também tinha um lado positivo, expresso em nomes alternativos, como Plutão ("rico") e Políxeno ("anfitrião de muitos"). Sob essas formas, ele era objeto de culto junto com Perséfone.

**Quando Hades** raptou Perséfone, ele conduzia uma carruagem dourada puxada por cavalos negros, segundo Ovídio, poeta romano.

# Hel

Nórdicos

Rainha do Mundo Subterrâneo, uma região (também conhecida como Hel) que se encontrava perto da raiz da árvore do mundo Yggdrasil, na região cósmica de Niflheim. A parte superior do corpo de Hel era viva e de cor normal, mas a inferior era sombria e difícil de ser vista na escuridão em que ela vivia.

Hel, filha de Loki e da gigante Angrboda, era uma deusa assustadora e também triste, condenada por Odin ao sombrio domínio que lhe coube reger. Os nomes que designam sua morada e seus pertences denotam seu infeliz caráter: o nome de seu pavilhão era Eliudnir ("Úmido"); o de sua entrada, Fallanda Forad ("Pedra do tropeço"); o do prato em sua mesa, Hungr ("Fome"); o da faca, Sultr ("Inanição"); e o de sua cama, Kör ("Leito-do-doente"). Todos que morressem de doença e velhice tinham de cruzar um dos portais fortificados e chegar a seu reino escuro e gelado. Lá deviam permanecer junto à deusa até Loki convocá-los para a batalha final, Ragnarok – a que marcará o fim do mundo.

## Arawn

Celtas, País de Gales

O Outro Mundo celta era governado por deuses rivais, Arawn e Hafgan, que todo ano disputavam a supremacia. Arawn, ambicionando tornar-se rei único, aliou-se a Pwyll, o deus-mutante que, assumindo a forma de Arawn, tomou seu lugar e matou Hafgan, e então, ao cabo de um ano, o verdadeiro Arawn pôde assumir o reino. Em outro mito, o divino lavrador, Amaethon, rouba um cão e um veado de Arawn, e este tem de lutar para recuperá-los. Mas o aliado de Amaethon, o mágico Gwydion, transforma árvores em guerreiros, e assim Arawn é derrotado.

## Tuoni

Finlândia

Tuoni era o soberano de Tuonela, o Mundo Subterrâneo finlandês, uma figura envolta nas trevas. Com sua consorte, Tuonetar, governava um reino escuro, silencioso e arborizado, cercado por um rio gelado. Além das almas dos mortos, tanto as boas, quanto as más, Tuonela era habitado por muitos monstros repulsivos, gerados por Tuoni.

**CULTO**

*Tuoni e suas temíveis filhas, as deusas do sofrimento, podiam ser afastados por fórmulas mágicas e encantamentos, p.ex.: "Toda a dor, todos os problemas, voltem para o buraco, na rocha marrom, de onde surgiram."*

## Yama

Índia, Tibete — Yima, Yanluo, Emma-O

Deus hindu da morte. Filho de Surya, o deus-sol, foi o primeiro homem a viver e a morrer. Na mitologia veda primitiva, é uma figura benevolente, que reina, com sua esposa-irmã Yami, de seu palácio celeste. No entanto, com o passar do tempo, tornou-se o terrível senhor dos mortos. Na mitologia hindu, uma alma leva quase cinco horas para atingir Yamapura, a cidade de Yama. Uma vez no palácio, as almas devem se aventurar a passar por dois cães ferozes para chegar ao próprio deus. Então, Chitragupta, o escrivão dos mortos, lê o registro de seus feitos, e Yama os julga, enviando as almas ou para o céu, para um dos 21 infernos ou ainda de volta à Terra, para viver novamente.

**Kali, a deusa hindu da morte e da destruição,** tem uma aparência sombria e assustadora.

## Kali

Índia

Entre os mais temíveis deuses hindus está Kali, a deusa da morte, em geral representada como uma mulher nua, com a língua pendente como que para lamber o sangue de suas vítimas. Numa das quatro mãos segura uma clava ou espada; em outra, uma cabeça degolada. Usa uma guirlanda de caveiras e braços cortados servem-lhe de saia. Embora aterrorizante, apresenta alguns aspectos positivos: destrói os demônios que ameaçam a ordem cósmica; sua nudez simboliza o despir-se de todas as ilusões; e da destruição que ela acarreta surge a possibilidade de uma nova vida.

## Ereshkigal

Mesopotâmia · Allatu

Era a temida rainha do Mundo Subterrâneo dos sumérios e babilônios. O seu principal mito relata que sua irmã Inana (Ishtar) foi visitá-la, pretensamente para assistir aos funerais de Gugalanna, o touro do céu, marido de Ereshkigal. Na realidade, ela viera para desafiar o poder da rainha, mas esta foi impiedosa e cruel com Inana. Sua única fraqueza era um inesgotável apetite sexual. Segundo o mito assírio, Ereshkigal e Nergal fizeram amor durante seis dias e noites e, mesmo assim, ela ainda não se satisfez.

## Mot

Cananeus (Ugaritas)

Mot era o deus da morte e da esterilidade. Alguns estudiosos traduzem um versículo da Bíblia do salmo 48, "Ele será nosso guia, até mesmo na morte", por "Ele nos guiará contra Mot". O principal mito de Mot narra sua batalha pela supremacia contra Baal, deus da fertilidade e da tempestade. Primeiramente, Mot supera e mata Baal, mas depois é morto pela irmã deste, Anat. Tanto Baal quanto Mot voltam à vida e continuam a lutar até que a deusa do sol, Shapash, convence-os a aceitar reinos separados, acima e abaixo da Terra.

## Di Zang

China · Dizang Wang, Ti-tsang

No budismo chinês, Di Zang é o deus do Mundo Subterrâneo, uma divindade benevolente, devotada a ajudar o próximo. Geralmente é representado sentado, de pernas cruzadas, com uma expressão de compaixão ou tranqüilidade no rosto. Dizem que viaja pelo Mundo Subterrâneo para conversar e explicar a lei budista a todas as almas humanas que encontra. Quando se depara com uma alma que se arrepende de seus pecados, ele visita um dos juízes do Mundo Subterrâneo e intercede para que a sentença dada à alma seja reduzida. Sua missão é esvaziar todas as câmaras do inferno, e é especialmente reverenciado por oferecer piedade a todos, sejam ricos ou pobres.

## Mictlantecuhtli

Astecas, México · Tzontemoc

Com sua esposa, Mictecacihuatl, regia Mictlan, o Mundo Subterrâneo asteca. O deus era representado por um esqueleto que muitas vezes ostentava um cocar de penas de coruja e um colar feito de olhos. O principal mito a retratar Mictlantecuhtli é aquele em que Quetzacoatl o induz por astúcia a entregar as ossadas humanas de eras passadas, a fim de criar uma nova raça. A cada 260 dias, um homem vestido como Mictlatecuhtli era sacrificado à noite no templo de Tlalxicco, o umbigo do mundo. Depois, a vítima talvez fosse ingerida pelos sacerdotes num ato de comunhão.

**Mictlantecuhtli,** o deus asteca dos mortos, tradicionalmente é representado por um esqueleto respingado de sangue, com dentes e olhos protuberantes.

# Os deuses maias da morte

Maias, América Central

Imagens de vários deuses da morte podem ser encontradas nos templos maias, e muitos deles os estudiosos conhecem apenas por letras. O "deus da morte D" também é chamado de Itzamna; e o "deus da morte N", de Pauahton.

No épico maia Popol Vuh, os heróis Hunahpú e Xbalanque descem até Xibalba, o Mundo Subterrâneo, e cumprimentam cada um de seus senhores pelo nome: Uma Morte, Sete Mortes, Canto da Casa, Coletor de Sangue, Senhor do Pus, Senhor da Inveja, Cetro de Osso, Cetro de Caveira, Asa, Correia, Dentes Sangrentos e Garras Sangrentas. Sabiam os nomes por terem enviado como mensageiro um mosquito, para picar cada um deles e descobrir como se chamavam. Em troca, o mosquito podia sugar o sangue dos viajantes nas estradas.

Acreditava-se que Xibalba fosse um lugar fétido, e os deuses da morte podem ser representados com pergaminhos folheados emergindo de seus corpos, simbolizando gases fétidos. Às vezes, um deus esquelético era denominado tanto Cizin ("Flatulento") quanto Yum Cimith ("Senhor da morte").

Uma característica dos deuses da morte da América Central é que, embora fossem terríveis e implacáveis, podiam ser enganados. Hunahpú e Xbalanque enganaram os deuses da morte maias dizendo-se voluntários ao sacrifício. Na cultura asteca, Quetzocoatl também logra Mictlantecuhtli para salvar os ossos com que poderia ser criada uma nova raça humana.

A importância da morte na cultura da América Central se manifesta até hoje nos rituais dos dias dos mortos, que ocorrem no período entre o Halloween e o Dia de Todos os Santos.

**CULTO**

*Num sacrifício asteca, a mandíbula inferior de um homem vivo era arrancada. O deus da morte de número zero podia ser representado com o cabelo preso, como uma vítima de sacrifício, e uma mão pronta para arrancar sua mandíbula.*

# Xipe Totec

Astecas, México | Sete Chuvas (Mistecas)

Seu nome significa "Nosso senhor, o esfolado", e era o deus da primavera e dos ourives. Imagens de Xipe Totec mostram um homem dentro da pele esfolada de outro, o que supostamente representaria a "nova pele" da Terra na primavera. Durante o festival de 20 dias de Tlacaxipehualiztli ("Esfolamento de Homens"), organizado em sua honra, arrancavam o coração das vítimas, cujas peles, após esfoladas e tingidas de amarelo, como se fossem "vestes de ouro", eram envergadas por homens jovens que assim personificavam o deus.

# Gedé

Haiti | Ghede, Baron Samedi

Originário de Benim, Gedé, o senhor da morte, é um dos mais importantes *iwas* (deuses ou espíritos) vodus. Os devotos que ele possui agem de forma lasciva, demonstrando pelo seu vigor sexual que ele também é o senhor da vida. Identificado com santo católico Expedito, também toma várias formas: Gedé-Corajoso, Gedé Nibo, Gedé Fouillé e Gedé Loraj. Alguns consideram essas formas uma família de deuses, sendo Barão Samedi o líder. Todos os Gedés se vestem de preto, com aparência fúnebre, mas agem de modo espalhafatosamente alegre.

## Osíris

Egito Antigo

Primeiro soberano do Egito, ensinou a seu povo a vida civilizada e o cultivo do trigo selva-gem e da cevada, bem como o fabri-co e o uso de ferramentas. Após ter sido morto pelo irmão, Set, tornou-se o soberano do Mundo Subterrâneo. Era representado como um rei mumificado que segurava um bastão e um chicote da realeza e ostentava uma coroa. Seu símbolo era o *djed*-pilar, um feixe estilizado de milho. O centro de seu culto era em Abidos, onde por mais de dois mil anos os Mistérios de Osíris foram celebrados, sempre no último mês da inundação do Nilo.

## Anúbis

Egito Antigo

Considerado filho ilegítimo de Osíris e de sua irmã Néftis, Anúbis era o deus-chacal dos mortos, geralmente representado por um homem com cabeça deste cão selvagem. Anúbis criou a primeira múmia, ao enfaixar o corpo esquartejado de Osíris, e assim tornou-se o patrono dos embalsamadores. Era ainda o guardião das necrópoles e o supervisor do ato de pesar as almas dos recém-mortos.

**Em geral, Anúbis é** representado com a pele escura, como a dos cadáveres após a mumificação.

## Ma'at

Egito Antigo

A palavra egípcia "*ma'at*" significa "o que é correto, verdadeiro, justo e adequado", e era a obrigação do faraó manter *ma'at* no reino. Esse conceito abstrato e sutil era personificado em Ma'at, uma deusa com uma pluma de avestruz, que servia de contrapeso quando o coração – a alma – de cada egípcio era pesado após a morte. Ma'at representa a ordem divina que surgiu no momento da criação. Os ritos oficiados diariamente nos templos egípcios eram a repetição dos atos místicos que constituíam a base do *ma'at*. Esta repetição, feita pelo e em nome do faraó, garantia tal base e, portanto, mantinha o equilíbrio do cosmo.

**Ma'at garantia** a existência contínua do mundo organizado e afastava o caos, sempre ameaçador.

## Hine-nui-te-po

Polinésia     Hine-titama

*Hine* ou *hina* significa simplesmente "mulher jovem", e as inúmeras deusas cujos nomes começam com Hine às vezes são vistas apenas como aspectos diferentes de uma grande deusa. Hine-nui-te-po, a deusa maori da morte, era originalmente Hine-titama, a Donzela da Aurora, que se matou de vergonha e se refugiou no Mundo Subterrâneo quando percebeu que, sem saber, cometera incesto com o pai, Tane, o deus da floresta. A ambigüidade dessas deusas, que são tanto doadoras quanto destruidoras da vida, reflete os tabus polinésios e os medos referentes à menstruação e ao parto. A tradição maori reza que, enquanto toda vida vem do útero, a morte vem do *mana* ("poder") do órgão feminino. A morte é o retorno ao útero da grande mãe.

# ÍNDICE REMISSIVO

Os números de página em **negrito** se referem aos verbetes principais; os números em *itálico* se referem às ilustrações e legendas

E



F



G



H

P



Q



R



S



T

# AGRADECIMENTOS


## Agradecimentos dos editores

Os editores gostariam de agradecer a: Carolyn Walton, Judy Barratt, e Peter Bentley pela assistência editorial; a Hilary Bird pelo índice; e a Charles Will e Jenny Siklos pelo ajuste lingüístico para o inglês americano. Obrigado também a Antony Gormley, em especial, por nos permitir o uso da fotografia da p.173, e a Paul Robshaw e ao projeto Save Tikopia (http://home.netcom.com/~yellowrose/tikopia/) pela ajuda com as fotos p.260-1.

## Créditos das fotos

A editora gostaria de agradecer às seguintes pessoas, pela permissão para reprodução das fotografias:

(legenda: s-superior; i-inferior; c-centro; f-fundo; e-esquerda; d-direita; t-topo)

**1 Corbis:** Bob Krist (t). **2-3 Corbis:** Dallas and John Heaton/Free Agents Limited (c). **4 Alamy Images:** ArkReligion.com (c). **5 Alamy Images:** Jon Arnold Images (c). **6-7 Corbis:** Jacky Naegelen (c). **9 The Art Archive:** Palazzo del Te Mantua / Dagli Orti (t). **iStockphoto.com:** jason walton (ie). **10 Alamy Images:** Zevart Collection (cs). **10-30 iStockphoto.com:** Ryan KC Wong (fte). **11 Corbis:** Archivo Iconografico (c). **11-31 iStockphoto.com:** Ryan KC Wong (ftd). **12-13 Alamy Images:** Peter Horree (tc). Corbis: Reuters (ci). **14 Alamy Images:** Deco Images (cs). **15 Corbis:** Atlantide Phototravel (id). **iStockphoto.com:** Matthew Scherf (td). **16 Corbis:** Paul A. Souders (ce). **iStockphoto.com:** Alan Tobey (cei). **17 Corbis:** Burstein Collection (tc). **18 Corbis:** Asian Art & Archaeology. Inc. (ie). **19 iStockphoto.com:** Robert Churchill (id). **20 The Bridgeman Art Library:** Dinodia (ie). **21 Alamy Images:** Peter Horree (t). **22-23 Alamy Images:** Christian Kapteyn (ic). **23 Alamy Images:** Visual Arts Library (Londres) (te). **24 Alamy Images:** Black Star (tc); David Sanger Photography (ie). **25 Corbis:** Sandro Vannini (id). **26 Alamy Images:** The Print Collector (cs). **26-27 iStockphoto.com:** Chuck Babbitt (i). **27 akg-images:** (tc). **28 The Bridgeman Art Library:** Royal Library. Copenhagen, Denmark (ie). **29 Corbis:** Gianni Dagli Orti (id); John Roddam Spencer Stanhope (td). **30 Alamy Images:** David Sanger Photography (ie). **31 Alamy Images:** Tibor Bognar (ic); Mary Evans Picture Library (td). **32-33 Alamy Images:** Tibor Bognar (ci); Jack Sullivan (tc). **34 Corbis:** Roger Wood (id). **34-94 iStockphoto.com:** George Cairns (fte). **35 Corbis:** Richard T. Nowitz (ci). **35-95 iStockphoto.com:** George Cairns (ftd). **36 iStockphoto.com:** Sue McDonald (td). **37 Alamy Images:** Peter Horree (ic). **38 Mary Evans Picture Library:** (cs). **39 Alamy Images:** Iain Masterton (tc). **40 Alamy Images:** Visual Arts Library (Londres) (te). **40-41 akg-images:** Erich Lessing (ic). **41 akg-images:** Jean-Louis Nou (td). The Bridgeman Art Library: Lauros/Giraudon. Louvre, Paris, França (ces). **Corbis:** Mimmo Jodice (cei). **42 iStockphoto.com:** Tina Lorien (ie). **43 Alamy Images:** Visual Arts Library (Londres) (tc). **Corbis:** North Carolina Museum of Art (ic). **45 The Bridgeman Art Library:** Thomas Brod and Patrick Pilkington, Private Collection (cs). **46-47 The Art Archive:** Palazzo del Te Mantua / Dagli Orti (c): **48 The Bridgeman Art Library:** National Gallery, Londres, UK (id). **49 The Bridgeman Art Library:** Giraudon, Louvre, Paris, França (ic). **50 iStockphoto.com:** Sean Locke (i). **51 iStockphoto.com:** David Kent (cs). **52 The Art Archive:** Museo Nazionale Palazzo Altemps Roma / Dagli Orti (c). **52-53 Getty Images:** George Grigoriou (i). **53 Alamy Images:** Fan Travelstock (td). **54 The Bridgeman Art Library:** Birmingham Museums and Art Gallery (ci). **55 The Bridgeman Art Library:** Bibliothèque des Arts Décoratifs Paris/Dagli Orti (ie). **iStockphoto.com:** Kent Weakley (cds). **56 Corbis:** North Carolina Museum of Art (ces). **57 iStockphoto.com:** Darrell Scott (i). **58 iStockphoto.com:** kristian sekulic (c). **59 Corbis:** Araldo de Luca (cds). **60 The Art Archive:** Dagli Orti (i). **51 iStockphoto.com:** Tomasz Resiak (td). Mary Evans Picture Library: (id). **62 Corbis:** Bettmann (id). **63 The Art Archive:** National Archaeological Museum Athens / Dagli Orti (ic). **The Bridgeman Art Library:** Fitzwilliam Museum, University of Cambridge. UK (cds). **65 The Art Archive:** Musée du Louvre Paris / Dagli Orti (ic). **The Bridgeman Art Library:** Museumslandschaft Hessen Kassel, Gemaeldegalerie Alte Meister, Kassel, Alemanha (cds). **66 The Kobal Collection:** Universal (i). **67 The Art Archive:** National Archaeological Museum Athens / Dagli Orti (ic). **Corbis:** Richard T. Nowitz (cds). **68-69 Alamy Images:** Roger Bamber (ic). **70 The Bridgeman Art Library:** Meta and Paul J. Sachs. Fogg Art Museum. Harvard University Art Museums, EUA (i). **71 The Kobal Collection:** Warner Bros. (id). **72 Getty Images:** Ray Massey (c). **73 Corbis:** Araldo de Luca (cds). **74 Corbis:** Alexander Burkatovski (i). **75 Alamy Images:** The Print Collector (ic). **The Kobal Collection:** Warner Bros. (td). **76 akg-images:** Columbia Pictures / Album / Akg (tc). **76-77 Alamy Images:** Robert Harding Picture Library Ltd (i). **78 iStockphoto.com:** Bill Grove (tc). **78-79 Alamy Images:** Visual Arts Library (Londres) (ie). **79 iStockphoto.com:** Hedda Gjerpen (td). **80 The Bridgeman, Art Library:** National Museum and Gallery of Wales, Cardiff (c). **81 The Bridgeman Art Library:** Lauros/Giraudon, Louvre, Paris, França (i). **82 Alamy Images:** Tibor Bognar (id). **83 Alamy Images:** Travelshots.com (tc). **84-85 Corbis:** Araldo de Luca (c). **86 Corbis:** Christie's Images (id). **87 Werner Forman Archive:** (td). **88 The Bridgeman Art Library:** The Detroit Institute of Arts, EUA (i). **89 Alamy Images:** Stock Italia (id). **90 akg-images:** Nimatallah (tc). **90-91 Corbis:** Gianni Dagli Orti (i). **91 akg-images:** (tc). **92 Alamy Images:** ImageState (td). **93 The Bridgeman Art Library:** Ferens Art Gallery, Hull City Museums and Art Galleries (td). **94 The Art Archive:** Archaeological Museum Milan / Dagli Orti (td); Museo Capitolino Roma / Dagli Orti(A) (i). **95 The Art Archive:** Museo Capitolino Roma / Dagli Orti (cdi). **96-97 Alamy Images:** tbkmedia.de (ic). **iStockphoto.com:** Cindy England (tc). **98 Corbis:** The Art Archive (ie). **98-134 iStockphoto.com:** Martin L'Allier (fte). **99 Alamy Images:** Visual Arts Library (London) (tc). **Corbis:** Gianni Dagli Orti (id). **99-135 iStockphoto.com:** Martin L'Allier (ftd). **100 Alamy Images:** Tho Print Collector. **101 Alamy Images:** AA World Travel Library / Alamy (i). **iStockphoto.com:** Gertjan Hooijer (td). **102 Alamy Images:** Ian Leonard (c). **102-103 Alamy Images:** David Lyons. **104 Mary Evans Picture Library:** (c). **105 Corbis:** Herbert Spichtinger (id). **106 Werner Forman Archive:** National Museum, Copenhagen (c). **107 Alamy Images:** Aguilar Patrice (id). **109 Alamy Images:** The Photolibrary Wales (i). Werner Forman Archive: Dorset Nat. Hist. & Arch (c). **110 The Bridgeman Art Library:** Bradford Art Galleries and Museums, West Yorkshire, UK (c). **110-111 Corbis:** Skycan (i). **111 The Kobal Collection:** Touchstone Pictures / Jerry Bruckheimer Films / Jonathan Hession (td). **112 Alamy Images:** Visual Arts Library (Londres) (te). **Werner Forman Archive:** Statens Historiska Museum. Stockholm (ic). **113 Mary Evans Picture Library:** (td) (te). **Werner Forman Archive;** Statens Historiska Museum (c). **114 Werner Forman Archive:** (c) **114-115 Alamy Images:** britishcolumbiaphotos.com (ie). **115 Alamy Images:** Renee Morris (cd). **116 Werner Forman Archive:** (ie). **116-117 Werner Forman Archive:** (id). **118-119 Corbis:** Ted Spiegel (c). **120 iStockphoto.com:** Serdar Uckun (ie). **Werner Forman Archive:** Statens Historiska Museet, Stockholm (cd). **121 Werner Forman Archive:** (id). **122 Corbis:** Ted Spiegel (ic). **123 Corbis:** Charles & Josette Lenars (cd). **124 Werner Forman Archive:** Viking Ship Museum, Bygdoy (d). **125 Werner Forman Archive:** Statens Historiska Museum. Stockholm (c); Stofnun Arna Magnussonar a Islandi (id). **126 The Art Archive:** Oldsaksammlung Oslo/Dagli Orti (c). **Werner Forman Archive:** Upplandsmuseet, Uppsala (ie). **126-127 Alamy Images:** Brian Harris (i). **128 Corbis:** Hans Strand (c). **129 Alamy Images:** Esa Hiltula (td). **130 Alamy Images:** Blickwinke (ie). **131 Central Art Archives. Filand:** Hannu Aaltonen (t). **Getty Images:** AFP (id). **132 The Bridgeman Art Library:** Tretyakov Gallery, Moscou (c). **133 akg-images:** (tc). **134 Corbis:** Pablo Sanchez (i). **135 Getty Images:** Lonely Planet / Martin Moos (c). **136-137 Alamy Images:** Chad Ehlers (i). **iStockphoto.com:** Benoist Sébire (t). **138 Alamy Images:** Mireille Vautier (c); Visual Arts Library (Londres) (ie). **138-139 Corbis:** Jose Fuste Raga (i). **138-188 iStockphoto.com:** 300 dpi (fte). **139-187 iStockphoto.com:** 300dpi (ftd). **140 Getty Images:** Bridgeman Art Library/ Sumerian (ie). **140-141 iStockphoto.com:** Damir Cudic (i). **141 akg-images:** Erich Lessing (c). **142-143 Alamy Images:** Images&Stories (c). **145 akg-images:** Erich Lessing (d). **146 Corbis:** Gianni Dagli Orti (td). **146-147 Alamy Images:** Eitan Simanor (i). **147 akg-images:** (c). **148 Corbis:** Rob Howard (i). **150 akg-images:** Gérard Degeorge (id). **Werner Forman Archive:** Christie's, Londres (td). **151 The Bridgeman Art Library:** Museum of Latakia, Latakia, Syria, Peter Willi (id). **152 iStockphoto.com:** Willi Schmitz (ce). **153 akg-images:** Erich Lessing (c). **iStockphoto.com:** Jason Lugo (i). **154 Corbis:** (ie). **155 Corbis:** Gianni Dagli Orti (tc). **156 iStockphoto.com:** Joe Ho (cd): millsrymer (id). **157 iStockphoto.com:** Phil Date (id). **158 Corbis:** Jayanta Shaw/Reuters (i). **160-161 Corbis:** Jayanta Shaw/Reuters (i). **162-163 Alamy Images:** ArkReligion.com (i). **163 Corbis:** Lindsay Hebberd (te). **164 Corbis:** Jack Fields (c).

**165 akg-images:** Jean-Louis Nou (td). **166 Corbis:** Lindsay Hebberd (ie). **167 Corbis:** Brooklyn Museum (tc). **168-169 Corbis:** Baldev (i). **169 Alamy Images:** Samantha Nundy (td). **170 Alamy Images:** Dinodia Images (i). **171 Alamy Images:** Wolfgang Kaehler (t). **172 Mary Evans Picture Library:** (c). **173 White Cube Gallery:** Antony Gormley (i). **174 Corbis:** Andy Rain / epa (c). **175 Alamy Images:** Dennis Cox (i). **176 Alamy Images:** Mary Evans Picture Library (c). **176-177 Getty Images:** Luis Castaneda Inc (i). **177 Alamy Images:** Felix Stensson (tc). **178-179 Corbis:** Free Agents Limited (c). **181 The Bridgeman Art Library:** Museum of Fine Arts, Boston, Massachusetts, EUA, William Sturgis Bigelow Collection (tc). **183 Corbis:** Michael S. Yamashita (tc). **Getty Images:** Orion Press (i). **184 Corbis:** Norris/PhotoCuisine (ie). **185 iStockphoto.com:** Can Balcioglu (ic); Robert Churchill (cd). **186 akg-images:** akg-images (te). **Corbis:** Araldo de Luca (c). **186-187 Getty Images:** Klaus Nigge (i). **188 Alamy Images:** Bruno Barbier / Robert Harding Picture Library Ltd (c). **189 Corbis:** Michele Falzone / JAI (t). **190-191 Corbis:** Randy Faris (i). **iStockphoto.com:** Joy Fera (t). **192 Corbis:** Burstein Collection (c); Hulton-Deutsch Collection (ie). **192-220 iStockphoto.com:** Kemie (fte). **193 Getty Images:** Michael J.P. Scott (i). **193-221 iStockphoto.com:** Kemie (ftd). **194 Alamy Images:** Stephen Frink Collection (i). **195 Corbis:** Richard A. Cooke (d). **196 iStockphoto.com:** Gerald Blair (tc). **196-197 Corbis:** Craig Tuttle (i). **197 Alamy Images:** Chuck Place (td). **198 Corbis:** Scott T. Smith (i). **199 Corbis:** Kevin Fleming (c). **iStockphoto.com:** Loretta Hostettler (t). **200-201 Alamy Images:** Visions of America, LLC (c). **202-203 Corbis:** George H. H. Huey (i). **203 Getty Images:** Nick Nicholson (td). **204 Corbis:** Arthur Morris (cd). **iStockphoto.com:** Jeremy Sterk (i). **206 Corbis:** Michael Maslan Historic (c). **206-207 iStockphoto.com:** Roman Krochuk (i). **208 Alamy Images:** Siegfried Kuttig (i). **209 Alamy Images:** Mireille Vautier (td). **210 Corbis:** Macduff Everton (td). **210-211 Getty Images:** Frans Lemmens (i). **212 Alamy Images:** North Wind Picture Archives (c); Visual Arts Library (Londres) (ie). **213 Alamy Images:** Annette Price – H20 Photography (i). **214 Corbis:** Bettmann (c). **214-215 Corbis:** Danny Lehman (i). **215 Alamy Images:** Visual Arts Library (Londres) (c). **216 Corbis:** Keren Su (i). **217 Corbis:** Julio Donoso (c). **Getty Images:** Ira Block (id). **218-219 Alamy Images:** Jon Arnold Images (c). **220 Alamy Images:** f1 online (i). **221 iStockphoto.com:** IMPALASTOCK (cd). **222-223 Corbis:** Roger De La Harpe / Gallo Images (i). **iStockphoto.com:** Phooey (t). **224 Corbis:** Anthony Bannister / Gallo Images (c). **224-242 Alamy Images:** Steven Poe (fte). **225 Corbis:** Jose Fuste Raga (td); Jacky Naegelen/Reuters (i). **225-243 Alamy Images:** Steven Poe (ftd). **226-227 Getty Images:** Adam Jones (i). **227 Alamy Images:** The Print Collector (td). **228 The Bridgeman Art Library:** John Bethell (cd). **229 Alamy Images:** Corbis Premium Collection (i). **230-231 Getty Images:** Harvey Lloyd (c). **232 Alamy Images:** Visual Arts Library (Londres) (c). **232-233 iStockphoto.com:** Vladimir Pomortsev (i). **233 Corbis:** Thomas Hartwell (td). **234 Alamy Images:** The Print Collector (td). **235 iStockphoto.com:** Anthony Dodd (t). **236 Alamy Images:** Chris Howes / Wild Places Photography/Alamy (i). **237 iStockphoto.com:** Nico Smit (i). **238-239 Corbis:** Caroline Penn (c). **240 Alamy Images:** Black Star (i). **241 Corbis:** Kevin Fleming (cd). **242-243 Corbis:** Eduardo Munoz / Reuters (i). **243 Alamy Images:** Jenny Matthews (c). **Getty Images:** Terry O'Neill (td). **244-245 Corbis:** Charles & Josette Lenars (t). **246 akg-images:** akg-images (ie). **246-262 iStockphoto.com:** Akivi (fte). **247 Alamy Images:** Jon Arnold Images (i). **247-263 iStockphoto.com:** Akivi (ftd). **248 Werner Forman Archive:** Art Gallery of New South Wales, Sydney (i). **249 The Bridgeman Art Library:** Heini Schneebeli (cd). **250 Corbis:** Danny Lehman (i). **251 Alamy Images:** WaterFrame (id). **252 Alamy Images:** Visual Arts Library (Londres) (c).**253 Corbis:** Paul Chinn / San Francisco Chronicle / Corbis (ie). **254 iStockphoto.com:** Jay Spooner (i). **255 Alamy Images:** Douglas Peebles Photography (cd). **256-257 Getty Images:** Walter Bibikow (c). **259 Corbis:** O. Alamany & E. Vicens (cd). **260 Paul A Robishaw:** (c) (ie). **261 Paul A. Robishaw:** (i). **262 Alamy Images:** Douglas Peebles Photography (i). **263 Corbis:** Jack Fields (cd). **264-265 Alamy Images:** TNT Magazine (i). **Corbis:** Ted Streshinsky (t). **266 akg-images:** (c). **266-342 iStockphoto.com:** Pronesis (fte). **267 Corbis:** Jon Hicks (i). **iStockphoto.com:** Pete Smith (t). **267-343 iStockphoto.com:** Pronesis (ftd). **268 Corbis:** Stapleton Collection (i). **269 Alamy Images:** Russ Merne (id). **Corbis:** Araldo de Luca (te). **270 Corbis:** Araldo de Luca (td). **271 Alamy Images:** Visual Arts Library (Londres) (te). **The Bridgeman Art Library:** Bibliotheque des Arts Decoratifs, Paris, França, Archives Charmet (i). **272 The Art Archive:** Centre Archéologique de Glanum Saint-Rémy-de-Provence / Dagli Orti (i). **273 akg-images:** Erich Lessing (c). **274 Corbis:** Bettmann (ie). **Werner Forman Archive:** (te). **275 The Art Archive:** Musée du Louvre Paris / Dagli Orti (td). **277 Alamy Images:** Mary Evans Picture Library (ie). The Art Archive: Marc Charmet (c). **278 Corbis:** Peter Harholdt (te). **279 iStockphoto.com:** Hanne van der Velde (te). **280 Corbis:** Nik Wheeler (id). **281 Alamy Images:** Tina Manley (te). **282 Werner Forman Archive:** Dallas Museum of Art (antes Schindler Collection) (i). **283 akg-images:** François Guénet (i). **iStockphoto.com:** Vladimir Pomortsev (te). **284 Alamy Images:** Mary Evans Picture Library (id). **The Art Archive:** Egyptian Museum Cairo / Dagli Orti (te). **285 Alamy Images:** Rachael Bowes (cd). **286 Corbis:** Mimmo Jodice (i). **iStockphoto.com:** Kativ (t). **287 Alamy Images:** Craig Lovell / Eagle Visions Photography (te); Mary Evans Picture Library (ie). **288 Corbis:** National Gallery Collection; gentilmente cedido por Trustees of the National Gallery, Londres (id). **Werner Forman Archive:** Christie's, Londres (tc). **289 Mary Evans Picture Library:** (id). **290 akg-images:** Erich Lessing (te); Jean-Louis Nou (cd). **Corbis:** Asian Art & Archaeology, Inc. (i). **291 akg-images:** François Guénet (ce). **292 Alamy Images:** Buzz Pictures (t). **293 akg-images:** Erich Lessing (te). **The Art Archive:** Museo del Prado Madrid / Dagli Orti (cd). **294 The Bridgeman Art Library:** Nationalmuseum, Estocolmo, Suécia (i). **295 Alamy Images:** Mary Evans Picture Library (cd). **The Art Archive:** Archaeological Museum Aleppo Syria / Dagli Orti (i). **296 Corbis:** Lindsay Hebberd (i). **297 The Art Archive:** Victoria and Albert Museum Londres Eileen Tweedy (ce). **298 Corbis:** Gianni Dagli Orti (i). **299 Corbis:** Gianni Dagli Orti (c). **300 Corbis:** Archivo Iconografico, SA (ic). **iStockphoto.com:** Baldur Tryggvason (t). **301 Corbis:** Mimmo Jodice (c). **302 akg-images:** Nimatallah (te). **Alamy Images:** Robert Preston (i). **303 Corbis:** Staffan Widstrand (cd). **304 The Art Archive:** Musée du Louvre Paris / Dagli Orti (c) (id). **305 Corbis:** James L. Amos (te). **306 Corbis:** Ali Meyer (c). **iStockphoto.com:** Giacomo Nodari (t). **307 The Art Archive:** Dagli Orti (te). **The Bridgeman Art Library:** The De Morgan Centre, London (i). **308 Corbis:** Araldo de Luca (i); Roger Wood (td). **310 The Bridgeman Art Library:** Bibliotheque Nationale, Paris, França, Archives Charmet (i). **311 Corbis:** Werner Forman (ce). **312 iStockphoto.com:** Vasiliki Varvaki (t). **313 Alamy Images:** Visual Arts Library (Londres) (i). **Corbis:** Charles & Josette Lenars (te). **314 Alamy Images:** Russ Merne (td). **Corbis:** Araldo de Luca (i). **315 Corbis:** Werner Forman (i). **316 akg-images:** Jean-Louis Nou (c). **317 The Art Archive:** Musée du Louvre Paris / Dagli Orti (id); Dagli Orti (ce). **318 The Art Archive:** Musée du Louvre Paris / Dagli Orti (c). **iStockphoto.com:** Jodie Coston (t). **319 The Art Archive:** National Archaeological Museum Athens / Dagli Orti (t). **Getty Images:** Italian School / The Bridgeman Art Library (cd). **320 Mary Evans Picture Library:** Arthur Rackham (cd). **321 The Art Archive:** British Library (te). **Corbis:** Jason Horowitz / zefa (id). **322 Alamy Images:** Beaconstox (i); J. Marshall – Tribaleye Images (te). **323 The Bridgeman Art Library:** Paul Freeman (i). **324 Corbis:** Christie's Images (c). **iStockphoto.com:** William Casey (t). **325 The Bridgeman Art Library:** Prado, Madri, Espanha, Index (id). **Corbis:** Jonathan Blair (te). **326 Alamy Images:** Peter Horree (td). **327 The Bridgeman Art Library:** Bibliotheque des Arts Decoratifs, Paris, França, Archives Charmet (ce). **Corbis:** Werner Forman (cd). **328 akg-images:** (cd). **iStockphoto.com:** John Pitcher (te). **329 The Art Archive:** Musée du Louvre Paris/ Jacqueline Hyde (ic). **330 iStockphoto.com:** Melody Kerchhoff (t). **331 Corbis:** Mimmo Jodice (i). **332 Alamy Images:** Visual Arts Library (Londres) (td). **Corbis:** The Art Archive (ie). **333 Alamy Images:** V&A Images (id). **334 Alamy Images:** Visual Arts Library (Londres) (c). **335 akg-images:** Jean-Louis Nou (ic). **iStockphoto.com:** eROMAZe (te). **336 Corbis:** Sakamoto Photo Research Laboratory (cd). **337 Alamy Images:** Darroch Donald (ce). **Corbis:** Gianni Dagli Orti (td). **338 iStockphoto.com:** Kyle Froese (t). **339 The Bridgeman Art Library:** Bibliotheque des Art Decoratifs, Paris, França, Archives Charmet (c). **340 The Art Archive:** Victoria and Albert Museum Londres / Eileen Tweedy (i). **341 Corbis:** Werner Forman (i). **342 Corbis:** Charles & Josette Lenars (te). **343 The Art Archive:** Musée du Louvre Paris / Dagli Orti (i). **iStockphoto.com:** Anthony Dodd (t). **344-352 iStockphoto.com:** Ryan KC Wong (fte). **345-351 iStockphoto.com:** Ryan KC Wong (ftd).